패자의 고백

HAISHA NO KOKUHAKU

©Akiko Miki 2014, 2017
First published in Japan in 2014 by KADOKAWA CORPORATION, Tokyo.
Korean translation rights arranged with KADOKAWA CORPORATION, Tokyo
through JM Contents Agency Co.

이 책은 JMCA를 통해 일본의 KADOKAWA CORPORATION 과 독점 계약하여 한국어판
출판권이 블루홀식스에 있습니다.
저작권법에 의해 한국 내에서 보호를 받는 저작물이므로 무단 전재와 복제를 금합니다.

패자의 고백

미키 아키코 장편소설 | 문지원 옮김

敗者の告白

블룸

차례

서장 사건의 시작

제1장 죽은 자의 고발

    회사원 후지이 유리코의 사법경찰관 진술조서 _13
    피해자 모토무라 미즈카의 수기 _18
    무직 모토무라 이쿠코의 사법경찰관 진술조서 _45
    피해자 모토무라 도모키의 메일 _63

제2장 산 자의 변명

    피고인 모토무라 히로키의 진술서 _71

제3장 증인들

회사원 미조구치 유지가 변호인에게 한 진술 _163

주부 미조구치 사키코가 변호인에게 한 진술 _213

세무사 요시다 다쓰히코가 변호인에게 한 진술 _242

사무직원 오가사와라 쇼타가 변호인에게 한 진술 _261

치과의사 이누이 기미아키가 변호인에게 한 진술 _279

제4장 사건의 본질

변호사 무쓰기 레이의 편지 _297

X에 얽힌 추론 하나 _329

전 피고인 모토무라 히로키의 편지 _381

X의 독백 _385

종장 결말

옮긴이의 말 _403

일러두기
본문의 각주는 전부 독자의 이해를 돕기 위한 옮긴이 주입니다.

서장

사건의 시작

야마나시 마이아사신문 2006년 3월 28일(화요일) 조간

별장 2층 베란다에서 추락, 도쿄에서 온 두 모자 사망

    3월 27일 오후 6시 10분경, 야마나시현 호쿠토시 XX마을 모토무라 히로키 씨의 별장 2층 베란다에서 모토무라 씨의 아내와 아들이 추락했다. 신고를 받고 출동한 야마니시현경 H경찰서 소속 경찰관은 약 13미터 아래 바닥에 쓰러져 있는 모토무라 씨의 아내 미즈카 씨(35세)와 아들 도모키 군(8세)을 발견했다. 두 사람은 추락 당시 충격으로 현장에서 사망한 것으로 추정된다.

    도쿄도 구니타치시에 거주하는 기업가 모토무라 씨는 아들의 봄방학을 맞아 사건 전날인 26일, 가족과 함께 XX마을에 있는 별장을 찾았다. 모토무라 씨의 진술에 따르면 본인은 사건 발생 당시 1층 거실에서 쉬고 있었는데 갑자기 쿵 하는 큰 소리가 났고 그제야 아내와 아들이 보이지 않는다는 사실을 깨달았다고 한다.

    현장은 별장용 분양지로 개발된 높이 약 10미터의 절벽이었는데 사건이 발생한 베란다는 콘크리트 옹벽 위에 밖으로 돌출된 형태로 설계됐으며 높이 약 1미터 20센티미터인 철제 난간이 설치돼 있다. 경찰은 두 사람이 왜 난간 너머로 추락했는지 신중하게 수사하겠다고 전했다.

제1장

죽은 자의 고발

회사원 후지이 유리코의
사법경찰관 진술조서

1. 저는 방금 말씀드린 거주지에 2000년부터 혼자 살고 있습니다.

도쿄도 지요다구에 본사를 둔 주식회사 여성과자립사에서 편집자로 근무하고 있습니다. 여성과자립사는 주로 여성을 대상으로 한 주간지나 패션지, 생활정보지, 각종 단행본을 출간하는 출판사로, 저는 월간지 『쾌적생활』의 편집을 맡고 있습니다.

『쾌적생활』은 40대를 중심으로 30대부터 60대까지 폭넓은 주부층이 주로 구독하는 여성과자립사의 주력 잡지 중 하나인데, 저는 작년 9월호에 실린 "이웃집 상류층 부인의 고급스러운 일상을 훔쳐보다"라는 특집 기사를 취재하기 위해 도쿄도 구니타치시에 거주하는 주부 모토무라 미즈카 씨를 만났습니다. 어제 3월 27일, 바로 그 미즈카 씨가 '수기'라는 제목의 메일을 보냈기에 그에 관해 말씀드리겠습니다.

2. "이웃집 상류층 부인의 고급스러운 일상을 훔쳐보다"는 우아한 상류층 삶을 즐기는 일반 가정주부의 집에 방문해 이야기를 듣는 기획입니다. 정치인이나 연예인 등 이른바 유명인이 아니라, 이름은 잘 알려지지 않았지만 대대로 이어져 온 전통 있는 가문의 안주인이나 젊은 기업가의 아내 등 20대에서 60대 여성 중 후보자 약 스무 명을 추렸고, 그중 모토무라 미즈카 씨를 포함한 여섯 명을 최종 선정했습니다.

성공한 IT 기업가의 아내인 점, 음대를 졸업한 미인으로 두 아이의 어머니인 점, 도쿄도 구니타치시에 있는 집 외에 야마나시현 호토쿠시에도 세련된 별장을 소유한 점 등이 해당 기획 콘셉트와 딱 맞는다며 저희 출판사를 드나드는 프리랜서 기자가 미즈카 씨를 추천했습니다.

다행히 취재 요청에 흔쾌히 응해준 덕분에 작년 7월 하순, 이번 사건이 일어난 호토쿠시 XX마을에 있는 모토무라 씨의 별장에서 사진을 찍고 인터뷰했습니다. 이 특집 기사의 취재 대상은 미즈카 씨뿐이었기 때문에 남편인 모토무라 히로키 씨나 자녀들과는 만나지 않았습니다.

취재 당일에는 사진가와 미즈카 씨를 제 차에 태우고 셋이서 도쿄에서 야마나시현의 별장으로 이동한 뒤 약 네 시간 동안 촬영과 인터뷰를 진행했습니다.

저와 사진가 모두 미즈카 씨와 처음 만나는 자리였는데 미즈카 씨는 인터뷰 질문에 소탈하게 대답해줬고 흔쾌히 집안을 촬영할 수 있게 배려해줬습니다.

인터뷰 내용은 주로 기획 콘셉트에서 크게 벗어나지 않는 취미와 패션, 일상생활을 중심으로 구성했습니다. 미즈카 씨 역시 남편이나 자녀들과 있었던 흐뭇한 일화나 상류층의 삶에 대해 소개했고 가정불화의 기미는 조금도 느끼지 못했습니다.

집안에 문제가 있는 사람을 취재하다 보면 겉으로는 화목한 척해도 결국 불화 사실이 은연중에 티가 날 때도 있는데 미즈카 씨는 전혀 그렇지 않았기 때문에 이번 사건 소식을 듣고 몹시 놀랐습니다.

3. 이러한 특집 기사를 취재할 때는 평소 원칙상 사례 없이 협조해 주십사 부탁했고, 미즈카 씨도 마찬가지였습니다. 별장에 오가는 도중 휴게소에서 함께 식사했지만 사례라고 할 만한 수준은 아니었습니다.

사내 규정에 따라 발행된 잡지를 두 권 보냈고 그 후로는 서로 연락을 주고받지 않았습니다. 처음에 말씀드렸듯이 어제 3월 27일 오후 4시 49분에 미즈카 씨가 제게 '수기'라는 제목으로 갑자기 메일을 보낸 것이 다입니다.

취재차 만났을 때 제 이메일 주소가 적힌 명함을 건네기는 했지만 여덟 달이나 지나서 이런 메일이 올 줄은 상상도 못 해서 깜짝 놀랐습니다. 저는 미즈카 씨의 딸 유카 양이 올해 2월에 사고로 사망한 사실도 전혀 몰랐기 때문에 미즈카 씨가 제게 '수기'를 보낸 이유는 어쩌면 제가 언론인이어서 그런 게 아닐까 생각합니다. 그 이유밖에 떠오르지 않네요.

곧바로 수기를 훑어봤지만 답장을 보내지는 않았습니다. 내용이 내용인 만큼 몹시 놀라기는 했는데 미즈카 씨가 이 '수기'를 작성한 진정한 의도를 제대로 파악하지 못한 데다 솔직히 어디서부터 어디까지 진실인지 판단할 수 없었기 때문입니다.

그도 그럴 것이 생초보 아마추어부터 프리랜서 기자까지 수많은 작가 지망생과 기자 지망생이 다양한 기획과 정보, 직접 쓴 기사나 소설을 들고 출판사나 편집자를 찾아옵니다.

미즈카 씨도 얼마 전 특집 기사 취재 건으로 저희와 쌓은 인맥을 기회 삼아 세간의 주목을 받을 목적으로 충격적인 이야기를 꾸며낸 것 아닐까 의심이 들었습니다. 그래서 편집장에게 보고할지 말지 고민하는 사이에 사건이 일어났고 결과적으로 도움을 요청한 미즈카 씨의 목소리를 방치한 꼴이 되어 마음이 무겁습니다.

4. 모토무라 미즈카 씨와 아들 도모키 군이 어제저녁 야

마나시현 호쿠토시의 별장 2층 베란다에서 추락해 사망한 사실은 오늘 아침 TV 뉴스를 보고 알았습니다.

미즈카 씨가 보낸 '수기'와 같은 결과가 벌어져서 매우 충격을 받았습니다. 출근 시간이 얼마 남지 않아 일단 출근해서 편집장에게 보고하고 의논한 뒤 즉시 경찰에 신고하자는 결론에 이르렀습니다.

모자가 사망하는 최악의 사태가 발생해 안타깝지만, 미즈카 씨도 정말 신변의 위험을 느꼈다면 이런 '수기'를 쓰기 전에 몸을 피하지 않았을까 생각하기 때문에 이번 일이 우연한 사고인지 미즈카 씨가 두려워하던 사건인지 판단이 서지 않습니다.

미즈카 씨가 보낸 '수기'를 인쇄해 제출하니 철저히 수사해 주시기를 부탁드립니다.

피해자 모토무라 미즈카의 수기

보낸 사람: 모토무라 미즈카
일시: 2006년 3월 27일 16시 49분
받는 사람: 후지이 유리코
제목: 수기

나는 지금 무엇을 해야 하는가. 스스로도 모르는 상태로 이 수기를 씁니다.
나도 모르게 "살려줘!"라고 소리를 지를 것만 같은 제게 "진정해! 차분하게 생각해"라고 냉정하게 속삭이는 또 다른 제가 있습니다.
느닷없이 이런 메일을 받으셔서 분명 당혹스러우시겠죠. 모토무라 미즈카가 미친 것 아닐까. 그렇게 의심한다고 해도 이해합니다.

하지만 남편이 아내와 아들을 죽이려고 한다. 어떻게 하면 그 사실을 타인에게 이해시킬 수 있을까요? 특히나 그 남편이 완벽하고 가정에 충실한 사람이라고 세상에 알려진 인물이라면······. 분명 제 호소 따위는 아무도 귀담아듣지 않을 테죠. 그래요, 사건이 실제로 일어나지 않는 한.

그래서 저는 수기를 남기기로 결심했습니다. 그리고 그 수기를 후지이 유리코 씨 당신에게 맡깁니다. 편집자님은 제가 아는 유일한 독립적인 여성이고, 제 고발을 받아들일 만한 판단력과 행동력을 지녔다고 믿기 때문입니다.

이것은 우리 가족의 치부이며, 그렇기에 거짓되지 않은 진실이기도 합니다. 만약 이대로 아무 일도 일어나지 않는다면 부디 이 수기는 잊어 주세요. 어리석은 여자의 망상이라고 치부하셔도 괜찮습니다.

하지만 만약 아들과 제가 살해당하는 날이 오면······. 아니, 병사든 사고사든 상관없습니다. 만약 아들과 제가 갑자기 이 세상에서 사라지는 날이 오면 망설이지 말고 이 수기를 공개해 주시기 바랍니다. 그리고 부디 아들과 저의 억울함을 풀어 주세요.

지금은 반신반의하겠지만 그때가 되면 제가 무엇을 두려워했고 무엇을 알리고 싶어 했는지 분명 이해하실 겁니다.

제가 남편 히로키에게 처음으로 뚜렷한 불신을 품게 된

계기는 작년 말, 시부야구 쇼토에 살던 친정어머니가 돌아가셨을 때의 일이었습니다.
물론 그전에도 전조는 있었습니다. 남편 회사의 경영 상태가 예전 같지 않았고, 남편의 마음속에서 보이지 않는 무언가에게 제가 점점 밀려나고 있다고 느꼈습니다. 아직 겉으로 드러난 위협은 없었지만, 아무리 성격이 느긋한 저라도 평온한 가정에 스며드는 불온한 변화를 어렴풋이 느낄 정도였습니다.
히로키는 지금 그야말로 성공한 젊은 기업가의 대명사 같은 존재지만 시작부터 순조롭지는 않았습니다. 지방공무원이었던 시아버지는 히로키가 고등학교 2학년 때 돌아가셨기 때문에 당연히 부모의 인맥이나 경제적 지원을 바랄 수 없는 처지였습니다. 남들처럼 대학에 간 것만으로도 충분히 감사한 일이었죠. 히로키는 대학을 졸업한 뒤 오로지 혼자 힘으로 IT기업을 창업했습니다.
저는 남편이 어떤 일을 하는지는 자세히 모릅니다. 아이디어가 독보적인지, 아니면 경영 능력이 뛰어난지도 잘 모릅니다. 아마 둘 다겠죠. 히로키와 같은 도전을 한 사람은 많았겠지만 살아남은 기업은 극소수니까요. 지금은 정직원만 서른 명이 넘고 신주쿠의 오피스 빌딩에 널찍한 사무실이 있다고 들었습니다.
네, 그래요. 저는 정말로 남편의 일에 대해 아무것도 모릅니다. 히로키는 집에서는 일 이야기를 하지 않는 주의고 제가 아주 가끔 회사에 얼굴을 내미는 것조차 싫어했어요. 우리가 처음 만났을 때 남편은 이미 번듯한 기업가였고 제가 참견할 여지는 어디에도 없었습니다.

 히로키가 아내인 제게 원했던 역할은 무엇일까요? 저는 이제 '혹독한 생존 경쟁으로 지친 몸과 마음을 치유해 주는 오아시스 같은 존재'라고 대답할 자신이 없습니다.

 친정어머니의 사인은 심근경색이었습니다. 아직 예순두 살이라는 이른 나이. 쓰러지기 직전까지 건강하게 혼자 사셨기 때문에 말 그대로 급사였습니다. 직접 구급차를 부르고 딸인 제게도 전화를 건 뒤 이송된 병원에서 숨을 거두셨습니다. 고독사가 아니었다는 사실만으로도 불행 중 다행이라고 할 수 있을까요.

 저는 형제가 없습니다. 남편과 아이가 있다고는 해도 늘 마음을 의지하던 어머니가 세상을 떠나자 마치 천애고아가 된 심정이었습니다. 도무지 현실 같지 않고 황망했죠. 병원까지 어떻게 갔는지, 누구와 어떤 대화를 나눴는지 거의 기억에 없습니다.

 장례를 치르는 동안 슬픔에 사무쳐 인사도 제대로 못 하는 저를 대신해 히로키가 듬직하게 상주 노릇을 했습니다. '역시 남자는 다르다. 앞으로 내가 의지할 사람은 히로키뿐이다'라고 남편의 존재를 새삼 절감했습니다.

그런데 영결식과 초칠일 법회를 함께 연달아 마친 뒤 어머니의 유골을 안고 집으로 돌아오자 히로키는 더 이상 위로의 말을 건네지 않았습니다.

기진맥진해서 소파에 주저앉은 저를 닦달했습니다.

"배고파. 거기서 꾸물대지 말고 빨리 저녁 차려."

명백히 짜증 섞인 말투였습니다.

그뿐만이 아니었습니다. 마치 "카레는 싫어"라고 말하는 투로 말을 이었습니다.

"쇼토에 있는 친정집은 빨리 파는 게 좋겠어. 지금 팔면 비싸게 받을 수 있을 테니."

분명 그렇게 말했습니다.

"팔다니, 그게 무슨 말이야?"

저는 무심코 되물었습니다.

부모님의 추억이 남아 있는 집을 판다고? 심지어 어머니가 돌아가시기를 기다렸다는 듯이……. 어머니를 화장한 바로 그날 꺼낼 만한 이야기는 결코 아니었습니다.

"그 집은 아버지와 어머니의 유품이 가득해. 달리 보관할 수 있는 장소도 없고, 언젠가 정리한다고 해도 지금 당장은 힘들어. 당분간 그대로 둘 수밖에 없다는 거 알잖아."

일단 그렇게 대답했지만 제 반응이 마음에 들지 않았던 모양입니다. 히로키는 고개를 홱 돌리고는 이상할 정도로 거칠게 상복을 벗어 던진 뒤 2층으로 올라가 버렸습니다.

친정집은 아버지가 돌아가신 후 어머니와 제가 절반씩 상속받았습니다. 그러나 어디까지나 명목상 이야기일 뿐 실제로 절반씩 나눈 것은 아니었습니다. 그 집에는 줄곧 어머니 혼자 사셨습니다.

비단 부동산뿐이 아닙니다. 예금을 비롯해 아버지가 보유했던 주식과 채권 전부 어머니가 쥐고 계셨기 때문에 사실상 저는 아무것도 상속받지 못한 셈이었습니다. 그 대신이라고 하기는 뭐하지만 상속세와 고정자산세는 어머니가 부담하셨고 저희에게 생활비를 지원받지도 않으셨습니다.

어머니는 검소하셨습니다. 어머니가 돌아가시면 친정 재산은 딸인 제가 고스란히 물려받을 테니 결국 처음부터 제 몫이나 다름없었죠. 저는 그렇게 생각하고 있었는데 남편의 생각은 달랐던 걸까요.

그러고 보니 언젠가 히로키가 생각에 잠긴 얼굴로 이렇게 중얼거린 적이 있습니다.

"장모님은 언제까지 그렇게 큰 집에 혼자 사실 생각일까?"

"글쎄, 계속 사시지 않을까? 거기가 엄마 집인데. 연세도 있으신데 이제 와 새삼 다른 곳으로 이사하고 싶지 않으실 거야."

그때는 별 생각 없이 대답했지만 그 말이 왠지 모르게 마음에 걸렸습니다.

확실히 노인 혼자 살면 적적하고, 경제나 안전 면에서 불안한 부분이 있는 것도 사실이었지만 남편의 표정에는 분명히 그와 다른 의도가 엿보였기 때문이었습니다.

그리고 영결식을 치르고 며칠 뒤 밤이었습니다.

아이들을 재운 뒤 거실에서 TV를 보는데 2층 서재에서 내려온 남편이 컴퓨터에서 출력한 부동산 중개업소 자료를 갑자기 제 앞에 들이밀었습니다.

"이거 봐! 지금 쇼토의 땅값이 이렇게나 비싸다고."

남편이 내민 것은 제가 보기 편하도록 각종 부동산 매물의 가격 부분만 유독 강조해 놓은 자료였습니다.

"그 집 부지가 4백 제곱미터가 넘으니까 꽤 비싸게 팔 수 있을 거야. 상속세도 내야 하잖아. 어차피 처분할 거면 빨리 파는 게 낫지."

저는 깜짝 놀랐습니다.

쇼토는 도쿄에서 손꼽히는 고급 주택가이기는 하지만 애초에 상속세 때문에 집을 처분할 필요는 전혀 없었습니다. 요시다회계사무소의 오가사와라 씨는 부동산을 처분하지 않아도 주식과 예금만으로 충분히 상속세를 납부할 수 있다고 설명했기 때문입니다.

남편의 자부심인 구니타치시에 있는 우리 집은 신축이고 살기 좋지만 쇼토의 친정집은 태어나고 자란 곳이기에 애착을 느꼈습니다. 친정집은 되도록 매매하지 않고 그대로 두고 싶었습니다. 나중에 도모키나 유카 중 한 명이 사는 것도 괜찮지 않을까 생각했습니다. 그런데 왜 그렇게 허겁지겁 팔자는 건지.

저는 반대했지만 남편은 귓등으로 들었습니다. 제 뜻을 헤아리기는커녕 도리어 이상하리만치 고요한 눈빛으로 저를 응시하며 위압적인 목소리로 말했습니다.

"실은 돈이 꼭 필요해."

결혼 후 남편이 사업가로서 처음으로 드러낸 민낯이었습니다.

"아니, 그렇다고 회사가 적자라는 건 아니고."

제 안색이 변한 것을 눈치챘을까요. 남편은 서둘러 변명을 주워섬겼습니다.

"사정이 좀 있어서 그래. 어떤 회사를 인수해야 하거든. 원래는 내가 직접 자금을 마련하는 게 가장 좋지만 공교롭게도 우리 회사가 신규사업을 벌인 지 얼마 안 됐잖아. 대출 한도가 부족해. 우물쭈물하다가는 다른 놈에게 빼앗길 테니까 그 전에 당신이 투자를 좀 해줬으면 좋겠어. 언젠가 우리 회사와 합병할 테고 그런 형태로 사업에 참여하면 당신에게도 메리트가 있을 거야. 나중에 도모키에게 회사를 물려줄 걸 생각하면 사업 기반이 단단한 편이 좋기도 하고……."

그 밖에도 이런저런 설명을 늘어놓았지만 솔직히 잘 모르는 이야기였습니다. 제가 알게 된 사실은 제가 물려받을 재산이 남편에게 생각보다 훨씬 더 큰 의미를 지녔다는 사실뿐이었습니다.

시어머니는 지금도 도쿄도 미나토구 시로카네의 아파트에서 사십니다. 남편보다 세 살 많은 시누이는 결혼 후 오카야마에서 살기 때문에 시어머니 혼자 지내시는 셈입니다.

부모의 도움 없이 성공한 남편은 자신의 힘으로 지은 구니타치의 우리 집에 시어머니를 모시지 않았습니다. 남편은 제 친정어머니에게는 늘 다정했는데 순수한 애정에서 비롯된 행동이 아니었던 걸까요?

"일단 요시다 세무사님한테 상담받아 볼게."

요시다회계사무소의 요시다 다쓰히코 세무사는 친정아버지의 친구인데 아버지가 돌아가신 후 경제를 잘 모르는 어머니와 저의 든든한 상담자였습니다.

일단 그 자리는 모면했지만 제가 어물어물 대답을 미루는 동안 남편은 더욱 안달이 났습니다.

그리고 2월 1일, 그 사고가 일어났습니다.

남편은 유카를 매우 사랑했습니다. 유카는 마흔이 넘어서 얻은 딸이었는데 도모키와 여섯 살 터울이었습니다. 우리 부부 모두 둘째 아이는 가질 수 없을 것 같다고 체념하던 시기에 찾아온, 심지어 기다리고 기다리던 딸이었으니 눈에 넣어도 아프지 않았겠죠.

그런 유카를 불의의 사고로 잃었으니, 걷잡을 수 없는 분노가 사고 당시 집에 있던 저와 도모키에게 향했다고 해도 이상하지 않습니다. 그때 유카는 고작 31개월이었습니다. 변명할 생각은 없습니다. 전적으로 엄마인 제 책임입니다.

그날 저는 평소처럼 도모키와 유카와 함께 저녁을 먹은 뒤 욕조에 따뜻한 물을 받아 아이들을 목욕시키려고 했습니다. 남편은 일이 바빠서 아이들이 잠들기 전에 퇴근한 적이 거의 없었습니다.

그런데 하필 그 순간에 갑자기 복통이 일어 저는 황급히 화장실로 뛰어갔습니다. 사실 아침부터 설사기가 있었는데 밥까지 먹는 바람에 상태가 더 나빠진 것 같았습니다. 한시도 지체할 수 없었습니다. 그때는 분명 제가 욕실 문을 닫은 줄 알았습니다. 그런데 사실은 아니었습니다.

마침내 복통이 가라앉고 화장실에서 나왔을 때 활짝 열려 있는 욕실 문을 발견했습니다. 순식간에 가슴이 조여들고 오한이 엄습했습니다! 그야말로 온몸에서 피가 빠져나가는 기분이었어요. 유카는 욕실 앞 복도에서 제가 옷을 벗겨주기를 기다리고 있어야 했습니다.

욕실로 허겁지겁 뛰어 들어가니 그리 깊게 받아놓지 않은 욕조 물에 옷을 입고 엎드린 자세로 가라앉아 있는 유카가 눈에 들어왔습니다.

서양식 욕조의 턱은 딱 유카의 어깨높이였습니다. 아이의 머리는 몸에 비해 무겁죠. 욕조에 몸을 들이밀고 놀다가 균형을 잃고 머리부터 물에 빠졌으리라는 것이 경찰의 견해였습니다. 폐에 그렇게나 많은 물이 들어가면 어른도 몸을 움직이지 못해 욕조에서 익사하는 경우가 있다고 했습니다.

사고 소식을 듣고 집에 온 남편은 경찰과 시어머니 앞에서는 이성적으로 행동했습니다. 감정적인 모습은 보이지 않고 저를 감싸주는 여유마저 보였습니다. 하지만 외부인들이 돌아가고 가족만 남자 더는 저와 도모키의 얼굴을 쳐다보려고도 하지 않았습니다.

이제 갓 여덟 살이 된 데다, 사고가 일어났을 때 자신의 방에 있었던 도모키는 잘못이 없습니다. 그래도 도모키가 만약 상황이 이상하다는 사실을 눈치챘다면 최악의 사태는 막을 수 있었을 것입니다. 불합리하지만 그런 생각 때문에 남편의 분노가 도모키에게도 향했겠죠.

그 후 저와 도모키를 향한 감정은 분노에서 점점 증오로 변했을지도 모릅니다. 그래요, 우리 두 사람에게 품은 살의를 정당화할 정도로……. 그 사고로 잃은 것은 어린 유카의 목숨만이 아니었습니다. 그 순간 우리 가족의 신뢰 관계마저 완전히 상실되고 말았습니다.

경찰 조사에 장례 준비. 갑작스레 덮친 모래폭풍은 어찌나 가혹한지 순간 부부 갈등이 해소된 것처럼 보이게 했습니다. 사고를 수습하는 동안에는 적어도 겉으로는 남편이 저를 탓하지 않았고 또 저로서도 내 편이라고 부를 만한 사람은 남편밖에 없었기 때문입니다. 무엇보다 사랑하는 딸을 잃었다는 같은 슬픔을 공유했습니다.

그렇다고 해서 본질적인 문제가 해결된 것은 아닙니다. 저는 곧 일상으로 돌아갔습니다.

그리고 유카의 49재였던 3월 21일, 춘분의 일이었습니다.

"세무사는 아직 답변 없어?"

히로키가 물었습니다.

간신히 눌러 참는 말투면서도 이제는 한시도 못 참겠다는 초조한 마음이 느껴졌습니다.

"으응, 아직 아무 말 없어. 유카 일도 있으니 분명 그쪽도 조심스럽겠지. 내일이라도 오가사와라 씨에게 전화해 볼게."

애써 아무렇지 않게 대답했지만 남편이 지난 세 달 동안 잠시도 이 문제를 잊지 않았다는 사실을 깨닫고는 마음이 무거워졌습니다. 회사 사정이 그만큼 심각하다는 뜻일 테니까요.

하지만 다음 날, 유카의 유골을 안장하자마자 오가사와라 씨에게 연락을 했다가 제가 너무 안이했다는 사실을 깨달았습니다. 요시다회계사무소가 조사한 바에 따르면 남편 회사는 제 생각보다 훨씬 더 사정이 어려웠기 때문입니다.

회사 명의로 되어 있는 야마나시의 별장뿐 아니라 구니타치에 있는 집과 그 부지까지 모조리 저당 잡혀 있었습니다. 아마도 도산은 시간문제였겠죠. 오가사와라 씨의 설명을 듣고 저는 머리가 새하얘졌습니다. 이전에 말한 기업 인수 이야기가 사실이든 아니든 히로키가 은행에서 대출받을 방법이 더 이상 없는 것만은 사실이었습니다.

저는 고심 끝에 히로키의 요청에 따르기로 마음먹었습니다. 쇼토의 친정집에 아무리 많은 추억이 잠들어 있어도 회사의 존망이 걸린 상황이었기 때문입니다. 히로키의 아내인 이상 저는 그와 운명을 함께할 수밖에 없습니다. 자금 지원 요청을 거절하면 부부 사이가 틀어지리라는 것은 자명했습니다.

히로키와의 관계가 망가지는 것은 곧 제 인생이 망가지는 것과 같았습니다. 그 일만은 반드시 막고 싶었습니다. 마음이 초조했습니다.

그런데 현실은 아이러니하더군요. 친정집을 처분해서 회사 자금에 보태겠다. 그렇게 말해도 히로키는 생각만큼 기뻐하지 않았습니다. '당연한 일이야.' 차가운 시선이 그렇게 말했습니다. 계속 뜸을 들이면서 기다리게 한 점이 못마땅했나 봅니다.

그래도 안심했다는 티를 내고 싶었던 걸까요? 히로키의 표정이 조금 풀어졌습니다. 그리고 거의 사무적인 어투로 말했습니다.

"그건 그렇고, 다음 주에 셋이서 야마나시에 갈래? 일주일 휴가를 낼 생각이야. 마침 도모키도 봄방학이니까."

저는 깜짝 놀랐습니다. 그렇게 오래 자리를 비우다니, 평소의 히로키라면 도저히 생각할 수 없는 일이었습니다.

야마나시의 별장은 원래 히로키가 결혼 전에 회사 명의로 매입한 토지에 직원 휴양시설로 지은 건물이었습니다. 미나미알프스*를 조망할 수 있고 하이킹과 바비큐를 즐기기에 안성맞춤인 곳으로 당시에는 직원들과 그 가족이 자주 숙박했다고 합니다.

결혼 후에는 우리 가족의 전용 별장이 돼서 직원들은 이용하지 않게 됐는데, 그 시점을 계기로 본격적으로 정원도 가꾸고 건물도 전체적으로 리모델링했습니다. 그래서 쾌적하게 지낼 수 있지만 주변에는 산뿐인 곳입니다. 여름철은 그렇다 치더라도 추운 계절에는 딱히 할 일이 없죠. 특히 최근 몇 년은 히로키가 바쁜 탓에 예전처럼 자주 방문하지 못했습니다.

그래도 별장에서 가족과 함께 피폐해진 심신을 위로하고 재충전하자. 한계에 몰린 제게는 남편의 그 마음이 소중했습니다.

---

* 일본 야마나시현 서부 지역.

친정어머니가 돌아가신 후 우리 부부는 사이가 줄곧 껄끄러웠습니다. 그래서 솔직히 '신혼 때 자주 주말을 보내던 그 산속에서 지내다 보면 옛 감정을 되찾을 수 있지 않을까?' 하는 기대가 싹텄습니다.

저는 히로키를 잃을까 봐 두려웠습니다. 그래서,

"미조구치도 유카의 영결식에 참석하느라 여기까지 와 줬는데 제대로 챙겨주지 못했잖아. 당신도 녀석과 이런저런 할 이야기가 많지?"

남편이 묘하게 의미심장한 어투로 말했을 때 형언할 수 없는 불안감에 휩싸였지만 애써 깊게 생각하지 않으려고 애썼습니다.

미조구치 씨는 히로키의 대학 동아리 후배인데 야마나시의 토지를 매입한 배경에 미조구치 씨가 있었습니다. 당시 미조구치 씨는 도쿄의 건설회사에 근무했는데 그의 본가는 야마나시현에서 미조구치부동산을 운영하며 부동산 중개업을 했습니다. 그리고 이 일대의 토지는 미조구치부동산이 개발하고 분양한 별장용 부지였습니다.

히로키는 첫 분양 때 이곳을 매입했는데 당초 거래량은 저조했던 것 같습니다. 그래서 본인이 사용할 목적으로 한 구획을 확보했던 미조구치 씨가 당시 청년 기업가로 주목받던 히로키에게 그 옆 구획을 매입하지 않겠냐고 권유했습니다.

야마나시현 고후시에서도 산으로 더 들어가야 나오는 곳인데다 지금처럼 개발되지 않았을 시절이라서 가격도 그다지 비싸지 않았다고 들었습니다.

그 후 미조구치 씨는 건설회사를 그만두고 야마나시로 돌아가 미조구치부동산으로 들어갔습니다. 그리고 자신의 몫으로 매입한 땅에 조립식 통나무집을 짓고 혼자 살기 시작했습니다. 그러니까 미조구치 씨와 우리는 이웃인 셈입니다.

우리 부부가 결혼했을 때 미조구치 씨는 아직 미혼이었습니다. 미조구치 씨는 성격이 쾌활하고 소탈해서 편한 친구였는데 야마나시에 머물 때마다 거의 매일 밤 셋이서 술을 마셨습니다.

그리고 몇 년 뒤, 미조구치 씨는 미조구치부동산에서 아르바이트로 일하던 사키코 씨와 결혼했습니다. 결혼 후에도 두 집안은 여전히 친밀한 교류를 이어갔습니다. 미조구치 부부의 외동딸인 미유와 우리 딸인 유카의 나이는 5개월밖에 차이가 나지 않았습니다. 그 일이 없었다면 두 아이는 서로 좋은 친구가 됐겠죠.

야마나시에 사는 미조구치 씨는 차를 끌고 일부러 도쿄까지 와 유카의 영결식에 참석했습니다.

사고의 정황이 정황이니만큼 경야와 영결식을 치르는 동안 저는 제정신이 아니었습니다. 장례가 모두 끝나고 부의금과 방명록을 정리할 때가 되어서야 히로키의 사업 관계자와 지인, 친구들이 많이 참석했다는 사실을 알았을 정도였습니다. 장례를 치르던 당시에는 조문객에게 인사해도 머리로는 아무것도 인지하지 못했습니다.

하지만 신기하게도 미조구치 씨에 대한 기억은 남아 있었습니다. 미조구치 씨는 사실 사키코 씨와 함께 조문을 올 예정이었는데 공교롭게도 미유가 열이 나는 바람에 혼자 왔다며 침울한 얼굴로 말했습니다. 아마도 미유가 걱정됐던 모양입니다. 결국 미조구치 씨는 화장장까지는 가지 않은 채 대화를 나눌 틈도 없이 돌아갔습니다.

그렇지만……. 저는 되돌아볼 수밖에 없었습니다.

"당신도 녀석과 이런저런 할 이야기가 많지?"

히로키는 그때 왜 그런 의미심장한 말을 했을까요. 물론 답은 정해져 있습니다. 그 시점에 알아차렸어야 했어요. 히로키도 알고 있었던 것입니다. 도모키의 친부가 그가 아니라 미조구치 씨라는 사실을…….

솔직히 말하면 지금까지 눈치챌 기회는 있었습니다. 그저 필사적으로 스스로를 속이고 모르는 척했을 뿐이죠. 아마 착각이겠지. 그렇게 자기 합리화하며 가슴에 박힌 작은 가지가 언젠가 저절로 빠지기만을 기다렸습니다.

시간이 별로 없네요. 이야기를 서두르겠습니다.

어제 3월 26일 일요일, 저와 도모키는 히로키가 운전하는 벤츠를 타고 이곳 야마나시 별장에 왔습니다. 도중에 장을 보고 점심을 먹느라 오후 2시가 다 되어서야 도착했습니다.

우리 가족이 도쿄에서 지낼 때는 사키코 씨가 종종 별장에 들러 환기해 주기 때문에 꿉꿉하지는 않았지만 역시 먼지 더께가 쌓이는 것은 어쩔 수 없었습니다. 도착 당일은 만사 제쳐 놓고 실내 청소부터 하고 저녁 식사는 오는 길에 사온 초밥과 반찬으로 간단하게 해결하기로 했습니다.

별장이라지만 애초에 기업에서 사용하던 직원 휴양시설이었기 때문에 상당히 넓습니다. 1층에는 천장이 2층까지 시원하게 뚫린 거실과 독립된 식당, 주방, 식료품 저장실. 그리고 침실과 욕실이 있습니다. 2층에는 큰 방 두 개와 욕실이 있는데 방은 각각 아이 방과 히로키의 서재로 꾸몄습니다.

당연하게도 아이 방에는 아직 유카의 침대가 남아 있었습니다. 창가에 놓인 유아용 작은 침대가 눈에 들어온 순간 심장이 에는 듯 고통스러웠습니다. 언제쯤 되어야 일일이 동요하지 않을까요?

그래도 그 직후에 일어난 일에 비하면 그런 마음의 통증은 예상한 범위의 일이었다고 할 수 있겠습니다.

제가 거실에서 청소기를 돌리자 히로키는 "잠깐 정원 좀 보고 올게"라며 현관으로 나갔습니다. 약 5백 평인 별장 부지는 히로키의 취향에 맞게 프랑스 정원 스타일로 꾸몄습니다. 지역 업체에 위탁해 정기적으로 가꾸고 있는데 관리 상태를 확인하려고 나가는 듯했습니다.

그 사이에 서재 청소를 끝내야겠다고 생각한 저는 거실 청소를 미루고 2층으로 올라갔습니다.

서재에 들어갔더니 히로키가 좋아하는 앤티크 책상 위에 그가 벗어 놓은 재킷이 있었습니다. 그 옷도 히로키가 좋아하는 아쿠아스큐텀의 직수입 제품이었죠. 남편은 아주 미세한 주름 하나까지 신경 쓰는 사람이라서 옷걸이에 걸어 놓으려고 재킷을 집어 들었더니 주머니에 휴대폰이 들어 있었습니다. 이맘때치고는 이상할 정도로 날씨가 포근해서 스웨터 차림으로 밖에 나간 듯했습니다. 히로키는 항상 휴대폰을 몸에서 떼어놓지 않기 때문에 웬일이지 싶었습니다.

저는 정원과 맞닿아 있는 베란다로 향했습니다. 서재에서 베란다로 바로 나갈 수 있거든요. 히로키를 찾아 휴대폰을 치켜들고 알려주려고 했습니다.

그런데 그때였습니다. 옆집 미조구치 씨네 집과 맞닿은 경계 부근, 자그마하게 우거진 나무숲 근처에서 별장을 등지고 휴대폰을 귀에 댄 채 서 있는 히로키를 목격하고 저는 심장이 얼어붙었습니다.

저는 무심코 바지 주머니에 손을 넣어 확인했습니다. 제 휴대폰은 주머니에 얌전히 있었습니다. 그렇다면 남편이 지금 들고 있는 휴대폰은 도대체 무엇일까요? 그 사람이 사용하는 휴대폰은 하나일 텐데 말이죠.

저는 목소리를 낼 수 없었습니다.

잠시 후 히로키가 별장 안으로 들어왔지만 그 손에 휴대폰은 없었습니다.

저녁 식사가 끝나고 8시 정각이 되었을 때 미조구치 씨와 사키코 씨가 미유를 데리고 방문했습니다. 함께 술을 마시기로 약속했기 때문입니다.

사키코 씨와는 유카가 세상을 떠난 뒤 처음 만나는 자리였습니다. 그녀는 울먹이는 얼굴로 히로키에게 고개를 숙인 뒤 제 손을 꼭 잡아줬습니다. 사키코 씨가 굳이 위로의 말을 꺼내지 않아서 저는 안심했습니다.

미유는 마지막으로 만났을 때보다 제법 자란 티가 났습니다. 그래도 두 살 아이에게 5개월 차이는 큰지 유카보다 키가 훨씬 작았고 여전히 아기 티가 났습니다.

유카가 히로키를 닮은 것처럼 미유도 미조구치 씨를 닮았습니다. 두 아이가 저마다 아빠를 쏙 빼닮은 것은 행운이었습니다. 누구나 그 사실에 눈길을 빼앗기고 나면 도모키의 얼굴은 유심히 보지 않기 때문입니다. 도모키가 특별히 저를 닮았다고 생각하지는 않습니다. 그렇다고 미조구치 씨를 닮은 것 같지도 않은데, 저만의 바람일까요.

두 사람이 보졸레 와인과 카망베르 치즈를 들고 방문했기 때문에 생햄과 훈제연어를 더해 우선 와인을 마시기 시작했습니다. 미유는 1층 침실 침대에 재웠습니다. 홀로 게임에 빠진 도모키를 거실에 남겨두고 어른들은 식당으로 자리를 옮겼습니다.

이렇게 부부 동반으로 술을 마시는 자리는 오랜만이었습니다. 유카가 세상을 떠난 뒤, 아니 친정집을 처분하자는 이야기가 나오고부터 우리 부부 사이에는 초겨울 삭풍과도 닮은 외풍이 휘몰아쳤기 때문입니다.

물론 아무도 그 사고에 대해 언급하지 않았습니다. 불행한 일 따위는 전혀 없었던 사람들처럼 인근 별장 주인의 소문이나 이번에 고부치사와에 오픈하는 레스토랑 정보 등을 나누며 한없이 화기애애한 대화를 이어갔습니다.

그렇게 의미 없는 시간을 보내고 있을 때였습니다.

"침실에 아르마냑이 있으니 가져올게."

어째서인지 그때까지 시큰둥한 듯 잠잠하던 히로키가 갑자기 벌떡 일어나 식당을 나갔을 때 벽시계는 9시 정각을 가리켰습니다.

아르마냑은 침실 사이드보드에 넣어뒀습니다. 슬슬 와인을 다 마셔가니 다른 술을 꺼내오려는 듯했습니다.

그런데 화장실에서 볼일이라도 보고 오는지 히로키는 좀처럼 돌아오지 않았습니다. '무슨 일이지?' 하고 안절부절못하는데 사키코 씨도 덩달아 불안한 눈치였습니다. 아무리 화장실에 들른다고 해도 너무 오래 걸렸으니까요.

둔한 미조구치 씨와 달리 사키코 씨는 눈치가 빠른 사람입니다. 더는 가만히 기다리고 있을 수만은 없어서 상황을 살피러 갔습니다. 그런데 그때 왠지 모를 예감에 침실 앞에서 발소리를 죽이고 문에 귀를 댔습니다.

히로키는 방 안에서 목소리를 낮추고 말하고 있었는데 단단한 결심을 품은 듯 침착한 분위기가 느껴졌습니다.

"괜찮아, 절대로 실패하지 않을 거야. 내일 적당한 장소를 찾은 다음에 모레 데리고 드라이브를 나갈 테니까……. 당연히 둘 다 한꺼번에 처리해야지. 당신은 그냥 기다리면 돼."

내 심장 소리가 문을 뚫고 지나 히로키의 귀에 닿지 않을까 염려스러울 정도였습니다.

저는 문가에서 슬쩍 벗어나 주방 옆 식료품 저장실에 숨었습니다. 미국식으로 지어진 식료품 저장실에는 각종 통조림과 병조림, 비스킷, 시리얼 등이 많았습니다. 선반을 빼곡하게 채운 식료품에 둘러싸여 저는 차분하게 호흡을 가다듬었습니다.

이때 저는 이미 확신했습니다. 히로키는 내가 모르는 여자와 9시 정각에 통화하기로 약속했구나. 내가 통화 이력을 볼 수 없는 비밀 휴대폰으로……. 그리고 그가 여자에게 한 말은 분명 저와 도모키를 죽이겠다는 약속이었습니다.

얼마나 그렇게 있었을까요. 5분이나 10분이 흘렀다고 느졌지만 실제로는 1, 2분이었을지도 모릅니다.

그리고 식료품 저장실에서 나와 이번에는 일부러 발소리를 내며 침실로 향했습니다.

"여보!"

큰 소리로 부르자 히로키가 숨을 한 번 고른 뒤 밝은 목소리로 대답했습니다.

"응, 지금 가."

한 손에 아르마냑을 들고 문을 연 남편은 저를 향해 산뜻한 미소를 지으며 말했습니다.

"미안. 속이 좀 안 좋아서."

미조구치 부부는 다음 날 출근해야 한다며 10시가 되지 않았을 때 돌아갔습니다. 미조구치 씨와 사키코 씨는 미조구치부동산의 고부치사와지점을 맡고 있어서 평일에는 매일 미유를 데리고 차로 출근했습니다.

설령 미조구치 부부가 우리 집에 자욱하게 드리운 불온한 분위기를 감지했다고 해도 그 불온이 설마 남편이 처자식을 살해하려는 계획이리라고는 꿈에도 생각하지 못했을 것입니다.

세 가족이 화목하게 떠나는 뒷모습을 바라보며 저는 안도의 숨을 내쉬는 동시에 "제발 살려줘!"라고 그들을 향해 소리치고 싶은 충동을 느꼈습니다.

그리고 저는 뜬눈으로 오늘, 3월 27일 월요일 아침을 맞이했습니다.

당연히 남편에게 따질 수 없었습니다. 아침 식사를 준비하면서도 필사적으로 생각했습니다. 히로키가 눈치채지 않도록 신중하게 대책을 마련해야 했습니다.

아침에 일어나자마자 서재에 틀어박혀 있던 히로키는 아침 식사를 하러 식당으로 내려온 뒤 천천히 입을 열었습니다.

"급한 일이 생겼어. 지금 회사에 가 봐야 해."

어떠한 망설임도 느껴지지 않는 말투였습니다.

"되도록 저녁까지는 돌아올게. 오늘 안에 정리해야 하는 일이거든. 대신 내일 셋이서 드라이브 가자. 날씨도 좋다고 하니까 하이킹하기에 최고일 거야. 도모키도 운동을 좀 해야 해."

헛웃음이 나올 정도로 예상대로 흘러갔습니다.

평소 아빠에게는 반항하지 않는 도모키는 특별히 기쁜 기색도, 불만스러운 기색도 보이지 않았습니다. 말없이 고개를 숙인 채 토스트만 씹었습니다. 아빠가 별장을 비우면 오늘 하루 마음 놓고 게임을 할 생각이었겠죠.

그런데 아무리 친아들이 아니라고 해도 태어났을 때부터 길러온 아이를 아무 거리낌 없이 죽일 수 있나요? 히로키가 언제 그 사실을 알았는지는 모르지만 도모키를 눈에 넣어도 아프지 않을 만큼 끔찍이 사랑했을 텐데요.

남자는 좋아하는 여자를 위해서라면 무슨 짓이든 할 수 있는 존재일지도 모르겠습니다. 아니, 그것이 아니라면……. 마음속에 거무칙칙한 의심이 피어올랐습니다. 히로키는 여자에 빠질 남자가 아니기 때문입니다.

남편이 저와 도모키를 죽일 이유가 있다면 그것은 여자 때문이 아니라, 우리 모자가 사라지면 친정의 재산을 자신이 차지할 수 있기 때문 아닐까요.

히로키가 사랑하는 벤츠를 몰고 부리나케 떠난 뒤 저는 이 수기를 쓰기 시작했습니다.

남편이 저와 아들을 살해할 장소를 물색하러 나간 지금도, 그것이 사실이라면 저는 어떻게 해야 할지, 이렇게 글을 쓰는 지금도 답을 알 수가 없네요.

경찰이요? 경찰이 무엇을 할 수 있을까요? 히로키가 저와 도모키를 죽인다고 언제 말했나요? 증거가 어디에 있나요? 히로키는 번듯한 기업가지만 저는 한낱 가정주부일 뿐입니다. 경찰이 제 말을 믿으리라는 보장은 없습니다.

그러면 친구? 아뇨, 친구도 마찬가지입니다. 그들이 설령 제 이야기를 믿어준다고 해도 경찰에 신고하라고 권하거나 하겠죠.

이런 고민이나 하면서 괴로워할 시간에 당장이라도 도모키를 데리고 도망쳐야 한다. 또 다른 자신이 끊임없이 속삭였습니다. 그런데도 망설이는 이유는 이 일련의 사건은 모두 히로키가 꾸민 계략이며 제가 감쪽같이 속아 그의 의도대로 행동하는 것, 그것이야말로 히로키가 노리는 진정한 목적이라는 의심을 버릴 수 없었기 때문입니다.

모토무라라는 성도, 구니타치의 집도 전부 버리고 우리 모자가 달아나는 것. 자신의 손은 더럽히지 않으면서 우리 모자를 자신의 인생에서 내쫓는 것. 그런 목적이라면 히로키는 아무런 망설임 없이 일부러 수상하게 행동해서 저를 불안에 빠뜨릴 것입니다.

미조구치 씨라면……. 도모키의 친부인 미조구치 씨라면 분명 어떻게든 도와주려고 하겠죠. 그 사람은 정이 많아요. 하지만 지금 그 사람 곁에는 사키코 씨가 있습니다. 역시 그에게 도움을 청할 수는 없었습니다. 아무것도 모르는 사키코 씨에게 히로키가 왜 나와 도모키를 증오하는지, 그 이유를 알리는 것만은 반드시 피해야 하니까요.

밤새도록 고민한 끝에 제가 내린 결론은 바로 이 수기를 쓰는 것이었습니다. 저는 이 수기를 여성과자립사의 후지이 유리코 씨, 당신에게 보내기로 정했습니다. 뛰어난 저널리스트인 당신이라면 이 이상한 수기를 받아도 분명 적절하게 대처해 주시리라 생각합니다.

제발 저를 비웃어 주세요. 허세가 심한 멍청한 여자라고 멸시해도 괜찮습니다. 이것이야말로 바로 그 '상류층 부인'

의 '고급스러운 일상'의 진정한 모습이니까요.

지금은 반신반의하더라도 제 이야기가 사실로 밝혀졌을 때 후지이 유리코 씨가 제 억울함을 풀어주리라 믿습니다.

무직 모토무라 이쿠코의
사법경찰관 진술조서

1. 저는 고인인 남편 모토무라 기요타카와 결혼한 1958년부터 지금까지 방금 말씀드린 주소지에 살고 있습니다.

지방공무원이었던 남편이 1978년에 사망한 뒤 제가 거주하는 미나토구의 유한회사 다카야마코산에서 예순다섯 살까지 사무직원으로 근무했습니다. 현재는 아들이 보내주는 생활비와 연금으로 혼자 살고 있습니다.

자식은 둘인데, 딸인 후나다 도시에는 결혼해서 가족과 함께 오카야마시에 사는 전업주부입니다. 아들인 모토무라 히로키는 IT기업인 주식회사 엠시티의 대표로, 역시 가족과 함께 구니타치시에 살고 있습니다.

그저께 3월 27일, 며느리인 미즈카와 여덟 살 난 손자 도모키가 야마나시현 호쿠토시의 별장 2층 베란다에서 추락해 사망한 사건이 발생했습니다. 그리고 어제 3월 28일, 황당하게도 히로키가 모자 살인 혐의로 체포되는 사태가 벌어졌습니다.

사실 아들네 가족은 올해 2월 1일에도 욕실에서 발생한 사고로 두 살 난 딸 유카를 잃었는데 이번 사건은 유카의 49재 법회가 끝난 지 얼마 지나지 않아서 일어났습니다.

히로키가 의심받은 이유를 저는 잘 모르지만, 며느리 미즈카가 죽기 직전 출판사 편집자에게 보낸 수기가 히로키를 체포하는 데 결정적인 역할을 했다고 들었습니다. 저도 형사님께 들은 이야기인데, 그 수기는 히로키가 정부와 짜고 아내와 아들을 죽이려고 한다고 생각한 며느리가 이메일로 남편을 고발한 내용 같았습니다.

무엇보다 히로키가 혐의를 전면 부인하는 상황에서 저로서는 도저히 믿을 수 없는 심정입니다.

히로키와 사망한 두 사람의 몸에 격렬하게 싸운 흔적이 있었다고 형사님은 말했습니다. 하지만 히로키는 어려서부터 성격이 온화해서 난폭한 행동은 단 한 번도 한 적이 없었고 지금까지 두 사람이 부부싸움을 했다는 이야기도 들은 적 없습니다. 사건 당일 세 가족 사이에 무슨 일이 있었는지는 모르겠지만 솔직히 부득이한 사정이 있었다고 생각할 수밖에 없습니다.

히로키도 어머니인 제게는 사실을 말해 주리라 생각했지만 접견이 금지되어 있어 면회를 갈 수 없기 때문에 확인할 방법조차 없는 상황입니다.

그런데 실은 어제, H경찰서에서 조사를 받고 도쿄로 돌아왔을 때 알게 됐습니다. 제가 집을 비운 사이, 문제의 사건이 일어나기 직전에 도모키가 제게 메일을 보냈다는 사실을요.

그래서 곧바로 메일을 열어보니 전혀 생각지도 못한 충격적인 고백이 적혀 있어 경악했습니다. 읽어 보시면 아시겠지만 도저히 무시할 수 없는 중대한 내용이었습니다. 내용이 내용인 만큼 어찌해야 할지 몰라 갈팡질팡했지만 아무리 생각해도 이 사건과 깊은 관계가 있는 메일이니 다시 H경찰서에 방문해 메일을 제출하기로 했습니다.

사실 저는 도모키가 유치원에 다니던 약 3년 전부터 메일을 주고받았습니다. 메일 교환이라고 하면 거창해 보이지만 보통은 소소한 일상 이야기를 나눴습니다. 평소 사이가 가까웠기 때문에 도모키가 제게 이러한 고백을 남길 만했다고 생각합니다.

오늘은 문제의 메일을 출력한 인쇄물을 제출하면서 이 건과 관련해 제가 아는 모든 것을 말씀드리겠습니다.

2. 이번 사건의 현장이 된 야마나시의 별장은 히로키가 미혼 시절 매입한 곳으로, 원래 주식회사 엠시티의 직원 휴양시설이었다고 들었습니다.

저는 어제 처음 호쿠토시에 왔고 별장에 방문한 적도 없지만 아들 부부는 신혼 때부터 그곳을 매우 마음에 들어 했습니다. 전체적으로 리모델링해서 휴일마다 자주 찾아갔다고 들었습니다.

이번에 아들 가족이 별장을 방문하기 전에 히로키가 제게 연락을 했습니다. 도모키가 봄방학인데 마침 휴가도 얻었으니 오랜만에 등산을 하고 싶다고요. 유카가 사고로 세상을 떠난 지 얼마 지나지 않았는데 상중에 가족끼리 하이킹은 조금 아니지 않나, 사실 조금 이상하다고 느꼈습니다.

그런데 공교롭게 저도 오카야마시에 사는 딸의 집에 방문하게 됐고, 설마 아들 가족에게 끔찍한 일이 일어나리라고는 꿈에도 생각하지 못했기 때문에 세 사람 모두 슬픈 일은 빨리 잊고 싶은가 보다 하는 생각에 굳이 반대하지 않았습니다. 지금 생각하면 사지로 걸어 들어간 아들 가족을 말리지 못해 몹시 후회합니다.

미즈카가 수기에서 언급한 히로키의 여자관계에 대해서 저는 전혀 모릅니다. 물론 아들에게도 며느리에게도 아무 말도 듣지 못했고 평소 언행으로 짐작건대 그럴 리 없다는 말밖에 할 수 없습니다.

히로키는 회사를 경영하는 사람이기 때문에 당연히 일을 가장 중요시하는 면은 있겠지만 아이들 입장에서는 흠잡을 데 없는, 자식을 끔찍이 아끼는 아버지였다고 생각합니다.

아내도 어찌나 애지중지했는지 가정주부인데도 가사도우미를 고용해 줬죠. 미즈카는 매일같이 외출했고 명품을 마구 사들였지만 히로키는 묵인했습니다. 너무 떠받드는 것 아니냐며 제가 잔소리를 한 적이 있을 정도였습니다. 부부 사이가 나쁘다는 느낌은 전혀 받지 못해서 며느리가 불륜을 저지르고 있으리라고는 당연히 상상도 못 했습니다.

미즈카가 수기에서 도모키의 친부는 히로키가 아니라 별장 이웃인 미조구치 유지 씨라고 밝혔다는데 당사자인 미조구치 유지 씨도 그 사실을 인정했다는 이야기를 방금 형사님께 듣고 몹시 충격받았습니다. 히로키는 뭐라고 진술했는지 모르겠지만 제게는 도모키도 유카도 모두 똑같이 사랑스러운 손주들이기 때문에 솔직히 혈액 검사 결과가 나오기 전까지는 믿고 싶지 않은 심정입니다.

그리고 도모키를 대하던 히로키의 태도 말입니다만, 조금 전에도 말씀드렸듯 히로키는 자식을 무척 사랑했고 도모키가 태어났을 때도 매우 기뻐했습니다. 집안의 대를 이을 아들이라 기대도 컸기에 그만큼 엄격하게 훈육하고 교육했지만 똑똑하고 기억력이 좋은 아이라서 할머니인 저에게까지 자랑했을 정도였습니다. 그래서 설령 도모키가 며느리의 불륜으로 태어난 아이였다고 해도 히로키는 도모키가 자신의 아들이라는 사실을 의심조차 하지 않았을 것입니다.

히로키의 사업에 대해 말씀드리면, 아들이 주식회사 엠시티를 설립한 초기부터 지금까지 저는 일관되게 아무것도 관여하지 않았습니다. 애초에 히로키는 일 이야기는 일절 하지 않았고 저도 불필요한 말은 하지 않는 성격입니다. 그래서 회사 사정이 어렵다는 이야기는 듣지 못했습니다.

당연히 사업이 순조로운 줄로만 알았기 때문에 구니타치의 집과 야마나시의 별장 모두 사업 자금 조달을 위해 담보로 잡았다는 말을 형사님께 듣고 깜짝 놀랐습니다. 제 눈에는 히로키도 며느리도 무엇 하나 부족하지 않은 고급스러운 생활을 했고, 금전적으로 어려워 보이지도 않았습니다.

참고로 히로키는 제게 생활비로 매달 10만 엔을 보냈고, 성과급 시즌에는 30만 엔을 부쳤는데 송금 일자를 어긴 적은 지금까지 한 번도 없습니다. 그 외에도 어머니의 날이나 경로의 날 등에 가방과 옷 같은 선물을 보내주기도 했습니다. 저는 검소해서 값비싼 물건은 필요 없고 연금도 받기 때문에, 만약 아들이 저 때문에 무리를 했다면 진심으로 미안한 마음뿐입니다.

며느리의 친정집 처분 이야기에 대해서는 아무것도 모릅니다. 무엇보다 며느리의 친정인 마키오카 가문은 재산이 상당해서 히로키가 며느리에게 집을 팔고 회사에 투자하도록 권유했다면 유산을 기대한 마음이 다소 있었을지도 모르겠습니다.

그런데 남편이 아내에게 도움을 요청하는 것은 당연한 일이니 그 때문에 부부 사이가 틀어졌을 리는 없겠죠. 올해 설에 만났을 때도 히로키와 며느리의 사이는 지극히 평범해 보인 데다 유카의 사고가 일어났을 때 히로키는 오히려 며느리를 감쌌을 정도니까요. 그래서 이유는 모르겠지만 제 생각에는 아무래도 며느리가 별것도 아닌 일을 굳이 침소봉대해서 떠들어댄다는 느낌을 지울 수 없습니다.

히로키가 아내와 아들을 죽일 계획을 도모했다는 말도 도저히 믿을 수 없습니다. 며느리가 지어낸 이야기거나, 아니면 그 아이가 잘못 들은 것 아닐까요? 히로키는 평소 언행이 점잖아서 큰 소리를 낸 적도 거의 없습니다. 문 너머까지 들릴 정도로 큰 소리로 전화를 했다니, 히로키 만큼은 절대로 그랬을 리 없다고 단언할 수 있습니다.

그래서 어제 형사님이 며느리의 수기에 대해 말했을 때도 솔직히 저는 도저히 납득할 수 없었습니다.

3. 저는 사흘 전, 그러니까 이번 사건이 일어나기 바로 전날부터 오카야마시에 있는 딸의 집에 머물고 있었는데 그저께 밤 10시경 호토쿠시에서 걸려 온 히로키의 전화로 미즈카와 도모키가 베란다에서 추락해 사망했다는 소식을 들었습니다.

그때 상황을 설명하면 사고가 일어났을 당시 히로키는 1층 거실에 있었기 때문에 추락 순간을 목격하지는 못한 것 같습니다. 하지만 어쨌든 엄청난 소리가 났기 때문에 2층에 올라가 보니 절벽 위에 있는 베란다 바로 아래에 두 사람이 떨어져 쓰러져 있었다고 말했습니다.

사고는 저녁 6시 넘어서 일어났는데 제게 늦게 연락한 이유는 혼이 나가서 생각이 미치지 못한 탓도 있겠지만 아무래도 경찰 조사가 길어졌기 때문인 듯합니다. 전화 통화를 했을 때 히로키는 그저 사고라고만 했지만 말투로 짐작건대 경찰에게 몹시 시달렸음을 느낄 수 있었습니다.

한시라도 빨리 아들의 곁에 있어 주고 싶었지만 애석하게도 이미 늦었기 때문에 그날 밤은 오카야마에서 보내고 다음 날 아침에 딸 부부와 함께 아침 일찍 호쿠토시로 향했습니다.

별장에 가봤자 며느리와 손자의 시신은 이미 옮겨진 상황이었고 히로키는 아침부터 경찰 조사를 받을 예정이었습니다. 그래서 역에서 택시를 타고 직접 H경찰서를 찾아갔다가 아침에 며느리가 쓴 수기가 발견됐다는 사실과 그 수기가 결정적인 증거가 되어 히로키가 체포됐다는 소식을 형사님에게 들었습니다.

그래서 어제는 결국 히로키와 만나지 못했지만 며느리와 도모키의 시신을 확인한 뒤 형사님에게 조사도 받았습니다. 별장 내부 정리를 비롯한 행정 업무는 딸 부부가 처리해 줬기 때문에 구치소에 수감된 히로키에게 물품을 넣어주고 나니 그곳에서 제가 할 수 있는 일은 더 이상 없었습니다. 그래서 형사님의 조언을 따라 일단 딸 부부와 함께 도쿄로 돌아갔습니다.

그런데 그날 밤, 집에 도착해 아무 생각 없이 컴퓨터를 켰다가 메일함에 들어온 도모키의 새 메일을 발견했습니다.

딸이 예전부터 권하기도 했지만 애초에 제가 이번에 오카야마에 가게 된 이유는 오사카에서 대학을 다니는 손녀가 봄방학을 맞아 집으로 돌아왔으니 오랜만에 기분 전환을 하고 오라며 히로키가 신칸센 왕복 티켓을 선물해 준 덕분이었습니다. 도모키에게도 그 이야기를 했기 때문에 그 아이는 제가 집을 비운다는 사실을 알면서도 굳이 메일을 보낸 셈이었습니다.

도모키는 아버지의 영향을 받아서인지 유치원에 다닐 적부터 컴퓨터 만지는 것을 매우 좋아했습니다. 그래서 전에도 말씀드렸다시피 저와 메일을 주고받았는데 이렇게 내용이 심각한 메일은 당연히 처음이었습니다. 참고로 이 메일의 발송 시각은 3월 27일 오후 2시 22분이므로 도모키가 사망하기 불과 몇 시간 전에 보낸 셈입니다.

메일 제목은 '할머니에게 하고 싶은 말'인데, 읽어 보면 알 수 있듯 도저히 믿기지 않는 내용입니다. 처음에는 누군가 장난 메일을 보냈다고 치부했을 정도였습니다. 하지만 결국 도모키가 목숨을 걸고 제게 호소한 글이라는 생각에 밤새 고민한 뒤 딸 부부와도 상의한 끝에 경찰에 신고하기로 마음먹었습니다.

4. 처음에 말씀드렸듯이 체포된 모토무라 히로키는 사망한 남편 모토무라 기요타카와 저 사이에서 태어난 아들입니다. 남편은 도쿄 출신으로 고등학교를 졸업한 뒤 병으로 사망할 때까지 도쿄 미나토 구청에서 지방공무원으로 근무했습니다. 특별히 자산이라고 할 만한 것은 없었지만 남들과 비슷한 수준으로 벌었고 남편 생전에는 네 가족이 지극히 평범하게 살았습니다.

딸 도시에는 히로키와 세 살 터울 누나인데 고등학교를 졸업하자마자 취직했습니다. 반면 히로키는 어려서부터 지기 싫어하고 호기심이 왕성한 끈기 있는 노력가였습니다. 초등학생 시절부터 산수 시험에서 백 점을 받지 못하면 비록 반에서 1등을 해도 분해서 울 정도였으니까요. 의대에 진학해서 의사가 되는 것이 목표였고 실제로 학교 성적도 좋았기 때문에 선생님도 열심히 응원해 주셨고 남편과 저도 뒷바라지할 생각이었습니다.

그런데 히로키가 도립 XX고등학교에 입학한 직후였습니다. 건강검진을 받은 남편이 폐암 선고를 받았고 수술을 받았지만 곧바로 재발했습니다. 그리고 입원과 퇴원을 반복하다 결국 세상을 떠났습니다. 히로키가 대학 입시 공부에 매진하던 고등학교 2학년 여름에 일어난 일이었는데 그 일로 히로키는 급히 진로를 바꿔야만 했습니다.

남편이 세상을 떠났을 때 도시에는 이미 사회인이었습니다. 저도 회사에 다니기 시작했기 때문에 히로키를 대학에 보낼 형편은 됐지만 사립 의대는 학비가 비싸서 감당하기 어려웠고 수도권의 국공립 의대는 합격선이 매우 높아 히로키의 성적으로는 현역으로 입학하기 힘들었습니다. 재수하려니 학원비도 만만치 않은 데다 지방 국공립대학은 자취비도 들어서 그 비용까지 대기에는 도저히 여유가 없었습니다. 결국 의대 입학을 포기해야 했습니다.

히로키는 불평 한마디 하지 않았지만 의사가 되고 싶다는 일념 하나로 잠도 아껴가며 노력했기 때문에 아마 몹시 좌절하지 않았을까 생각합니다. 담임 선생님도 무척 안타까워했습니다.

결국 등록금이 저렴하고 집에서 통학할 수 있는 국립 XX대학 상경학부에 입학했습니다. 하지만 원래 이과 과목을 잘했기 때문인지 대학 입학 후에는 전공 공부보다 컴퓨터에 흥미를 보였습니다. 자세한 상황은 전혀 모르지만 친구들을 모아 활발히 활동했고 용돈도 전혀 부족하지 않았던 것 같았습니다.

그 일의 연장선으로 졸업 후에도 취직하지 않고 IT기업을 창업했습니다. 자금 조달을 비롯한 모든 일을 히로키 혼자 힘으로 해결했으며 부모나 친척의 지원은 전혀 받지 않았습니다.

다행히 사업이 크게 성공해 저도 마음을 놓았지만 직원이 늘고 회사 규모가 커지면서 책임도 점점 무거워졌습니다. 눈코 뜰 새 없이 바빠져 시로카네에서 회사가 있는 신주쿠까지 오가는 시간도 아깝다며 스물다섯 살이 되자마자 신주쿠에 맨션을 빌려 독립했습니다.

젊은 나이에 기업가가 되었으니 히로키 본인도 만족하겠지만 아버지가 건재해서 처음 꿈꿨던 대로 의학의 길을 걸었다면 미즈카를 만나지 않았을 테고 이 지경이 되지도 않았으리라 생각하니 몹시 안타깝고 마음이 쓰립니다.

5. 히로키는 독립한 뒤 전화는 가끔 걸어왔지만 시로카네의 집에는 일 년에 네다섯 번밖에 오지 않았기에 어떤 삶을 살았는지는 자세히 모릅니다. 원체 성실한 아이라서 여러 여자를 난잡하게 만나고 다니지 않았을 것이고 제게 소개한 여자친구도 미즈카 뿐이었기 때문에 한때는 결혼 생각이 없는 것 아닌가 걱정할 정도였죠.

그래서 결혼 이야기가 나왔을 때 안심했습니다. 히로키가 며느리 미즈카와 어떻게 만났는지는 잘 모르지만 두 사람이 약혼했을 때 히로키는 이미 서른네 살이었고 미즈카의 집안도 탄탄했기 때문에 결혼을 반대할 이유는 없었습니다.

결혼할 때 히로키는 신주쿠의 맨션을 나와 구니타치시에 땅을 매입해 집을 지었습니다. 히로키는 집이 넓으니 함께 살자고 권했지만 저는 혼자 사는 것이 편해서 고마운 마음으로 거절했습니다. 저는 지금 생활에 만족하고 며느리 입장에서도 시어머니를 모시고 사는 것은 부담스러우리라 생각했기 때문입니다.

며느리의 수기에는 마치 히로키가 어머니인 저를 거부한 것처럼 쓰여 있다고 들었는데 전혀 사실이 아닙니다. 그러니 며느리가 일부러 거짓말을 한 것이 아니라면, 함께 살자는 제안을 제가 거절했다는 사실을 히로키가 며느리에게 말하지 않은 것 아닐까요?

며느리는 꾸미는 것을 좋아하는 화려한 사람이었고 가사나 육아도 열심히 하지 않았습니다. 저처럼 나이 든 사람의 생각이 어떻든 젊은 사람도 나름대로 생각이 있을 테니 아들 부부의 방식에 참견할 마음은 애초에 없었습니다. 옆에서 보기에는 도모키와 유카도 무탈하게 자라는 것 같았기 때문에 네 가족이 특별한 문제 없이 행복하게 살고 있다고만 여겼습니다.

솔직히 며느리가 저를 피한다는 느낌을 받은 적은 있지만 면전에서 싸운 적은 한 번도 없었고 저로서는 남들처럼 평범한 고부 관계라고 생각했습니다. 이제 와 돌이키기에는 늦었지만 이런 일이 벌어질 정도였다면 설사 며느리와 충돌

하는 일이 있더라도 제가 좀 더 아들 일가를 살폈어야 했다고 후회합니다.

6. 결혼 이듬해에 손자 도모키가 태어났습니다. 딸은 손녀만 둘을 낳았기 때문에 첫 손자여서 매우 기뻤던 기억이 납니다.

히로키도 무척 좋아하며 도모키가 어렸을 때부터 훗날 자신의 뒤를 이었으면 좋겠다고 한껏 들떴을 정도입니다. 육아와 교육에 관해서 며느리는 오히려 방치하는 쪽이었습니다. 아이에게 무언가를 가르치거나 운동을 시킬 생각도 없어 보였습니다. 특히 학교에 입학한 뒤로는 히로키가 나서서 적극적으로 공부를 가르쳤습니다. 교육열이 높은 아빠였죠.

도모키가 히로키를 닮지 않았냐는 질문 말입니다만, 아이는 자라면서 으레 얼굴이 변하고 세상에는 붕어빵 같은 부모 자식이 있는가 하면 전혀 닮지 않은 부모 자식도 있기 때문에 별로 이상하게 여기지 않았습니다. 흔히 남자아이는 엄마를 닮고 여자아이는 아빠를 닮는다고들 하니 아들네도 도모키가 엄마를 닮고 유카가 아빠를 닮았다고 생각했을 따름입니다.

제가 도모키와 메일을 주고받게 된 이유는 도모키가 초등학교에 입학하기 전부터 컴퓨터에 관심을 보였고 메일을 주고받을 상대를 원했기 때문입니다. 도모키의 유치원 친구들은 아직 아무도 컴퓨터를 다룰 줄 모르지만 저는 회사에 다녔기 때문에 컴퓨터를 조금 다룰 줄 압니다. 그래서 아들이 제게 노트북을 한 대 사주며 도모키와 메일을 주고받을 수 있게 배려해줬습니다.

도모키는 왜인지 옛날부터 저를 잘 따랐고, 평소 얼굴은 자주 못 봤지만 메일을 주고받은 덕분에 더욱 마음이 잘 통하게 됐습니다. 제 엄마에게는 말하지 않는 것도 할머니인 제게는 털어놓는 것 같았죠. 그것이 결국 이번 메일로 이어진 것 아닐까요?

지금까지 도모키가 보내온 메일은 삭제하지 않고 모두 보관하고 있으니 이번에 받은 메일과 함께 전부 인쇄해서 제출하겠습니다.

평소라면 도모키의 메일을 바로 읽고 답장하지만 이번에는 제가 오카야마에 머물고 있었기 때문에 이틀이나 지나서 메일을 확인하게 됐습니다. 딸의 집에서도 마음만 먹으면 딸이나 손녀의 컴퓨터를 빌려 메일을 확인할 수 있었지만 저는 도모키 하고만 메일을 주고받았고 설마 이런 일이 일어날 줄 몰랐기 때문에 손자의 'SOS' 신호를 받아주지 못했습니다.

제가 바로 대처했다면 며느리도 도모키도 죽지 않았을지 모른다고 생각하니 한없이 밀려드는 후회에서 벗어날 길이 없습니다.

7. 도모키가 보낸 메일 내용에 대해 말하자면 이러한 상황이 벌어진 지금도 저는 도저히 믿을 수 없다고 할까요, 믿고 싶지 않다는 것이 솔직한 심정입니다.

저는 미유라는 아이는 모르지만 적어도 도모키가 여동생인 유카를 싫어하거나 미워한 적은 없다고 생각합니다.

유카는 여자아이라서 그런지 확실히 아빠에게 응석을 잘 부렸고 천성이 활발하고 말도 많아서 얌전했던 도모키보다 더 사랑받았던 것은 사실입니다. 엄마는 비교적 두 아이를 공평하게 대했던 것 같은데 아무래도 작은 아이는 손이 더 많이 가죠. 도모키가 나이보다 의젓한 면이 있어서 자신이 늘 방치된다는 기분을 느꼈을지도 모릅니다.

그렇다고 해도 도모키는 초등학교 2학년이었고 유카는 두 살밖에 안 된 어린아이였습니다. 나이가 많이 차이 나니 남매 싸움이랄 것도 없었죠.

유카가 세상을 떠난 직후 저는 비보를 듣고 구니타치로 달려갔기 때문에 당연하게도 도모키와 아들 부부를 모두 만났습니다. 나중에 생각하니 사실은 세 사람 모두 심각한 비밀을 품고 있었는데 아들도 며느리도 그런 내색을 하지 않았고 도모키를 대하는 태도도 평소와 다르지 않았습니다.

그때는 저도 넋이 나가 있었고 도모키는 평소에도 감정을 별로 드러내지 않는 아이였던 탓에 멍청하게도 그 아이의 변화를 눈치채지 못한 것을 후회합니다.

제가 유카의 경야와 영결식에 참석하지 않은 것은 사실이지만 그 이유는 장례 방식을 놓고 아들과 의견이 달랐기 때문이지 도모키가 원인은 아니었습니다.

부모가 부주의해서 어린아이를 죽게 했으니 경찰과 구급대원들에게 큰 폐를 끼쳤습니다. 저는 고개를 들 수 없는 처지니 가족끼리 모여서 조용히 떠나보내자고 설득했지만 히로키는 지인과 친구는 물론 회사의 거래처에까지 연락을 돌려서 장례식을 성대하게 치르고 싶어 했습니다. 제가 부모의 책임을 강조한 것은 사실 며느리 들으라고 하는 소리였죠. 그런데 유카는 복이 없는 아이였으니 하다못해 장례식이라도 성대하게 치러주고 싶다고 우겨서 저도 고집을 꺾지 않고 참석하지 않았습니다.

그랬더니 장례를 치르는 동안 챙겨야 할 것이 많은 부모를 대신해 도모키를 돌볼 사람이 없었습니다. 그래서 상의한 결과 도모키는 저와 함께 구니타치의 집에 남게 됐습니다.

둘이서 집을 지키는 동안 도모키는 저와도 대화를 별로 나누지 않고 방에서 게임만 했습니다. 유카의 사고로 큰 충격을 받았으리라 짐작해 저도 굳이 말을 걸지 않고 내버려두었습니다. 하지만 지금 생각하면 도대체 어떤 심정이었을지…….

이렇게 되기까지 얼마나 고민이 깊었을지 헤아릴 수조차 없는 만큼, 죽은 유카도 그렇지만 도모키 또한 가엾습니다.

8. 그래서 저는 아들과 며느리가 도모키를 죽이려고 했다는 이야기도 경찰이 무언가 잘못 안 이야기라고 생각했는데 실제로 도모키가 사망한 지금, 아들 가족에게 도대체 무슨 일이 있었는지 저로서는 감히 상상조차 할 수 없습니다.

부디 진실을 명명백백하게 밝혀 주세요. 세상을 떠난 두 사람의 말뿐 아니라 남겨진 히로키의 말도 신중하게 들어 주시기를 바랍니다.

피해자 모토무라 도모키의 메일

보낸 사람: 모토무라 도모키
일시: 2006년 3월 27일 14시 22분
받는 사람: 모토무라 이쿠코
제목: 할머니에게 하고 싶은 말

사랑하는 할머니에게.

저는 곧 죽을 거예요.

어제저녁에 미조구치 아저씨랑 사키코 아주머니가 집으로 돌아가고서 아빠랑 엄마가 그렇게 말했거든요. 둘이서 나를 죽이자고.

저는 방에서 자는 척하다가 밤늦게 조용히 1층으로 내려갔어요.

아빠랑 엄마는 거실에 있었는데 처음에는 소곤거렸거든요.

그런데 점점 크게 말하더라고요.

저를 죽이자고 말한 사람은 엄마였어요. 그리고 아빠도 찬성했고요.

지금 봄방학이라서 우리는 야마나시에 왔어요.

다음 주에 도쿄로 돌아갈 거예요.

하지만 분명 그 전에 저는 죽겠죠.

아빠랑 엄마가 왜 저를 죽이려는지 알아요.

제가 사람을 죽였기 때문이에요.

어제저녁에 밥을 먹고 나서 미조구치 아저씨랑 사키코 아주머니가 미유를 데리고 놀러 왔어요.

손님이 오면 저는 항상 혼자서 게임을 해요.

미유는 아직 아기니까요. 침실에서 자요.

거실에서 게임을 하는데 오줌이 마려워서 침실에 갔어요.

침실에 욕실이 있거든요.

2층에도 화장실이 있지만. 계단을 올라가기 귀찮았어요.

제가 침실에 들어갔을 때 미유는 아직 안 자고 있었어요.

침대 위에 앉아서 저를 보고 있었어요.

미유는 두 살인데 유카보다 작아요.

제가 욕실로 들어가자 미유가 침대에서 스르르 내려와 제 뒤를 따라왔어요.

저는 "나 오줌 눌 거니까 나가"라고 말했어요.

하지만 미유는 말을 듣지 않았어요. 미유는 맨날 제멋대로거든요.

미유가 제 물건을 마음대로 만져도 아빠랑 엄마는 아무 말도 하지 않아요.

그래서 저는 미유를 죽이기로 했어요.

미유가 두리번거리며 주위를 살피는 동안 저는 수도꼭지를 틀어서 욕조에 물을 받았어요.

욕조에 미유를 집어넣으면 유카처럼 죽을 거라고 생각했거든요.

할머니, 어른은 아이가 나쁜 짓을 해도 경찰에 신고하지 않아요.

그런데 그때였어요. 아빠가 침실로 들어왔어요.

뒤를 돌아보니 아빠가 욕실 입구에 서 있었어요.

아무 말 없이 저를 노려보고 있었어요.

그리고 물속에 손을 넣어 욕조에서 물을 빼면서 너는 2층으로 올라가라며 저를 욕실에서 내보냈어요.

아빠가 그렇게 무서운 적은 처음이었어요.

그러고서 미유가 어떻게 됐는지 저는 몰라요.

내 방에서 게임을 하고 있는데 아빠가 2층으로 올라왔어요.

그만 자라고 말한 뒤 다시 1층으로 내려갔지만.

아빠는 역시 내가 미유를 죽이려고 한 걸 비밀로 하겠구나,

하고 생각했어요.

사키코 아주머니가 저를 싫어하면 안 되니까 조금 안심이 됐어요.

사키코 아주머니는 다정하고 아주 재미있거든요.

저는 할머니 다음으로 사키코 아주머니가 좋아요.

저는 구니타치의 집에서 유카를 죽였어요.

할머니가 아무것도 모르는 건 제가 숨겨서가 아니에요.

아빠랑 엄마가 우리 셋만의 비밀로 했기 때문이에요.

유카가 죽은 날, 저녁을 먹고 엄마는 욕실에서 욕조에 따뜻한 물을 받고 화장실에 갔어요.

엄마는 화장실에 가면 오래 걸려요.

저는 목욕을 하기로 했어요.

그래서 욕실에서 옷을 벗는데 어느새 유카가 들어와서 목욕물을 첨벙거리기 시작했어요.

옷이 젖으니까 하지 말라고 화를 내도 유카는 계속했어요.

재미있어하며 더 첨벙거려서 제 스웨터가 흠뻑 젖었어요.

그래서 저는 유카의 엉덩이를 들어 올려 물속에 빠뜨렸어요.

유카는 별로 버둥거리지 않았어요. 물에 풍덩 빠지고는 그대로 얼굴이 바닥을 향한 자세로 가라앉았어요.

엄마가 화장실에서 나올 때까지 저는 계속 물에 빠진 유카를 쳐다봤어요.

유카는 순 제멋대로에 심술쟁이에요.

늘 잘못한 사람은 유카예요. 유카가 죽었다는 걸 알고 저는 마음이 풀렸어요.

물속에 가라앉은 유카를 본 엄마는 비명을 질렀어요. 하지만 왜인지 저를 혼내지는 않았어요.

사람들이 뭐라고 물어도 아무것도 모른다고 대답해. 엄마는 저한테 이렇게 말했어요.

구급차랑 경찰이 많이 오고 회사 갔던 아빠도 왔지만 저는 계속 방에서 게임을 했어요. 경찰 조사가 어떻게 됐는지 잘 모르겠어요.

밤이 되자 사람들이 돌아가고 아빠랑 엄마가 저한테 질문을 엄청 많이 했어요.

왜 이런 짓을 했냐고 물어서 유카가 싫어서 그랬다고 대답했어요.

엄마는 울었어요.

아빠는 계속 이것저것 물으면서 제가 어떻게 했는지 알고 싶어 했어요.

아빠가 분명 저를 때릴 줄 알았는데 화를 내지 않아서 조금 놀랐어요.

그리고 저는 학교에 가지 않았어요.

장례식이 끝날 때까지 학교에 안 가도 된다고 엄마가 말했어요.

딱 한 번 교감 선생님과 요코야마 선생님이 우리 집에 찾아왔지만 제 머리를 쓰다듬으며 힘내라고만 했을 뿐, 학교에 가지 않는 건 아무 말도 하지 않았어요.

유카의 장례식이 끝나자 아빠랑 엄마는 전보다 더 상냥해졌어요.

하지만 저는 그 후로 계속 감시당하고 있어요.

살인자 자식이 있으면 안 되니까 아빠랑 엄마는 반드시 저를 죽일 거예요.
저를 어떻게 죽일까요?
아빠는 아침을 먹고 차를 끌고 외출했어요.
엄마는 쭉 1층에 있어서 저는 도망칠 수 없어요.
내일은 셋이서 드라이브를 하러 간다는 것 같아요.
야마나시 별장에는 전화가 없어요.
저는 휴대폰이 없어요. 컴퓨터로 메일만 보낼 수 있어요.
할머니는 지금 오카야마에 있는 고모 집에 계시잖아요.
할머니가 도쿄로 돌아오기 전에 저는 분명 죽을 거예요.
할머니가 만약 이 메일을 보시면 저를 구하러 와주실까요?
아니면 역시 저 같은 아이는 죽는 게 낫다고 생각하실까요?
저는 죽기 싫어요.

제2장

산 자의 변명

피고인 모토무라 히로키의 진술서

1. 아내가 다른 누구도 아닌 아들과 남편을 죽이려고 했다. 제 변명을 들은 사람은 모두 궁지에 몰린 어리석은 남자의 비참한 변명이라고 생각하겠죠. 범죄자는 태연하게 거짓말을 한다. 누구나 마음속에나 그런 생각을 품고 있습니다. 저도 바로 그런 사람이었으니까요. 그리고 제 첫 변호인 또한 예외는 아니었습니다.

아시다시피 저는 현재 아내 모토무라 미즈카와 아들 모토무라 도모키를 살해한 혐의로 형사 재판의 피고인 신분이 됐습니다. 당연히 구속된 상태이기 때문에 제 입장을 자유롭게 밝힐 기회가 없었습니다. 변호인을 접견하고 제 속마음을 전부 털어놓는 일 외에는 저라는 사람에 대해 표현할 방법이 없었습니다.

하지만 사람들이 제 터무니없는 이야기를 믿어주지 않는

한 제게 내일은 없을 것입니다. 어떻게든 제 진실된 이야기를 세상에 전할 방법은 없을까? 고심 끝에 다다른 결론은 바로 이 진술서를 쓰는 것이었습니다.

저는 지금까지 경찰과 검찰에서 장시간 조사를 받았고, 그 결과 방대한 피고인 진술조서가 작성됐습니다. 물론 조사 과정에서 고문이나 협박은 없었고 진술조서에 적힌 내용은 모두 제 의지로 진술한 말이 맞습니다. 스스로 인정하고 진술조서에 서명했습니다.

그렇기에 저는 피고인 진술조서의 내용에 이의를 제기할 마음은 없습니다. 오히려 판사님들이 진술조서의 내용을 신중하게 검토해 주시기를 간곡히 바랄 정도입니다. 그런데 진술조서에 제 주장이 빠짐없이 작성되어 있는가 하면, 유감스럽게도 전혀 그렇지 않습니다.

피의자 앞에서 아무리 이해심 넓은 표정을 짓고 있어도 어차피 수사관은 수사관입니다. 그들은 자신이 듣고 싶은 말을 끌어내려고 같은 질문을 여러 번 반복하면서도 제가 하고 싶은 말을 꺼낼 만한 질문은 하지 않았습니다. 수사관들은 질문이 아니라 유도신문을 했습니다.

결국 정리된 진술조서는 당연하게도 진실을 호소한 제 발언과는 거리가 멀었습니다. 물론 한마디도 빠짐없이 모두 정확하게 작성했어야 한다는 말은 아닙니다. 하지만 제 말이 제 의지와는 상관없이 다른 언어로 번역됐다는 느낌일까요.

이야기의 핵심이 빠져 있거나 묘하게 뉘앙스가 다르게 표현되었다는 사실을 부정할 수 없습니다.

그리고 기억해 주셨으면 하는 점은 미즈카의 수기나 도모키의 메일이 이 재판에서 매우 중요한 증거임에도 조사를 받을 때 저는 그 전문을 읽어 볼 기회조차 얻지 못했다는 사실입니다.

수사관에게 유리한 부분만 발췌해서는 물었습니다.

"네 아내가 수기에서 이렇게 말했어."

"아들이 메일로 이런 말을 썼는데 어떻게 된 거야?"

그들은 쉴 새 없이 몰아붙였지만 애초에 저는 그 내용이 사실인지 아닌지 판단할 방법조차 없었습니다.

아직 진위 여부도 불분명한 일방적인 증언을 마치 확정된 사실인 양 내세우는 수사관들과 그 전제 자체를 의심하는 피의자가 서로 대화가 통할 리 없지 않습니까. 수사 과정은 엇갈림의 연속이었습니다.

사망한 두 사람은 왜, 그리고 누구에게 메시지를 남겼을까? 또한 그 메시지로 무엇을 호소하려고 했을까? 기소 후, 저의 현재 변호인에게 검찰 측 증거 서류 사본을 받고 난 후 마침내 그 전모가 눈에 보이기 시작했습니다.

처음 증거 서류를 읽었을 때는 충격을 받았습니다. 미즈카의 수기와 도모키의 메일은 말할 것도 없고, 친구인 미조구치 유지의 진술조서도 상당히 충격적이어서 이쯤 되니 어리석은 저 자신에게 웃음밖에 나오지 않습니다.

하지만 나쁘기만 한 상황은 아니었습니다. 체포 당시에는 뭐가 뭔지 영문을 알 수 없었던 일들이 증거 서류를 읽고 난 후 마치 안개가 걷힌 듯 분명해졌다는 점은 큰 수확이었습니다.

사건의 실체가 보이니 새로운 의심도 솟아났습니다. 저는 이 사건이 겉으로 보이는 것보다 훨씬 뿌리 깊고 복잡하다는 사실을 깨달았습니다. 그리고 사건의 전모가 명확해진 지금, 피고인으로서 작성한 진술조서와 별개로 이 사건의 시작부터 모든 진실을 제 입으로 직접 말해야겠다는 생각이 들었습니다.

그런 제게 변호인은 진술서를 쓰라고 권했습니다. 진술서에서는 타인의 간섭 없이 진실을 마음껏 말할 수 있다고 했습니다. 그렇지만 이 진술서가 재판에서 증거로 채택될지는 미지수입니다. 아니, 아마 변호인의 말처럼 검찰의 반대로 채택되지 않을 가능성이 크겠죠.

그렇게 되면 제가 법정에서 직접 진술할 수밖에 없습니다. 사람들 앞에서 말하는 것은 익숙하지 않지만 어떠한 반대 신문에도 흔들리지 않을 자신이 있습니다. 아무리 황당무계한 소리로 들리더라도 그것이 진실인 이상 제 말이 판사님의 마음에 닿을 것입니다.

그래도 제가 이 진술서를 작성해 놓는 것은 큰 의미가 있다고 생각합니다. 미즈카는 저를 모함하려고 언론을 이용했습니다. 아내는 세상을 향해 일부러 자신의 치부를 드러내고 저를 살인자로 고발함으로써 숨겨진 목적을 이룰 속셈이었습니다. 그렇다면 저도 세상 사람들에게 해명해야 하지 않을까요. 이 진술서가 진실의 힘을 발휘하는 날이 반드시 올 것이라 믿습니다.

이것은 아내에게 농락당한 한 남자의 이야기입니다. 이 진술서를 읽는 분은 부디 어리석은 저를 꾸짖어 주시기 바랍니다. 그리고 저와 아내 중 누가 진실을 말하고 있는지 냉정하게 판단해 주셨으면 합니다. 저는 아내와 아들을 죽이지 않았지만 저 자신을 옹호할 마음은 없습니다. 무능하고 무기력한 아버지라서 세상에서 가장 사랑하는 딸과 아들을 구하지 못했다는 비난은 달게 받겠습니다.

2. 근본적인 실수는 처음부터 솔직하게 진실을 말하지 않은 것입니다. 저는 경찰을 탓할 자격이 없습니다. 스스로도 잘 압니다.

1층에 있는 거실에서 맥주를 마시는데 갑자기 쿵 하는 큰 소리가 났다. 깜짝 놀라서 주위를 둘러보니 아내가 보이지 않았다. 주방에도 없어서 황급히 2층으로 뛰어 올라갔지만 아이 방에도 아무도 없었다. 그래서 베란다로 나가 봤는데 약 13미터 절벽 아래, 콘크리트 옹벽이 시작되는 부분 근처에 아내와 아들이 추락해 쓰러져 있었습니다. 신고를 받고 현장에 출동한 경찰에게 저는 이렇게 설명했습니다.

이성적으로 생각하면 수사 전문가인 경찰관이 이런 설명을 듣고 납득할 리 없었습니다. 경찰이라면 한눈에 봐도 우리 가족 사이에 어떠한 문제가 있었다는 사실을 눈치챘을 터입니다. 그러나 그 당시 저는 이성적이지 못했습니다. 최대한 단순 사고로 마무리하고 싶다. 오로지 그 생각뿐이었습니다.

하지만 결코 죄를 피하고 싶어서 그랬던 것은 아닙니다. 비록 실행에 옮기지는 않았지만 우리 부부가 하나뿐인 아들을 직접 없애려고 했던 사실, 그리고 애초에 우리가 그렇게까지 궁지에 몰린 이유. 그 비밀만은 절대로 남들이 알아서는 안 된다. 그 시점에는 정말로 그 이유뿐이었습니다.

저는 아내와 아들을 한 번도 미워한 적 없습니다. 유카의 사고 이후 저를 덮친 감정은 증오가 아니었습니다. 경악과 절망과 후회와……. 그것은 증오보다 훨씬 더 깊고 날카로운, 가슴을 도려내는 듯한 고통이었습니다.

형사와 검사에게 여러 번 강조했는데 정말로 제게 아내 말고 다른 여자는 없습니다. 물론 미즈카가 첫 여자는 아닙니다. 미혼 시절에는 나름대로 연애도 했고 남자를 다루는 데 능숙한 여자들과 만나기도 했습니다. 그래도 미즈카와 결혼하고 나서는 맹세코 다른 여자와 만난 적 없다고 단언할 수 있습니다. 도덕적 양심 때문이 아니었습니다. 미즈카는 그만큼 제게 특별한 존재였습니다.

도모키는 모토무라 히로키의 아들이 아니다. 이번에 형사가 말해주기 전까지는 상상도 못 했습니다. 심지어 친부가 미조구치 유지라니! 단순히 아내를 믿었기 때문만은 아닙니다. 저는 도모키를 진심으로 사랑했습니다. 도모키가 제 아들이 아니라는 사실을 알았다면 아이의 이상한 성향을 알았을 때 솔직히 그렇게까지 괴롭지 않았을 것입니다.

사건이 일어나고 두 사람의 사망을 확인한 뒤 경찰에 신고했을 때조차 미즈카가 정말로 나와 도모키를 죽이려고 했을까? 하고 여전히 반신반의했습니다.

짐작하시겠지만 저는 지독할 정도로 어리숙한 인간입니다. 설마 미즈카가 잡지 편집자에게 수기를 보내서 저를 처자식 살해를 계획한 살인자로 고발했으리라고는 꿈에도 생각하지 못했습니다. 게다가 도모키가 모든 사실을 고백한 메일을 할머니에게 보냈을 줄 어떻게 알았겠습니까. '모르는 게 약이다'라는 그야말로 그때의 저를 표현하는 말이었습니다.

경찰의 시선으로 보면 저는 무지하고 얕은수를 쓰는 범인 그 자체였겠죠. 한심한 변명으로 일관한 저는 결국 살인 혐의로 체포됐습니다. 그야말로 미즈카의 의도대로 일이 흘러갔습니다.

사람들은 한 번이라도 거짓말을 한 사람의 말은 두 번 다시 신뢰하지 않습니다. 미즈카의 계획을 알아차리고 모든 사실을 고백해야겠다고 다짐했을 때 저는 그 사실을 뼈저리게 깨달았습니다. 그래서 이 진술서에는 처음부터 끝까지 진실만을 말하고자 합니다.

진실에 모순은 없습니다. 우리 가족에게 도대체 무슨 일이 있었는가. 그것이 아무리 비상식적으로 보일지라도 종국에는 반드시 제 행동을 이해하시리라 믿습니다.

3. 우선 저와 미즈카의 결혼과 관련해 우리의 인연이 시작된 시점부터 이야기하겠습니다. 말할 것도 없이 이번 비극은 우리의 결혼에서 비롯됐기 때문입니다.

저는 약 10년 전에 미즈카와 처음 만났습니다. 서로의 직장이 같은 빌딩에 있어서 우연히 마주치면서 인연이 시작됐습니다. 미즈카가 우연히 제 눈에 띄었고 미즈카도 저를 기억하고 있었죠. 하지만 지금 돌이켜보면 그 만남이 정말 우연이었는지 확신할 수 없군요.

미즈카는 어릴 적부터 음악과 함께 자랐습니다. 중학교 1학년 때 플루트를 배우기 시작했고 대학도 음대의 플루트과를 졸업했는데, 당시 같은 대학의 피아노과 출신 친구의 권유로 신주쿠에 있는 호텔 H의 스카이라운지에서 라이브 연주 아르바이트를 했습니다. 라이브 연주라고 해도 당연히 연주회라고 할 만한 무대는 아니었습니다. 젊은 여성들이 뽀얀 피부가 드러나는 화려한 드레스를 입고 라운지 한쪽에 마련된 작은 무대에서 매일 밤 기분 좋은 선율을 연주하는 일이었습니다.

미즈카의 아버지는 중견 증권회사의 임원이었는데 그 무렵에는 아직 건재했기 때문에 외동딸인 미즈카가 반드시 돈을 벌어야 했던 것은 아닙니다. 저도 처음에는 아무리 고급 호텔이라지만 미즈카처럼 좋은 집안 딸이 왜 그런 밤에 일하는 아르바이트를 하는지 의아했습니다.

그런데 사정을 자세히 들어보니 서너 살 때부터 악기를 배워 우수한 성적으로 음대를 졸업해도 프로 연주가로 먹고 살 수 있는 사람은 극소수라고 했습니다. 나머지 사람들은 솔리스트는커녕 오케스트라의 단원조차 될 수 없었습니다. 플루트는 특히 경쟁이 치열해서 한 명을 모집하는 자리에 백 명이 지원하는 경우도 있을 정도로 어렵다고 했습니다.

부잣집 아가씨의 취미 수준에 불과한 미즈카의 실력으로는 그런 경쟁에서 살아남을 수 없었습니다. 그렇다고 아버지의 연줄로 취직하고 싶지도 않았던 모양입니다. 어쨌든 사람들 앞에서 연주하고 용돈을 벌 수 있다는 사실만으로도 만족했던 것 같습니다.

제 회사가 호텔 H와 같은 빌딩에 있어서 고객과 편안하게 미팅할 때면 이 호텔의 라운지를 이용했습니다. 음악을 잘 모르는 저도 라운지에 몇 번 오가다 보니 자연스럽게 연주자의 얼굴을 기억하게 됐습니다. 미즈카 외에 피아니스트와 하피스트도 자주 연주했으나 미즈카는 체구가 작지만 스타일이 뛰어나고 이목구비가 뚜렷한 시원시원한 인상이라 눈에 띄었습니다. 게다가 항상 심플하고 세련된 드레스를 입고 있었기 때문에 저절로 눈길이 갔습니다.

그러던 어느 날 저녁, 1층 엘리베이터 앞에서 우연히 마주친 일이 저희가 사귀는 계기가 됐습니다. 그때 제가 무심코 눈인사를 하자 미즈카도 미소로 화답했습니다. 출근하는 듯했는데 수수한 바지 정장에 커다란 가방을 품에 안고 있었습니다.

"멋진 연주 늘 잘 듣고 있습니다."

"감사합니다. 스카이라운지를 자주 찾으셔서 이 빌딩에서 일하시는 분이지 않을까 생각했어요."

부드러운 말투지만 말끝이 또렷해서 좋은 집안에서 교육받고 자란 아가씨라고 느꼈습니다.

그리고 다음 날, 호텔 H의 프렌치 레스토랑에서 함께 식사했습니다. 대화를 나눠 보니 외모는 일부분에 불과했고, 교양이며 유머 감각이며 수준이 상당했습니다. 미즈카는 주변에 흔한 그렇고 그런 여자들과는 차원이 달랐습니다. 게다가 그녀의 언행에는 이전까지 제가 사귄 어떤 여자 중 누구에게서도 느낄 수 없던 당당한 기품이 깃들어 있었습니다.

저는 그녀의 매력에 완전히 빠져버렸습니다.

4. 우리는 반년 교제 후 결혼했습니다. 당시 미즈카는 스물다섯 살, 저는 서른네 살이었습니다.

미즈카는 외동딸이었지만 장인어른과 장모님은 반대하지 않았습니다. 집안만 따지면 제가 많이 기울었지만 일단 저는 명문대를 졸업했고 당시 제 회사도 떠오르는 해처럼 빠르게 성장하고 있었습니다. 증권맨이었던 장인은 제 이력과 평소 행실뿐 아니라 주식회사 엠시티의 재무 상태까지 매우 꼼꼼하게 조사하신 듯했습니다. 그 결과 이 남자라면 딸을 맡겨도 되겠다고 판단하신 것 같습니다.

반면 저희 집안은 제가 고등학교 2학년 때 아버지가 돌아가셔서 한부모 가정이었습니다. 어머니는 지금도 건강하게 살아 계시지만 저는 대학을 졸업하자마자 창업해서 스물다섯 살이 되던 해에는 집을 나와 독립했습니다. 그 후 결혼할 때까지 줄곧 신주쿠의 맨션에서 혼자 살았기 때문에 결혼을 하든 하지 않든 부모가 개입할 시기는 진작에 지난 상태였습니다. 사실 제 약혼과 결혼에 대해 어머니는 불만을 전혀 토로하지 않았습니다.

결혼 후 미즈카는 호텔 H의 아르바이트를 그만두고 전업주부가 됐습니다. 하지만 결혼 초부터 가사도우미를 고용했기 때문에 전업주부라기보다는 전업 아내라고 하는 편이 맞을지도 모르겠습니다. 당연히 생활비는 모두 제가 벌었습니다.

만약 미즈카가 계속 일하고 싶어 했다면 저는 최대한 도울 생각이었습니다. 용돈 정도는 스스로 벌라는 뜻이 아니었습니다. 애초에 그런 것은 기대하지도 않았습니다. 힘들게 음대를 졸업했으니 플루트를 향한 애정이 남아 있지 않을까 하는 마음에 배려했을 뿐입니다.

그런데 정작 미즈카는 전혀 그렇게 생각하지 않았습니다.

"호텔 아르바이트는 아무리 오래 해봤자 서른까지야. 어리고 예쁜 애들이 끊임없이 등장하니까."

"그럼 플루트 학원 강사 같은 걸 하는 건 어때?"

"어린 애들 상대하면서 가르치는 게 장난인 줄 알아?! 애초에 결혼까지 해 놓고 왜 그런 일을 해야 하는데?"

미즈카는 제 제안을 들은 척도 하지 않았습니다.

사실 미즈카는 음악을 좋아하지 않고 플루트과에 진학한 목적도 단지 음대 졸업생이라는 타이틀을 얻기 위해서 아니었을까 하는 생각도 들었습니다. 그 증거로 저와 결혼한 뒤 어쩌다 생각난 것처럼 가끔 플루트를 연주한 적은 있어도 음반을 듣거나 음악회에 찾아가는 일은 거의 없었습니다.

저는 본질적으로 보수적인 사람입니다. 여자도 남자처럼 꼭 사회생활에 관심을 가져야 한다고 생각하지는 않습니다. 여자에게는 여자만 할 수 있는 분야가 있겠죠.

저는 미즈카가 회사 경영에 관여하지 않도록 철저히 배제했습니다. 아무 권한도 없으면서 사장의 아내라는 이유만으로 거들먹거리며 나타나서는 직원들을 부려먹는 사람만큼 불쾌한 여자는 없거든요. 하긴, 아내도 그런 야심은 전혀 없었던 것 같지만. 미즈카에게 회사란 남편이 기르는 '돈이 달리는 나무' 그 이상도 그 이하도 아니었습니다. 그래서 다행인지 불행인지 아내는 제가 무슨 일을 하는지, 회사의 재무 상황이 어떤지 정말 아무것도 몰랐습니다.

미즈카가 잡지 편집자에게 수기를 보낸 진정한 목적에 대해 나중에 제 나름의 추측을 말할 생각인데, 이것만은 지금 분명히 말해 두겠습니다. 수기에서 거듭 강조하는 내용, 즉 제가 재산을 노리고 아내와 결혼했다는 주장은 근거 없는 황당무계한 비난이며 그녀가 얼마나 세상 물정 모르고 무지몽매한지 스스로 증명하는 말입니다.

주식회사 엠시티는 예나 지금이나 경영 위기에 **빠진** 적이 없습니다. 미즈카는 도대체 우리 회사의 연간 매출이 얼마나 된다고 생각하는 걸까요. 쇼토가 아무리 고급 주택가여도 그녀의 친정집 부지는 고작 4백 제곱미터밖에 되지 않습니다. 조심스러운 말이지만 제가 겨우 그 정도 재산에 홀렸다고 생각한 걸까요? 그리고 우리가 결혼했을 때 장인, 장모님은 아직 젊은 50대였습니다. 불행하게도 두 분 모두 일찍 돌아가셨지만 미즈카가 도대체 몇십 년 후에야 친정 재산을 물려받게 될지 그 시점에는 예상할 수도 없었습니다.

저는 결혼하면서 그전까지 살던 신주쿠의 맨션에서 나왔습니다. 구니타치에 땅을 사서 새집을 지었기 때문인데 이에 대해서도 미즈카는 태연하게 새빨간 거짓말을 늘어놓았습니다. 남편이 시부모에게 아무 지원도 받지 못해서 시어머니를 모시지 않았다고. 마치 제가 어머니를 원망한다는 투로 말했는데 완전히 터무니없는 거짓말입니다.

아버지가 일찍 돌아가시는 바람에 경제적인 지원을 받지 못한 것은 사실입니다. 하지만 다행히도 누나가 고등학교를 졸업하고 취직했을 때였습니다. 아버지가 돌아가신 뒤에는 어머니도 회사에 다니기 시작했기 때문에 두 분의 희생으로 저는 대학에 갈 수 있었습니다. 당연하지만 어머니께는 지금도 감사합니다. 충분히 효도하지 못해서 죄송할 뿐 원망한 적은 단 한 번도 없습니다.

구니타치의 집에 모시지 않은 가장 큰 이유는 어머니가 거절하셨기 때문입니다. 어머니는 아직 건강하시고 오랜 세월을 시로카네에서 살며 정든 만큼 친한 이웃이 많습니다. 아무리 집이 넓어도 서먹서먹한 며느리와 함께 익숙하지 않은 동네에서 살고 싶지 않았겠죠. 제가 강하게 권하지 않은 것도 사실이긴 하지만. 분명 미즈카가 싫어했을 테니까……. 저 또한 가정불화를 싫어하는 지극히 평범한 남자였던 셈입니다.

처음에 저는 시로카네 근처의 신축 맨션을 구할 생각이었습니다. '적당히 가까운 거리'에 있는 집 말입니다. 그러면 어머니도 안심할 테고 우리 부부도 독립적으로 지낼 수 있으리라 생각했죠.

그런데 미즈카가 몹시 반대했습니다. 아이를 키우려면 반드시 정원 딸린 단독주택에서 살아야 한다며 고집을 부렸습니다. 결국 다마지구*의 구니타치 땅을 산 이유는 회사가 신주쿠에 있고 야마나시에 있는 별장에 가기에도 편하다는 점 때문이기도 했지만 구니타치가 시로카네와 멀다는 점도 아내의 마음을 흡족하게 한 큰 이유였던 셈이었습니다.

미즈카는 구니타치라는 브랜드를 사랑했습니다. 아내에게 중요한 것은 본질이 아니라 쇼토나 구니타치처럼 그 이름이 지닌 고급스러운 이미지였습니다. 그래서 원래라면 시로카네에서 살아도 불만은 없었을 터입니다. 오히려 무척 만족하지 않았을까요? 어쨌든 어머니는 시로카네라고 해도 낡은 월세 아파트에서 사시지만 미즈카는 언제나 남들에게 "시댁은 시로카네예요"라고 자랑했으니까요.

이제 와 생각하면 미즈카가 저와 결혼한 이유도 저라는 브랜드 이미지 때문이었다고 생각합니다. 신주쿠의 유명한 빌딩에 사무실을 두고 시대의 선두를 달리는 기업의 사장이

---

* 도쿄 서쪽 지역.

었으니까. 분명 그 이유뿐이었겠죠.

결국 미즈카는 요시다회계사무소의 오가사와라라는 남자—그 사람은 세무사도 무엇도 아닌 일개 직원일 뿐이지만—에게 구니타치의 집과 야마나시의 별장이 차입금의 담보로 잡혀 있다는 말을 듣고 제 회사가 도산 위기에 처했다고 생각했습니다. 사장 아내 자리와 고급스러운 삶을 한꺼번에 잃으면 남편인 저는 그녀에게 아무런 가치도 없는 존재였나 봅니다.

5. 유카의 사건은 그야말로 악몽이었다는 말밖에 할 수 없습니다. 유카의 비극적인 죽음을 생각하면 아직도 가슴을 난도질당하는 기분입니다.

저는 도모키도 유카도 똑같이 사랑했습니다. 그리고 그 마음은—믿기지 않겠지만—상황이 이렇게 된 지금도 여전합니다. 도모키가 내 아이가 아니라 미조구치의 아이라는 점도 물론 충격적이지만 그 아이가 유카를 죽였다는 사실이 지금도 믿기지 않습니다. 믿기 어렵다기보다 제 마음이 그 사실을 받아들이기를 거부하는 듯합니다.

그날은 저녁 7시가 넘었을 때 휴대폰으로 미즈카의 전화가 걸려 왔습니다. 평소 아내에게 업무 중에는 긴급한 일이 아닌 이상 전화하지 말라고 했는데 문자가 아니라 전화로 연락하다니, 심상치 않은 일이 벌어진 것 같다는 예감이 들었습니다.

당시 회사였기 때문에 주위에 직원도 있었습니다. 저도 모르게 휴대폰을 귀에 바짝 대고 전화를 받았더니 별안간 다급한 목소리가 날아들었습니다.

―여보, 큰일 났어! 유카가 욕조에 빠져서 죽었어. 지금 구급차를 불렀는데 안 될 것 같아…….

반쯤 흐느껴 울고 있었습니다.

순간 저는 무슨 말인지 이해가 가지 않았습니다. 그런데 미즈카가 말을 이었습니다.

―도모키가……, 도모키가 죽인 것 같아. 그런데 모르겠어……. 모르겠다고. 아무튼 내가, 구급차가 오면, 사고였다고 둘러댈게.

"알았어. 지금 당장 갈게."

말이 중간중간 끊어졌기 때문에 무의식적으로 대답한 뒤 전화를 끊었습니다.

유카가 욕조에 빠져 죽었다? 도모키가 죽였다? 귀를 의심했지만 도저히 사람들 앞에서 되물을 수 없는 내용이었습니다. 어쨌든 한시라도 빨리 집으로 돌아가야 한다! 저는 급한 일이 생겨서 퇴근하겠다는 말만 남기고 회사를 뛰쳐나갔습니다.

마침 저녁 러시아워에 걸려 도로가 정체됐습니다. 지금 돌아봐도 그 상태로 운전했는데 잘도 사고를 내지 않았구나 싶습니다. 자세한 상황을 알고 싶어서 순간 미즈카에게 전화할까 했지만 지금쯤이면 집에 구급대원이, 어쩌면 경찰이 왔을 수도 있다고 생각하니 두려워서 전화를 걸 수가 없었습니다.

이제 와 말하면 사실 그때 제 머리를 차지한 감정은 단순한 충격과 경악만은 아니었습니다. 과거의 기억과 그에 따라 솟구치는 다양한 감정이 그야말로 탁류처럼 소용돌이쳤습니다.

도모키가 유카를 죽이다니, 무언가 잘못된 것이 분명하다. 물론 그 마음에 거짓은 없었습니다. 그런데 이 말은 지금까지 누구에게도—당연히 이번 조사 때도, 그리고 제 변호인에게조차—하지 않았는데 '도모키가 욕조에서 유카를 죽였다', 그 사실을 인지한 순간 저는 내심 '올 것이 왔구나'라는 생각이 들기도 했습니다. 미즈카도 마찬가지였을 것입니다.

사소한 일화이기는 하지만 그 사건은 도모키가 초등학교 1학년이 된 작년 여름방학 때 일어났습니다. 도모키가 자신이 기르던 장수풍뎅이가 들어 있는 사육 상자를 통째로 목욕물에 담가 죽인 것입니다.

그 장수풍뎅이는 과학 공부에 도움이 되라고 제가 도모키에게 사준 곤충이었습니다. 도모키가 갖고 싶어 하지는 않았습니다. 먹이를 주고 분무기로 수분을 보충해 주는 등 장수풍뎅이는 의외로 손이 많이 가는 곤충입니다. 남자아이라고 다 좋아할 만한 일은 아니었지만 그렇다고 죽일 정도로 싫어하는 것 같지도 않았습니다.

왜 그런 짓을 했냐는 제 물음에 도모키는 지극히 솔직하게 답했습니다.

"벌레는 더러워서 싫어."

벌레에게 끔찍한 짓을 했다는 반성이나 후회의 빛은 조금도 없었습니다.

담담한 모습은 오히려 그 행동이 장난이 아니었다는 사실을 방증하는 것 같아 부모인 저조차도 섬뜩했습니다.

당시에는 가볍게 흘려보냈지만 나중에 생각하니 그때 우리 부부가 사태를 더 심각하게 받아들였다면 이번 사건을 막을 수 있었을지도 모릅니다. 평생을 후회해도 부족할 따름입니다. 애석하게도 미즈카와 저는 안이했습니다.

그래요, 대상이 만약 장수풍뎅이가 아니라 새끼고양이였다면 우리도 다르게 대처했겠죠. 엽기적인 살인사건의 범인 대부분이 처음에는 길고양이 등 작은 동물을 표적으로 삼았으니까요. 하지만 설마 제 아들에게 엽기 살인범의 성향이 있으리라고는 그때는 상상도 못 했습니다.

"벌레도 살아 있는 생물이잖아. 아무리 작은 존재라도 생명은 소중히 여겨야 해."

그런 뻔한 설교로 어물쩍 넘겨 버린 후폭풍이 생각보다

이르게 덮쳤습니다.

마침내 집에 도착하니 역시 경찰이 있었습니다. 의문사였으니 당연했습니다. 유카는 일단 병원으로 이송됐지만 사망이 확인되어 얼굴을 볼 수 없었습니다. 실제로 폐에 물이 가득 차서 구급대원이 도착했을 때는 더 이상 손 쓸 수 없는 상태였다고 합니다.

미즈카는 수기에 쓴 내용과 똑같이 설명했습니다. 아이들을 목욕시키려고 욕조에 온수를 받다가 갑자기 배가 아파서 화장실에 가서 볼일을 보는 사이에 유카가 욕실에 들어갔다는 말이었죠. 아이 혼자서 욕조의 물로 장난치다가 실수로 빠진 것 같다고요. 확실히 이상한 점은 없었습니다.

도모키는 2층 자기 방에서 게임을 하고 있었다고 둘러댔고 제가 집에 왔을 때도 방에서 나오지 않았습니다. 아마 미즈카가 단단히 일러뒀겠죠. 경찰은 과실치사라고 보고 미즈카를 상당히 강도 높게 심문했지만 역시 고의에 의한 살인이라고 생각하지는 않은 듯했습니다. 미즈카도 그 부분만큼은 필사적으로 버텨내 끝까지 사실을 숨겼습니다.

저도 묻고 싶은 말은 많았지만 무심코 내뱉은 말이 긁어부스럼 될까 봐 불안했습니다. 어머니도 소식을 듣자마자 구니타치로 오셨기 때문에 도모키와 대화를 나눌 수 없어서 묵묵히 견디며 말을 보태지 않았습니다.

그리고 그날 밤의 일이었습니다. 드디어 사람들이 돌아가고 세 가족만 남자 저는 미즈카와 도모키를 식당으로 불렀습니다.

이제 집에 경찰이 없다는 사실을 알면서도 편안하게 소파에 앉아 휘황찬란하게 빛나는 샹들리에 아래에서 이야기를 나누고 싶은 마음은 들지 않았습니다. 저와 미즈카가 나란히 앉고 식탁을 사이에 두고 맞은편에 도모키를 앉힌 뒤 마주 보며 왜 이런 짓을 했는지 물었습니다. 그야말로 장수풍뎅이 사건의 재현이었습니다.

표정이 딱딱하게 굳은 부모 앞에서도 도모키는 얼굴빛 하나 바뀌지 않았습니다.

"유카가 싫으니까."

각오는 했지만 도모키의 대답을 들었을 때는 정말이지 지옥 밑바닥에 떨어진 기분이었습니다.

물론 도모키가 유카를 욕조 물에 빠뜨린 사실은 알고 있었기 때문에 고의성을 의심할 여지는 없었지만 안이했던 현실 인식이 부메랑이 되어 돌아왔습니다. 죽일 생각은 없었는데 장난으로 빠뜨렸다가 죽고 말았다. 막연하게 그런 대답을 예상했죠.

사람은 너무 큰 충격을 받으면 분노나 슬픔 같은 감정은 사라진다는 것을 뼈저리게 느꼈습니다. 정말이지 망연자실했습니다. 상황이 이렇게 되니 꾸짖거나 좋게 타일러서 끝날 이야기가 아니었습니다. 저는 더 이상 도모키를 어떻게 대해야 할지 도무지 알 수 없었습니다.

그 후 며칠 동안 저는 제정신이 아니었습니다. 유카의 장례식이 한창일 때조차 슬픔에 빠져 있을 여유는 없었습니다. 주변 사람들 눈에는 사랑해 마지않는 딸을 잃은 사람치고는 그다지 슬퍼하지 않는 것처럼 보였을지도 모릅니다. 하지만 실제로는 머릿속에 온통 도모키의 생각으로 가득 차 있었습니다.

그리고 아마 미즈카도 마찬가지였을 것입니다. 미즈카가 아무리 끔찍한 여자라고 해도 자신이 낳은 아이가 자신이 낳은 또 다른 아이를 죽인 사실에 가슴이 미어지지 않을 리 없습니다. 미즈카가 한 짓은 진심으로 용서할 수 없지만 도모키의 일을 생각하면 아내도 아내 나름대로 괴로웠겠구나 싶어서 솔직히 연민을 느끼기도 합니다.

6. 봄방학에 야마나시의 별장에 가기로 결정한 이유는 어떻게든 그런 상황을 헤쳐 나가고 싶었기 때문이었습니다. 세 가족끼리 지내는 동안 도모키의 속마음을 일부분 들여다볼 기회가 있을지도 모른다는 지푸라기라도 잡는 심정이기도 했습니다.

그랬던 만큼 미즈카의 수기는 읽을수록 치가 떨립니다. 도모키가 유카를 죽인 사실을 숨긴 것은 이해할 수 있습니다. 그러나 도모키의 친부가 제가 아니라 미조구치라고 폭로한 점에 대해서는 어떻게 생각하시는지요. 미조구치는 이제 걸릴 것 없는 미혼남이 아니라 사키코 씨의 남편이자 미유의 아버지입니다. 미즈카에게도 소중한 친구인 사키코 씨에게 그런 고통을 주면서까지 온 세상에 자신의 불륜을 공개하다니, 이게 도대체 생각이 있는 사람의 행동이란 말입니까!

게다가 제가 처음부터 도모키의 출생의 비밀을 알고 있었고, 그 때문에 미즈카와 도모키를 죽이려 했다는 주장은 완전히 지어낸 이야기입니다. 제게 다른 여자가 있고, 그 여자와 둘이서 미즈카가 물려받을 재산을 가로챌 계획을 꾸몄다는 주장도. 도가 지나쳐도 한참 지나친 거짓말 아닙니까.

그런데 미즈카의 주장에는 치명적인 모순이 있습니다. 제가 처음부터 도모키의 친부가 미조구치라는 사실을 알았다고 했는데, 그렇다면 어째서 제가 도모키가 태어난 후 8년이라는 오랜 세월 동안 모르는 척했을까요? 설령 미즈카에게 미련이 남아서 그랬다고 칩시다. 그래도 미조구치와 연을 끊는 데 망설일 이유는 없었겠죠.

제가 미즈카를 사랑하고 도모키를 아꼈으며 미조구치와 줄곧 절친한 친구 사이였다는 사실은 주위 사람들 모두가 압니다. 제 말이 거짓말 같다면 제 어머니나 누나에게 물어보시죠. 저와 도모키는 아이 엄마인 미즈카보다 훨씬 강한 유대감으로 연결되어 있다고 확신했습니다. 도모키가 제 자식이라고 믿어 의심치 않았기 때문에 도모키의 놀이 상대가 되어 줬고, 공부를 가르쳤고, 학교에 입학하기 전부터 컴퓨터 다루는 법을 알려줬습니다. 며느리의 눈치를 보느라 손자도 마음대로 만나지 못하는 어머니와 도모키가 메일로라도 자유롭게 연락을 주고받았으면 좋겠다고 생각했습니다. 도모키가 미조구치의 아이라는 사실을 알았다면 제가 왜 그런 생각을 했겠습니까.

이번에 제가 별장에 가기로 마음먹은 이유는 구니타치의 집에 있는 한 우리 세 식구 모두 유카의 망령에서 벗어날 수 없다고 느껴서입니다. 저와 미즈카는 그날 이후 더 이상 그 욕조에서 목욕을 할 수 없었습니다. 저는 욕조에 가라앉은 유카를 보지 못했지만 그래도 욕조를 볼 때마다 그 장면이 눈앞을 떠나지 않았습니다.

당연히 곧바로 욕실을 리모델링했습니다. 색도 디자인도 재질도 완전히 다른 것으로 모조리 바꿨습니다. 그런데 이번에는 집 안 어디에 있든 유카의 얼굴이 떠올랐습니다. 아무 죄도 없는 유카에게는 미안하지만 솔직히 지옥 같았습니다.

"미조구치도 유카의 영결식에 참석하느라 여기까지 와 줬는데 제대로 챙겨주지 못했잖아. 당신도 녀석과 이런저런 할 이야기가 많지?"

제가 그런 말을 했을 리가요.

"당신도 이 집에서 조금 벗어나 있는 편이 좋겠지?"

저는 그렇게 말했습니다.

하지만 제가 그보다 더 용서할 수 없는 것은 다음 구절입니다.

친정어머니가 돌아가신 후 우리 부부는 사이가 줄곧 껄끄러웠습니다. 그래서 솔직히 '신혼 때 자주 주말을 보내던 그 산속에서 지내다 보면 옛 감정을 되찾을 수 있지 않을까?' 하는 기대가 싹텄습니다.

유카의 사건이 일어나기 전까지 우리 부부 사이는 평범했습니다. 그래서 저 말은 명백한 거짓말입니다.

하지만 여기서 가장 큰 문제는 그런 사건이 일어난 상황에서까지 부부관계를 운운하는 그녀가 과연 제정신인지 의심스럽다는 점입니다. 그러고도 엄마라고 할 수 있나? 미즈카는 사람으로서 무언가 근본적인 결함이 있다는 생각밖에 들지 않습니다.

저는 낮에는 일에 몰두하느라 잠시 잊었지만 밤이 되어 침대에 누우면 암담한 기분에 휩싸여 도저히 그럴 마음이 들지 않았습니다. 그것이 정상 아닌가요?

7. 그렇게 우리 세 사람은 3월 26일 일요일에 야마나시로 출발했습니다.

별장에 도착한 날은 보통 정신이 없습니다. 청소하고 짐을 정리하느라 분주한 미즈카를 위해 보통 첫날에는 아무 일정도 넣지 않았지만, 그날은 미조구치와 전화로 약속을 잡아 저녁 식사 후 그 친구의 가족이 놀러 오기로 했습니다. 사키코 씨가 유카의 영결식에 참석하지 못했기 때문에 오랜만에 네 사람이 모두 모여 술 한잔하기로 했습니다.

미조구치에 대해 잠깐 설명하면 저와 그 친구의 인연은 대학 시절 동아리에서 시작됐습니다. 하지만 같은 대학의 동아리는 아니었습니다. 그 친구와 저는 다른 대학을 나왔고 심지어 학년도 달랐기 때문에 우리가 지금처럼 친해진 것은 상당히 우연이었습니다.

그 동아리는 다마지구에 캠퍼스가 있는 여러 대학 학생들이 연합해 설립한 자원봉사 조직으로 심신에 장애가 있는 사람들을 다방면으로 지원하는 활동을 했습니다. 미조구치는 저보다 두 학년 아래기 때문에—그 친구는 재수해서 나이는 한 살밖에 차이 나지 않습니다만—재학 중에는 마주칠 일이 그다지 없었습니다. 하지만 붙임성이 워낙 좋은 친구라 졸업 후에도 술자리 등에서 가끔 마주쳤습니다. 저는 원래 사교성이 좋은 편은 아니지만 졸업하자마자 창업을 하다 보니 회사를 경영하려면 역시 발이 넓어야 했습니다. 그 사실을 뼛속 깊이 절감했죠. 그래서 최대한 다양한 모임에 얼굴을 비추려고 애썼습니다.

미조구치는 졸업 후 N건설이라는 도쿄의 중견 건설회사

에 취직했습니다. 인맥으로 입사한 것 같았는데 제법 좋은 회사였지만 아쉽게도 불과 2, 3년 만에 그만뒀습니다. 그의 본가는 고후에서 미조구치부동산이라는 회사를 운영합니다. 애초에 싫증 나면 언제든지 본가로 돌아가면 된다는 가벼운 마음 아니었을까요?

하지만 미조구치부동산은 그 친구의 아버지가 사장이고 형이 전무인 개인 기업입니다. 미조구치는 둘째 아들이기 때문에 아무리 노력해도 사장이 될 수 없습니다. 그 사실을 알면서도 야마나시로 돌아간 것을 보면 천성이 야망이 큰 사람은 아닌 것 같습니다. 성격은 털털하고 괜찮은 녀석이지만 여자가 평생을 의지할 만한 상대라고 할 수 있을지……. 사키코 씨는 그런 남편을 살뜰히 내조하며 화목하게 살고 있지만 미즈카처럼 허영심 강한 여자가 그 친구의 어디에 끌렸는지 솔직히 이해하기 어렵습니다.

미조구치가 N건설에서 근무할 때 미조구치부동산이 호쿠토시 XX마을의 산림을 개발해 별장용 부지를 분양했습니다. 위치는 고후에서 산속으로 더 깊이 들어간 곳으로 차가 밀리지 않는다면 도심에서 두 시간 정도 걸리는 거리였습니다. 당시에는 지금처럼 개발되지 않았기 때문에 생활하는 데는 조금 불편했지만 자연환경은 더할 나위 없이 훌륭했습니다.

이 분양 계획은 수도권 거주자를 주요 대상으로 삼았는데 도쿄에 머물던 미조구치도 매입자를 모집하는 데 중요한 역할을 했습니다. 본업을 하면서 중간중간 다방면으로 영업을 다닌 듯했습니다. 그래도 몹시 외진 곳이었던 탓에 매입자가 좀처럼 없었던 모양입니다. 자원봉사 동아리 회원 중에는 제가 경제적으로 가장 여유가 있어 보였는지 투자용으로 한 구획 사지 않겠냐며 팸플릿을 들고 왔습니다.

실제로 당시 저는 승승장구하며 돈도 많이 벌었고, 예전부터 산을 무척 좋아했습니다. 설명을 들어보니 위치며 크기며 회사의 휴양시설로 사용하기에 안성맞춤이었기 때문에 미조구치가 추천한 한 구획을 매입했습니다.

가격은 당시에도 저렴한 편이었습니다. 그 후 터진 버블 붕괴와 부동산 불황을 감안해도 나쁘지 않은 거래였습니다. 다만 땅값뿐 아니라 건물 건축비까지 부담했고, 미즈카와 결혼하면서 대대적인 리모델링과 조경도 했습니다. 지금의 모습을 갖추기까지 나름대로 돈이 들었죠. 그런 만큼 별장은 제가 각별한 애정을 품은 곳이었습니다.

그로부터 얼마 지나지 않아 미조구치가 N건설을 그만두고 야마나시로 돌아갔습니다. 그리고 미조구치부동산의 고부치사와지점을 맡게 되어 제 별장의 옆 구획에 작은 조립식 주택을 짓고 홀로 살기 시작했습니다. 제가 매입한 곳도 경치가 뛰어났지만 미조구치의 부지는 모퉁이 땅이어서 더욱 좋았습니다. 그 친구는 처음부터 그곳에서 살 생각이었는지 가장 좋은 구획을 본인의 몫으로 확보해 두었던 것입니다.

그때부터 미조구치와 저는 본격적으로 친해졌습니다. 우리 두 사람 모두 미혼이었기 때문에 야마나시에 가면 자연히 매일 밤 만났고, 당시 미조구치의 여자친구가 고부치사와에서 스낵바*를 운영해서 저도 함께 자주 놀러 갔습니다.

아무리 작은 회사라도 사장이라고 불리는 자리는 옆에서 보는 것만큼 편하지 않습니다. 매일같이 숫자에 시달리며 겉으로는 강한 척 허세를 부리지만 밤이 되면 불안이 가슴을 짓누릅니다. 저도 예외는 아니었던지라 정신적인 부담이 상당했습니다. 그런 상황에서 업무와 관계없이 마음 놓고 어울릴 수 있는 친구의 존재는 상상 이상으로 소중했습니다.

스스로 말하기는 쑥스럽지만 저는 타고나길 성실한 사람입니다. 조금 대충하고 싶어도 그러지 못하는 성격입니다. 그리고 미조구치도 일에 대한 열정은 없을지 몰라도 느긋해 보이는 겉모습과 달리 무책임하거나 가벼운 사람은 아닙니다. 그런 부분도 서로 마음이 잘 통한 이유였겠죠. 그렇게 우리 두 사람의 우정이 제가 결혼한 후에도 이어진 것이 결

---

* 주인이 술을 따라주고 말 상대가 되어주는 바 형태 술집으로, 음식과 가라오케를 함께 즐길 수 있다. 이용자 연령대가 비교적 높은 편이다.

과적으로 그와 미즈카의 불륜으로 이어졌습니다.

신혼 시절 우리 부부는 별다른 일이 없는 한 주말마다 별장에 갔습니다. 집이 구니타치에 있어서 도로만 정체되지 않으면 의외로 오가는 데 시간이 오래 걸리지 않았거든요. 도시의 소음과 잡념에서 벗어나 산속으로 들어가면 마음이 편안해졌습니다. 다행히 미즈카도 별장을 마음에 들어 했습니다.

그래서 제게 급한 일이 생겼을 때는,

"미조구치가 옆집에 있으니까 무슨 일이 있으면 그 친구를 불러. 그럼 안 불안하지?"

그렇게 말하며 미즈카를 홀로 남겨두고 도쿄로 돌아가기도 했습니다.

저는 쉬고 있을 때조차 긴장을 풀고 여유롭게 즐길 수 없는 상황이었습니다. 우리 업계는 긴급 상황이 발생하면 밤새 꼼짝도 못 하는 일이 흔한데, 일을 처리하자마자 아내의 곁으로 돌아가려고 아침도 먹지 않고 잠도 자지 못한 몸으로 운전대를 잡고는 했습니다.

하기야 지금 생각하면 아무리 급한 상황이라도 젊은 여자를 산속 외딴집에 홀로 두는 행동은 비상식적이었습니다. 친한 친구라고는 하지만 혈기 왕성한 미혼 남자와 결혼한 지 얼마 안 된 여자가 단둘이 있을 기회를 준 것도 어리석었습니다. 그런데 솔직히 말하면 저는 미즈카가 미조구치를 거들떠보지도 않을 줄 알았습니다. 미조구치는 자상하고 외모도 나쁘지 않지만 어느 면으로 보나 도저히 미즈카의 취향은 아니라고 생각했거든요.

그뿐만이 아닙니다. 미즈카도 결코 미조구치의 취향이 아니리라 생각했습니다. 그 친구는 앞서 말한 스낵바의 여성 외에도 고후의 본가 근처에 있는 우체국 여직원과 사귄 적도 있습니다. 사키코 씨도 그런 타입인데, 미조구치는 활기 넘치고 그늘 한 점 없이 해맑은 여자를 좋아합니다. 이렇게 말하면 실례일지 모르지만 외모를 보지 않는 것은 확실했죠. 그래서 미즈카처럼 똑똑하고 도도한 여자에게는 관심이 없을 것이라고……. 요컨대 방심했던 셈입니다.

8. 도모키가 친자식이 아니라는 사실. 제 아들의 출생의 비밀은 형사에게 들었을 때 처음 알았습니다. 살인 혐의로 체포되기 직전 조사를 받던 중의 일이었습니다. 당연히 그 시점에는 미즈카가 언론 관계자에게 수기를 보낸 사실을 전혀 몰랐습니다. 생각도 못 한 이야기에 어안이 벙벙했습니다.

남들은 다 아는데 저만 몰랐던 셈이죠. 미즈카뿐 아니라 미조구치도 사실을 인정했다는 말을 들었을 때 받은 충격……. 도저히 말로 표현할 수가 없군요.

경찰이 DNA 감정까지 한 이상 틀림없겠지만 저는 전혀 받아들일 수 없었습니다. 일단 도모키와 미조구치는 닮은 점이 하나도 없었습니다. 미조구치는 시원시원하고 활달한 성격인데 도모키는 예민하고 조용한 아이였습니다. 학교 성적도 우수했습니다. 그 점은 당연히 엄마를 닮았겠지만요.

자신을 조금도 닮지 않았는데 의심하지 않았는가? 형사는 끈질기게 추궁했습니다. 하지만 그런 말을 듣고도 의심하지 않았다는 대답밖에 할 수 없었습니다. 외모가 서로 닮지 않은 부모와 자식은 수없이 많습니다. 바로 미조구치와 도모키도 그 예에 해당하겠죠.

미즈카는 어땠는지 몰라도 적어도 저는 부부 사이가 매우 원만하다고 생각했습니다. 태어난 아이가 친자식인지 의심하는 것이 오히려 이상하지 않습니까. 혈액형도 제가 O형, 미즈카가 B형이었고 도모키도 B형이었습니다. 의심할 이유는 어디에도 없었습니다.

그렇지만 당사자인 미조구치의 진술조서를 정독한 지금은 사실이라고 인정할 수밖에 없습니다. 그 친구는 거짓말을 못 하는 사람입니다. 미즈카와 어떤 관계였는지도 대략 짐작할 수 있습니다. 아마도 두 사람은 그다지 진지한 관계가 아니었을 것입니다. 물론 술김에 저지른 한 번뿐인 실수였다는 변명을 진심으로 믿는 것은 아닙니다. 하지만 냉정하게 판단하건대 그 두 사람의 관계는 오래 유지되지 않았으리라 생각합니다.

이 지경이 되어서도 저는 미조구치를 좋아하는 걸까요? 남자들의 우정은 남녀 사이의 연애 감정보다 더 굳건한 법입니다. 어쨌든 미즈카가 죽은 지금은 두 사람 사이에 무슨 일이 있었든 더는 제게 아무 의미 없습니다.

그리고 이런 말을 해도 좋을지 모르겠는데……. 솔직히 도모키가 그런 사건을 일으키기 전이었다면 분명 사정은 달랐겠죠. 말을 그렇게 해도 질투와 고뇌에 속이 타들어 갔을지도 모릅니다. 하지만 그 사건을 기점으로 제 세상은 완전히 뒤바뀌었습니다.

이번에 도모키가 친자식이 아니라는 말을 들었을 때 마음속 깊은 어딘가에서는 은근히 안심하는 마음이 들기도 했다는 사실을 부정할 수 없습니다. 어깨를 짓누르던 무거운 짐을 갑자기 벗은 느낌이었다고나 할까……. 아뇨, 솔직히 말하죠. 저는 미조구치 덕분에 구원받은 기분이었습니다.

경험하지 않은 사람은 결코 이해할 수 없겠지만 자신의 아이가 비정상적인 살인자라는 것. 그 사실이 내포한 무게감은 상상을 초월합니다. 그동안 자신이 쌓아온 위치도 성과도 인격도 한순간에 무너져내리고 남는 것은 살인자, 그것도 비정상적인 살인자의 부모라는 가차 없는 주홍 글씨뿐. 저는 그보다 더한 지옥을 모릅니다.

그에 비하면 억울하게 죄를 뒤집어쓰고 체포되는 것이 더 낫지 않겠습니까. 원치 않게 두 상황을 모두 겪은 저이기에

할 수 있는 말이지만 무고하다면 재판에서 싸워 무죄를 받아낼 수 있다는 희망이라도 있습니다. 비록 재판에서 지더라도 적어도 스스로 결백하다는 자부심은 느낄 수 있겠죠. 하지만 괴물의 아버지라는 멍에는 어떻게 해도 벗을 수 없습니다. 비단 세간의 시선뿐만 아닙니다. 내면에 존재하는 스스로의 시선에서 벗어날 수 없습니다.

저 같은 경우 그런 그 중압감과 고뇌를 어느 날 갑자기 타인이 대신 지게 된 것입니다. 이 얼마나 엄청난 일입니까! 비겁하다고 욕해도 어쩔 수 없지만 솔직히 신에게 감사하는 마음이 들었습니다. 이번에는 저 대신 미조구치가 어마어마하게 무거운 짐을 짊어질 차례였습니다. 그래서 지금은 그 친구를 원망하는 마음이나 증오하는 감정이 털끝만큼도 존재하지 않습니다. 오히려 얼마나 고통스러울까 동정심이 들 정도입니다.

미조구치에게는 사키코 씨와 미유라는 소중한 가족이 있습니다. 사키코 씨의 괴로운 심정은 분명 말이나 글로는 다 표현할 수 없겠죠. 믿었던 남편에게 숨겨둔 자식이 있었다는 사실만으로도 충격인데 그 아이가 무려 이상 성향을 보이는 살인자였으니까요. 게다가 그 끔찍한 사실이 전 세계에 보도됐죠.

진술조서만 보면 사키코 씨는 시종일관 냉정한 태도로 말한 것처럼 보입니다. 그러나 자신이 낳은 딸에게 도모키와 같은 피가 흐른다는 현실을 과연 어떻게 받아들이고 있을까요. 생각만 해도 가슴이 아픕니다. 무엇보다 사키코 씨는 미즈카와 달리 진정한 의미로 현명한 여자입니다. 그녀가 결국 미조구치를 용서하고 함께 시련을 이겨낼 만한 힘을 지녔기를 바랄 뿐입니다.

아무튼 지금 저는 히로키에게 미안한 마음뿐입니다. 이번 사건의 진상은 모르지만 제가 히로키에게 준 고통을 생각하면 아무리 사과해도 부족합니다. 그래서 설령 히로키가 제 아들을 살해했다고 해도 저는 아무 말할 자격도 없고 말할 생각도 없습니다.

미조구치는 진술조서에 이렇게 말했습니다.
저는 그 마음을 뼈저리게 이해합니다. 아마 미조구치는 저보다 더 괴롭겠죠. 다른 사람은 어떻게 생각할지 모르지만 그 친구와 저 사이에는 오랜 세월 쌓아온 단단한 우정이 있습니다. 이 건에 대해서는 솔직히 그 친구와 이미 다 정리된 일이라고 생각합니다.

9. 그리고 마침내 문제의 3월 26일 밤이 됩니다. 그날 저녁 식사가 끝난 뒤 8시 정각에 미조구치 부부가 딸 미유를 데리고 찾아왔습니다. 우리 가족이 별장을 비울 때마다 미조구치 부부가 관리해 주고 별장은 넓기도 해서 세 가족은

자주 놀러 왔습니다.

도모키가 일으킨 두 번째 사건의 표적은 바로 미유였습니다. 도모키는 대담하게도 우리 부부와 미조구치 부부가 모두 모인 공간에서 미유를 죽이려고 했습니다.

그런데 중요한 이야기를 하기 전에 먼저 사키코 씨에 대해 설명하겠습니다. 앞서 말한 대로 저와 미즈카가 결혼했을 때 미조구치는 미혼이었고 사키코 씨와 아는 사이도 아니었습니다. 도모키가 태어나고 시간이 꽤 흘렀을 때 사키코 씨가 미조구치부동산의 아르바이트 직원으로 들어왔습니다. 그 무렵에는 미즈카와 미조구치의 관계가 완전히 끝난 상태였으리라 추측합니다. 갓 결혼한 미조구치가 굳이 아내에게 불쾌한 과거를 말했을 리 없겠죠. 실제로 두 사람의 진술조서를 보면 역시 사키코 씨는 아무것도 몰랐던 듯합니다.

앞서 언급했지만 사키코 씨는 성격이 소탈하고 쾌활한 사람입니다. 훗날 자그마한 레스토랑을 차리는 것이 꿈이며 요리도 수준급입니다. 그러면서도 세심하게 배려할 줄 아는 성격이라서 미조구치에게는 과분한 아내라고 생각했습니다. 이런 여자가 남자를 행복하게 해주는 사람이구나 하고 절감했습니다.

미즈카는 친구가 별로 없는데 이상하게도 사키코 씨와는 마음이 잘 맞는 듯 사이가 매우 좋았습니다. 차라리 사키코 씨와 미즈카의 사이가 나빴다면 부부끼리 어울리는 일도 없었을 테고 그날 밤 그런 사건도 일어나지 않았을 텐데…….
이제 와 생각해봤자 아무 소용 없지만 그 생각을 멈출 수가 없습니다.

그날 밤은 미조구치 부부가 보졸레 와인을 들고 와서 식당에서 넷이 모여 와인을 마시며 수다를 떨었습니다. 예전이라면 이럴 때 유카와 미유를 1층에 있는 침실에 재웠지만 이제 그곳에 유카는 없었습니다. 킹사이즈 침대에 혼자 누워 있는 미유는 망망대해에 떠 있는 조각배 같아서 한없이 연약해 보였습니다. 저는 가슴이 미어졌지만 정신을 다잡고 와인을 마셨습니다. 그런데 시곗바늘이 9시 정각을 가리켰을 때였습니다. 불현듯 아이들이 걱정돼 견딜 수가 없었습니다.

물론 '도모키가 유카를 죽였다'라는 사실은 잊지 않았습니다. 잊기는커녕 단 한 순간도 머릿속을 떠난 적이 없었습니다. 그럼에도—아니, 어쩌면 인간의 방어본능이겠지만—사람은 어떤 상황에도 익숙해지게 마련입니다. 시간이 흐르면서 처음 느꼈던 긴장이 점점 느슨해졌습니다. 오랜만에 별장에 와서 기분이 들뜬 탓도 있었습니다. 경솔하게도 도모키를 시야 밖에 두었다는 사실을 전혀 깨닫지 못했습니다.

부모란 참으로 어리석은 존재입니다. 저도 예외는 아니었습니다. 처음의 충격이 한번 가라앉으니 최대한 자신에게 유리하게 생각하고 싶어졌습니다. '도모키가 무의식적인 욕망 때문에 그런 일을 저지른 것이라면 반드시 타고난 이상성향 때문이라고만 단정할 수 없다. 부모인 우리의 육아 방식에 문제가 있었을지도 모른다'라는 생각이 들기 시작했습니다.

어쨌든 도모키는 첫 아이였고 유카와 터울이 많이 졌습니다. 태어날 때부터 줄곧 부모의 애정을 독차지하다가 유카가 태어나면서 갑자기 환경이 바뀐 셈입니다. 동생은 여자아이라고 금이야 옥이야 하며 애지중지하는데 자신은 공부하라는 둥 오빠답게 행동하라는 둥 꾸지람만 들었죠. 비뚤어졌다고 해도 이해합니다. 도모키는 부모에게 사랑받지 못한다고 느껴 깊은 상처를 받았던 것은 아닐까? 미즈카는 어땠는지 몰라도 제가 유카를 끔찍이 사랑한 것은 사실이라서 더욱 그런 마음이 든 것 같습니다.

이런저런 상황 때문에 불행히도 저는 도모키에게서 눈을 떼고 말았는데 미유가 침실에서 자고 있다는 사실을 떠올리자마자 불안이 엄습해 가만히 있을 수가 없었습니다. 도모키는 늘 잠자리에 들 때까지 TV와 게임을 하며 시간을 자유롭게 보내는데 과연 괜찮을까? 미즈카를 보니 아무 걱정도 없는 모습으로 사키코 씨와 수다를 떨고 있었습니다. 아무리 급해도 도모키 이야기를 그 자리에서 꺼낼 수는 없었습니다. 어쩔 수 없이 침실에서 아르마냑을 가져오겠다는 핑계를 대고 식당을 다급하게 나왔습니다.

그 후 벌어진 일은 도모키가 메일에 적은 그대로입니다. 먼저 거실을 둘러봤지만 아니나 다를까 도모키는 없었습니다. 그래서 황급히 침실로 뛰어 들어갔더니 미유가 자고 있어야 할 침대는 텅 비어 있고 침실 안쪽의 욕실로 이어지는 문이 살짝 열려 있었습니다. 온몸에서 피가 빠져나가는 기분이었습니다.

이 별장은 구니타치의 집과 달리 호텔처럼 완전히 서양식 구조로 지어서 욕실에 욕조, 세면대, 변기가 모두 같이 있습니다. 그런데 욕실에 들어갔더니 안쪽에 있는 인조 대리석 대형 욕조 앞에 도모키와 미유가 나란히 서 있지 않겠습니까. 뒷모습이었지만 미유가 무사한 것만은 확실했습니다.

가슴이 저릿할 정도의 안도. 하지만 곧바로 심장이 얼어붙었습니다. 상황을 살피니 철벅대며 욕조에 물이 차오르고 있었기 때문입니다.

발소리를 들었는지 도모키가 뒤를 돌아봤고, 그 얼굴을 마주한 저는 잠시 멍하니 그 자리에 섰습니다.

"지금 무슨 짓이야!"

그 한마디조차 내뱉지 못했습니다.

공포로 굳은 머리가 아무리 명령해도 몸이 말을 듣지 않았습니다. 저는 간신히 정신을 차리자마자 수도꼭지를 단단히 잠그고 곧바로 욕조의 마개를 열어 물을 빼냈습니다.

그리고 일단 도모키를 2층으로 올려보낸 뒤 어리둥절해 하는 미유를 품에 안고 침대로 옮겼습니다. 도모키가 지시대로 2층으로 올라갔는지 신경 쓰였지만 금방 잠들 것 같지 않은 미유를 홀로 내버려 둘 수도 없었습니다. 막막한 마음으로 갈피를 잡지 못한 채 침대에 주저앉아 있던 바로 그때, 미즈카가 침실로 들어왔습니다.

미즈카는 제가 돌아오지 않자 상황을 살피러 왔는지 도모키의 존재는 애초에 머릿속에 없는 것 같았습니다. 상황을 간략하게 설명하자 숨을 멈출 만큼 놀란 듯했습니다.

어떤 일이 있어도 미조구치 부부가 눈치채서는 안 됐습니다. 미유를 미즈카에게 맡긴 저는 발소리를 죽이고 2층으로 올라가 도모키가 자신의 방에 있는 모습을 확인한 뒤 다시 침실로 돌아갔습니다. 식당과 주방은 완전히 다른 공간으로 분리되어 있어서 미조구치 부부가 우리 모습을 볼 리 없었지만 시간이 너무 오래 걸리면 이상하게 여길 것입니다. 침대에 앉아 태연하게 게임을 하는 도모키를 보고 소름이 끼쳤지만 저와 미즈카는 서둘러 식당으로 돌아갔습니다.

미조구치도 사키코 씨도 바보가 아닙니다. 미조구치 부부는 불온한 분위기를 눈치챘겠지만 그것을 입 밖에 낼 정도로 무례하지 않았습니다. 아무 일도 없었던 것처럼 술자리가 계속됐습니다. 그들을 한시라도 빨리 돌려보내고 싶은 마음이 굴뚝같았지만 미유가 완전히 잠들 때까지 시간을 끄는 편이 좋겠다는 계산도 있었습니다. 아르마냑을 아낌없이 권하면서 시간을 끌려고 노력했습니다.

그래도 동요한 기색을 완벽하게 숨길 수 없었나 봅니다. 특히 사키코 씨는 눈치가 빠르니까요. 미조구치 가족은 평소보다 이른 시간에 돌아갔습니다. 미유는 이번에는 푹 잠들었는지 품에 안아 올려도 눈을 뜨지 않았습니다. 나이에 비해 조숙했던 유카와 달리 미유는 둔했습니다. 욕실에서 무슨 일이 있었는지 부모에게 일러바칠 걱정은 없을 것 같다며 저는 가슴을 쓸어내렸습니다.

술자리가 다시 시작되고부터 집으로 돌아가는 그들의 뒷모습이 완전히 어둠 속에 잠길 때까지 저는 온몸의 신경을 곤두세우고 2층의 기척을 살피며 필사적으로 아무렇지 않은 척 행동했습니다.

10. 그날 밤 있었던 일을 떠올리면 저는 영리한 미즈카에게 감탄할 수밖에 없습니다. 미즈카가 쓴 수기는 당연히 거짓말로 점철된 허구일 뿐입니다. 하지만 거짓말이기는 해도 나름대로 앞뒤가 맞게끔 머리를 굴렸습니다. 제가 우연히 9시 정각에 자리를 비운 사실을 이용해 제가 휴대폰으로 여자와 연락하고 있었다고 꾸며낸 것입니다.

남편이 전화로 아내와 아들을 살해할 계획을 상의했고 그 통화를 우연히 아내가 엿듣는다. 마치 서스펜스 드라마의

한 장면 같군요. 황당해서 코웃음이 나오지만 막상 반박하려면 쉽지 않습니다. 양쪽 모두 증거가 없는 이상 결국 소모적인 말싸움만 되기 때문입니다. 그런데 도모키가 몰래 할머니에게 메일을 보낸 것이 아내의 유일하고도 치명적인 오산이었습니다. 만약 그 메일이 존재하지 않았더라면······. 생각만 해도 등골이 오싹해지는군요.

도모키의 메일이 등장하면서 경찰의 태도도 백팔십도 변했습니다. 도모키의 증언으로 미즈카가 쓴 수기의 신빙성이 크게 흔들렸기 때문입니다. 내용이 내용인 만큼 어머니도 몹시 고심하셨겠지만 용기를 내어 경찰에 신고해 주셔서 감사한 마음을 다 표현할 길이 없습니다. 나중에 경찰이 도모키의 컴퓨터를 조사하면 곧 밝혀질 일이었다 하더라도 구속된 사람은 그 하루, 이틀 차이에 얼마나 피가 마르는지 아십니까! 어머니는 정말 존경스러운 분입니다.

그런 어머니와 도모키는 3년이나 전부터 메일을 주고받았습니다. 3년 전 도모키는 아직 유치원생이었는데 또래 중 컴퓨터를 다루는 아이는 거의 없었습니다. 한편 어머니는 최근까지 회사에 다니셨기 때문에 그 연세에도 컴퓨터에 익숙합니다. 그래서 두 사람이 메일로 연락할 수 있도록 제가 도왔습니다.

처음에는 메일 쓰는 법을 가르치면서 제가 문구까지 알려 줬지만 곧 도모키 혼자서 메일을 작성할 수 있게 됐습니다.

어머니도 도모키와 소통한다는 사실에 매우 설렌 듯했습니다. 시어머니와 며느리 사이는 원래 쉽지 않다고들 하지만 어머니와 미즈카는 빈말로라도 사이가 좋은 편은 아니었습니다. 그러니 어머니와 손자가 연락을 주고받기에 이메일은 가장 이상적인 방법이었죠. 미즈카는 도모키는 물론이고 제가 가끔 어머니와 통화하는 것조차 질색했습니다.

미즈카도 당연히 인터넷을 하고 메일을 주고받지만 친한 친구가 없고 원래부터 기계에 약하기 때문에 컴퓨터를 즐겨 사용하지 않은 것 같습니다. 도모키와 함께 게임을 하거나 컴퓨터를 사용한 적은 거의 없다고 해도 좋을 정도였습니다.

애초에 미즈카는 철저하게 자기중심적인 인간이었습니다. 엄마로서 최소한의 의무는 지켰지만 도모키가 할머니와 메일을 주고받는 사실을 알고 있었는지도 의문입니다. 적어도 아들이 할머니를 그렇게까지 의지하는 줄은 꿈에도 몰랐을 것입니다. 결국 그것이 그녀에게 치명적인 독으로 돌아온 셈이므로 미즈카는 지금 죽고 없지만 그야말로 업보를 받았다고 생각합니다.

경찰도 도모키가 보낸 그 메일을 상당히 신중하게 조사한 것 같습니다. 만약 메일 내용이 사실이라면 경찰이 유카의 죽음을 단순 사고사로 처리한 일은 중대한 수사 실수였던 셈이니까요. 경찰이 민감하게 반응하는 것도 이해는 하지만 결과적으로 저는 더 강하게 추궁당했습니다. 이로써 제가 도모키를 살해할 명확한 동기가 하나 더 늘어났다는 이유에서였습니다.

죽은 아들의 고발. 이만큼이나 부모에게 잔인한 것이 있을까요? 신에게 맹세하건대 저는 도모키를 고의로 죽이지 않았습니다. 하지만 순간이라도 그 아이를 죽이고 싶다고 생각한 사실은 부정할 수 없습니다. 제 한 몸 지키자고 아들과 진지하게 마주하려 하지 않았던 비열한 아버지에게 변명할 자격은 없습니다.

도모키의 고백이 너무나도 끔찍했던 탓에 과연 이 메일을 정말 여덟 살짜리 아이가 쓴 것이 맞는지 의심하는 형사도 있었던 모양입니다. 아이라고 만만하게 생각했겠죠. 결국 도모키가 어머니에게 보낸 과거의 메일과 학교에 제출한 작문을 조사한 결과 해당 메일이 틀림없이 본인이 작성한 글이라는 결론에 도달한 것으로 압니다. 도모키는 국어 과목도 최고 성적을 받을 정도로 우수했고 저도 어려서부터 작문을 잘했습니다. 사실 저는 도모키의 그런 점이 저를 닮았다고 생각했죠.

도모키의 메일은 저를 절체절명의 위기로 몰아넣었지만 양날의 검이 되어 동시에 미즈카의 수기가 거짓이라는 사실도 증명했습니다. 즉 미즈카가 수기에서 유카의 죽음이 도모키와 무관한 불의의 사고였고, 3월 26일 밤에 남편이 여자와 몰래 전화 통화를 했다고 주장한 내용은 모두 새빨간 거짓말이었다는 사실이 만천하에 드러난 셈입니다.

물론 엄마로서 자식인 도모키를 보호하려는 미즈카의 마음은 이해할 수 있습니다. 유카의 죽음을 단순 사고사로 위장한 것도, 미유를 죽이려다가 미수에 그친 사건을 언급하지 않은 것도 그 관점에서 보면 비난할 수 없겠죠. 하지만 허무맹랑한 이야기를 적극적으로 지어내 남편인 저를 모함하려고 한 행위는 인간으로서 도저히 용납할 수 없는 짓입니다.

제가 경찰과 검찰의 조사를 불신하는 이유도 그 때문입니다. 미즈카는 수기에서 명백히 허위 사실을 떠들어댔습니다. 그런데도 왜 아직도 미즈카의 망언을 들먹이며 제 반박을 믿지 않을까요?

중요한 사실은 제게 숨겨놓은 여자가 있다는 이야기도, 제가 아내의 재산을 노린다는 주장도 결국 미즈카가 멋대로 떠들어댄 내용에 지나지 않습니다. 한 번이라도 거짓말을 한 사람은 또 다른 거짓말을 할 가능성이 크다. 어째서 그 당연한 논리가 미즈카에게는 적용되지 않는 겁니까?

휴대폰도 그렇습니다. 제 휴대폰은 정말로 한 대뿐입니다. 애초에 휴대폰을 여러 대 두고 구분해 사용할 필요가 없기 때문입니다. 그 사실은 조사 과정에서 목이 아프도록 말했고 경찰이 집 안은 물론 인근 땅까지 샅샅이 수색했는데도 다른 휴대폰은 나오지 않았습니다. 그런데도 여전히 그들이 인정하지 않는다면 도대체 저는 어떻게 해야 합니까? 없는 것을 어떻게 있다고 말하겠습니까.

저는 미즈카의 수기, 다시 말해 미즈카가 내뱉은 '거짓말'이야말로 이 재판의 열쇠라고 생각합니다. 만약 미즈카가 아직 살아 있었다면 그녀에게 따져 묻고 싶은 것이 수없이 많습니다. 직접 대면하면 미즈카는 분명 허점을 드러냈을 것입니다. 그러나 안타깝게도 그녀는 이미 이 세상 사람이 아닙니다. 더 이상 그녀에게 따질 방법이 없습니다.

11. 그날 밤, 미조구치 가족이 집으로 돌아간 후 미즈카와 저는 도모키를 2층 아이 방에 재우고서 거실 소파에 앉아 동이 틀 때까지 이야기를 나눴습니다.

그런데 자는 줄 알았던 도모키가 사실은 몰래 우리의 대화를 엿듣고 있었다니. 왜 침실이 아니라 탁 트인 거실에서 이런 중대한 이야기를 나누었냐고, 경솔했다고 비난받아도 할 말이 없습니다. 하지만 하마터면 살인사건의 현장이 될 뻔했던 그 욕실이 눈에 들어오자 가뜩이나 암울한 기분이 점점 더 아득해졌습니다. 우리 부부가 그 숨이 턱 막히는 기분을 견디지 못한 것 또한 사실이었습니다.

어쨌든 상황이 이렇게 된 이상 도모키를 이대로 둘 수는 없다. 이번에는 다행히 미수에 그쳤지만 언젠가는 또 반드시 같은 사건이 일어날 것이다. 그 의견은 두 사람 모두 일치했습니다.

그러나 현실적으로 초등학생 아들을 종일 감시할 수는 없는 노릇이었습니다. 지금까지는 가까운 존재라고 해봤자 유카와 미유 정도였습니다. 그러나 앞으로 도모키의 범행 대상이 주변의 어린 여자아이들로 확대되지 않으리라는 보장은 없었습니다.

당장은 구실을 만들어 등교를 막는다고 해도 영원히 가둬둘 수는 없는 노릇이었습니다. 게다가 도모키는 앞으로 점점 더 자랄 텐데 이런 이상 성향은 나이가 들면서 강해지면 강해졌지 약해지지는 않죠.

하지만 경찰에 신고하거나 전문가의 상담을 받는 것 같은 해결책은 우리의 선택사항에 없었습니다. 이유는 설명할 필요도 없죠. 만약 지금의 일본에서 만약 이 사실이 세상에 알려지면 어떻게 되겠습니다. 우리 가족은 말할 것도 없고 제 어머니와 누나를 포함한 가족과 친척 모두가 나락으로 떨어질 것은 눈에 보듯 뻔했기 때문입니다.

지금까지 살면서 언론과 인터넷의 공격이 얼마나 잔인하고 포악한지 지긋지긋할 정도로 수많은 사례를 봤습니다. 제 누나에게는 다 큰 딸이 둘이나 있습니다. 그 아이들의 인생에 결코 흠집을 낼 수 없었습니다. 우리의 대화가 암초에 부딪히리라는 것은 처음부터 자명했습니다.

하지만 미즈카의 입에서 이 말이 나왔을 때 저는 온몸에

벼락을 맞은 듯한 충격에 잠시 말을 잃었습니다.

"그러면 죽일 수밖에 없네."

아들을 죽인다……. 이 말이 과연 도모키를 낳은 엄마의 입에서 나올 수 있는 발언이란 말입니까? 아내도 결국 이성을 잃은 것이 아닌가 싶었습니다.

그런데 곰곰이 생각해 보면 당시 미즈카는 이성을 잃지도 않았고 당황한 기색도 없었습니다. 선명하게 귀에 꽂히는 아내의 목소리는 평소와 조금도 다르지 않았고 아름다운 얼굴은 깊은 호수처럼 잠잠했습니다.

물론 객관적으로, 그리고 냉철하게 생각하면 가족의 비밀을 지키고 또 다른 참사를 미연에 방지하려면 그 길밖에 없었습니다. 가족 셋이서 무인도에서만 살 수는 없는 노릇이니까요. 하지만 머리로는 이해해도 마음이 내키지 않았다고 해야 할까요.

"죽인다니, 어떻게?"

그래도 제가 되묻고 만 까닭은 역시 미즈카가 한 수 위였기 때문이겠죠.

아내의 제안에 동의할 마음은 결단코 없었습니다. 그런데 지나치게 태연한 모습에 기가 눌렸습니다. 현실감이 거의 없는 상태로 저도 모르게 다음 이야기를 묻고 말았습니다.

"그건 지금부터 생각해야지."

미즈카는 아무런 망설임도 보이지 않았습니다.

"그런데 역시 사고사로 꾸미는 게 가장 낫지 않을까? 유카 때처럼."

차가운 금속판처럼 딱딱한 목소리가 고요한 거실에 울려 퍼졌습니다. 저도 모르게 등골이 오싹해질 정도로 진지한 눈빛이었습니다.

지금 돌이켜 보면 미즈카는 분명 미유의 사건이 일어나기 훨씬 전부터 언젠가 도모키를 죽일 작정이었던 것 같습니다. 별장에 오기 전에도 제가 모르는 사이에 도모키가 어떤 사건을 일으켰을 가능성이 매우 크다고 생각합니다. 고양이라도 죽이거나 더 위험한 행동을 했거나…….

도모키는 출생의 비밀이 있는 만큼 미즈카도 제게 말하기 어려웠을지도 모릅니다. 더는 한시도 미룰 수 없다고 마음을 먹었다고 해도 이상하지 않았습니다.

그러나 여전히 석연치 않은 점이 있습니다. 나중에 자세히 이야기할 생각이지만 미즈카가 목숨을 노린 상대는 사실 도모키만이 아닙니다. 남편인 저도 함께 죽이려고 했습니다.

그 점을 감안하면 이번 사건의 배경은 그리 단순하지 않습니다. 어떻게든 남편과 아들을 한꺼번에 처리할 방법이 없을까. 뜻밖에도 미즈카가 그 기회를 호시탐탐 노렸을지도 모른다고 저는 생각합니다.

확실히 유카의 사고사에 대한 경찰의 대응은 놀라울 정도로 허술했습니다. 무시당해도 어쩔 수 없을 정도로. 저 역시 미즈카의 제안을 단호하게 반대하지 않은 것은 사실이며 그 점에 대해서는 변명하지 않겠습니다. 앞으로 살아갈 긴 인생을 생각하면 지금 도모키가 죽는 것이 최선이 아닐까. 저도 내심 그렇게 느꼈기 때문입니다.

그런데 속마음을 분명하게 깨닫고 보니 순식간에 불안에 휩싸였습니다.

"하지만 고작 두 달 사이에 아이 둘이 사고사하면 의심받지 않을까?"

비겁하게도 저는 그런 식으로 미즈카를 견제하려고 했습니다.

"괜찮아. 아이들 앞으로 생명보험을 들어 놓은 것도 아니니까."

그러나 미즈카는 전혀 개의치 않았습니다.

"좀 의심스러워도 자식을 잃은 부모에게 그런 말을 하는 사람이 있을 것 같아?"

"그야 일반인은 그렇겠지만 경찰은 의심할지도 모르지."

"그 사람들, 그렇게 안 똑똑해. 설령 의심한다고 해도 증거가 없으면 경찰은 아무것도 할 수 없어. 유카 때도 그랬잖아?"

우리의 대화를 도모키가 듣고 있었다고 생각하면 괴로움과 수치심으로 지금도 가슴이 미어집니다.

아들을 죽일 바에야 차라리 자식과 함께 죽을 생각은 하지 않았는가? 조사 때 여러 번 받은 질문입니다. 당연히 의아하겠죠. 저도 미즈카에게 똑같은 의문을 품었으니 말입니다.

설령 아버지가 아들을 죽이자고 해도 보통 어머니라면 자신도 함께 죽겠다며 말리지 않나? 하지만 미즈카는 평범한 어머니가 아니었습니다. 지독한 어머니인 그녀에게 아들과 함께 죽는다는 생각은 처음부터 존재하지 않았습니다.

그리고 솔직히 말하면 유감스럽지만 제 머릿속에도 가족 모두가 함께 죽는다는 선택지는 없었습니다. 저는 회사를 경영하는 사람이고 저와 제 가족만을 위해 일하는 것이 아닙니다. 기업가로서 회사를 유지하고 이끌어나갈 책임, 직원들과 그 가족들의 삶을 지킬 의무가 있습니다. 직원들을 길거리에 나앉게 할 수는 없었습니다. 저는 저대로 지독한 아버지였던 셈입니다.

도모키를 죽이고 우리 부부도 함께 죽을 작정이었다. 확실히 그럴듯한 말이기는 합니다. 재판에서 그렇게 말하면 더 유리할 수 있겠죠. 하지만 그렇게 뻔히 보이는 말을 지껄일 정도로 기업가로서 저는 타락하지 않았다고 믿습니다.

12. 우리의 대화는 날이 밝을 때까지 계속됐습니다. 하지만 이성적인 대화는 아니었고 미즈카가 소리를 지르면 제가 한발 물러나는, 오로지 그 양상만 반복됐습니다.

"당신은 비겁해. 나를 나쁜 인간 취급하면서 당신은 문제를 외면하기만 하잖아!"
 그 말을 들자 할 말이 없었습니다. 애초에 대안을 제시할 수 없는 사람은 이견을 말할 자격도 없었으니까요.
 세 가족이 드라이브를 가서 산속에서 놀다가 도모키가 실수로 절벽에서 굴러떨어진 것으로 꾸미자. 이것이 우리가 내린 최종 결론이었습니다. 아무리 생각해도 가장 자연스럽고 증거도 남지 않는 확실한 방법이었기 때문입니다.
 그런데 막상 실행하려고 하니 생각보다 쉽지 않았습니다. 우선 치밀하게 계획을 세워야 했습니다. 그 일대 드라이브 코스는 거의 외우다시피 했지만 남의 눈을 피하면서 실족 사고로 위장하기에 적합한 장소는 그리 쉽게 떠오르지 않았습니다. 일단 후보지를 살피며 장소를 물색해야겠다는 생각이 들었습니다.
 그렇게 결정하니 지체할 수 없었습니다. 별장에 머무는 기간은 정해져 있었으니 저 혼자 차를 끌고 나가 후보지를 살피기로 했습니다. 도모키에게는 회사에 급한 일이 생겼다고 둘러댔습니다. 자주 있는 일이라 딱히 수상하게 생각하지 않았을 것입니다.
 상황이 그 단계까지 진행되자 미즈카는 비로소 평정을 되찾았습니다. 이로써 자신의 신세를 망칠 위험 분자를 제거할 수 있겠다는 생각이 들었겠죠. 하지만 저는 도모키를 죽일 결심을 굳힌 상태는 아니었습니다. 어쨌든 미즈카를 설득할 수 없으니 일단 결론을 정해서 자리를 마무리한 뒤 머리를 식힐 시간을 벌 생각이었습니다. 혼자서 차분히 생각하다 보면 다른 해결책이 떠오를지 모른다는 마음도 있었습니다.

날이 완전히 밝은 뒤 침대에 잠시 누웠지만 한숨도 자지 못했습니다. 워낙 밤잠을 설친 탓에 흥분한 정신은 각성 상태였지만 몸은 피곤에 절어 있었습니다.

8시가 넘어서 아침 식사를 마친 뒤 곧바로 차를 끌고 출발했습니다. 아침을 먹는 동안 도모키를 유심히 살폈지만 표정 없이 묵묵히 입을 움직이는 모습은 평소와 다를 바 없었습니다. 다시 생각해도 도저히 그 전날 밤에 우리의 대화를 엿들은 사람 같지 않은 침착한 모습이었습니다.

도모키는 유카를 죽였을 때도 그랬지만 그런 엄청난 짓을 저지르고도 태연했습니다. 그날 밤 침실 욕실에서 미유를 빠뜨리려고 조용히 욕조에 물을 받던 모습이 아직도 눈앞에 생생했습니다. 정말로 아무런 망설임도 없던 그 얼굴은 어린아이의 단순한 호기심과도, 사디스트 같은 쾌락과도 명백히 선을 긋는 모습이었습니다.

그런데 가만히 생각해 보면 도모키의 성격은 미즈카를 빼다 박았다고 할 수 있죠. 결코 미조구치를 닮지는 않았습니다. 미조구치와 비슷했다면 비록 어떤 사정으로 사람을 죽이는 상황에 처해도 결코 냉정하고 과감하게 살인을 실행할 수 없었을 것입니다. 그것만은 장담할 수 있습니다.

집에서 출발한 저는 일단 산길을 이리저리 돌아다녔지만 도무지 집중할 수 없었습니다. 아침 햇살 속에 있으니 어젯밤의 모의가 도저히 현실 같지 않았습니다.

하지만 미즈카는 당연히 제가 계획을 실행할 장소를 물색하는 줄 알 테니 아무 수확 없이 돌아가면 곤란했습니다. 어쩔 수 없이 인적 없는 샛길에 차를 세우고 차에 앉아 가만히 생각에 잠겼습니다.

그날은 월요일이었기 때문에 지나가는 차가 거의 없었습니다. 그래서 제가 계속 혼자 있었다는 사실을 증명하기 어렵습니다. 미즈카의 수기에 완전히 현혹된 형사가 "사실은 여자를 만난 것 아닌가?"라며 얼마나 집요하게 추궁했는지 모릅니다.

아침에 집을 나와 저녁에 돌아갔으니 당연하게도 그 사이에 배도 고팠고 화장실도 가야 했습니다. 점심은 고갯길 소바 가게에서 산나물 소바를 먹었고 그 전과 후에도 몇 번인가 음료와 과자를 사러 갔으며 화장실을 사용하려고 편의점에 들렀습니다. 영수증도 남아 있고 무엇보다 관광객이 적은 시기였던지라 점원이 제 얼굴을 기억하고 있어서 다행이었습니다. 경찰도 결국 제게 일행이 없었다는 사실을 인정할 수밖에 없었겠죠.

그렇게 저는 실제로 거의 아홉 시간 동안 산속에서 막막한 마음으로 혼자 시간을 보냈습니다. 돌이켜보면 당시 저는 완벽하게 미즈카에게 조종당하고 있었습니다. 아마 제게 가장 적절한 장소를 찾게 한 뒤 도모키를 사고로 위장해 떨어뜨려 죽일 때 저까지 밀어버릴 속셈이었을 겁니다.

그리고 미즈카가 제게 장소 물색을 시킨 또 다른 이유. 바로 제가 별장을 비운 사이에 수기를 써야 했기 때문입니다.

미즈카의 전용 노트북이 있지만 너무 오랜 시간 컴퓨터를 사용하면 제게 의심받을 위험이 있습니다. 미즈카는 장문의 메일을 주고받는 친구도 없고 블로그도 하지 않으니까요. 세상이 어떻게 돌아가는지도 딱히 관심 없는 그녀에게 컴퓨터는 인터넷 쇼핑이나 요리 레시피 검색 이상의 가치는 없는 도구였습니다. 확실히 그 수기를 작성해서 메일로 보내려면 저를 집에서 내보내는 것이 상책이었습니다. 미즈카는 정말 머리가 비상하고 무서운 여자입니다.

결국 저는 적당한 장소를 찾지 못했고 다른 묘안도 찾지 못한 채 집으로 돌아갔습니다. 분명 미즈카가 기다리고 있을 텐데. 마음이 무거웠지만 날이 점점 어둑해졌습니다. 못 견딜 정도는 아니었지만 아직 날씨가 쌀쌀해서 더는 산속에 있을 엄두가 나지 않았습니다.

사실 어머니와 의논해 볼까 고민도 했습니다.

'애초에 이렇게 중대한 사안을 우리 부부끼리 해결하려는 것이 잘못이다. 역시 가까운 사람에게 도움을 요청해야 하

지 않을까?'
 그 대상으로 가장 적합한 인물이 우리 어머니인 것은 말할 필요도 없었습니다. 충격은 받으시겠지만 이러니저러니 해도 사랑하는 손자니까 결코 도모키에게 해가 되는 일은 하지 않으리라는 확신이 들었습니다. 그 누구도 아닌 할머니라면 도모키도 마음을 열지 모른다는 생각도 들었습니다.
 정말 그래야 했습니다. 지금도 후회하는 마음을 지울 수 없습니다. 하지만 미즈카가 동의할 리 없었죠. 결국 그것이 제 행동에 제동을 걸었습니다.
 시어머니라면 누구라도 그렇겠지만 유카가 세상을 떠났을 때 어머니가 미즈카를 다소 냉담하게 대한 것은 사실입니다. 어머니는 진실을 모르셨기 때문에 그럴 만했지만요. 노골적으로 비난하지는 않았지만 부모의 책임을 중시하는 고지식한 어머니는 부주의한 며느리를 마음속으로 용서하지 않았을 것입니다. 결국 어머니는 유카의 장례식조차 참석하지 않으셨습니다.
 만약 그때 어머니에게 털어놓고 상의했다면! 이런 식으로 후회해봤자 아무 소용없지만 그래도 만약 그랬더라면 지금의 이 참상은 벌어지지 않았을까? 자꾸만 그런 생각이 들어 안타까운 마음에 가슴이 미어집니다.
 집에 도착하자 차에서 내리기도 전에, 거실 창문 너머로 제가 있는 쪽을 응시하는 미즈카가 보였습니다. 예상대로 제가 오기만을 기다리고 있었습니다.

"어떻게 됐어?"

제가 집에 들어가자마자 벼르고 벼른 사람처럼 물었습니다.

"잠깐만! 숨 좀 돌리고, 천천히 말할게. 술 없어?"

저는 그렇게만 대꾸한 뒤 거실 소파에 몸을 묻었습니다. 무슨 말을 어떻게 할지 정해두지는 않았습니다. 일단 시간을 벌 생각밖에 없었습니다.

얼마 후 미즈카가 맥주와 안주를 내왔는데 도모키가 보이지 않았습니다.

"도모키는?"

소곤거리며 물었더니,

"2층에. 점심 먹으러 내려왔다가 올라간 뒤로는 계속 자기 방에 있어."

똑같이 목소리를 낮추고 손가락으로 2층을 가리켰습니다.

아무래도 어제 그 일이 있은 지 하루밖에 지나지 않았으니 역시 도모키가 어떻게 지내고 있는지 신경 쓰였습니다. 미즈카가 저녁 식사를 준비하러 주방에 가는 모습을 끝까지 지켜본 뒤 저는 맥주잔을 테이블 위에 올려놓고 2층으로 올라갔습니다.

어떤 상태인지 살펴보고 오자고 생각했을 뿐이었습니다. 그래서 그 시점에는 설마 그런 일이 일어나리라고는 예상하지 못했습니다.

13. 그리고 마침내 문제의 사건이 발생합니다. 3월 27일 저녁 무렵, 별장 2층 베란다에서 무슨 일이 일어났는가? 지금부터가 본론인데, 서론이 길어진 이유는 그전까지 일어났던 일들과 그 과정을 밝히지 않는 한 이 비정상적인 사건을 제삼자에게 납득시킬 수 없다고 판단했기 때문입니다.

앞으로 서술할 내용은 되도록 제 해석을 섞지 않고 객관적으로 작성할 예정입니다. 하지만 그 순간순간 제가 느낀 감정을 설명하지 않으면 제 행동을 이해할 수 없으니 조금 길어질 테지만 부디 양해해 주시기 바랍니다.

이야기를 시작하기 전에 먼저 건물의 위치와 사건이 발생한 2층 베란다의 구조를 간략하게 설명하겠습니다.

검찰이 증거로 제출한 '현장검증 조서'에 현장 지도와 평면도, 그리고 사진 여러 장이 설명과 함께 실려 있으니 증거 서류를 보신 분은 아시겠지만 제 별장은 미조구치부동산이 개발하고 분양한 별장용 부지 중에서도 가장 안쪽에 있습니다. 즉 주요 도로에서 별장 단지로 이어지는 샛길을 따라 서쪽으로 들어가면 멋들어진 집들이 늘어선 별장지가 나오는데 그곳을 지나 막다른 곳에 다다르면 등장하는 마지막 두 채가 제 별장과 미조구치의 집입니다. 그 너머는 콘크리트 옹벽이 받치고 있는 높은 절벽인데 절벽 아래에 주택은 없습니다. 마치 대자연을 뒤뜰로 삼은 듯한 형태인데 바로 그 절벽이 이번 사건의 현장입니다.

미조구치가 분양받은 땅은 남쪽도 높은 절벽이라서 서쪽과 남쪽이 모두 절벽 지형으로 이루어진 모퉁이 땅인데, 제 땅은 남쪽에는 이웃인 미조구치의 집이 있고 북쪽에는 표면이 그대로 드러난 산비탈이 있어서 조건이 다소 좋지 않습니다. 이 진술서 초반에 미조구치가 본인이 사용할 용도로 분양지 중 가장 좋은 구획을 미리 확보했다고 한 말은 바로 그런 뜻이었습니다. 그래도 한 구획당 5백 평이기 때문에 어느 부지나 넓습니다. 특히 미조구치의 집은 산장 스타일로 지은 단층 주택이라서 제 별장에서 남쪽을 바라봤을 때 시야를 가리지 않아 훌륭한 경치를 그대로 감상할 수 있습니다.

미조구치의 집과 제 별장의 동쪽에도 집 두 채가 있는데 두 집 모두 소유주는 도쿄 사람입니다. 별장으로 사용하는지 사람을 본 적은 거의 없었습니다. 그 외 이웃들과는 교류가 없어서 잘 모르지만 은퇴한 노부부가 사는 집도 있는 것 같습니다. 하지만 도시에 집을 두고 이곳은 별장으로 사용하며 오가는 것 아닐까 싶습니다. 이 지역은 겨울철이 되면 산바람이 차서 정원 일도 할 수 없거든요.

제 별장은 2층 건물이지만 거실이 천장이 높게 뚫린 복층 구조라서 2층에는 제 서재와 아이 방과 욕실만 있습니다.

아이 방은 도모키와 유카가 함께 썼습니다. 공간은 충분히 넓었는데 설마 도모키가 그런 짓을 하리라고는 꿈에도 생각하지 못한 데다 아직 어리니까 둘이 함께 두는 편이 좋으리라고 몹시 안이하게 생각했습니다.

아이 방과 서재는 모두 서쪽에 있는데 양옆으로 열리는, 천장에서 바닥까지 닿는 세로로 긴 프렌치 도어를 통해 바로 베란다로 나갈 수 있게 되어 있습니다.

건물 자체가 서쪽 옹벽 위에 아슬아슬해 보이는 형태로 세워진 데다 베란다가 상당히 돌출되어 있어서 베란다 난간에서 아래를 내려다보면 땅바닥까지 약 13미터는 될 것입니다. 아래로 떨어지면 큰일이니 키가 큰 어른도 위험하지 않도록 특별히 높고 튼튼한 난간을 설치했습니다. 일반적인 상황이면 사고가 일어날 리 없는 상태였고 실제로 지금까지 문제가 생긴 적은 단 한 번도 없었습니다.

이 건물은 원래 직원 휴양시설로 지어졌기 때문에 처음에는 주로 직원 워크숍이나 직원들의 가족여행에 사용됐습니다. 그럴 때면 그 베란다에서 종종 바비큐를 즐기고는 했죠.

제 서재는 남서쪽 모퉁이 방이라서 아이 방과 달리 남쪽에도 베란다가 있습니다. 다만 남쪽은 절벽이 아니라 정원이기 때문에 그다지 높지 않습니다. 지면도 잔디라서 만약 떨어진다고 해도 운이 몹시 나쁘지 않은 이상 기껏해야 타박상 정도로 끝날 것입니다. 이런 점 또한 엄청나게 운이 없었다고 생각하는데 무의미한 후회의 반복일 뿐이겠죠.

현장을 모르는 사람은 서쪽 베란다를 둘러싼, 특히 바람이 살랑이는 해 질 무렵의 기묘하고 독특한 분위기를 상상하기 어려울 겁니다. 황혼으로 물든 산속에서 서쪽으로 저무는 해가 쏟아내는 빛을 받고 있노라면 마치 대자연 속에 홀로 남겨진 듯한 고독감······. 한 번이라도 그 자리에 서 보면 그런 장소에서 갑자기 습격당했을 때 절대 이성적으로 행동하지 못한다는 사실을 실감할 것입니다.

그리고 그날, 저는 계단을 올라 곧장 아이 방으로 향했습니다.

그런데 예상과 달리 도모키는 방에 없었고 아이 방에서 베란다로 나가는 프렌치 도어가 활짝 열려 있었습니다. 도모키가 혹시 베란다로 나갔나? 그 순간 심장이 격렬하게 뛰기 시작했고 끝을 알 수 없는 불안이 온몸을 휘감았습니다.

서둘러 아이 방을 가로질러 열려 있던 프렌치 도어를 지나 베란다로 뛰어나갔습니다.

아무리 그래도 도모키는 아직 여덟 살짜리 아이입니다. 베란다 난간은 도모키의 키보다 높았죠. 아무리 폴짝폴짝 뛰어도 난간 밖으로 떨어질 걱정은 없었습니다. 그런데도 저는 도대체 무엇이 두려웠을까요?

답은 금방 찾았습니다. 도모키는 철제 난간으로 둘러싸인 베란다 안에는 없었습니다. 제가 무의식중에 떠올린 걱정.

도모키는 바로 제 시선 끝, 폭이 불과 몇 센티미터밖에 되지 않는 난간 위에 두 다리를 걸치고 앉아 있었습니다. 마치 사냥꾼과 마주친 겁먹은 산토끼처럼. 그리고 두 손으로 난간을 잡고는 상체를 숙인 채 구부정한 자세로 말없이 저를 응시하고 있었습니다.

체념인지 공포인지 애원인지 알 수 없는 그 눈빛! 전날 밤, 부모가 어떻게 죽일지 궁리한 바로 그 아들이 놀랍게도 스스로 생사의 벼랑 끝에 몸을 세우고 숨을 죽인 채 아버지의 반응을 살피고 있었습니다. 나중에 돌이켜보면 하늘이 저를 시험한 것 같습니다. 제가 손가락으로 살짝 밀기만 했어도, 아니 제가 아무 일도 하지 않았어도 도모키는 나락으로 떨어졌을 것입니다.

하지만 그것은 어디까지나 지나고 나서야 떠오른 생각일 뿐입니다. 당시의 저는 이것저것 잴 여유가 없었습니다.

그리고 저도 모르게 "위험해!"라고 소리치며 달려가려던 바로 그 순간이었습니다. 도모키가 기우뚱하더니 난간 너머로 서서히 떨어졌습니다.

저는 스스로도 믿기지 않을 정도로 빠르게 도모키에게 달려들었습니다. 그 결과 간신히 오른손으로 도모키의 오른쪽 발목을 잡았지만 도모키의 몸은 이미 완전히 난간 밖으로 넘어가 한 발로 간신히 매달려 있는 형국이었습니다. 난간이 평균보다 높게 설치되어 있어서 성인 남자인 저조차도 겨우 몸을 밖으로 내밀 수 있었습니다. 팔을 힘껏 뻗은 상태에서 그 자세로는 도저히 도모키를 위로 끌어올릴 수 없었습니다.

일단 두 손으로 도모키의 발목을 단단히 붙잡고 좋은 방법이 없을까 고민하며 주위를 둘러봤지만 도모키가 난간에 걸터앉으려고 사용한 것으로 추정되는 접이식 사다리 하나가 쓰러져 있을 뿐, 그밖에 사용할 만한 도구는 아무것도 없었습니다.

그 사다리는 서재 책꽂이에서 책을 꺼낼 때 사용하느라 평소에는 제 서재에 두는데 도모키가 가지고 온 것이 분명했습니다. 예전에는 아이 방 베란다에 접이식 테이블과 의자 세트가 놓여 있었는데 도모키가 걸음마를 시작하면서 혹시라도 발생할 위험에 대비해 모두 치웠거든요.

일단 미즈카를 불러야겠다는 생각이 들었습니다.

"여보! 미즈카!"

온 힘을 다해 소리쳐 불렀지만 미즈카가 2층으로 올라오는 기척은 느껴지지 않았습니다. 그럴 만도 한 것이 1층 주방에서 요리하고 있으면 제가 2층 베란다에서 아무리 소리를 질러도 들리지 않았을 가능성이 큽니다.

그런데 마음이 점점 초조해지는 가운데 계속 아내의 이름을 부르며 뒤를 돌아본 순간 저는 눈을 의심할 수밖에 없었습니다. 미즈카가 그곳에, 그것도 제 바로 뒤에 큰 눈을 부릅뜨고 서 있었기 때문입니다.

그 시점에 이상하다는 것을 깨달았어야 했습니다. 당연히 비명을 지르며 달려와야 할 판에 미즈카는 제게 말을 걸기는커녕 도우려고 하지도 않았으니까 말입니다. 하지만 당시 저는 완전히 제정신이 아니었습니다.

미즈카는 제가 불러서 올라온 것이 아닌 것 같았습니다. 처음부터 저를 따라 2층에 왔던 것입니다. 그녀는 말없이 두뇌를 풀가동하면서 상황을 지켜본 것이 분명합니다.

하지만 슬프게도 제 머리는 거기까지 생각하지 못했습니다. 그래서 도모키의 발목을 꼭 붙잡은 채 미즈카에게 소리쳤습니다.

"도모키가 떨어지기 일보 직전이야! 도와줘!"

제 말을 듣고 미즈카도 달려오기는 했지만 안타깝게도 키가 작아서 도모키에게 손이 닿지 않았습니다. 어쨌든 키가 175센티미터인 제가 난간 너머로 두 팔을 뻗어 겨우 발목을 붙잡고 있는 상태였습니다. 손에서 힘이 점점 빠지고 팔도 저릿한데 정작 도모키는 전혀 도움이 되지 않았습니다. 거꾸로 매달린 상태에서 소리를 질러 도움을 요청하기는커녕 입은 열지 않고 제 손을 떼어내기 위해 온몸을 흔들어댔습니다.

저는 바닥에 쓰러져 있는 사다리를 눈짓하며 미즈카에게 부탁했습니다.

"내가 타고 올라갈 수 있게 그 사다리 좀 세워줘."

도모키의 몸무게도 족히 25킬로그램은 되는 듯했습니다. 하지만 어떻게든 버텨서 사다리 위에 올라서기만 하면 도모키를 힘으로 끌어올릴 수 있으리라 판단했습니다.

그런데 제가 미즈카가 일으켜 세운 사다리를 필사적으로 타고 올라가 온 힘을 허리와 무릎에 싣고 간신히 일어선 바로 그 순간이었습니다. 믿을 수 없게도 뒤에서 저를 지탱해줘야 할 미즈카가 제 엉덩이를 힘껏 밀면서 도모키와 저를 모두 난간 밖으로 밀어 떨어뜨리려고 했습니다.

미즈카는 가냘픈 몸매에 키는 153센티미터밖에 되지 않습니다. 몸무게는 40킬로그램도 채 되지 않지만 저는 사다리 위에 불안정한 자세로 서서 두 손으로 도모키를 끌어올리고 있는 상태였습니다. 누가 뒤에서 밀면 조금도 버티지 못하는 상황이었습니다.

그런데 평소 운동을 게을리하지 않은 덕분일까요. 아니면 화재 현장에서 기적같이 샘솟는 힘 같은 현상이었을까요. 저는 갑작스러운 공격에도 간신히 버텼습니다. 예상도 못한 전개에 깜짝 놀랐지만 순간적인 판단으로 하체에 혼신의 힘을 싣고 도모키의 발목을 잡은 채 쭈그려 앉았습니다.

미즈카는 전혀 예상하지 못한 듯했습니다. 설마 제가 자세를 낮춰 버틸 줄은 생각도 못 했겠죠. 순간 아내의 손이 떨어진 틈에 저는 오른손으로 도모키를 붙잡고 왼손으로 미즈카의 청바지 허리를 확 움켜쥐고는 다시 일어서면서 그녀를 힘껏 끌어올리는 데 성공했습니다.

이렇게 되니 힘이 더 센 제가 유리했습니다. 미즈카는 제게 허리를 붙잡힌 채 몹시 불안정한 자세로 좁은 사다리 위에 서게 됐습니다.

당연히 미즈카는 격렬하게 저항했습니다. 절박한 표정으로 죽기 살기로 달려들었습니다. 저는 오른손을 움직일 수 없으니 왼손으로만 막아야 했습니다. 상황이 이렇지 않았다면 미즈카를 제압하는 것은 일도 아니었을 텐데, 그녀가 공격하며 휘두르는 손톱이 얼굴과 목을 마구 할퀴었습니다. 경찰의 의심을 사게 된 상처들은 모두 그때 생긴 것입니다.

"그만해! 도모키가 떨어지잖아!"

거듭 소리쳤지만 미즈카는 아랑곳하지 않고 저를 밀려고 몸부림쳤습니다.

몸싸움이 얼마나 계속됐을까요. 상당히 길었던 것 같기도 하지만 의외로 10초나 20초밖에 안 됐을지도 모릅니다.

미즈카가 마지막으로 몸을 날려 힘껏 들이박은 순간 제가 몸을 비틀었고, 그 결과 그녀의 몸이 앞으로 확 고꾸라지던 모습을 기억합니다. 정말 한순간이었습니다. 관성을 이기지 못해 균형을 잃은 미즈카가 난간 너머로 떨어진 것과 동시에 그 충격으로 제 오른손에서 도모키의 오른발이 빠져나갔습니다. 거의 동시에 일어난 일이었습니다.

"악!" 하는 소리가 울렸습니다. 미즈카가 지른 단말마의 비명이었는데 도모키는 처음부터 끝까지 아무 소리도 내지 않았습니다. 곧이어 '쿵'인지 '철퍽'인지 형언할 수 없는 둔탁한 충격음이 들렸습니다. 두 사람의 몸이 먼저 콘크리트 옹벽에 부딪힌 뒤 순식간에 땅바닥으로 굴러떨어졌습니다.

기진맥진한 채 사다리 위에서 아득히 먼 절벽 아래를 내려다보니 피로 물든 콘크리트 옹벽과 쓰러져 있는 두 사람의 모습이 시야에 들어왔습니다. 미즈카와 도모키 모두 땅바닥에 누워 있었는데 땅거미 진 어스름 속에서는 표정을 알아볼 수 없었습니다. '비참'이라는 단순한 말로는 도저히 표현할 수 없는 처절하고 참혹한 광경이었습니다.

다행인지 불행인지 우리 가족 외에 이 비극을 목격한 사람은 없었던 것 같았습니다. 그날은 월요일이었던 데다 아직 초저녁이었기 때문에 바로 옆 미조구치의 집에는 아무도 없었습니다. 동쪽에 있는 두 집은 평소에 사람이 거의 없었지만 만약 있었다고 해도 사고가 일어난 베란다는 절벽이 있는 서쪽을 향해 있어서 그 집에서는 보이지 않으니 이상을 감지했을 가능성은 작았습니다.

한편 서쪽 절벽 아래에 있는 땅은 미조구치부동산이 아니라 다른 부동산 회사의 소유인데 아직 정지 작업도 하지 않은 토지입니다. 개발이 시작되려던 시점에 부동산 버블이 붕괴됐는지, 나무는 자라지 않았지만 흙만 그대로 방치되어 있어서 완전히 황무지 같습니다. 그리고 완만하게 경사진 땅의 끝에는 숲이 있는데 숲속에는 차도도 있지만 평소 그곳을 지나는 차는 거의 없습니다. 어쩌다가 지나가는 차가 있었다고 해도 숲에 가려서 보이지 않았을 것입니다.

그러니 당시 제가 무엇을 하고 있었는지 증언할 사람은 한 명도 없었던 셈입니다.

14. 추락 직후 제가 한 행동은 수사관들에게 엉뚱한 오해를 불러일으키고 제 목을 조르는 결과를 초래했습니다. 그것은 스스로도 잘 압니다. 왜 바로 신고하지 않았느냐며 엄청난 비난을 받았습니다. 그야말로 집중포화를 받았죠. 사고 발생을 확인하고서 7, 8분이 지난 뒤 신고했기 때문입니다.

하지만 아내와 아들이 저 밑에 쓰러져 있는데 어떻게 그 자리에 가만히 있을 수 있겠습니까. 서둘러 두 사람에게 달려가야죠! 오로지 그 생각만으로 아무 준비도 없이 절벽 아래로 내려갔는데 그 행동이 경찰의 의심을 샀습니다.

절벽 아래로 내려가도 그곳은 제 땅이 아니고 높이차도 컸습니다. 제가 직접 내려갈 수 없었습니다. 앞서 설명한 대로 숲속에 있는 차도를 통해 돌아서 들어갈 수밖에 없었는데 그러려면 일단 별장 단지의 입구까지 나가야 합니다. 상당히 먼 길을 돌아가는 셈입니다.

저는 서둘러 차를 몰고 현장으로 달려갔지만 땅에 누워

있는 두 사람을 보자마자 가망이 없다는 생각이 들었습니다. 무엇보다 그 높이에서 떨어진 데다 끔찍한 충격음까지 나지 않았습니까. 어느 정도 예상은 했지만 그보다 훨씬 처참한 모습이었습니다. 이미 소생할 가망이 명백히 없어 보였기 때문에 그 자리에서 휴대폰으로 경찰에 신고했습니다.

119가 아니라 곧바로 경찰에 신고한 행위 역시 경찰의 의심에 불을 지폈습니다. 신고하기 전에 현장에 간 이유는 아내와 아들이 정말로 죽었는지 확인하기 위해서 아니었을까? 의심하는 것이 그들의 일이라고는 하지만 추궁은 참으로 집요했습니다.

앞서 고백한 듯 가능하다면 단순한 추락 사고로 덮고 싶다. 그때 그런 마음이 있었던 것은 사실입니다. 도모키가 스스로 베란다에서 뛰어내리려고 한 일, 미즈카가 도모키와 저를 밀어서 떨어뜨리려고 한 사실을 설명하면, 아무래도 도모키가 유카를 죽인 사건과 심지어 도모키가 미유를 죽이려고 한 일화를 털어놓아야 했습니다. 그것만은 피하고 싶었기 때문에 끊임없이 고민했습니다.

그런데 저는 너무 순진했습니다. 저 자신을 저주하고 싶네요. 현장에 도착해 경찰차에서 내린 경찰들은 숨진 두 사람에게 달려가기 전에 먼저 신고자인 제 얼굴과 목에 난 상처를 주목했습니다. 어지간히 정신이 나갔던 모양입니다. 저는 어리석게도 제 몸에 이렇게 많은 상처가 난 줄도 몰랐습니다. 이미 한참 전부터 감각이 마비되어 통증이 느껴지지 않았던 것입니다.

경찰들의 눈빛이 변한 것을 눈치챘지만, 저는 거실에 혼자 있었는데 엄청난 소리가 나서 베란다로 달려가니 두 사람이 떨어져 있었다고 끝까지 우겼습니다. 결국 그 말이 결정타였습니다. 정신을 차렸을 때 경찰들은 용의자를 보는 눈빛으로 저를 바라보고 있었습니다.

저는 임의동행 형식으로 H경찰서로 연행되어 그대로 실질적인 피의자 신분으로 조사를 받는 처지가 됐습니다. 임의동행이라고 하지만 실상은 강제 연행이나 마찬가지였습니다. 도저히 거부할 수 없는 상황이었습니다. 수갑은 채우지 않았지만 건장한 경찰관 두 명이 양쪽에서 팔을 단단히 붙잡고 있었으니 체포나 다름없었습니다.

하지만 그날은 상황이 그나마 나은 편이었습니다. 형사들의 말투도 평범했고, 멸시하거나 호통치지도 않았습니다. 최소한의 자유는 보장한다는 증거로 밤늦게 풀려나 오카야마에 계신 어머니에게 전화를 걸 수도 있었습니다.

그런데 다음 날 아침, 9시에 데리러 온 경찰과 함께 다시 H경찰서에 가서 조사를 받기 시작한 지 얼마 지나지 않았을 때였습니다. 오전 10시 30분 경이었을까요, 갑자기 형사들이 움직임이 분주해졌습니다. 조사실을 들락거리기도 하고 목소리와 표정에도 긴장이 흘러넘쳤습니다.

무슨 일이 터졌구나 싶기는 했지만 설마 그 무슨 일이 미즈카의 '수기'라는 사실은 알 길이 없었습니다. 그 직후 메가톤급 폭탄이 떨어졌습니다.

그때까지 심문을 맡았던 나이 든 형사가 자리를 비웠다가 다시 돌아오더니 제 얼굴을 지그시 노려보며 예고도 없이 말을 꺼냈습니다.

"도모키, 당신 아들 아니지?"

지금까지와는 전혀 다른 태도와 말투로 돌변해서 놀라기도 했지만 느닷없이 꺼낸 그 말이 무슨 뜻인지 도무지 이해가 가지 않아 그저 어안이 벙벙해 아무 대답도 할 수 없었습니다. 그런데 형사는 제가 시치미를 뗀다고 오해했는지 얼굴이 점점 상기됐습니다.

그다음부터는 모든 것이 엉망진창이었습니다.

"자기 아들이 아니라고 어린아이를 베란다에서 밀어 떨어뜨리다니, 네가 인간이야!"

"여자는 어디 있어? 여자를 공범으로 만들기 싫으면 얼른 이름을 대."

이런 식으로 아무 설명도 없이 일방적으로 떠들어대기만 했습니다. 그야말로 말문이 턱 막히는 상황이었죠.

한참 뒤에야 바로 그 당시에 미즈카의 수기가 등장했었다는 사실을 알게 되어 경찰들의 태도를 이해했지만 아무튼 저는 미즈카의 계략에 완벽하게 걸려든 셈이었습니다.

그 후 저는 완전히 범죄자 취급을 받으며 그날 저녁 정식으로 체포됐습니다. 체포된 이상 신체적 자유를 잃은 것은 물론 심문 방식도 이전과는 확연히 달라져 훨씬 가혹했습니다.

"이 자식이, 모르는 척하지 마!"

"아내와 아들의 몸에도 너와 싸운 흔적이 확실하게 남아 있다고. 네가 떨어뜨렸다고 빨리 인정하는 게 나을 거야."

험상궂은 사내들이 으름장을 놓으며 압박하는 것도 상당히 견디기 힘들었지만,

"여자와 연락할 때 사용한 휴대폰은 어디에 있어?"

"도모키가 네 아들이 아니라는 사실은 언제 안 거야?"

쉴 새 없이 퍼붓는 질문 공세에 정말이지 진이 다 빠졌습니다.

아무리 닦달해도 솔직히 저는 그들이 무슨 소리를 하는지조차 이해하지 못했습니다. 본의 아니게 시치미를 떼는 것처럼 보일 수밖에 없었습니다.

형사들이 같은 질문을 몇 번이나 반복하면서 같은 설명을 여러 번 하게 한 이유는 반복을 통해 진술의 거짓이나 모순을 밝혀내려는 의도였겠지만, 정신을 지치게 하고 사고 능력을 떨어뜨리는 데도 효과적인 역할을 했습니다.

세상과 격리된 고립무원 상태에서 부족한 정보, 게다가 질문자에게 유리한 정보만 주입되는 상황까지. 피의자의

불안을 증폭시키기에 충분했습니다. 저는 접견 금지라는 것을 이번에 처음 알았는데 직원과 친구는 물론 가족과의 면회도 허용되지 않았고 편지 교환조차 금지됐습니다. 변호인 말고는 아무와도 소통하지 못한 채 하루도 빠짐없이 아침부터 밤까지 이어지는 심문……. 정신이 무너지지 않는 것이 오히려 이상합니다.

체포 당시 저는 곧바로 변호사 선임을 의뢰했습니다. 변호사 협회의 당직 변호사가 아니라 주식회사 엠시티의 고문 변호사 사무실에 연락해 누구라도 좋으니 면회할 변호사를 보내달라고 부탁했습니다.

다음 날 아침, 도쿄에서 H경찰서까지 접견하러—면회를 법률용어로 접견이라고 하더군요—와준 사람은 현재 제 변호인인 무쓰기 변호사가 아니라 하라라는 서른 살 남짓해 보이는 젊은 남자 변호사였습니다. 이것도 이번 사건으로 처음 알게 된 사실인데, 변호사라고 해서 언제든지 자유롭게 피의자를 접견할 수 있지는 않았습니다. 하라 변호사는 오전에 H경찰서에 도착해서 오후 3시 넘어서까지 기다렸다고 합니다. 결과적으로는 다행인 일이었습니다. 대기하던 시간에 여러 가지 귀중한 정보를 수집할 수 있었기 때문입니다.

하라 변호사는 민사 전문 변호사라서 형사 사건 경험이 없었지만 그래도 역시 변호사가 붙는 것과 붙지 않는 것은 확연히 달랐습니다. 하라 변호사가 미즈카의 수기에 대해 아는 모든 것을 전해주면서 저는 겨우 정확한 정보를 얻었습니다.

그 단계에서는 아직 경찰이 미즈카의 수기 전문을 공개하지 않았던 것 같습니다. 아마 수사진에게 유리한 부분만 발표했을 테고 언론도 관심을 끌기 위해 선정적으로 다루었겠죠.

미즈카의 수기는 충격적이기는 했지만 동시에 정신이 번쩍 들게 했습니다. 이 지경에 이르러서야 저는 그때까지 반신반의했던 사실, 바로 '미즈카는 나와 도모키를 죽일 의도가 분명했다'라는 사실을 확신하게 됐습니다.

저를 덮치던 순간 악귀같이 사납던 얼굴……. 그것만 봐도 그녀의 살의는 분명했습니다. 그런데 설마 이렇게까지 주도면밀하게 계획을 짰을 줄이야! 이제는 웃음밖에 나오지 않습니다.

그리고 또 하나 매우 중요한 점. 그것은 바로 하라 변호사를 통해 어머니의 메시지를 정확하게 전달받았다는 것이었습니다. 전날에 도쿄로 돌아오신 어머니는 그날 아침 다시 호쿠토시로 오셨습니다. 도모키가 보낸 문제의 메일을 H경찰서에 신고하려는 목적이었습니다. 그리고 도모키의 메일이 긍정적이든 부정적이든 이후 수사에 큰 영향을 끼친 사실은 말할 것도 없습니다.

메일을 읽고 형사들도 놀랐겠지만 저 또한 형언할 수 없을 정도로 충격을 받았습니다. 도모키가 우리의 대화를 엿들었다니! 머리를 쇠 파이프로 세게 얻어맞은 기분이었습니다. 부모가 자신을 살해할 계획을 짜고 있었다는 사실을 당사자인 도모키가 다름 아닌 할머니에게 고발하는 내용이었습니다.

마치 모래시계의 모래가 부드럽게 흘러내리듯 모든 의문이 자연스럽게 풀렸습니다. 도모키는 왜 베란다 난간에 앉아 있었을까? 왜 나를 보자마자 난간 너머로 뛰어내렸을까? 왜 발목 하나만 겨우 잡힌 상태로 거꾸로 매달려 있으면서도 필사적으로 벗어나려고 했을까?

두 손으로 난간을 붙잡고 나를 응시하던 절망적인 눈빛. 시간이 아무리 지나도 그 모습이 눈앞에 생생합니다.

지금 생각해도 부끄럽고 후회스러워서 가슴이 미어집니다. 저는 최악의 아버지였습니다. 알고 보니 당시 도모키는 살인자의 손에서 벗어나려고 필사적으로 몸부림치던 것이었습니다.

사건이 발생했을 때 오카야마의 누나 집에서 지내던 어머니는 다음 날 아침 누나 부부와 함께 호쿠토시까지 달려왔습니다. 그런데 접견 금지 상태라 저를 만나지 못한 채 어쩔 수 없이 도쿄로 돌아갔다가 집에서 도모키가 보낸 메일을 발견했습니다. 어머니라는 존재로서 인격을 시험당한 순간이었죠.

물론 어머니는 그때 이미 미즈카의 수기를 알고 있었습니다. 그래서 도모키가 사실은 자신의 피를 물려받은 손자가 아니라는 사실도, 그 때문에 제가 살인 혐의를 받고 있다는 사실도 충분히 알고 있었습니다.

도모키가 유카를 죽인 사실, 그리고 무엇보다 우리 부부가 도모키를 죽이려고 했다는 사실에 어머니는 큰 충격을 받았을 것입니다. 그 시점에서는 제가 두 사람의 추락 사고에 관여하지 않았다고 강하게 부인하는 상태였는데, 그런 상황에서 어머니가 아들을 궁지에 빠뜨릴 수 있는 증거를 숨겼다고 해도 비난할 수 없었을 테죠.

하지만 어머니는 역시 제 어머니였습니다. 상황의 유불리와 관계없이 경찰에 알려야 할 사안이라고 판단했습니다. 그리고 어머니의 판단은 매우 옳았다고 생각합니다. 도모키가 그 메일에서 사실을 고백했기 때문에 저도 진실을 말할 결심을 할 수 있었으니까요.

이렇게 된 이상 체면 차리고 포장할 것도 없습니다. 우리 가족에게 무슨 일이 있었는지 낱낱이 털어놓은 뒤 해명할 수밖에 없다. 그렇게 한번 결심하자 기이할 정도로 마음이 편해졌습니다.

하라 변호사는 다음 날에도 접견하러 와줬지만 역시 이번 사건은 다소 부담스러웠던 것 같습니다. 그 대신 형사 사건 전문 변호사를 소개해 주기로 했습니다.

이렇게 해서 저는 현재 제 변호인인 무쓰기 레이 변호사와 함께, 고발자인 사망한 아내 미즈카와 맞붙게 됐습니다.

15. 제가 뒤늦게 사실을 고백하자 수사관들도 당혹감을 감추지 못했습니다. 제가 늘어놓는 길고 이상한 이야기에 처음에는 반신반의하는 것 같았지만 그래도 끝까지 잘 들어 줬습니다. 유카의 익사 사고 이야기를 듣고는 관할 경찰서에 조회했고, 다른 진술들에 대해서도 즉시 진위를 확인하려고 준비한 점을 보면 그들도 제법 진지하게 받아들인 것 같았습니다.

실제로 도모키의 메일이 등장하고부터 저를 대하는 형사들의 태도는 백팔십도 바뀌었습니다. 물론 범인 취급은 여전했지만 미즈카의 수기를 아무 의심 없이 믿던 때와는 말투부터 달랐습니다. 그때부터 이 사건의 깊이를 인지하기 시작한 것이 분명했습니다.

진술을 진지하게 들어 주니 저도 더욱 열성적으로 설명했습니다. 무쓰기 변호사는 거의 매일같이 H경찰서에 찾아왔지만 접견 시간은 하루에 한 번, 그것도 고작 몇십 분. 그야말로 눈 깜짝할 사이에 지나가 버렸습니다. 인간은 자신의 겪은 일을 말하고 싶어 하는 동물이라고 하던데 과연 마음속에 맺힌 이야기를 토해내지 못하니 스트레스가 쌓였습니다. 상대가 설령 저와 적대 관계인 수사관일지라도 제대로 대화가 통한다는 사실은 당시 제게 크나큰 구원이었습니다.

그렇다고 해도 수사관은 만만한 상대가 아니었습니다. 이번에는 감정을 건들며 압박하거나 가식적인 말로 접근했습니다.

"지금까지 오해해서 미안하군. 당신 마음은 잘 알겠어."

"언제 또 사건을 일으킬지 모르는 아들이 있으니 생지옥이 따로 없었겠지. 게다가 눈에 넣어도 안 아픈 딸이 무참히 살해당했으니. 누구라도 피가 거꾸로 솟았을 거야."

"사실 안사람과 아들을 죽이고 당신도 죽을 작정이었지? 동반자살을 계획했다가 죽지 못해 혼자만 살아남는 일은 흔해. 특히 당신은 사정이 특수하잖아. 지금 자백하면 재판에서 정상 참작의 여지가 충분해. 괜히 부인했다가 형량이 늘어나는 것보다 훨씬 현명한 선택이지."

"당신 어머니 연세가 어떻게 되셔? 밤낮으로 아들을 걱정하시잖아. 하루라도 빨리 재판을 끝내고 어머니를 안심시켜 드려야지!"

표현 방식은 달랐지만 결국 살의가 있었음을 빨리 인정하라는 뜻이었습니다.

고함을 치거나 욕설을 내뱉으면 차라리 마음의 귀를 닫을 수라도 있었지만 정에 호소하니 마음이 약해졌습니다. 여기서 넘어가면 끝이다! 머리로는 알았지만 물리적으로, 정신적으로 폐쇄된 공간에 갇혀 있으니 일단 그 상황에서 벗어나기 위해 아무 대답이나 내뱉고 싶어졌습니다. 분명 이런 순간에 누명이라는 함정에 빠지는 것일 테죠.

변호인이라는 강력한 아군이 존재하지 않았다면 저 역시 긴 구속 기간에 버티지 못했을 것입니다.

16. 도모키의 메일에 저는 많은 생각을 했습니다. 이제는 아시겠지만 그 메일에 적힌 내용은 기본적으로 모두 사실입니다. 도모키의 주관이 옳지는 않았지만 그 아이가 유카와 미유를 미워한 것은 사실이겠죠. 어른은 으레 여자아이보다 남자아이에게, 나이가 어린 아이보다 나이가 많은 아이에게 더 엄격해지니까요. 도모키는 그것을 불합리하다고 느꼈을지도 모릅니다.

그 메일은 할머니에게 보낸 편지지만 사실상 그 아이의 유서라고 생각합니다. 부모의 손에 죽을 바에야 차라리 스스로 목숨을 끊으려고 했는지, 아니면 아버지가 별장으로 돌아오자 공포에 질려 자신도 모르게 도망쳤는지……. 어쨌든 도모키가 스스로 베란다의 난간에 기어올라 스스로 뛰어내린 것만은 틀림없는 사실입니다. 제가 도모키의 발목을 잡고 어떻게든 끌어올리려고 안간힘을 쓰는 동안에도 도모키는 협조할 의사가 전혀 없었습니다.

그렇게 생각하면 도모키의 메일에 거짓이 없는 것이 전혀 이상하지 않습니다. 이미 죽음을 각오한 도모키가 사랑하는 할머니에게 거짓말을 할 필요는 없었습니다.

그러나 미즈카의 메일은 그 성질이 근본부터 다릅니다. 그것은 결코 미즈카의 유서가 아닙니다. 애초에 그녀는 남편에게 목숨의 위협을 받지도 않았습니다. 그 수기는 명확한 목적 아래 주도면밀하게 제조된 종이 폭탄이라고 할 만합니다.

이것을 전제로 저는 미즈카의 수기에 적힌 중대한 거짓말, 그리고 그녀의 주장과 행동의 모순을 조목조목 검증하고자 합니다.

우선 그 수기는 대부분 증거도 없이 함부로 지껄인 망상입니다. 재판에서는 증명이 중요한데 수기에서 진실이라고 증명된 사항은 도모키의 생물학적 아버지가 미조구치라는 사실 그 한 가지뿐이라고 해도 좋습니다. 그것 외에는 전부 지어낸 이야기입니다.

예를 들면 제게 여자가 있다는 주장이 바로 그렇습니다. 독선적인 성향이 있는 40대 기업가라면 외도 상대가 한두 명은 있을 것이라는 세상의 선입견을 이용해서 미즈카는 제가 애인과 살인을 계획했다는 이야기를 꾸며냈습니다. 딱 그 여자가 생각해 낼 법한 이야기죠. 하지만 현실에서는 경찰이 총력을 기울여 수사해도 증거는 발견되지 않았습니다. 당연합니다. 자랑은 아니지만 지금까지 제게 미즈카 말고 다른 여자는 없었으니까요.

 제가 숨겨놓았다고 의심받은 휴대폰에 대해서도 똑같이 설명할 수 있습니다. 경찰이 혈안이 되어 존재하지도 않는 그 휴대폰을 찾아 헤맸지만 그림자도 형체도 발견하지 못했습니다. 형사에게 '세컨폰은 여자 이름으로 개통한 것 아니냐'는 추궁을 꽤 받았습니다. 그런데 휴대폰을 누구의 이름으로 계약했든 제가 형체가 있는 휴대폰을 가지고 있었다면 집 안이나 차 안, 혹은 정원이나 주변 어딘가에 존재했어야 하지 않을까요?

 세컨폰이 존재하지 않는 이상 당연히 제가 그 핸드폰으로 여자와 통화했다는 사실도 존재하지 않습니다. 미즈카의 이야기는 거짓말이라는 의미입니다.

 주식회사 엠시티의 경영 상태도 마찬가지입니다. 미즈카의 수기는 처음부터 끝까지 터무니없는 비난뿐입니다. 물론 회사가 예전만큼 성장세가 아닌 것은 사실입니다. 하지만 기업이 대출을 한도까지 받았다고 해서 곧바로 도산하지는 않습니다. 중소기업은 경영자의 부동산을 담보로 대출을 받는 일이 흔합니다.

 그 점은 수사관들도 아는 듯했고, 회사도 수사를 받았지만 특별한 문제는 없었습니다. 이 부분은 그다지 파고들지 않더군요. 변호인을 통해 직원에게 보고받은 바로는 장부는 물론 거래처까지 샅샅이 조사받았다고 하니 만약 분식이라도 했다면 단번에 들통났을 것입니다.

그래서 미즈카에게 자금 투자를 제안한 회사 인수 건도 호들갑 떨 만한 일이 아니었습니다. 실은 제 친구 중에 우에노라는 남자가 있는데 저처럼 IT 관련 기업을 운영합니다. 그런데 그 친구가 능력은 뛰어난데 이상하게도 경영에 재능이 없었습니다. 지금까지 여러 번 위기에 빠졌지만 간신히 극복했죠. 하지만 결국 사업을 접어야 할 처지가 되자 제게 매각하겠다고 제안했습니다. 그것이 진상입니다.

우에노의 직원들은 우수했고 두 기업은 오랜 세월 협력관계였습니다. 어떻게든 돕고 싶었지만 공교롭게 저희도 신규 사업을 시작한 지 얼마 되지 않아 대출 한도를 모두 소진한 상태였습니다. 경제 정세가 불안하다 보니 금융기관은 하나같이 까다롭게 구는 데다 저도 무리해서 자금을 조달하고 싶지 않았습니다. 그래서 미즈카에게 부탁했고 당연히 강요는 아니었습니다. 우연히 장모님이 돌아가시면서 미즈카가 친정집을 상속받았기에 유산을 효과적으로 활용할 방법으로 제안했을 뿐인데, 설마 그것을 그런 식으로 이용할 줄은 꿈에도 몰랐습니다.

친정 재산에 대해서도 할 말이 있습니다. 애초에 장인이 돌아가셨을 때 은행 예금만이라도 나누어 달라고 불평한 사람은 바로 미즈카 본인이었습니다.

장인은 우리가 결혼한 지 3년째 되는 해에 돌아가셨습니다. 간경화가 결국 간암이 됐는데 예순도 되지 않은 젊은 나이였습니다. 예전부터 대단한 애주가였다고 하는데 그것이 결국 나쁜 영향을 끼친 듯합니다.

장인의 유산은 친정집 외에도 상당히 많은 주식과 채권이 있어서 상속세를 내고도 충분할 정도였습니다. 만약 은행 예금을 나누어 갖는다고 해서 장모님의 생활이 어려워지지는 않았겠지만, 훗날 장모님이 돌아가시면 어차피 미즈카가 물려받을 재산이었습니다. 어르신들은 으레 현금을 쥐고 있고 싶어 하시고 미즈카도 돈이 부족해서 곤란한 상황은 아니니 제가 말렸습니다.

"그 이야기는 그만 꺼내."

미즈카의 주장과는 정반대로 충고를 한 사람은 오히려 저였습니다.

돌이켜보니 미즈카는 이상할 정도로 돈과 명품에 집착했습니다. 풍족하게 자라서 그런지 사치가 몸에 배어 있었고 아무튼 씀씀이가 헤펐습니다.

미즈카는 신혼 때부터 제가 매달 주는 생활비 외에도 그녀 명의의 신용카드를 가지고 있었습니다. 제게 일일이 허락받지 않고 마음껏 물건을 살 수 있도록 배려하고 싶어서 만들어 준 카드였습니다. 그래서 본인의 옷이나 신발을 자유롭게 쇼핑했는데 매달 결제액이 지나치게 불어나서 언젠가부터 10만 엔 이상 쇼핑할 때는 제게 미리 알리도록 했습니다. 미즈카는 그 점에 불만이 많았습니다. 그 이후 아내는 마치 저 들으라는 듯 친정어머니에게 용돈을 졸랐고 샤넬이니 에르메스니 명품을 사들였습니다.

그런데 미즈카가 쓴 수기의 가장 큰 모순점은 그런 수기를 쓸 시간에 왜 서둘러 도망치지 않았느냐는 것입니다. 아무 증거가 없으니 경찰이 믿어주지 않을 것이다. 그럴듯하게 써놓았지만 자신과 아들이 목숨을 잃게 생겼는데 그런 한가한 소리나 늘어놓을 상황인가요? 초등학생도 판단할 수 있을 겁니다.

진실을 다시 말할 필요도 없습니다. 미즈카가 경찰을 찾아가지 않은 이유는 바로 자신이 도모키의 살해를 계획하고 있었고, 도모키가 살인자라는 사실이 절대로 알려져서는 안 되기 때문이었습니다. 그런데 그 무엇보다 중요한 이유는 제가 미즈카와 도모키를 죽일 계획이었다는 주장이 애초에 거짓말이기 때문입니다.

그렇다면 미즈카가 그 수기를 작성해서 고작 취재 때 단 한 번 만난 잡지 편집자에게 보낸 진정한 목적은 무엇일까? 이 부분은 조금 더 깊이 생각해 볼 필요가 있습니다.

17. 재판이 시작된 후로 저는 오로지 이 문제만 계속 생각했습니다. 이 일련의 과정에서 미즈카가 계획한 것은 도대체 무엇일까?

결론부터 말하겠습니다. 미즈카의 목적은 정당방위로 가장해 남편과 아들을 살해하는 것이었다고 생각합니다. 냉철하게 판단했을 때 그것밖에 없습니다.

미즈카가 저와 도모키를 죽이려고 한 사실. 이것은 제가 직접 겪었으니 의심할 여지가 없습니다.

그러면 여기서 미즈카의 입장에서 생각해 봅시다. 만약 그녀의 의도대로 저와 도모키가 추락사했을 때 살인죄를 면하려면 어떻게 해야 할까요? 답은 정해져 있습니다. 우발적인 사고였다고 주장하거나, 사건에 관여한 사실은 인정하나 반격하지 않았다면 오히려 자신이 죽었을 것이라고 주장하거나. 둘 중 하나밖에 없습니다.

제 생각에 미즈카의 당초 계획은 예정대로 28일 화요일에 세 가족이 함께 드라이브를 나간 뒤 산속에서 도모키를 죽일 때 저까지 함께 처리할 작정이었을 것입니다. 그래서 그날 장소 물색을 핑계로 저를 밖으로 내보냈겠죠. 도모키가 베란다에서 뛰어내린 일은 그야말로 우연이었습니다. 미즈카도 전혀 예상하지 못한 전개였을 것입니다.

미즈카는 아마 인적 없는 절벽에서 제가 도모키를 밀어서 떨어뜨리도록 만들 생각이었던 것 같습니다. 비명을 지르며 굴러떨어지는 아들의 모습을 본 제가 멍하니 굳은 순간을 노려 뒤에서 공격하려는 계획이었겠죠. 미즈카와 저의 힘 차이를 생각하면 제가 아무리 무방비한 상태였더라도 맨

손으로 공격하기란 쉽지 않았습니다. 그래서 우선 제 뒤통수를 스패너 같은 도구로 후려쳐서 휘청거리는 사이에 밀어 버릴 심산 아니었을까요.

하지만 스패너 같은 흉기를 사용하면 시신을 때린 흔적이 남습니다. 단순 추락 사고로 위장할 수 없죠. 그래서 남편이 자신과 아들을 공격하는 바람에 어쩔 수 없이 방어하려던 의도였다고 변명할 필요가 생겼습니다. 즉 정당방위 말입니다.

그러나 그 스토리만으로는 경찰을 납득시키기 쉽지 않습니다. 제가 아내와 아들을 덮칠 이유가 없으니까요. 그리고 미즈카가 흉기를 미리 준비했어야 했던 이유도 필요합니다. 그래서 미리 수기를 써 놓는 방법으로 허를 찔렀습니다. 남편이 자신과 아들을 살해하려는 계획을 꾸몄다고 주장하면 자연스럽게 가방에 호신용 스패너를 숨겼다고 설명할 수 있기 때문입니다.

언론인에게 수기를 보낸 의도도 실로 교묘했습니다. 내용이 그런 식으로 애매하면 수기를 받은 사람도 즉시 행동하지는 않을 테니까요. 무엇보다 상대는 사건기자가 아니라 여성지 편집자였습니다. 그래도 언론인인 이상 이런 구미가 당기는 소재를 그냥 지나칠 리 없죠. 사건이 실제로 일어나면 그 편집자가 움직이리라는 것은 불을 보듯 뻔했습니다.

그리고 사건이 일어났을 때 어떻게 되었겠습니까. 죽은 사람은 미즈카가 아니라 가해자가 될 예정이었던 바로 저였겠죠.

'나는 사건이 일어나기 전부터 제삼자에게 간절히 도움을 요청했다'. 그 수기는 미즈카의 알리바이 공작이었던 셈입니다. 그리고 그 후 멋대로 지껄이는 그녀의 입을 막을 자는 아무도 없었겠죠. 죽은 자인 저와 도모키는 말이 없을 테니까요.

어떻게 생각하십니까? 제 분석은 사실과 그리 다르지 않을 것입니다.

남은 문제는 동기인데 이것은 솔직히 모르겠습니다. 미즈카가 왜 저를 죽이려고 했는지 짚이는 바가 전혀 없군요. 저는 아내를 진심으로 사랑했고 단 한 번도 배신한 적이 없으니까요.

확실히 미즈카는 도모키 문제로 고민이 깊었습니다. 사랑하는 유카를 허무하게 잃었다는 죄책감에 몹시 괴로워했죠. 그래도 우리 부부 사이에 균열은 없었습니다. 적어도 저는 아이들의 무거운 십자가를 부부 둘이서 함께 지고 갈 생각이었습니다.

18. 역시 미즈카에게 남자가 있지 않았을까요. 이것이 제가 내린 최종 결론입니다.

증거는 없습니다. 하지만 부디 기억해 주시기 바랍니다. 미즈카는 신혼 때도 미조구치와 관계하던 여자입니다. 미조구치 외에도 다른 남자가 있었다고 보는 편이 논리적이지 않겠습니까.

처음에는 그저 즐기려는 가벼운 마음이었지만 어느새 진심이 되어 그 남자와 함께하려고 방해가 되는 남편과 아들을 처리하려고 했다. 그럴 가능성이 크다고 생각합니다. 어차피 남편은 남이니까요. 원래라면 사랑했을 아들도 막상 이상 성향을 보이니 자신의 발목을 잡는 존재에 불과했을 것입니다.

겁도 없이 불륜으로 생긴 아이를 낳은 것만 봐도 미즈카는 간 큰 여자입니다. 결정했다면 주저하지 않았겠죠. 친정어머니가 건재했다면 이렇게까지 무모하게 행동할 수 있었을까, 하는 미련한 생각이 여전히 듭니다. 어머니가 돌아가시자 마지막 남은 고삐가 풀려 버렸을지도 모릅니다.

미즈카에게 남자가 있었다고 해도 그 사람이 누구인지 짐작도 가지 않습니다. 저는 가장 친한 친구에게 아내를 빼앗기고도 눈치채지 못했던 사람입니다. 다만 한 가지는 말할 수 있습니다. 그 상대가 적어도 미조구치는 아니라는 것이요.

그렇게 당하고도 여전히 미조구치를 믿느냐고 학을 뗀 분도 있겠습니다. 그러나 남자의 우정은 깊은 신뢰를 바탕으로 쌓입니다.

미조구치도 이제 가정이 있습니다. 지금은 사키코 씨를 진심으로 사랑하고 무엇보다 가족을 소중히 여기죠. 그 부부는 매일 스물네 시간 함께한다고 해도 좋습니다.

그런 관점에서 보면 미즈카는 도모키를 낳고부터 야마나시 별장에 가는 것을 반기지 않았습니다. 준비하기 귀찮다는 이유였습니다. 어린아이가 있으면 짐도 늘어나니 그럴 만도 했지만 그것 또한 미즈카의 마음이 미조구치에게서 멀어졌다는 증거라는 생각이 머릿속을 떠나지 않습니다.

미즈카가 죽고 없는 지금, 그녀가 누구와 바람을 피웠건 상관없습니다. 하지만 만약 그 남자가 미즈카에게 남편과 아들을 죽이라고 부추겼다면 절대로 용서할 수 없습니다. 단지 그 마음뿐입니다.

19. 이상으로 진술을 마칩니다. 마지막으로 한 가지, 제 바람을 말씀드리면 판사님들께서 꼭 한 번 직접 현장을 봐주셨으면 합니다.

체포되고 며칠이 지났을 때 현장검증을 했는데, 그때 H경찰서에서 경찰차를 타고 별장으로 이동했습니다. 사건이 일어난 문제의 베란다에서 미즈카 역을 맡은 여경, 그리고 도모키와 미즈카로 보이는 두 인형을 사용해 사건 당시 실제 자세를 취하며 사진을 찍고 상황을 설명했습니다.

그것을 정리한 '현장검증 조서'를 검찰이 증거 서류로 제출했습니다. 즉 누구라도 그 조서만 읽으면 현장에 직접 가지 않아도 어디에서 무슨 일이 일어났는지 대부분 이해할 수 있는 시스템입니다.

하지만 역시 백문이 불여일견이죠. 서류에 적힌 내용은 분명 제가 진술한 말이고 그곳에 실린 사진도 분명 사건 현장의 풍경이지만, 사진이나 글로는 현장에 감도는 그 독특한 분위기를 모두 느낄 수 없습니다.

판사님들도 직접 그 베란다에 서 보면 설사 사람을 죽인다고 해도 일부러 그런 장소를 선택하는 사람은 없으리라 이해하실 것이 분명합니다. 황혼이 서서히 내려앉는 어스름 속에 난간 너머로 보이는 나락의 밑바닥은 마치 아득한 심해 속처럼 깊고 어둡습니다. '아슬아슬해서 자칫하면 나까지 함께 지옥에 떨어질 것 같다'. 그런 생각이 들어 도저히 그곳에서 몸싸움을 벌일 마음이 들지 않을 것입니다.

진실을 말하는 사람은 미즈카일까요, 저일까요?

'의심스러울 때는 피고인에게 유리하게 판단한다'라는 원칙을 내세울 마음은 없습니다. 저와 미즈카 사이에 무슨 일이 있었는지, 단지 그 진실을 알아주시기만 바랄 뿐입니다.

제3장

증인들

회사원 미조구치 유지가
변호인에게 한 진술

그렇습니까? 히로키가 변호사님께 저와 만나 달라고 부탁했군요. 참, 그 말을 들으니 왠지 마음이 놓이네요.
사실은 저도 면회를 가고 싶었어요. 그런데 접견 금지라나? 체포되고서 아무도 못 만나다잖아요. 저는 뭐 남이니까 그렇다 쳐도 가족까지 만날 수 없다니 참으로 안타깝죠.
네, 맞습니다. 히로키의 어머님이 얼마 전에 이쪽에 오셨더라고요. 히로키의 누나 부부와 함께 말입니다. 경찰이 히로키의 별장을 압수 수색해서 온 집안을 뒤집어 놨잖아요. 그 뒤에 집을 깨끗하게 정리하고 가셨어요.
역시 그 친구의 어머니답게 대단하신 분이더라고요. 진심으로 탄복했습니다.
애초에 이런 상황이 벌어진 원인은 저잖아요. 당연히 저를 욕하실 줄 알았습니다.

"이번 일로 피해를 끼쳐 대단히 죄송합니다."

그런데 오히려 제게 머리 숙여 사과하시더군요.

어찌나 당황스럽던지.

"무슨 말씀이세요! 오히려 제가 잘못했죠."

황급히 사과드렸습니다.

며느리와 손자를 한꺼번에 잃은 데다 홀로 살아남은 아들은 살인범으로 체포됐지 않습니까. 어떻게 봐도 가장 안타까운 사람은 어머님이죠. 그런데 이렇게 말씀하시더군요.

"도모키가 그런 짓을 하다니, 저는 지금도 믿기지 않지만 미조구치 씨의 따님이 무사해서 천만다행입니다. 끔찍한 일이지만 그 아이가 솔직하게 털어놓았다는 사실만이 제게는 그나마 위안이 되네요."

어머님은 여전히 도모키를 친손자로 여겼습니다. 그 아이를 진심으로 사랑하는 마음이 느껴져서……. 무척 기뻤습니다.

정말이지 아직도 믿을 수 없네요. 살면서 제게 이런 일이 일어나리라고는 생각도 못 했거든요. 제가 이럴진대 히로키는 오죽하겠어요. 도대체 심경이 어떨지.

어떻게 지내나요? 히로키, 잘 지내고 있습니까? 아, 다행이네요! 그런데 재판은 얼마나 걸리죠? 어머님은 꽤 오래 걸릴 것 같다고 하시던데.

오! 반년이나 일 년 만에 끝나는 케이스도 있다고요? 그렇다면 다행이지만. 뉴스에 나오는 재판들은 몇 년씩 걸리기도 하잖아요. 그러면 힘들겠구나 싶어서.

그런데 말이 반년이나 일 년이지, 그동안 계속 구치소에서 지내야 하잖아요. 식사 같은 것도 문제겠지만 정신적으로 정말 많이 힘들 테죠.

죄송합니다. 집사람과 아이는 지금 여기 없어요. 친정에 갔거든요.

아뇨, 계속 친정에서 지내는 것은 아니고 이틀이나 사흘 정도 있다가 돌아올 예정인데……. 애써 미리 연락을 주셨는데 죄송합니다. 하지만 집사람도 많이 힘들어하고……. 제가 아는 것이라면 무엇이든 말씀드릴 테니 양해 부탁드릴게요.

저희는 그 사건이 일어나고 다음 날이 될 때까지 그런 일이 있었는지조차 몰랐거든요. 그날은 월요일이었죠? 그래서 아침부터 저녁까지 줄곧 고부치사와에서 일했습니다. 거기서 저녁까지 먹고 밤늦게 세 가족이 돌아왔는데 히로키네 별장에 불이 꺼져 있었죠. 아주 캄캄했어요. 어디 외출이라도 했나보다 생각하고 그때는 별로 신경 쓰지 않았습니다.

글쎄요, 밤 뉴스에 나왔나? 기억이 잘 안 나는데요. 어쨌든 둘 다 피곤해서 딸을 재우고 목욕한 뒤에 TV도 켜지 않고 바로 잠들었어요.

그렇게 다음 날에도 아침부터 딸을 데리고 집사람과 함께 고부치사와의 사무실로 출근했는데 그때야 비로소 사건에 대해 알게 됐습니다. 평소 사무실 맞은편에 있는 찻집에 커피를 마시러 자주 가는데, 그곳 주인이 다가와서 알려줬어요.

"오늘 아침 신문에 난 추락 사고, 혹시 미조구치 씨네 옆집 아니야?"

그 시점에는 아직 단순 추락 사고로 알려졌지만 정말 깜짝 놀랐습니다. 왜냐하면 2월에 유카가 세상을 떠나고 얼마 지나지 않았을 때니까요. 그런데 이번에는 미즈카 씨와 도모키가 베란다에서 떨어져 죽다니. 게다가 저는 전날 밤 멀쩡한 두 사람과 직접 만나기까지 했잖아요.

그런데 그 후 사고가 아니라 히로키가 아내와 아들을 살해한 사건이라는 뉴스가 TV에 보도됐죠? 그때는 깜짝 놀란 정도가 아니었어요. 그게 무슨 말도 안 되는 소리랍니까!

순간 집으로 달려가려고 했는데 일을 내팽개치고 퇴근할 수 없는 노릇이고, 하지만 일은 손에 잡히지 않고……. 집사람과 둘이서 애태우며 도대체 어떻게 된 일일까 몹시 걱정했습니다.

그런데 낮이 되자 이번에는 경찰이 찾아왔어요. 네, H경찰서 형사가 둘이서, 그것도 일부러 고부치사와의 사무실로. 정말 당황해서 식은땀이 다 났습니다.

형사가 미즈카 씨의 수기에 대해 말했어요. 그 수기에 도모키의 출생에 대해 적었는데 그 아이의 친부는 히로키가 아니라 저라고 했다더군요. 그것이 사실인지 확인하러 왔다고요. 뭐, 중요한 사항이니 경찰로서는 한시가 급하다는 것은 이해했지만, 느닷없이 그런 이야기를 들은 저는 놀라서 기절할 뻔했다고요.

그래도 경찰도 일단 배려는 해줬습니다. 처음에는 저만 경찰차로 불러서 이것저것 묻더군요. 그도 그럴 것이 상식적으로 집사람 앞에서는 할 수 없는 이야기니까요. 하지만 제가 담백하게 사실을 인정하자 맥이 좀 빠진 듯했죠. 사실인 걸 부정해서 어쩌겠어요. 사실은 사실이니까.

그리고 미즈카 씨의 메일을 인쇄한 출력물을 읽었습니다. 이 내용에 대해 어떻게 생각하냐고 묻더군요. 그런데 그에 관해서는 정말 뭐라고 답할 수가 없었어요. 누가 봐도 엄청난 내용이잖아요.

도모키와 미즈카 씨가 베란다에서 떨어진 것은 사실이어도 히로키가 밀어서 떨어뜨렸다는 말은 믿을 수 없었어요. 그래서 뭔가 잘못된 거 아니냐고 대꾸했죠. 그런데 형사는 왜인지 자신만만했어요. 틀림없는 사실이라고 단언하더라고요.

히로키에게 여자가 있다는 이야기도 저는 금시초문이었고……. 하긴, 제가 이런 말을 할 입장은 아니지만, 저는 진심으로 그 친구가 미즈카 씨와 화목하게 잘 지낸다고 생각했습니다.

물론 경찰 조사는 한 번으로 끝나지 않았습니다. 그날은 집에 돌아와서도 저와 집사람 모두 한밤중까지 여러 가지 질문을 받았죠. 어쨌든 우리 부부가 사건 전날 히로키 부부와 함께 술을 마셨지 않습니까. 그때 상황을 꼬치꼬치 집요하게 캐묻더라고요.

그 후에도 몇 번인가 경찰과 검찰에 불려갔는데 그런 경험은 다시는 하기 싫습니다. 같은 질문을 몇 번이나 반복하는데 거짓말할 생각이 없어도 먼저 대답한 말과 조금 다를 수도 있잖아요. 그런데 그랬다가는 곧바로 그 부분을 파고드는 거예요. 나야 히로키네 가족과 오래 알고 지낸 사이라 추궁당해도 어쩔 수 없지만, 집사람은 도대체 무슨 죄랍니까?

처음에는 우리 부부도 의심했나 봐요. 알리바이까지 조사하더라고요. 아까 말한 사무실 맞은편 찻집의 주인 말로는 경찰이 찾아왔다더라고요. 그래서 다른 사람에게도 물어보니 사방을 다 들쑤시고 다녔지 뭡니까. 정말, 당해낼 수가 없다니까요. 고후에 있는 사무실에도 형사가 찾아가 아버지와 형을 아주 못살게 굴었대요.

알리바이 같은 걸 아무리 조사해 봤자 떳떳하니까 걱정 없었는데 이번에는 언론에서 시끄럽게 굴더군요. 처음에는 미즈카 씨의 수기로 떠들썩하더니 설상가상 도모키의 메일까지 등장했잖아요. 그 당시에는 정말 밤낮으로 기자들에게 시달려서 말도 못 하게 힘들었죠.

유카뿐 아니라 하마터면 미유까지 죽을 뻔했다는 둥 미유는 도모키의 이복 여동생이라는 둥, 미유까지 언론의 주목을 받았어요. 가뜩이나 집사람이 큰 충격을 받았는데 TV에서도 주간지에서도 기자와 뉴스 해설가가 무책임한 말을 떠들어대지 않겠습니까? 히로키 부부와 제가 삼각관계라느니, 거기에 집사람까지 더해 사각관계라느니, 우습고 이상한 상상의 나래를 펼치면서.

하긴, 세상 사람들이 환장할 만한 소재죠. 우리 집사람은 성격이 밝아서 그나마 견뎌냈지만 안 그랬다면 노이로제에 걸려 자살했을지도 몰라요. 자업자득인 저도 그냥 콱 죽고 싶다는 생각을 했을 정도니까요.

그런 상황인지라 여기 있어 봤자 어차피 일도 못 하고 언론에 쫓기기만 하고 장도 보러 갈 수 없지 않습니까. 그래서 집사람과 딸은 사람들의 관심이 식을 때까지 잠시 고후에 있는 친정으로 보냈어요.

하지만 고후는 고향이나 마찬가지거든요. 그 사건에 대해 이웃들의 관심이 대단한데, 여기와 달리 다들 집사람이 어렸을 때부터 알고 지내던 사람이잖아요. 거리낌 없는 사이인 만큼 오히려 더 귀찮게 굴었대요. 친정집에는 친정 부모님 외에 오빠네 가족도 함께 사는데 가족들 모두에게 불편을 끼쳐서 미유를 데리고 밖에 놀러 나가는 일조차 내키지 않았다고 해요. 계속 그런 식이면 저와 함께 있는 편이 훨씬 낫겠다며 곧바로 집으로 돌아왔어요.
 네, 죄송합니다. 아까는 거짓말을 했어요. 히로키의 변호사님이 오시겠다고 해서 더는 집사람을 괴롭히면 안 되겠다 싶어서 오늘은 일부러 밖에 내보냈습니다. 집사람은 정말로 사건에 대해 아무것도 모르기도 하고······.
 그 대신 제게 무엇이든 물어보세요. 제가 아는 건 다 말하겠습니다. 숨기지 않을게요. 솔직히 말하면 저도 사실은 무슨 일이 있었는지 진실을 알고 싶습니다.

 히로키와는 미조구치부동산이 분양한 이 별장지를 거래한 이후 친해졌죠. 벌써 15, 6년쯤 됐나?
 네, 물론 그전부터 알고 지내기는 했지만 대화를 나눠 본 적은 별로 없었어요. 대학 시절에 같이 봉사활동을 했다고 해도 대학이 달랐으니까요. 히로키가 두 학년 선배기도 하고.
 그래요, 맞습니다. 몸이 불편한 사람이나 중증 장애를 앓는 아이들을 데리고 봄방학이나 여름방학에 하이킹에 가거나 행사를 개최하는 일을 했죠. 몇몇 대학의 관심 있는 학생들이 참여해서 제법 활발하게 활동했습니다.
 저는 고등학생 때는 신나게 놀다가 재수해서 겨우 대학에 들어간 사람이거든요. 내세울 수 있는 건 오로지 체력뿐이었지만 히로키는 수어 같은 것도 완벽하게 익혔어요. 그때부터 이미 똑부러지는 엘리트였죠. 얼굴만 보면 수재인데 벗겨 보면 탄탄한 근육질 몸매에 체력도 좋았어요. 당시부터 이미 준비된 기업가다운 분위기를 풍겼다니까요. 보통내기가 아니었어요. 같이 봉사활동을 해도 우리 같은 평범한 사람은 가까이 다가가기 어려운 분위기가 느껴졌어요.

그런데 히로키가 이곳에 별장을 짓고 저도 도쿄를 떠나 이곳에 살게 됐잖아요. 그 후로 친해졌어요. 가만히 대화를 나눠 보니 겉보기와 달리 의외로 소탈한 면이 있어서 놀랐죠.

집도 바로 옆이고 우리 두 사람 모두 아직 젊었으니 자주 같이 놀러 다녔어요. 당당하게 말하기는 뭣하지만 꽤나 놀기도 했어요. 고후 같은 촌 동네에는 도쿄처럼 물이 좋은 가게는 없지만. 그 대신 주위 시선을 신경 쓰지 않아도 되잖아요. 규모가 아무리 작아도 히로키는 한 회사의 사장이니까 직원들 눈치도 보였겠죠.

그렇다고 해도 우리가 어울리는 건 어디까지나 히로키가 야마나시에 와서 지낼 때뿐이었습니다. 애초에 히로키는 나 같은 걸 상대할 부류가 아닌걸요. 별장을 비울 때는 건물 관리와 정원 손질도 부탁받았고 마음이 잘 맞은 것은 사실이지만. 뭐, 이 땅이 이어준 인연이네요.

변호사님, 여기 경치가 정말 멋지죠? 저는 이 풍경이 마음에 들어서 여기서 살기로 마음먹었어요.

미조구치부동산은 버블경제 끝물에 이곳을 개발했습니

다. 솔직히 말하면 '아슬아슬하게 턱걸이'했다기보다 '이미 늦은 시기'였죠. 당장 저 절벽 아래 땅을 봐요. 다른 부동산 회사에서 매입했지만 개발 도중 계획이 무산되면서 지금까지 방치됐잖아요. 뭐, 경기만 회복되면 머지않아 다시 작업 하겠지만요.

그래서 아버지 회사가 이 별장지를 팔기 시작했을 때 제가 누구보다 빠르게 선점했어요. 가장 안쪽에 있는 전망이 가장 좋은 곳을 제가 직접 매입했습니다. 어떤 일이든 솔선수범하라고 하지 않습니까. 아하하하.

도쿄에서 직장 생활하며 모은 돈을 다 쏟아붓고 나머지는 아버지에게 빌렸습니다. 그래서 회사를 그만두고 미조구치 부동산에 들어가 일하게 됐지만. 빌린 금액만큼 제 월급에서 칼같이 빼 가더라고요.

하지만 히로키가 바로 옆 땅을 사줘서 큰 도움이 됐습니다. 영업할 때, 기존에 계약된 구획이 있는 것과 없는 것의 차이는 크거든요. 게다가 우리 집은 조립식 건물이지만 히로키네 별장은 주문형 주택에 조경까지 훌륭하잖아요? 그런 집이 한 채라도 자리를 차지하고 있으면 주변 땅값도 올라가니까요. 정말 은인이 따로 없어요.

저는 히로키가 결혼한 뒤에 미즈카 씨를 처음 만났습니다. 두 사람이 만났을 때부터 결혼할 때까지 히로키에게 이야기는 들었지만, 약혼 시절에 미즈카 씨가 야마나시에 온 적은 없었으니까요. 저는 결혼식에 초대받지도 못하기도 했고.

아, 그렇구나. 무쓰기 변호사님은 미즈카 씨를 만난 적이 없으시겠군요. 사건이 일어난 뒤에 오셨으니 당연하네요.

미즈카 씨는 참 미인이었어요. 히로키가 좋아하는 지적인 여성이었죠. 누구를 닮았다고 해야 하나? 체구가 작은데 얼굴도 작아서 비율이 좋았어요. TV에 나오는 캐스터나 아나운서 같아서 눈길이 저절로 갔죠. 처음에는 말 걸기 조금 어려운 분위기였달까. 친해지고 나니 그렇지 않았지만요.

그런 미즈카 씨가 죽었다니 지금도 믿기지 않네요. 정말 친하게 지냈거든요. 그 두 사람, 참 잘 어울리는 선남선녀 부부라고 생각했는데.

제가 미즈카 씨에 대해 이렇게 남 이야기하듯 말해서 이상하다고 생각하세요? 둘이 관계하는 사이에 아이까지 만들어 놓고 상관없는 사람이라는 듯 군다고……. 하지만 변호사님 앞이니까 솔직히 말하자면 미즈카 씨 일이든 도모키 일이든 저는 정말 현실로 느껴지지 않아요.

으음. 어떻게 설명하면 좋을까요? 미즈카 씨와 관계한 것은 사실이니까 아무 사이 아니었다고 부정하지는 않겠습니다. 하지만 연인 관계는 아니었어요. 딱히 서로 사랑하지도 않았고……. 예나 지금이나 미즈카 씨는 제게 히로키의 아내일 뿐이죠. 아무리 그래도 '미즈카'라고 가까운 사이처럼 편하게 부를 수는 없어요.

도모키도 마찬가지입니다. 미즈카가 그 아이는 제 아들이라고 말하니까 그런가 보다 했지……. 미련한 놈이라고 생각하실지도 모르겠지만 저는 끝까지 반신반의했습니다. 그동안 그 아이를 여러 번 봤지만 제 자식이라고 느낀 적은 단 한 번도 없거든요.

도모키가 저를 별로 닮지 않은 탓도 있지만 그게 다는 아니에요. 한마디로 말해서 느낌이 없었죠. 제가 엄마가 아니라 아빠라서 그런 건 아닙니다. 미유 때는 그야말로 아이가 태어나기 전부터 마음가짐이 완전히 달랐거든요. 그에 비하면 도모키는 역시 제 자식 같지 않았죠. 이렇게 되고 보니 정말 딱하지만…….

죄송합니다. 도모키가 죽은 지금에서야 이래서. 그 아이만 생각하면 괜히 눈물이 나네요.

저와 미즈카 씨의 관계가 어떻게 시작됐냐고요? 경찰서에서 들으셨겠지만 으음, 설명하기 쉽지 않네요. 어떤 사정이 있었던 어차피 불륜이었고 죽은 사람에게 책임을 전가하는 듯한 행동은 하고 싶지 않거든요. 그래서 경찰에게는 술김에 딱 한 번 잤다고 설명했죠.

우연히 히로키 부부가 별장에 머물 때 히로키에게 급한 일이 생겨서 그 친구 혼자 도쿄로 돌아간 적이 있어요. 그래서 어쩔 수 없이 미즈카 씨와 단둘이 식사했는데 술을 마시다가 어쩌다 보니……, 라고 진술했습니다. 누구 한 명이 적극적으로 권한 것이 아니라 술에 취해서 그렇게 됐다고. 그런데 사실은 조금 다릅니다.

히로키와 미즈카 씨는 당시 신혼이었죠. 주말이 되면 둘이서 자주 별장에 왔어요. 저는 아직 미혼이어서 식사 자리나 술자리에 자주 초대받았습니다. 그런데 그 무렵 히로키는 눈코 뜰 새 없이 바빴어요. 부부가 금요일 밤에 별장에 오면 토요일 아침에 히로키만 도쿄로 돌아갔다가 결국 그날 돌아오지 않을 때가 잦았죠. 일요일 오후가 되어서야 미즈카 씨를 데리러 온 적도 드물지 않았습니다.

저는 야마나시에서 나고 자랐거든요. 그래서 '굳이 그렇게 애써 가며 올 필요는 없지 않나' 생각했지만, 도쿄 사람에게는 이곳이 공기도 좋고 온갖 소음에서 벗어날 수 있는 곳이었나 봐요. 이곳은 산속이라 TV도 지상파는 나오지 않고 위성방송만 나옵니다. 미즈카 씨는 그 점이 불만이었던 모양인데 히로키는 오히려 그 점이 좋다고……. 그 친구는 지식인이라 저속한 방송 같은 건 안 보거든요.

그러던 어느 날, 언제나처럼 히로키에게 급한 일이 생겼어요. 미즈카 씨를 홀로 남겨두고 도쿄로 돌아간 뒤 그날은 돌아오지 못했습니다. 그래서 미즈카 씨가 제게 전화해 저녁식사로 준비한 음식이 남았으니 괜찮으면 먹으러 오지 않겠느냐며 초대했어요.

그게 언제냐고요? 히로키가 결혼하고 반년쯤 지났을 때일 거예요. 미즈카 씨와 단둘이 밥을 먹는 자리는 당연히 처음이었지만 그전까지 히로키의 별장에 초대받아 술이나 밥을 먹은 적은 여러 번 있었거든요. 혼자 살았던 저는 저녁 준비를 하지 않아도 돼서 편하다고 생각했을 뿐, 그다지 깊게 고민하지 않은 채 초대를 받아들였습니다.

그 당시 저는 집에서 맨날 같은 옷만 입고 살았거든요. 그래서 그때도 후줄근한 차림 그대로 방문했고 저를 맞이한 미즈카 씨도 스웨터에 청바지를 입은 평상복 차림이었습니다. 그 시점에는 두 사람 모두 무슨 속셈도, 묘한 분위기도 전혀 없었습니다.

그래서 저녁은 술 없이 먹고 그대로 식당에 남아 식후 미즈와리*를 마셨습니다. 히로키 부부는 입맛이 까다로운 편이었어요. 그래서 술을 많이 마시는 편은 아니지만 고급술이 즐비했죠.

술이 들어가자 그만 기분이 좋아져서 한 잔 더 마실 때였습니다.

"미조구치 씨네 집은 언뜻 보면 통나무집 같은데 사실은 조립식 주택이죠? 실내는 어떤 느낌이에요?"

---

* 술에 물을 타서 희석한 것.

미즈카가 뜬금없이 말을 꺼냈어요.

우리 집은 보시다시피 히로키네처럼 넓은 거실도 없고 저는 아직 결혼 전이었기 때문에 집 안은 늘 지저분했어요. 그래서 항상 제가 히로키네 별장으로 찾아갔고 미즈카 씨가 우리 집에 온 적은 없었죠.

물론 평소라면 아무리 그런 말을 들어도 다른 사람의 아내를 집에 데리고 가지 않았죠. 저도 그 정도 상식은 있는 사람입니다.

하지만 그때는 술이 들어가서 마음이 느슨해졌어요. 그래서 저도 모르게 스스럼없이 대답하고 말았습니다.

"보고 싶어요? 그럼 보러 올래요? 하지만 우리 집은 좁고 지저분해요."

"보고 싶어요!"

제 말에 미즈카 씨는 좋아했어요.

그래서 분위기에 휩쓸려 갑작스럽게 우리 집에 가게 됐습니다.

하지만 그때까지만 해도 저는 아직 미즈카 씨를 어떻게 할 생각은 없었어요. 그 사람은 부잣집 딸이니까 작은 조립식 주택이 신기한가 보다, 정도로 생각했죠.

그런데 히로키의 별장을 나와 우리 집까지 나란히 걸어오는 도중에 미즈카 씨가 무슨 착각을 했는지 느닷없이 제 팔을 잡고 몸을 바짝 기댔어요.

가로등은 있지만 길이 워낙 어두워서 잘 안 보이기는 했어요. 그런데 제 어깨에 머리까지 기대더라고요. 마치 사귀는 사이처럼요.

이쯤 되니까 저도 기겁했습니다. 도대체 무슨 생각인가 싶었죠. 하지만 이제 와 돌아갈 수도 없잖아요.

그래서 그대로 우리 집까지 왔는데 제가 현관문을 열자마자 미즈카 씨가 신발을 벗고 거침없이 안으로 들어갔어요. 그리고 이 집에 처음 온 사람 같지 않게 편안한 모습으로 지금 변호사님이 앉아 계신 그 암체어에 툭 앉더니 느긋하게 집 안을 둘러봤습니다.

설마 상황이 이렇게 될 줄 몰랐고 보통은 외출 전에 집을 청소하지도 않잖아요. 그래서 난장판이었는데 미즈카 씨는 전혀 개의치 않더라고요.

"여기가 거실이에요? 하이디가 살 것처럼 귀여운 집이네요."

그런데 저는 대답할 여유조차 없었어요. 마음이 너무 불편해서…….

"뭐라도 마실래요?"

어쩔 줄 몰라서 물었지만 우리 집에는 히로키네처럼 고급 술은 없었어요. 내심 이거 어쩌나 싶어서 난감했죠.

그 말을 들은 미즈카 씨는 마치 제 마음을 꿰뚫어 본 사람처럼 빙긋 웃었어요. 그리고 어떻게 됐을 것 같아요?

갑자기 암체어에서 벌떡 일어나더니, 변호사님, 저기 보이시죠? 저기가 침실인데 그걸 어떻게 알았는지 망설이지도 않고 성큼성큼 다가가더라고요. 그리고 저를 돌아보며 말했어요.

"잠깐 자지 않을래요?"

혹시 이해하세요? 그 심리를······. 변호사님은 같은 여자시니까 어떤지 모르겠지만 저는 남자라서 이해 못 하겠어요. 호스티스라면 몰라도 좋은 집안 딸이 결혼해서 든든한 남편까지 있는데 나서서 남자를 유혹하다니. 차라리 제가 먼저 의중을 떠본 것이라면 몰라도······.

물론 제가 잘못했죠. 여자가 어떻게 행동하든 남자가 받아줘야 뭔가가 시작되는 법이니까. 저도 저속한 마음이 있었다는 것을 부정하지 않겠습니다. 그래도 솔직히 애초에 왜 그렇게 흘러갔을까 하는 부분이 아직도 이해가 가지 않아요.

처음에 저는 미즈카 씨가 남편의 관심을 받지 못해 외로운 줄 알았어요. 히로키가 미즈카 씨를 아끼기는 하지만 당시 그 친구는 죽어라 일에만 매달리는 워커홀릭이었으니까요. 평사원이 아니니까 주말 없이 일하는 것은 당연하지만 아내 입장에서는 하다못해 별장에 와 있을 때만큼은 일과 멀어지기를 바라잖아요. 이런 산속에 젊은 여자 혼자 남겨지면 당연히 불안하기도 하고.

그런데 곰곰이 생각해 보면 아무래도 그건 아닌 것 같더군요. 미즈카 씨는 일반 여성과 달리 굉장히 쿨했어요. 혼자 있어서 무섭다거나 외롭다고 느끼지는 않았을 겁니다.

물론 그 당시에도 미즈카 씨가 저를 마음에 두었다고는 생각하지 않았어요. 저는 자신을 그렇게 과대평가하지 않으니까요. 그런데도 그 사람이 제게 의지할 정도면 그 큰 별장에 어지간히 혼자 있기 싫은가 보다 생각했어요. 적어도 오늘 밤은 내가 옆에 있었으면 좋겠나 보다, 하고.

그런데 미즈카 씨는 아침까지 저와 함께 보낼 생각이 전혀 없었습니다. 볼일이 끝나자 뒤도 돌아보지 않고 떠났어요. 이런 곳에 있어봤자 뭐 하겠어요.

하긴, 히로키가 갑자기 돌아올 수도 있고 우리 집에는 호화로운 욕실도 없으니까요. 제가 사용하던 낡은 수건은 사용하기 싫었을지도 모르죠. 여운이 채 가시기도 전에 말하더군요.

"그럼 나는 이만 갈게. 바래다줄 거지?"

그러니까……. 결국 샤워도 하지 않고 돌아갔습니다.

도대체 뭐였을까요?

변호사님, 이번 기회에 솔직하게 말하겠습니다. 그 후에도 미즈카 씨와 두 번, 총 세 번 관계했습니다.

네, 장소는 세 번 모두 이 집이었어요. 첫날처럼 히로키가 급한 일로 집을 비웠을 때요.

―미조구치 씨, 지금 가도 돼?

이런 식으로 미즈카 씨가 먼저 전화를 했습니다. 찾아왔죠. 저 말입니까? 제가 이래 보여도 마음이 약하거든요. 불륜 같은 건 처음이었고 히로키는 친구이자 이웃이잖아요. 그런 사람의 아내와, 설령 좋아한다더라도 당당하게 관계할 배짱은 없었어요.

뭐, 저도 전혀 즐기지 않은 것은 아니지만요. 솔직히 말하면 미즈카 씨는 딱히 제 타입도 아니었습니다. 당시에는 사귀는 여자도 있었고.

그런데 그 우유부단한 성격이 바로 제가 글러먹은 점이라 미즈카 씨의 제안을 단호하게 거절할 수 없었어요. 싫다고 하면 잘못하는 것 같아서……. 정말 난감했죠.

그런데 그 관계가 왜 끝났냐면, 이것도 한심한 이야기인데 어느 날 밤에 도쿄에 있던 미즈카 씨가 제게 전화했어요. 그런 적은 처음이었는데 처음 관계한 날로부터 두 달쯤 지났을 때였나?

서론도 없이 대뜸 본론부터 꺼내더라고요.

―미조구치 씨 혈액형이 뭐야?

O형이라고 대답했더니,

―어머, 잘됐다!

그러더라고요.

도대체 무슨 이야기냐고 물었더니 글쎄 임신했다잖아요. 그야말로 청천벽력이었죠.

저는 그 말을 듣자마자 머리가 띵하고 심장이 쿵쾅거렸어요.

"설마 내 아이는 아니지?"

겨우 그 말만 내뱉었는데 미즈카 씨는,

—설마가 사람 잡는다잖아. 하지만 괜찮아. 히로키도 O형이니까.

어찌나 침착하던지.

"장난하지 마!"

저도 모르게 소리를 질렀습니다. 너무 당황스러웠습니다.

"설마 낳을 생각은…… 아니지?"

매달리는 심정으로 물었습니다.

—응, 낳을 거야. 히로키는 전혀 의심 안 해. 걱정할 필요 없어. 미조구치 씨는 그냥 알고만 있어.

그런 말이나 하더라고요. 망설이는 기색은 전혀 없었습니다. 제가 무슨 말을 하든 듣지 않았을 거예요.

그 후로 미즈카 씨와 잠자리하던 관계는 끝났습니다. 단둘이 만난 적도 없어요.

제가 먼저 끝내자고 한 것은 아닙니다. 물론 저도 계속 만날 생각은 없었지만 그 통화 이후로 미즈카 씨가 접근하지 않았습니다. 한마디로 차였다는 소리죠.

그러는 사이에 히로키가 미즈카 씨의 임신 소식을 전해왔습니다. 일이 커졌다고 생각했지만 설마 거기서 사실을 고백할 수는 없어서 모르는 척 축하할 수밖에 없었습니다.

그 후에도 히로키 부부가 이곳에 올 때마다 당연히 마주쳤는데 배가 점점 불러오고 출산일이 되어 입원해 출산해도 미즈카 씨는 단 한 번도 제게 연락하지 않았습니다. 하긴, 연락을 받아도 곤란하긴 하지만, 도대체 무슨 생각일까 새삼 궁금했죠.

그런데 히로키 부부는 첫 아이가 태어난다고 행복해서 들떠 있고, 그 아이가 정말 제 아이인지 아닌지도 모르잖아요. 저로서는 그냥 조용히 지켜볼 수밖에 없었습니다.

그나저나 미즈카 씨도 참 대단한 사람이에요. 보통 잠자리하는 관계가 되면 얼굴이나 태도에 조금이라도 드러나는 법인데 전혀 티가 나지 않았어요. 그 후 히로키와 셋이 있을 때도 미즈카가 너무나도 아무렇지 않게 행동해서 이 여자와 잔 것이 사실은 꿈 아니었을까 하는 생각이 들 정도였어요. 오히려 제가 더 어쩔 줄 몰라서 표정 관리하기 힘들었습니다.

도모키가 태어난 후에도 기본적으로 저를 대하는 태도는 변하지 않았습니다.

"도모키는 미조구치 씨를 안 닮았어. 왜일까?"

우연히 단둘이 있게 되면 이런 말을 하고는 했지만요. 반대로 생각하면 기껏 그 정도였을 뿐입니다. 아마 히로키는 저와 미즈카 씨의 관계를 짐작도 못 하지 않았을까요?

저를 대하는 히로키의 태도도 미즈카 씨가 임신한 후에나 도모키가 태어난 후에나 옛날과 전혀 다르지 않았습니다. 미즈카 씨의 수기에 따르면 사실 히로키는 처음부터 알고 있었다고 하던데, 솔직히 그 점은 의문입니다.

애초에 만약 히로키가 미즈카 씨가 바람피운다는 사실을 알았다면 왜 저와 미즈카 씨에게 아무 말도 하지 않았는지 이해할 수 없어요. 보통은 들킨 시점에서 한바탕 난리가 나잖아요. 어지간한 약점이라도 잡히지 않은 한.

음……, 이런 말 하기는 좀 그렇지만 그 부부는 속을 알 수 없는 사람들이에요. 우리 부부와 다르게 둘 다 머리가 좋잖아요? 속에 있는 말을 그대로 내뱉는 사람은 바보라고 생각하지 않을까요?

그런데 히로키가 도모키를 사랑한 것은 틀림없습니다. 그 아이가 태어났을 때도 무척 기뻐했고 이름도 히로키의 '키'를 따서 도모키라고 지었으니까요. 밖에서 캐치볼 같은 걸 하는 모습은 본 적 없지만, 집에서 도모키와 함께 게임을 하던 모습은 자주 봤어요. 본인이 컴퓨터 관련 일을 하니까 아들도 그쪽 일을 시키고 싶었나 봐요. 도모키는 이해력이 좋다고 자랑하고는 했죠. 실제로 도모키는 학교 성적도 좋아서 기대가 컸을 거예요.

그런데 당사자인 히로키는 그 일에 대해 뭐라고 하던가요? 오호, 그렇구나. 히로키 본인이 몰랐다고 한다면 그게 진실이겠죠. 당연하죠.

이번에 경찰이 DNA 감정을 해서 도모키가 제 아들일 확률이 99.999퍼센트라는 결과가 나왔죠. 그래서 저나 변호사님이나 그 결과를 전제로 이야기하고 있지만 그건 일종의 결과론이잖아요.

다행히 도모키는 저를 별로 닮지 않았습니다. 물론 히로키도 닮지 않았지만, 그 아이는 엄마만 닮았다는 말을 자주 들었어요. 남자아이라서 그런지 피를 나눈 남매인데도 유카나 우리 미유와도 달랐어요.

우연히 저를 닮지 않았지만 만약 저를 닮은 아들이 태어났다면 어떻게 되었을까요. 미즈카 씨는 어떻게 할 생각이었을까 하는 생각이 듭니다. 그 사람은 워낙 대담하니까 분명 그때 일은 그때 가서 생각하자고 마음먹었겠죠.

우리 집사람이요? 사실 이 말도 경찰에게는 하지 않았지만, 솔직히 말하면 집사람도 미즈카 씨와 도모키에 대해서 처음부터 모두 알고 있었어요.

네. 집사람과 결혼하기로 했을 때 제가 말했습니다. 부부 사이에 비밀이 있으면 찝찝하잖아요. 게다가 히로키는 이웃이고 이곳에 사는 이상 친해질 테니. 만약 어떤 일이 일어나

들통이 났을 때 집사람이 아무것도 모르는 상태라면 미안하니까요.

그런데 집사람은 성격이 시원시원해서 전혀 신경 쓰지 않고 미즈카 씨와 사이좋게 지냈어요. 저는 집사람을 사랑하고, 애초에 미즈카 씨와의 일은 집사람과 만나기 전 이야기니까요.

집사람은 도모키도 예뻐했어요. 그 사람, 아이를 좋아하거든요. 저는 아무래도 자꾸 의식이 돼서 같이 놀아주지 못했지만 집사람은 아무렇지도 않게 행동했죠. 우리 집에도 자주 데리고 왔어요.

미유가 아직 태어나기 전이었는데, 우리 집에는 장난감은 없었지만 집사람이 직접 만든 과자를 주고 실뜨기나 종이 오리기를 하며 놀아줬습니다. 집사람이 아이들과 참 잘 놀아주거든요. 요즘 시대에 실뜨기를 할 줄 아는 젊은 여자는 없죠? 하지만 집사람은 할머니 손에 자라서 실뜨기나 공기 놀이를 잘해요. 도모키는 낯을 가리는 아이지만 우리 집사람은 잘 따랐어요. 크게 웃으며 무척 즐거워했죠.

그런데 여자는 역시 보는 눈이 다른가 봐요. 제가 아까 도모키가 저를 별로 닮지 않았다고 말했잖아요. 그 아이는 실제로 피부가 하얗고 눈이 크고 호리호리했어요. 게다가 머리까지 좋았으니 닮기는커녕 저와 상당히 달랐죠.

그런데 집사람이 도모키와 처음 만나고 와서 뭐라고 했는지 아세요?

"도모키는 귀 모양이 당신과 똑같은 걸 보니 역시 당신 아들 맞아."

이거 참, 여자는 무서워요.

그건 그렇고 저는 그 아이의 성격이 이상했다고 생각하지 않습니다. 제 자식이라 하는 말이 아니에요. 그렇게 솔직하고 착한 아이가 자기보다 어린아이에게 이유도 없이 끔찍한 일을 가하다니 있을 수 없는 일이라고 생각해요.

히로키는 도모키를 예뻐했지만 아들이라 그런지 엄하게 키우려고 했고 미즈카 씨는 미즈카 씨대로 마음에 걸리는 점이 있었는지 의식적으로 냉담하게 대하는 것 같다고 느꼈습니다. 결국 어른들의 태도가 도모키의 성격에 나쁜 영향을 끼친 것 같다는 생각이 들어 가여워요. 아이 나름대로 심리적 갈등이 있었을 텐데 아버지로서 아무것도 돕지 못해서 괴롭습니다.

게다가 제가 자초한 일이니 그 대가도 마땅히 감수해야죠. 하지만 집사람과 미유는 무슨 죄란 말입니까. 앞으로 살면서 미유에게 '그 모토무라 도모키의 동생'이라는 꼬리표가 따라다닐 게 아닙니까. 정말 사과해서 해결될 문제라면 무릎을 꿇든 뭐라도 하고 싶은 심정이에요.

미즈카 씨에게 저 말고 다른 남자가 있었냐고요? 제가 그런 걸 어떻게 알겠습니까. 저도 그 사람과 아주 짧은 기간 만났을 뿐입니다. 설령 그런 남자가 있었다고 해도 제게는 말하지 않았을 테고요.

히로키는 뭐라고 해요? 으음, 그래요? 그 친구도 모르는구나……. 하긴, 그럴 만도 하죠. 하지만 결혼 후에 미즈카 씨의 외도 상대가 저뿐이었을 것 같지는 않네요.

히로키의 여자관계요……? 그 질문은 경찰도 많이 했는데. 저는 진짜 아무것도 모릅니다. 우리는 히로키가 야마나시에 왔을 때만 만나는 사이니까 평소 그 부부가 어떻게 지내는지 볼 일이 없기도 했고. 서로 가정을 꾸리고 나서는 예전처럼 둘이서만 술 마시러 나가지도 않았고 늘 부부 동반으로 만났습니다.

그래서 히로키의 휴대폰에 관해서도 저는 전혀 몰랐습니다. 그 친구가 휴대폰을 두 대 사용했다는 사실도 몰랐을 정도로. 그런데 어디에 숨겼냐니, 제가 어떻게 알겠습니까!

경찰은 우리 부부가 히로키에게 휴대폰을 빌려준 것 아니냐고까지 의심했습니다. 그러면서 저와 집사람 휴대폰의 통신 기록을 조회했어요. 먼저 양해를 구하고 조회했으니 강제는 아니었지만. 경찰은 뭐든지 의심하는구나 싶어서 깜짝 놀랐습니다.

히로키가 어떤 사람이냐 하면 제 생각에는 일밖에 모르는 사람 같습니다. 미즈카 씨를 별장에 두고 도쿄로 돌아간 이유도 유흥 때문이 아니라 순수하게 일 때문이었다고 생각해요. 젊은 나이에 회사를 그렇게까지 일구다니 남들처럼 일해서는 이룰 수 없는 성과잖아요. 히로키에게 회사는 목숨이나 마찬가지였습니다.

하지만 히로키가 회사의 자금 융통을 위해 아내가 물려받은 유산을 노렸냐고 하면 글쎄요, 와닿지가 않네요. 저는 회사 경영은 잘 모르지만 그 친구는 정말 똑똑하니 살인 같은 걸 저지르지 않아도 얼마든지 다른 방법을 찾아냈을 거예요. 밑바닥부터 시작해서 거기까지 올라간 만큼 능력이 있으니까요. 미즈카 씨의 피해망상 아닐까요?

그래요? 오히려 미즈카 씨가 히로키를 죽이려고 했다고요……? 참, 그건 또 기막힌 이야기네요.

그런데 그것도 어딘가 석연치 않네요. 왜냐하면 저와의 일도 그렇지만 미즈카 씨는 보기 드물게 쿨한 여자거든요. 남자 때문에 사람을 죽일 부류가 아니에요. 심지어 남편과 아들을 절벽 아래로 밀어 떨어뜨리려고 하다니……. 아무래도 저는 납득이 가지 않네요.

솔직히 저는 히로키와 미즈카 씨 중 누구를 믿어야 할지 모르겠습니다. 제게는 두 사람 모두 친구거든요. 그리고 누가 가해자이고 누가 피해자인지는 법원이 판단할 문제잖아요. 저 같은 사람이 왈가왈부할 필요는 없죠. 설령 히로키가 유죄 판결을 받는다고 해도 제가 피해자인 척할 마음은 털끝만큼도 없습니다.

그 두 사람이 사건 전날 밤에 도모키를 죽일 계획을 짰다는 이야기도 그래요. 저는 남들이 비난할 거리가 안 된다고 생각합니다. 만약 제가 그 입장이었다고 생각하면 도저히 쉽게 비난할 수 없는 일이에요.

다만 히로키에게 진심으로 미안합니다. 제가 미즈카 씨와 불륜을 저지르지 않았다면 그 친구가 이런 일을 당하지 않았을 테니까……. 그래서 제가 아는 이야기를 털어놓아서 조금이라도 히로키에게 도움이 된다면 최대한 협조하겠습니다.

네. 법원에도 얼마든지 출석할게요. 그것만은 약속드리겠습니다.

그런데 변호사님. 사건 현장을 보고 싶으신 거죠? 네, 지금도 괜찮습니다. 애써 여기까지 오셨으니 꼼꼼하게 살펴보고 가세요.

뭐, 현장검증이니 압수수색이니 이것저것 했지만 문제의 베란다를 포함한 건물 자체는 그때와 전혀 다르지 않아요.

아, 저는 상관없습니다. 어차피 저는 부동산 중개업자니까 건물 소개는 익숙하거든요. 히로키네 별장은 우리가 관리하기도 하고요. 가끔 환기하러 가기도 해요. 이상하게도 집은 사람이 살지 않으면 폐허처럼 엉망이 되더라고요.

그럼 바로 갈까요? 밝을 때 가는 편이 좋으니까. 그런데 보시면 깜짝 놀랄 거예요. 별장이라지만 우리 같은 서민들이 보기에는 대저택이거든요.
 아, 여기로 다시 돌아올 테니 짐은 두고 가셔도 돼요. 가볍게 가는 게 좋죠.
 와, 오늘은 바람이 강하네요! 조금 추울 수도 있겠어요.
 잡초가 무성하니까 발에 걸리지 않도록 조심하세요. 구두가 더러워지려나? 그런데 그런 걸 신경 쓰면 이런 곳에서는 못 살아요.

 자, 이쪽이에요. 여기가 사건이 일어난 베란다입니다.
 그렇죠? 경치가 제법 훌륭하죠? 날씨 좋은 날에 흔들의자 같은 데 늘어져 있으면 최고라니까요.
 마침 여기가 문제의 장소군요. 난간이 이렇게 높으니까 보통 추락 사고 같은 건 생각할 수 없거든요. 절벽 위에 상당히 돌출되어 있는 구조라서 아래를 내려다보면 무섭지만, 몸을 쭉 내민다고 해도 떨어지지는 않아요.
 앗! 직접 시험해 보시게요? 하지만 오늘은 바람도 강하게 부는데. 조심하세요.
 아아, 사건 당시 사용한 사다리요? 사건 후에 경찰이 가져가서 지금 여기에는 없습니다. 그 대신 서재에서 의자를 가져올게요. 사다리보다 조금 낮을 수도 있지만 대충 감은 잡을 수 있지 않을까요?
 네. 제가 꽉 붙잡고 있을 테니 걱정하지 마세요.

어떠세요? 그렇게 올라서니 꽤 높죠? 그 자세로 아래를 내려다볼 수 있겠어요? 와아, 변호사님 대단하시네요! 무섭지 않으세요? 고소공포증 없으신가 보네요. 그래도 바람에 흔들리면 위험하니까 그만 내려오시는 편이 좋겠어요.

아, 이제야 안심이에요! 실례되는 말이지만 변호사라서 그런지 겉모습과 달리 대담하시네요. 휘청거리기라도 하면 어쩌나 불안해서 보기만 해도 다리가 후들거렸어요.

변호사님, 저기 옹벽 아래쪽에 남아 있는 검붉은 자국 보이세요? 네, 맞아요. 저기가 바로 미즈카 씨와 도모키가 떨어져 부딪친 곳입니다. 난간 너머로 떨어져서 먼저 저기 부딪친 다음에 땅으로 굴러떨어졌어요. 목숨을 건질 수 없는 상황이었죠.

정말이지 몇 번을 봐도 끔찍하네요. 이런 곳에서 사람을 밀어서 떨어뜨리다니. 아무리 그래도 말이 안 되죠.

네, 맞습니다. 저기가 서쪽이에요. 여기서 바라보는 석양은 최고예요. 처음 본 사람은 다들 소름이 돋는다고 해요. 히로키도 처음 보자마자 감동했는데……. 그 일이 일어난 후로는 도저히 이곳에서 일몰을 볼 생각은 들지 않더라고요.

뭐, 재판 결과에 따라 다르겠지만 만약 히로키가 무사히 돌아온다고 해도 이제 이 별장에서는 살 수 없을 거예요. 안타깝지만…….

저기, 변호사님. 잠깐 괜찮으세요? 방금 문득 든 생각인데, 조금 전에 말씀하시기로는 미즈카 씨가 히로키와 아들을 떨어뜨리려고 갑자기 공격했다고 하셨죠?

그런데 단순한 착각 아니었을까요? 어쩌면 미즈카 씨는 남편이 도모키를 죽이려고 한다고 지레짐작해서 말리려고 한 것 아니었을까요? 미즈카 씨가 죽을힘을 다해 달려들어서 히로키가 자신을 밀려고 한다고 착각한 것 아닐까요? 설령 도모키 살해를 먼저 제안한 사람이 미즈카 씨였다고 해도 정작 그런 상황이 닥치자 망설이는 마음이 생겼다고 해도 이상하지 않잖아요. 이러니저러니 해도 엄마니까.

그런가요? 그건 아닌가요? 역시 그냥 제가 그렇게 믿고 싶을 뿐일까요…….

자, 여기는 이 정도면 됐죠? 그럼 슬슬 안으로 들어가죠. 요즘 같은 계절에 베란다는 아직 조금 추우니까요.

어떻게 할까요? 다른 방도 둘러보시겠어요?

아, 그랬죠. 전날 밤 사건도 있었죠. 그러면 집 안을 대략 순서대로 안내해 드릴게요.

우선 2층부터 보시죠.

여기가 도모키와 유카가 사용한 아이 방입니다. 어때요? 굉장하죠? 아이 방치고는 대단한 수준이죠. 이 방만 해도 작은 맨션 한 채 크기예요.

그런데 그럴 만도 하죠. 이 별장은 원래 회사에서 직원 휴양시설로 사용하던 건물이니까요. 기업의 복리 후생 시설은 세금 혜택을 받기 유리하거든요. 직원들이 가족과 함께 이용할 수 있도록 1층을 홀과 식당으로 꾸몄고 2층에 숙박용 방이 네 개 있었어요. 나중에 대대적으로 리모델링해서 원형은 남아 있지 않지만 당연히 개인 별장치고는 넓죠.

그런데 저는 도모키와 유카 둘 다 아직 어린데 2층에서 따로 재워서 딱하다고 생각했어요. 1층 침실도 충분히 넓으니까 아이들을 데리고 자면 좋을 텐데, 라고 생각했죠. 뭐, 미국 스타일일 수도 있겠지만.

자, 아이 방 옆에 이 방이, 네. 히로키의 서재입니다.

책이 정말 많죠? 그 친구는 학자 기질이 있거든요. 한 가지에 몰두하는 성격이에요. 무슨 일을 하든 자료를 모아 철저하게 연구하는 타입이죠.

IT 전문 서적이나 경제뿐 아니라, 이거 봐요, 법률이나 역사책도 있죠. 정말 많아요. 이런 책들을 잘도 읽는다 싶어요. 우리 집사람은 소설을 좋아해서 문고본을 사서 읽는데, 저는 글자만 빼곡한 책을 읽으면 머리가 아파서······.

별장에만 이만큼 있으니 구니타치의 집에 있는 책까지 합치면 엄청나게 많겠죠. 당장이라도 서점을 차려도 된다고 미즈카 씨가 자주 말했어요.

아아, 그래. 도모키는 이 방에 있는 사다리를 사용했어요. 벽 한 면이 모두 책장이니 위쪽까지 손이 닿지 않아서 접이식 사다리가 놓여 있었죠. 그 정도면 여덟 살짜리도 옮길 수 있으니까요.

네, 맞아요. 서재에서 아까 그 베란다로 바로 나갈 수 있어요. 도모키는 사다리를 직접 베란다까지 옮긴 뒤에 거기에 올라 난간에 걸터앉았겠죠.

저쪽에 있는 곳이 미즈카 씨의 수기에 나오는 베란다입니다. 그 왜, 미즈카 씨가 히로키의 휴대폰을 발견하고 정원에 있는 히로키에게 말을 걸려고 했다던……. 그 베란다는 절벽이 아니라 남쪽 정원 쪽을 향해 있습니다.

잠깐 나가 보실래요?

예쁘죠? 이렇게 아름답게 가꾼 정원은 좀처럼 보기 힘들죠. 업체가 정기적으로 방문해서 관리하니까요.

아, 저쪽에 보이는 산속 오두막집 같은 곳이 조금 전까지 대화를 나누던 우리 집입니다. 이 별장에 비하면 장난감 같네요.

2층에 방은 이 두 곳뿐이에요. 그리고 이쪽은 욕실이고요. 서양식으로 꾸며서 변기와 세면대와 욕조가 모두 욕실 안에 있어요. 1층에 더 큰 욕실이 있지만 그곳은 부부만 사용하는 곳이라서 여기는 아이들과 손님이 사용하는 욕실이죠. 정말 사치스러운 구조라니까요.

그럼 이제 1층으로 내려가실까요?

네, 여기가 거실입니다. 복층 구조라 층고가 높아서 호텔 로비 같은 느낌이 나요. 멋지죠? 정말 댄스파티라도 열 수 있을 것 같다니까요. 이런 산속까지 오는 손님은 없겠지만.

가구는 이탈리아제예요. 미즈카 씨와 결혼할 때 전부 바꿨죠. 히로키네 회사는 직원들이 젊어요. 히로키보다 어린 친구들뿐이죠. 그래서 대부분 가족 단위로 이용했는데 이런 고급 가구를 넣어 놓으면 직원들이 사용할 수 없죠. 흠집이라도 나면 큰일이니까요. 그런데 저라면 이런 쇼룸 같은 집에서는 편하게 못 쉴 것 같아요.

이쪽에 주방과 식당이 있어요. 최고급 시설을 갖춘 주방이에요. 우리 집사람이 무척 부러워하는 공간이죠! 집사람은 요리하는 것을 좋아하거든요.

네, 맞아요. 사건 전날 밤, 우리는 이 식탁에서 술을 마셨습니다. 8시부터 두 시간 정도 마셨을까요? 네, 어른 넷이서만요.

아, 도모키 말입니까? 우리가 술을 마실 때 도모키는 보이지 않았어요. 거실과 주방, 식당을 나누는 문은 열어뒀지만 식당에서 거실은 보이지 않거든요. 도모키가 사라져도 전혀 알아차리지 못했습니다.

어른들끼리 시간을 보낼 때면 도모키는 항상 혼자 얌전히 놀았거든요. 요즘 아이라서 늦게 자는지, 10시쯤이었나? 미유는 침실에 재웠기 때문에 우리는 느긋하게 수다를 떨며

술을 마셨습니다.
분위기요? 글쎄요. 그야말로 평범했어요. 딱히 히로키 부부의 사이도 나빠 보이지 않았고요. 유카 일이 있었으니 오히려 우리 집사람이 더 신경을 썼죠. 평소보다 말수가 적었나?
그러다가 9시 정각이 됐을 때였어요. 그때까지 레드와인을 홀짝홀짝 마시던 히로키가 벌떡 일어났어요.
"침실에 아르마냑이 있으니 가져올게."
그러면서 나갔던 기억이 나네요.
어딘가 당황한 기색이었는데 그러고서 한참을 돌아오지 않았어요. 화장실에서 볼일이라도 보나 싶었는데 그렇다고 해도 꽤 늦었죠. 미즈카 씨도 걱정이 됐는지 안절부절못하다가 식당을 나갔고 두 사람 모두 한동안 돌아오지 않았습니다.
저희도 신경 쓰였지만 물어보기도 꺼려지잖아요. 설마 미유가 죽을 뻔했다는 생각은 꿈에도 못했으니까요. 어쩔 수 없이 집사람과 둘이 기다리는데 한참 지나서 둘이 같이 돌아왔어요.
히로키도 미즈카 씨도 자리를 비운 이유를 말하지 않아서 우리도 묻지 않았어요. 그리고 곧바로 히로키가 침실에서 가져온 아르마냑을 따라줬죠. 저는 술을 마시는 데 정신이 팔렸지만 나중에 집사람의 말을 들어보니 식당으로 돌아온 히로키의 분위기가 조금 심상치 않았다고 해요.

분명 무슨 일이 있었다는 직감을 느낀 집사람이 먼저 말했어요.

"내일 출근도 해야 하니 우리는 슬슬 일어날게요."

집사람이 그런 건 또 귀신같이 알아채거든요.

하지만 모처럼 아르마냑을 딴 참이고 히로키도 붙잡아서 결국 조금 더 마셨습니다. 그래도 평소보다 이른 시간인 10시 전에는 별장을 나왔어요.

으음. 미즈카 씨는 말이죠……. 경찰도 물었지만 저는 정말 아무것도 눈치채지 못했어요. 집사람은 왜인지 미즈카 씨가 우리를 빨리 돌려보내고 싶어 하는 것 같았다고 했지만요.

그런데 미즈카 씨도 참 대단하네요. 아들이 그런 큰일을 저지른 직후인데도 얼굴색 하나 변하지 않던걸요.

실은 집으로 돌아가기 전에 아주 잠깐 미즈카 씨와 단둘이 남겨진 순간이 있었거든요.

"도모키는 잠들었어?"

그때 도모키가 보이지 않아 물었습니다. 특별히 깊은 의미가 있었던 것은 아니에요. 그랬더니 미즈카 씨가 그러더라고요.

"2층에서 게임하고 있겠지. 맨날 늦게 자거든."

사건에 대해서는 티도 안 냈어요. 히로키보다 훨씬 담이 큰 사람 아닌가 싶어요.

그러고 보니 유카가 죽었을 때도 미즈카 씨는 참 의연해 보였죠.

그 시점에는 유카의 사건이 사고로 알려졌죠? 엄마가 눈을 뗀 사이에 일어난 사고라고. 그래서 그 사람이 분명 몹시 상심했을 줄 알았거든요. 그런데 영결식에 갔더니 초췌해 보이기는 해도 마지막까지 눈물 한 방울 흘리지 않고 조문객 모두에게 정중하게 인사했어요.

그때도 사실 대기실에서 잠깐 단둘이 대화할 기회가 있었죠.

"도모키는 좀 어때?"

그날이 유카와 이별하는 마지막 날인데 도모키가 보이지 않아서 물었어요.

"시어머니와 집 보고 있어."

저는 깜짝 놀랐어요.

"도모키 괜찮아? 충격받은 거 아니야?"

그들의 사정을 모르니 무심코 물었죠.

그런데 미즈카 씨는 전혀 당황한 기색이 아니었어요.

"괜찮아. 그 아이는 미조구치 씨를 닮아서 대범하니까."

"나를 닮았다면 섬세할 텐데."

별일 아닌 듯 가볍게 대꾸하기에 저도 농담조로 대답했지만······.

미즈카 씨는 도모키가 유카를 죽인 사실을 친부인 제게도 숨길 생각이었습니다. 그녀는 정말 쿨하다고 해야 하나, 아이에게 관심을 크게 쏟지 않는 타입이라고 생각했는데, 그래도 역시 엄마이긴 엄마인가 보네요.

네, 이쪽이 침실입니다. 이 방은 아이 방과 서재 바로 아래 있죠. 저쪽 창문에서 절벽 아래가 보이죠?
창문 반대쪽은 드레스룸이고, 저 문 너머가 문제의 욕실입니다. 침실에 있는 욕실도 서양식이에요. 2층보다 훨씬 고급스럽죠. 고급호텔 수준인데 침실 안에 있으니까 손님은 보통 2층 욕실을 사용합니다. 방이 정말 넓어요.
네, 맞습니다. 그날 밤, 미유는 저 침대에서 잤습니다. 사건이 일어난 시각은 밤 9시였죠? 평소라면 한창 잘 시간인데, 도모키가 들어와서 깬 것 아닐까요? 혹시 미유가 잠들어 있었다면 아무 일도 일어나지 않았을지도 모르겠네요.
글쎄요, 미유는 아직 두 살밖에 안 됐잖아요. 우리도 그 사건 후에 이것저것 물었는데 아무것도 기억하지 못하더라고요. 깨어 있었다고 해도 히로키 부부가 다시 재웠잖아요. 우리 가족이 집으로 돌아갈 때는 깊이 잠든 상태라 품에 안아 들어도 눈도 뜨지 않았거든요.
참 대단하죠? 돈이 많이 들었을 거예요. 이렇게나 깊숙한 곳에 위치한 데다 외부와 차단되어 있어서 이 방에서 무슨 일이 일어나도 식당까지 들리지 않아요. 미유가 간신히 목숨을 건진 것은 정말 기적입니다.

만약 그때 미유가 죽었다면 저는 지금 어떻게 되었을지 상상도 가지 않네요. 아무튼 분명 제정신을 아니었을 테죠. 그런데 히로키는 지금 그 고통을 직접 겪고 있으니 어떻게 보면 대단한 사람이에요. 저라면 도저히 못 버틸 거예요.

그럼요. 딸이 살해당하면 당연히 범인을 죽이고 싶은 마음이 들죠. 아빠라면. 그래서 저는 히로키를 비난할 생각은 없어요. 설령 히로키가 도모키를 밀었다고 해도.

유카는 한창 귀여울 나이에 목숨을 잃었잖아요. 히로키의 심정을 생각하면……. 아아, 정말 견딜 수가 없네요.

여기는 이 정도면 될까요? 네, 당연하죠. 필요하면 언제든 연락 주세요. 안내해 드릴게요.

그런데 이 별장은 어떻게 될까요? 히로키가 그 부분은 말 안 하던가요? 뭐, 결국 팔 수밖에 없겠지만 복잡한 사연이 얽힌 집이잖아요. 제값 받고 팔지는 못하겠죠. 아무리 가격을 낮춰도 그런 집에 살려는 사람은 없으니까. 그렇다고 건물을 부수고 땅만 판다고 해도, 여기는 도시와 달리 땅만 가지고서는 큰돈이 되지 않아요.

그럼 슬슬 돌아갈까요? 집에 가서 따뜻한 커피라도 내려 드릴게요. 이렇게 텅 빈 집에 있으면 괜히 으슬으슬하더라고요.

참, 집이 넓다고 다 좋은 게 아니에요. 식구들이 각자 흩어져 있으면 가정에 온기가 사라지잖아요. 히로키네도 작은 통나무집에 살았다면 그렇게 되지 않았을 거라고 생각하거든요. 아닌가?

변호사님, 이쪽 의자에 앉으세요. 곧바로 커피를 내올게요. 피곤하시죠? 네? 안 피곤하시다고요.

그나저나 변호사님, 이런 일까지 직접 조사하십니까? 일이라고는 해도 대단하시네요. 사실 저는 고소공포증이 있어서 우리 집처럼 산 위에서 멀리 내려다보는 것은 괜찮지만 높은 건물에서 바로 아래를 내려다보는 것은 힘들어요. 그런데 변호사님은 아까 의자 위에 잘도 서 계시더라고요.

자, 커피 드세요. 제가 내렸는데 맛은 어떠세요? 집사람이 있었다면 맛있는 커피를 대접했을 텐데……. 아, 여기 크림 대신 우유요. 커피 크림 사는 것을 깜빡하는 바람에, 죄송해요. 저 혼자 있어서 그런지 신경을 제대로 못 쓰네요.

세상을 떠난 유카요? 예쁜 아이였죠. 우리 미유와 6개월 정도밖에 차이 나지 않았는데 얌전하고 어른스러운 아이였어요. 크면 분명 대단한 미인이 되었을 텐데.

그야 당연히 히로키가 무척 예뻐했죠. 눈에 넣어도 안 아플 정도였어요. 뭐, 저도 만만치 않지만.

미즈카 씨요? 물론 미즈카 씨도 유카를 좋아하기는 했지만 히로키만큼은 아니었어요. 그 사람은 아이에게 애정을 쏟는 부류는 아니니까.
 도모키가 유카를 죽일 정도로 미워한 이유는 왜였을까요? 저는 짐작도 가지 않네요. 어느 집이나 형제는 다 싸우면서 크잖아요. 게다가 미유에게는 왜 그랬을까요. 미유는 도모키가 미워하는 감정을 느낄 만한 사이이기는커녕 아직 말도 제대로 통하지 않는 어린아이였는데.
 아무리 생각해도 답이 안 나와요. 따지고 보면 제가 원인 제공자죠⋯⋯. 모두 제 책임이에요.
 그런데 변호사님, 저는 도대체 어쩌면 좋을까요? 아직도 잘 모르겠네요.

 으음, 글쎄요. 히로키와 미즈카 씨 사이가 언제 틀어졌을까요? 도무지 모르겠네요.
 유카의 사건이 계기였겠지만 영결식에서 만났을 때는 부부 사이가 특별히 험악해 보이지는 않았어요. 뭐, 두 사람 다 어른이고 사람들 앞이니 행동을 조심하는 것이 당연했겠지만.
 그런데 그것과 별개로 장례식장은 대단했어요. 히로키다웠다고나 할까. 화려하다고 해야 할지, 호화롭다고 해야 할지. 도저히 두 살짜리 아이의 장례식 같지 않았어요.
 요즘 도쿄 사람들은 다들 그렇게 장례를 치르는지 어떤지는 몰라도 저는 촌사람이라서 진심으로 놀랐다니까요. 장례식장부터가 어지간히 대단했어야죠. 보통 장례식은 절 같은 곳에서 조용히 치르지 않습니까. 그런데 그 건물은 통유리 창으로 지어진 데다 마치 극장이나 이벤트 홀 같았어요. 젊은 건축가가 설계했을 법한 건물이었죠.

저는 차를 끌고 갔어요. 내비게이션을 찍고 목적지 바로 근처에 도착한 뒤 천천히 차를 몰면서 찾았는데 처음에는 그곳이 장례식장인 줄도 몰랐습니다. 몇 번이나 지나쳤지 뭡니까. 정말로 장례식장 같지 않았거든요.

그래서 몇 바퀴나 돌다가 마침내 목적지를 알아보고 주차 공간에 차를 세웠더니 곧바로 젊은 여자가 뛰어왔습니다. 마치 주유소에 온 것처럼 붙임성 있게 반겨줬어요. 자세히 보니 그 여자도 검은 옷을 입고 있었지만 음울한 분위기는 조금도 느껴지지 않더군요.

저는 조금 일찍 도착했는데 안내를 받아 안으로 들어갔다가 다시 한번 놀랐습니다. 통유리로 만들어 내부가 훤히 보이는 엘리베이터가 건물 한가운데를 오르락내리락하고 있었거든요. 여자는 그 엘리베이터를 타고 저를 호텔 라운지처럼 생긴 층으로 이끌었습니다.

"영결식이 시작하기까지 아직 시간이 남았으니 일단 여기서 쉬고 계세요."

통유리로 지어진 건물이라서 안쪽까지 햇빛이 들이쳤고 이곳저곳에 꽃과 관엽식물이 장식되어 있었어요. 카운터 바가 있고 세련된 테이블과 의자가 놓여 있었는데 적당히 빈

자리에 앉자 웨이터가 재빨리 다가와서 메뉴판을 내밀었습니다.

"음료는 무엇으로 하시겠습니까?"

주변을 둘러보자 저 외에도 히로키의 지인 같은 사람들이 몇 명 있었는데, 마치 결혼식 피로연이 시작되기 전에 삼삼오오 모인 사람들처럼 담소를 나누고 있었습니다.

다들 검은 상복 차림이었고 큰 소리로 떠드는 사람은 없었지만 장소가 그렇다 보니 아무래도 파티 같은 분위기가 났어요. 당연하게도 그들은 생전의 유카를 만난 적도 없을 테죠. 히로키가 그런 참석자들 사이를 누비며 한 사람 한 사람에게 인사했습니다.

그러더니 저를 발견하고는 다가와서 정중하게 인사했습니다.

"멀리서 와 줘서 고마워."

가까이서 보니 역시 초췌한 기색은 감출 수 없었어요. 간신히 버티는 것을 아는 만큼 안타까워서 아무 말도 할 수 없었죠.

"사실은 집사람도 같이 오려고 했는데 공교롭게도 미유가 어제부터 열이 올라서."

그런데 미즈카 씨가 보이지 않아서 아내는 괜찮냐고 물었어요.

"미즈카는 대기실에 있어. 많이 힘든 것 같아."

그 말을 듣고 영결식이 시작하기 전에 인사를 하려고 지하에 있는 가족 대기실에 갔습니다.

그런데 그 대기실도 어지간한 료칸보다 훨씬 고급스럽더군요. 입이 떡 벌어졌어요.

대기실은 여덟 평이나 열 평쯤 되는 다다미방이었어요. 멀리서 온 사람들이 옷을 갈아입는 곳으로 보였는데 양옆 벽 전체에 전신거울이 달린 수납장 형태였어요. 방 한가운데 놓인 좌탁 세 개에는 전기 보온 포트와 찻주전자와 찻잔이 있었고 과일과 마른 간식이 가득 쌓여 있었습니다. 검은 기모노를 입은 나이 지긋한 여인이 차를 마시면서 수다를 떨고 있어서 순간 이곳이 신부 대기실인가 싶어졌어요.

안쪽에는 화장실 외에 욕실과 간이 주방도 있는 듯해서 일고여덟 명은 편하게 묵을 수 있을 정도였죠. 하긴, 밤새 경야를 하거나 멀리서 온 가족이 있다면 편리하겠지만, 복도 하나를 사이에 두고 맞은편에 시체안치실이 있다는 점이 료칸과 달랐습니다. 아무리 편리한 공간이라도 잠을 자야 한다면 아무래도 조금 꺼림칙하죠.

네, 맞습니다. 민망하게도 저는 높은 곳뿐 아니라 호러물이나 괴담 같은 것에도 약해요. 몹시 싫어하죠.

미즈카 씨는 지친 듯했습니다. 홀로 조용히 떨어져서 좌식 의자에 기대 눈을 감고 있었거든요. 제가 먼저 말을 걸었습니다.

"미즈카 씨, 좀 어때? 괜찮아?"

"어머, 미조구치 씨. 와줬구나. 고마워."

기분 탓인지 다소 안심한 듯한 기색이 느껴졌어요.

사실 저는 미즈카 씨를 위로해야겠다고 생각했거든요. 어쩌면 그 사람이 히로키나 시어머니에게 호되게 비난받지 않았을까 걱정해서……. 두 살밖에 안 된 아이가 욕조 물에 빠져서 사고가 났다면 아무래도 엄마 책임으로 여겨지잖아요.

그런데 곧 히로키가 대기실로 왔어요.

"미즈카, 잠깐 이쪽으로 와줄래? 학교 관계자분들이 오신 것 같아."

히로키가 미즈카 씨를 불렀기 때문에 결국 대화다운 대화는 나눌 수 없었습니다.

그 학교 관계자는 아무래도 도모키의 초등학교 선생님이었겠죠. 물론 그분들은 도모키가 유카를 죽인 사실을 모르니까 예의상 왔을 뿐이겠지만, 대기실을 나가는 히로키의 얼굴이 묘하게 굳어 있던 이유를 그때는 몰랐는데 나중에야 이해했습니다. 도모키를 집에 두고 올 만했다는 생각이 들었어요.

조문객이 몇 명이나 왔냐고요? 글쎄요, 몇 명이었지? 아무튼 사람이 상당히 많았어요.

넓은 홀에 있던 제단은 생화로 가득 장식되어 있었는데 그 한가운데에 활짝 웃는 유카의 커다란 영정사진이 놓여 있었습니다. 여자아이니까 흰색과 보라색 외에도 빨간색과 분홍색 꽃도 섞여 있었습니다. 그 점은 무척 좋다고 생각했어요.

종파가 어디인지는 기억나지 않지만 언뜻 보기에 대단해 보이는 스님 세 분이 독경을 하셨습니다. 어찌나 성대하던지. 게다가 전자 키보드 오르간의 라이브 연주까지 흘러나왔는데 세상을 떠난 사람이 아이라서 그런지 독경 전과 후에 동요 '고추잠자리'가 연주됐습니다. 비용이 장난 아니게 들었을걸요?

히로키는 영결식이 시작되기 전까지는 그래도 어떻게든 버텼습니다. 그런데 독경이 시작되자 결국 무너졌습니다. 제 자리에서 그 친구가 잘 보였는데 그야말로 넋을 놓아 버린 모습이었어요. 결국 마지막 절차인 입관 때는 간신히 서 있는 듯 보였습니다.

그전까지는 의연하게 행동했지만 심신이 한계에 다다랐겠죠. 몸을 거의 매형에게 기대고 있었고 미즈카 씨가 말을 걸어도 제대로 들리지 않는 것 같았습니다.

그런 상황에서 마지막 인사를 해야 할 시간이 왔어요. 아마 장의사였을 텐데 사회자가 혼자 장황하게 떠들어댔고, 정작 중요한 상주는 단 한마디뿐이었죠.

"오늘 함께해 주셔서 감사합니다."

쥐어 짜내듯 겨우 말하더라고요. 그럴 만하죠.

아뇨, 저는 그날 화장장까지는 가지 않았어요. 가능하면 유카의 고쓰아게*를 해주고 싶었는데 미유가 몹시 걱정돼서. 그래서 마침내 가족들이 운구해 화장장으로 이동할 때 이만 가보겠다며 인사하고 떠났습니다.

그런데 히로키가 인사를 들었는지 못 들었는지 모르겠네요. 사람들 앞에서 그렇게 무방비한 모습을 보이는 것은 처음 봤어요. 반면 미즈카 씨는 "감사합니다"라고 유난히 정중하게 고개를 숙였는데 그것도 그냥 몸이 저절로 움직이는 것 같았어요. 아마 본인은 기억하지 못할지도 모릅니다.

두 사람 모두 내심 집에 있는 도모키가 걱정되어 조문객을 한 사람 한 사람 상대할 정신이 없었을 테니까요. 아이의 장례식은 당연히 싫지만 정말 그렇게 이상한 장례식은 처음이었습니다.

봄방학에 히로키네 가족이 야마나시로 왔다는 이야기는 했죠? 분명 그 전날이었나? 도쿄에 있던 히로키가 제게 전화를 걸었습니다.

어쨌든 제가 별장을 관리했으니까요. 사무적인 연락은 비교적 자주 주고받았습니다. 그때는 평소의 히로키와 다르지 않았어요. 유카의 장례식 이후 멀리서나마 계속 걱정했기 때문에 마음을 겨우 추슬렀구나 싶어서 내심 다행이라고 생

---

* 화장이 끝난 뒤 유골을 젓가락으로 집어 유골함에 모시는 의식.

각했습니다.

26일 밤에 만났을 때도 기운 넘치는 모습은 아니었지만 특별히 우울한 기색은 아니었어요. 하긴, 평소에 집사람이 저는 둔하다고 말하고는 하니까요.

도모키도 딱히 이상해 보이지 않았어요. 상당히 오랜만에 만났기 때문에 제법 의젓해졌다고 생각은 했지만요.

"많이 컸네. 이제 3학년이지?"

그렇게 물었는데 도모키가 뭐라고 대답했더라? 기억이 나지 않네요.

그 아이가 집사람은 잘 따랐는데 저와는 별로 대화한 적 없었어요. 그리고 말수도 적은 아이였습니다.

아까도 말했지만 제게 도모키는 히로키와 미즈카 씨의 아들입니다. 그 아이를 한 번도 제 아들이라고 생각한 적 없어요. 가능하다면 제 아이라는 사실을 잊고 싶을 정도였죠. 제가 생각해도 비겁하고 한심하네요.

이제 와 후회해도 늦었지만 그때 도모키에게 한마디라도 더 해 줄걸 그랬다는 생각이 때때로 듭니다. '다들 널 걱정하고 있단다'라는 마음이 그 아이에게 전해졌다면 상황이 달라지지 않았을까 하고…….

그런데 우리가 별장에 찾아갔을 때 도모키는 거실에서 게임을 하고 있었거든요. 노는 데 방해하면 안 될 것 같았고, 설마 이렇게 될 줄은 꿈에도 생각하지 못해서……. 정말

한스럽네요.

도쿄에서 여기까지 힘들게 와 주셨는데 죄송하네요. 제 이야기가 도움이 되었을지 모르겠습니다. 그렇습니까? 조금이라도 참고가 되었다니 다행이군요.

앞으로의 계획이요? 글쎄요, 이미 일어난 일은 어쩔 수 없으니 열심히 살아갈 수밖에 없겠죠. 집사람이나 미유는 마음고생하겠지만 제가 목숨 걸고 지키는 수밖에 없어요. 시간이 약이니까요.

다만 우리 부부는 이제 아이를 못 낳을 테니까요. 집사람은 한 명 더 낳고 싶은 것 같은데……. 그 점이 가장 아쉽다고나 할까.

이유 말입니까? 그야, 태어날 아이가 불쌍하니까요. 특히 남자아이라면……. 나중에 커서 살인자 모토무라 도모키의 동생이라고 주위에서 색안경을 끼고 경계할 수 있지 않습니까.

하지만 가족이 모두 죽은 히로키를 보면 우리 가족은 행복하죠. 세 명 모두 무사하고 건강하니까……, 감사해야죠. 집사람 성격도 그러니까 괜찮을 거예요. 반드시 이겨낼 거예요.

그건 그렇고 변호사님, 히로키를 잘 부탁드립니다. 제가 할 수 있는 일이라면 뭐든 도울 테니까요.

저 정말 진심으로 히로키에게 사과하고 싶습니다.

그 친구에게 꼭 힘내라고 전해주세요. 만약 히로키가 허락한다면 언젠가 또다시 여기서 술 한잔하고 싶네요.

주부 미조구치 사키코가
변호인에게 한 진술

안녕하세요! 실례합니다.

처음 뵙겠습니다! 저는 미조구치 사키코입니다. 어제 갑자기 전화를 드렸는데 시간 내주셔서 감사합니다.

얼마 전 힘들게 저희 집까지 오셨는데 죄송해요. 제가 일부러 집을 비웠다고 남편이 솔직하게 말한 모양이더라고요.

실은 무쓰기 변호사님이 히로키 씨 사건에 대해 꽤나 세세한 부분까지 마음을 쓰고 계시다는 이야기를 남편에게 듣고, 그렇다면 저도 제가 아는 이야기를 조금 하는 편이 좋겠다 싶어서……. 아, 그렇게 대단한 이야기는 아니지만요.

오늘 우연히 도쿄에 올 일이 있어서 겸사겸사 변호사님과 만날 수 있지 않을까 생각했어요. 저번에는 자리를 비워서 정말 죄송했어요. 남편이 없으면 오히려 편하게 말할 수 있을 것 같기도 하고요. 바쁘실 텐데 금방 끝낼게요.

와아, 감사합니다! 그렇게 말씀해 주시니 마음이 편하네요.

유지 씨, 아 우리 남편이요. 남편 말로는 무쓰기 변호사님이 참 친절하시다고 하던데 정말이네요. 당연할지 모르지만 TV 드라마에 나오는 여자 변호사와는 전혀 달라요. 저는 머리가 좋지 않아서 변호사님이 너무 딱딱하신 분이면 어쩌나 걱정했거든요.

네. 제가 오늘 드리고 싶은 말은 사실 숨진 모토무라 미즈카 씨에 대한 이야기입니다.

남편에게 들었는데 히로키 씨는 재판이 시작된 후에도 절대 살인은 하지 않았다고 주장한다고 들었어요. 오히려 거짓말을 하는 사람은 미즈카 씨라고. 미즈카 씨야말로 남편과 아들을 베란다에서 밀어서 떨어뜨리려고 했다고. 그래서 변호사님은 어떻게든 히로키 씨의 무죄를 증명하려고 히로키 씨네 가족에 대해 다양하게 조사하신다고 들었어요. 맞으신가요?

만약 그렇다면, 실은 처음에 미즈카 씨의 수기가 TV와 주간지에서 화제가 됐을 때부터 조금 마음에 걸렸던 점을 말씀드리고 싶네요. 네, 미즈카 씨에 대해서요. 그래서 히로키 씨의 변호사님이 들어 두면 좋지 않을까 싶었어요.

아뇨, 아직 아무에게도 말하지 않은 이야기예요. 네, 남편에게도요. 저와 미즈카 씨 단둘만의 비밀이었기 때문에……. 게다가 히로키 씨의 재판에 도움이 될지 안 될지도 잘 모르겠어요.

남편에게 들었을 때 생각했는데 솔직히 말하면 저는 세상을 떠난 도모키의 친부가 히로키 씨가 아니라 저희 남편이라는 사실을 결혼 전부터 알고 있었습니다. 저희가 약혼했을 때 남편이 전부 털어놨거든요. 그래서 당연히 남편과 미즈카 씨가 예전에 불륜 관계였다는 사실도 알았어요.

그래서 남편이 제게 솔직하게 털어놓아서 무척 고마웠죠. 우리가 사귀기 전에 있었던 과거 이야기는 신경 쓰지 않았지만 히로키 씨네는 이웃이기도 하고 만약 무슨 일이 생기더라도 사실을 알고 있는 편이 좋으니까요.

그런데 그때 저희 둘이 합의했어요. 남편과 미즈카 씨 사이에 있었던 일에 대해 저는 아무것도 모르는 것으로 해 두자고. 저는 신경 쓰지 않아도 미즈카 씨는 어떨지 모르잖아요. 앞으로는 싫어도 계속 마주칠 텐데 조금이라도 어색해지면 곤란하기도 하고요. 게다가 히로키 씨는 아무것도 몰랐으니까요.

그래서 그 사건 이후에 경찰 조사를 받을 때도 저는 남편과 미즈카 씨의 관계를 전혀 몰랐다, 도모키가 남편의 아이인 줄 꿈에도 몰랐다고 진술했어요. 딱히 거짓말을 할 생각은 아니었지만 제가 그 사실을 알았는지 여부는 히로키 씨 사건과 관계없다고 생각했고, 이상한 의심을 받으면 귀찮아질 것 같았거든요.

어쨌든 그 당시에는 취재진이 말도 못 하게 몰려들었어요. 저희도 매일 쫓기다시피 해서 고생했죠. 조심스러워서 밖에 나가지도 못하고……. 정치가나 연예인들이 왜 숨어 버리는지 알겠더라고요. 가뜩이나 말도 안 되는 이야기를 소설처럼 써대는데 제가 사실을 알고 있었고 미즈카 씨와 친하게 지냈다는 사실이 알려지면 언론에서 또 뭐라고 떠들어댈지 알 수 없었어요.

아뇨, 억지로 괜찮은 척한 거 아니에요. 미즈카 씨와 알고 지내면서 저는 정말 아무렇지 않았어요. 남편이 지금 사랑하는 사람은 저라는 사실을 잘 아니까요.

그리고 과거에 여자가 미즈카 씨 한 명만 있었던 것도 아니에요. 고부치사와에 남편의 전 여자친구가 운영하는 스낵바가 있는데 저희 부부 둘이서 가끔 술을 마시러 가기도 해요. 그 여자도 제가 과거를 안다는 사실을 알고 있고, 아무렇지 않게 저희 남편과 농담을 주고받기도 하죠. 물장사를 하는 사람이라서 그런지 모르지만 지난 일은 전혀 신경 쓰지 않더라고요.

그런데 제 생각에 미즈카 씨는 불륜 관계가 끝난 후에도 저희 남편을 완전히 잊지 못한 것 아닐까 생각해요. 저희 남편이 깔끔하게 관계를 정리한 것과 달리 미즈카 씨는 완벽하게 마음 정리를 못 한 것 같다는 느낌이 들었죠.

저희 남편은 능력이 뛰어나지도 않고 잘생기지도 않았잖아요. 돈도 없는 데다 일 욕심도 별로 없고. 그런데 다정하죠.

저는 미즈카 씨의 결혼 생활이 그다지 행복하지 않다고 느꼈어요. 히로키 씨는 똑똑하고 부자니까 이상적인 배우자일 테고 미즈카 씨를 아낀다는 생각은 들었지만 미즈카 씨는 현실에 만족하지 못하는 것 같았죠.

주제넘은 소리지만 솔직히 미즈카 씨는 욕구 불만 아닐까 생각한 적도 있었어요. 입는 옷도 그렇고 그 과소비만 봐도……. 사실 히로키 씨는 겉으로는 여자를 존중하는 듯 보이지만 내심 여자를 대등한 상대로 보지 않는 면이 있죠. 변호사님도 그렇게 생각하지 않으세요? 변호사님도 히로키 씨네 집 보셨죠? 아, 본가가 아니라 별장이요.

별장 거실에 놓인 가구 정말 멋지죠? 이탈리아의 유명 가구 브랜드에 특별 주문 제작한 가구래요. 주문을 넣고 제작하는 데만도 몇 달을 기다려야 한다더라고요. 히로키 씨에게 들었어요. 침실과 서재의 가구도 전부 외국에서 직수입한 물건인 것 같았어요. 히로키 씨가 그런 걸 무척 좋아하거든요.

그런 사람을 보고 브랜드를 따진다고 하죠? 애초에 그 별장은 손님도 오지 않을 외진 산속에 있잖아요. 저는 집이든 가구든 장소의 특성에 맞아야 한다고 생각하거든요. 그런데 히로키 씨는 고급품이면 장땡이라고 생각하는 것 같았어요. 그런 사람은 아마 배우자를 선택할 때도 고급 가구를 특별 주문하는 느낌으로 고르지 않을까 싶었죠.

미즈카 씨는 자못 부잣집 아가씨 느낌이 났고 미인이었잖아요? 히로키 씨의 마음에 들 만했지만 그 사람 자체를 갖고 싶다기보다 그러한 여자를 아내로 삼는 것에 가치가 있다고 생각하는 것 같았어요. 그런 마음이 눈에 보이면 여자는 감정이 식죠. 아마 미즈카 씨도 그랬을 거예요.

미즈카 씨가 언젠가 한 번 제게 히로키 씨에 대해 속마음을 드러낸 적이 있어요.

"만약 내가 사라진다고 해도 그 사람의 인생은 아무것도 변하지 않을 거야."

"그럴 리가! 히로키 씨는 무엇을 하든 미즈카 씨의 의견을 존중하잖아. 그게 바로 미즈카 씨를 사랑한다는 증거지."

제가 그렇게 대답하자 그녀는 비소를 머금으며 말했어요.

"남편은 나라는 여자가 필요한 게 아니라 내가 본인의 소유물이니까 소중히 대할 뿐이야. 아끼는 손목시계 같은 거지. 실수로 떨어뜨려서 망가지면 다시 새것을 사면 그만이야."

미즈카 씨는 분명 외로워 보였어요. 그래서 행복하게 사는 저희 부부가 못마땅했던 것 같아요. 이제 와 새삼 저희 남편과 다시 관계를 맺고 싶은 마음이 아니라.

만약 미즈카 씨가 진심으로 저희 남편을 좋아했다면 도모키를 임신했을 때 망설이지 않고 저희 남편의 품으로 뛰어들었을 거예요. 남편은 그런 상황에서 반드시 책임을 지는 사람이니까. 미즈카 씨 역시 부유한 생활을 잃고 싶지 않으니 히로키 씨를 선택했다고 생각해요. 그래도 남편이 저와 결혼해서 미즈카 씨도 충격받지 않았을까요?

여자라면 자신은 관심도 없으면서 과거에 차버린 남자가 아직도 자신에게 미련이 있을 것이라고 착각하는 마음이 꽤 있거든요. 특히 미즈카 씨처럼 자신감 넘치는 사람이라면 더더욱.

그래서 그녀는 겉으로는 저와 친하게 지냈을지언정 속으로는 상당히 라이벌 의식을 느꼈을 거예요.

근거요? 당연히 있죠.

저와 미즈카 씨는 공통점이 전혀 없어 보이지 않나요? 저도 처음에는 그렇게 생각했어요. 그런데 알고 지내다 보니 의외로 마음이 잘 맞더라고요.

물론 저와 미즈카 씨의 사고방식은 완전히 다르죠. 생활 수준도 많이 차이 나고. 남편끼리 친구가 아니었다면 미즈카 씨 같은 사람과 친구가 되는 일은 영원히 없었을 거예요.

둘 다 하고 싶은 말은 거리낌 없이 꺼내는 편이었는데 그 점이 좋았던 것 같아요. 여자는 경제 수준에 차이가 나는 사람과는 친구가 되기 어렵지만요. 어설프게 신경 쓰다가 오히려 사이가 틀어지고는 하거든요. 그런데 저희는 아무렇지 않게 속사정을 드러내는 편이었기 때문에 남편들 없이도 함께 마트에 장을 보러 가거나 서로 집을 오가며 친하게 지냈어요.

거리낌 없이 속사정을 드러냈다고 했는데 금전적인 면에 국한된 이야기는 아니었어요. 아무래도 제 입으로 말하기는 민망하지만 미즈카 씨는 제게 상당히 노골적인 이야기도 했어요. 제가 따라가지 못할 정도로. 어쩌면 일부러 그랬을지도 모르겠네요.

그런 부분에서 말하자면 항간에 알려진 미즈카 씨의 수기 중에 이해되지 않는 부분이 있어요.

그 수기에서 미즈카 씨는 내일이라도 당장 살해당할 수도 있는데 왜 이웃인 우리에게 도움을 청하지 않는지 이유를 설명했죠? 사실을 모르는 사키코 씨에게 자신의 남편이 도모키를 미워하는 이유를 말할 수 없다고.

그런데 그 말이 몹시 이상해요. 완전히 거짓말이거든요. 왜냐하면 이런 일이 생기기 훨씬 전에 이미 미즈카 씨가 먼저 도모키의 친부가 저희 남편이라는 사실을 제게 폭로했으니까요.

저희 부부가 결혼한 지 일 년 정도 지났을 무렵이었어요. 미즈카 씨가 유카를 임신한 상태였고 저도 마침 미유를 임신한 시기였는데 미즈카 씨가 우리 집에 놀러 왔죠.

제 취미는 홈베이킹이라서 빵이나 쿠키는 대부분 집에서 직접 만들거든요. 미즈카 씨는 요리를 별로 좋아하지 않았지만 그 시기에는 우리 집에 자주 와서 함께 과자를 굽고 차를 마셨어요. 히로키 씨 별장에는 우리 집보다 훨씬 좋은 오븐이 있지만 과자를 만들면 밀가루가 날리고 지저분해지잖아요. 그래서 우리 집 주방에서 만드는 게 마음이 편했어요.

그래서 그날도 케이크를 오븐에 넣고 다 구워질 때까지 테라스 의자에 앉아 수다를 떨었어요. 겨울은 추워서 안 되지만 여름이면 날씨가 좋은 날에는 밖에서 수다를 떠는 게 훨씬 기분 좋거든요.

그런데 세탁해서 정원에 널어놓은 지 얼마 안 된 침대 시트가 바람에 펄럭거리는 풍경을 물끄러미 바라보던 미즈카 씨가 별안간 제게 고개를 돌리더니 의미심장한 눈빛으로 히죽 웃었어요.

저희 시트는 히로키 씨네에서 사용하는 고급 시트와 달리 아무 무늬 없이 평범한 무명천이었는데 방금 빨았고 표백도 해서 당연히 아무런 얼룩도 없었거든요. 그래서 저는 미즈카 씨가 왜 시트를 가만히 쳐다보고 있는지 몰랐어요.

그런데 미즈카 씨가 제 눈을 뚫어지게 쳐다보더니 한마디 툭 내뱉었어요.

"유지 씨는 땀을 많이 흘리지?"

저는 곧바로 그 말의 무슨 뜻인지 이해했어요.

미즈카 씨가 우리 침대에서 남편과 잔 적이 있다는 사실을 알고 있었고, 평소 '미조구치 씨'라고 부르던 그녀가 그때만 '유지 씨'라고 이름을 친근하게 불렀거든요.

남편은 평소에도 땀이 많은 편인데 특히 관계할 때는 땀을 정말 많이 흘립니다. 매번 시트가 흠뻑 젖을 정도로.

저는 말문이 막혀서 경직된 채 아무 대답도 못 했어요. 미즈카 씨는 그런 저를 보고 점점 여유 넘치는 말투로 태연하게 말했어요.

"도모키도 유지 씨 닮아서 그런지 땀이 많아. 부모와 자식은 이상한 곳에서 비슷하다니까. 하지만 걱정하지 마. 지금 내 배 속에 있는 아이는 진짜 히로키의 아이니까……. 유지 씨는 지금 사키코 씨에게 푹 빠져 있어. 사키코 씨는 행복하겠네."

미즈카 씨는 틀림없이 질투하고 있었어요. 제가 매우 행복해 보여서……. 그래서 조금 심술을 부리고 싶었던 것 아닐까요?

아뇨, 계획하고 한 행동은 아니라고 생각해요. 그렇게 음험한 성격은 아니거든요.

저는 뭐라고 대답했냐고요?

"응, 엄청 행복해!"

물론 이렇게 대답했죠.

정말로 행복했으니까요. 미즈카 씨와 아웅다웅할 마음 따위 없었어요.

하지만 그런 일이 있었다고 저와 미즈카 씨 사이가 나빠지지는 않았어요. 그 사람은 말은 직설적으로 하는데 정작 말한 뒤에는 뒤끝이 없는 타입이었거든요. 저도 찝찝하면 못 참는 성격이기도 하고요.

서로 비밀이 없어지니 오히려 더 친해졌어요. 제가 도모키를 예뻐해서 집에 데리고 가도 미즈카 씨는 아무렇지도 않은 얼굴이었고요.

그래서 그 수기에 대해 들은 저는 조금 놀랐어요. 어떻게 이렇게 허무맹랑한 이야기를 써놓을 수 있나 싶어서 감탄까지 했죠.

죽은 사람을 두고 이런 말을 하면 실례일지도 모르겠네요. 하지만 그 점을 제외해도 미즈카 씨의 수기는 솔직히 이상해요.

확실히 도모키의 친부는 히로키 씨가 아니라 저희 남편이라고 수기에 자신의 불륜을 고백했지만, 가만히 보면 왠지 착한 아내인 척하는 말투 같잖아요. 평소 그 사람의 언행과 일치하지 않아요.

저는 이번 사건의 진상은 전혀 모르고, 가정 내에 무슨 문제가 있었는지는 그 가족들만 아는 법이잖아요. 그래서 히로키 씨든 미즈카 씨든 누구의 편을 들 생각은 없지만 역시 도모키가 연관되어 있으니……. 도모키가 왜 죽었는지 궁금해요.

만약 변호사님에게 도움이 될 수 있다면 제가 아는 사실은 전부 이야기할 테니 무엇이든 물어보세요.

미즈카 씨의 남자관계요? 네, 물론이죠. 저희 남편 말고도 만난 남자가 더 있었어요. 본인의 말에 따르면 남자 사람 친구라던가?

아뇨, 어디의 누구인지까지는 몰라요. 만난 적도 없고요. 저는 그저 미즈카 씨에게 말만 들었을 뿐이에요.

우리가 갓 결혼했을 무렵이고, 미즈카 씨도 유카를 임신하지 않았을 때였죠. 미즈카 씨가 로에베 스웨이드 재킷을 입었던 적이 있어요. 저는 해외 명품을 맹목적으로 좋아하던 시대는 지났다고 생각하거든요. 그런데 미즈카 씨는 비싼 브랜드를 좋아해서 머리끝부터 발끝까지 직수입한 옷으로 자주 차려입었어요. 그래도 역시 로에베답게 보기만 해도 고급 스웨이드더라고요.

제가 무슨 말을 해줬으면 하는 눈치였어요.

"어머나, 그 재킷 정말 멋지다! 잘 어울리네. 비싸지?"

다소 요란하게 칭찬했더니 무척 만족스러운 기색이었어요. 그러더니 거리낌 없이 말하더라고요.

"예쁘지? 남자친구가 사줬어."

남자친구라고 부른 이상 히로키 씨는 아닐 텐데 그 재킷은 아무리 봐도 신상이었습니다. 그래서 단도직입적으로 물었습니다.
"미즈카 씨, 애인 있어?"
"글쎄. 애인이라고 하기에는 좀. 그냥 남자 사람 친구 정도지."
사실은 애인이라고 느끼게 하려는 의도였으면서 시치미를 떼더라고요.
그 밖에도 에르메스 가방이나 샤넬 시계를 선물 받았다고 했어요. 손이 큰 사람이라고 했죠.
"그런 사람을 잘도 찾아냈네."
저는 진심으로 감탄했습니다. 그런데,
"마음만 먹으면 후원자 한두 명은 금방 찾아. 사키코 씨도 할 수 있어!"
참 능청스럽게 대답하더라고요.
"그러면 히로키 씨에게 의심받지 않아? 그 남자는 어떤 사람이야?"
"할아버지야, 할아버지! 나이 지긋하신 영감님. 하지만 어쩔 수 없지. 히로키가 구두쇠라 안 사주는걸."
제가 걱정되어 물었더니 미즈카 씨는 생각보다 진지한 얼굴로 대답했어요.
더는 자세히 설명하지 않았지만 적어도 그 남자를 사랑하는 분위기는 아니었어요. 몹시 귀찮다는 듯 성의 없이 내뱉는 말투였거든요.

글쎄요. 그런데 이번 일도 그렇고 저희 남편과 만났던 일도 그렇고, 미즈카 씨는 히로키 씨에게 복수할 마음으로 바람을 피운 것 아닐까 하는 생각이 드네요. 평소에 히로키 씨는 구두쇠라며 자주 투덜거렸거든요.

가족이 그 정도 사치를 누리려면 가장이 악착같이 돈을 벌어야 한다는 것은 상식이잖아요? 그런데 미즈카 씨는 히로키 씨가 일 때문에 바쁜 것도 늘 불만이었어요.

아뇨, 미즈카 씨가 돈이 부족해서 곤란한 상황은 아니었다고 생각해요. 히로키 씨가 인색한 것이 아니라 그저 미즈카 씨가 낭비가 심했던 거예요.

미즈카 씨와 몇 번이나 같이 마트에서 장을 본 적이 있는데 씀씀이가 정말 컸어요. 식료품이든 생활용품이든 진열된 상품 중에서 가장 비싼 물건을 가격도 보지 않고 거침없이 바구니에 넣었거든요.

만날 때마다 매번 옷이 달랐고 가방과 신발은 몇 개나 갖고 있는지 자신도 모르겠다는 말도 했어요. 외출복뿐 아니라 속옷이나 평상복에도 꽤 돈을 썼을걸요?

그 영감님 말고 다른 남자관계요? 으음, 글쎄요. 그 사람 말고는 들은 적 없어요.

유카가 태어난 후로 히로키 씨 부부는 예전처럼 자주 별장에 오지 않았고 저도 육아와 회사 일로 바빴거든요. 미즈카 씨와 대화할 기회가 눈에 띄게 줄었죠. 사건 전날의 그 술자리가 꽤 오랜만에 얼굴을 보는 자리였어요. 뭐, 미즈카 씨의 행실을 보면 애인이 있어도 전혀 이상하지 않았을 테지만요.

다만 마지막으로 만났을 때는 유카를 보낸 지 얼마 안 돼서 그런지 몹시 초췌해 보였다고 할까, 평소 같지 않게 기운이 없었어요.

미즈카 씨는 진하지는 않아도 늘 화장을 해서 조금도 빈틈없이 꾸몄거든요. 연예인처럼. 그런데 한동안 미용실도 가지 않았는지 그날은 그녀답지 않게 길게 자란 머리카락이 부스스했고 네일아트도 벗겨져 있어서 조금 놀랐어요. 유카를 잃어서 많이 상심했구나 싶었죠.

히로키 씨요? 히로키 씨는 아마 아무것도 모르지 않았을까요? 그 사람은 저희 남편과 정반대로 자존심이 매우 강한 사람이라서요. 만약 아내의 외도 사실을 알았다면 그렇게 화목하게 지내지 못했을 것 같네요.

히로키 씨는 도모키도 친아들이라고 믿어 의심치 않았을 거예요. 저는 그 가족이 별장에서 지낼 때의 모습밖에 모르지만 히로키 씨는 항상 컴퓨터든 게임이든 도저히 놀이라고 생각할 수 없을 정도로 진지하게 도모키와 놀아줬어요.

미즈카 씨가 말하기를 공부도 상당히 열심히 가르쳤대요.

본인이 어렸을 적부터 독서를 좋아해서 정작 도모키는 책을 싫어하는데도 아동문학책을 잔뜩 사기도 했고. 남자아이는 신체도 단련해야 한다는 이유로 등산을 시키거나 수영 교실에 보냈대요. 제왕학까지는 아니어도 자신의 후계자로 키울 생각 아니었을까요?

히로키 씨는 도모키의 성적이 좋은 점도 매우 자랑스러워했는데 미즈카 씨는 초등학교 시절 수재 소리 듣던 애들치고 커서 대단한 인물이 되는 사람을 본 적 없다고 했어요.

"스무 살 넘으면 그냥 평범한 사람이라고 하잖아? 부모가 집에서 그만큼 가르쳤으면 시험 성적이 좋은 것도 당연하지."

그렇게 말할 정도면 이미 정이 없는 상태였겠죠. 뭐, 미조구치 유지의 아이라면 어차피 조만간 본색이 드러나리라 생각한 것 아닐까요?

미즈카 씨는 아이에게 애정이 깊은 사람은 아니었어요. 스스로도 기계치라고 했을 정도니까 게임은 못한다고 쳐도 도모키와 놀아주는 모습을 본 적이 없어요. 도모키의 교육은 전적으로 아이 아빠에게만 맡겼죠. 그런데 도모키는 히로키 씨의 친아들이 아니니까 만약 히로키 씨가 정말로 그 사실을 알았다면 용서하지 못한 것도 당연해요.

도모키는 말이죠. 제가 보기에는 지극히 평범한 아이였기 때문에 지금도 믿기지 않네요. 저는 오히려 그 아이가 저희 남편을 닮아서 다정한 성격이라고 생각했어요. 미유와 이복남매이니만큼 충격이 더 컸죠.

어떤 성격이었냐 하면 내성적이고 밝은 편은 아니었어요. 그 점은 저희 남편과 많이 달랐죠. 남매끼리 싸우더라도 한 대 툭 치고 털어내면 좋겠지만 너무 온순해서 손도 못 올리는 성격이면 그런 극단적인 행동을 하게 되는 걸까요?

미유도 간발의 차로 목숨을 건졌어요. 만약 히로키 씨가 늦게 알아차렸다면 어떻게 됐을지, 상상만 해도 여전히 무섭고 소름 돋아요.

그때도 미즈카 씨는 미유가 침실에서 자고 있는데 도모키를 거실에 홀로 남겨뒀어요. 유카의 사건이 일어난 지 얼마 지나지 않았을 때인데 엄마라는 사람이 어떻게 그렇게 태평할 수 있었는지 저는 도저히 이해가 가지 않네요.

도모키가 곤충이나 작은 동물을 죽였냐고 물으셨죠? 글쎄요, 저는 본 적 없어요. 시골이라서 곤충은 많았지만요. 도모키는 남자아이치고는 동물을 별로 좋아하지 않는 것 같았어요.

도모키는 우리 집에 자주 놀러 왔어요. 풍경이 아무리 예뻐도 산속 별장은 아이가 지내기에 심심하잖아요. 안타까운 마음이 들었어요. 남편은 아무래도 눈치가 보여서 히로키 씨 앞에서는 도모키에게 말도 걸지 않는 것 같았고. 그래서 제가 데리고 왔죠. 도모키도 좋아했을 거예요. 우리 집에 와서도 장난은 치지 않고 얌전히 저와 놀았어요.

제가 쿠키를 구울 때면 반죽을 틀로 찍어내는 것을 도왔어요. 남은 반죽으로는 찰흙 놀이를 하듯 여러 가지 모양을 만들며 즐거워했고요. 그것을 오븐에 구워 줬더니 먹기 아깝다며 도쿄에 돌아갈 때 가지고 가겠다고 하더라고요. 귀여웠죠. 그런데 남편의 아이치고는 조금 허약한 편이었던 것 같아요.

하지만 지금 와서 생각해 보면 히로키 씨의 기대가 도모키에게 부담이 되지 않았을까 싶네요. 사랑받는다기보다 자신에게만 엄격하다고 느끼지 않았을까요? 유카는 아직 어리기도 했지만 히로키 씨가 마냥 오냐오냐했거든요.

그리고 죽은 아이를 나쁘게 말해서 마음이 불편하지만 유카는 짜증을 잘 냈다고 해야 하나, 조금 제멋대로이고 심술궂은 면이 있었어요. 하나라도 마음에 들지 않으면 자주 짜증을 냈고 그러면 손쓸 수 없었죠.

미유가 유카보다 작았는데, 둘이 놀 때면 유카가 일부러 미유가 가지고 노는 장난감을 빼앗아 들거나 얌전히 놀고 있는 미유의 뒤통수를 느닷없이 때리고는 했어요. 그래서 신경을 곤두세우고 지켜본 적도 있는데 유카가 미유의 손을 깨물기도 했죠.

아무리 아이들끼리 놀다가 생긴 일이라지만 미유가 다치

면 안 되잖아요. 유카가 욕구 불만이 있는 것은 아닐까 싶어서 미즈카 씨에게 말을 꺼낸 적도 있어요. 그런데 그 사람은 마치 남의 일인 양 전혀 신경 쓰지 않았어요. 그런 일이 벌어지는 자리에 있어도 말릴 생각도 안 했고요. 안 믿기시죠?

히로키 씨였다면 유카를 꾸짖지는 않아도 "미유는 동생이니까 괴롭히면 안 돼"라고 타이르기라도 했을 텐데.

그래서 유카를 얄밉다고 느낀 도모키의 마음도 저는 이해해요. 작은 일이 매일매일 쌓이면 큰일이 되는 법이니까요.

하지만 미유에게는 왜 그랬을까요……. 경찰도 제게 짚이는 것이 없냐고 물은 적이 있어요. 하지만 도모키가 미유를 미워할 이유는 짐작도 가지 않는다는 대답밖에 할 수 없었어요.

얼마 전에 히로키 씨의 어머님이 우리 집에 인사하러 오셨을 때 제가 여쭤봤어요. 도모키와 미유에 대해 뭔가 알고 계시지 않을까 해서. 그런데 어머님도 "지금까지 도모키가 미유의 이야기를 한 기억은 없군요"라고 대답하셨어요.

도모키는 부모에게는 말하지 않는 이야기도 할머니에게는 했다고 해요. 저는 할머니 손에서 자랐기 때문에 그 마음을 잘 이해하죠. 부모와 달리 할머니, 할아버지는 훈육이나 교육과 관계없이 무조건 아이의 편이 되어주시니까요.

그러니까 도모키가 만약 할머니와 함께 살았다면 분명 상황은 달라졌겠죠. 도모키는 저도 잘 따랐는데, 할머니에게 보낸 마지막 메일에서 할머니 다음으로 저를 좋아한다고 썼다더라고요……. 마음이 착잡하네요.

저는 미즈카 씨가 그녀 나름대로 도모키를 사랑했다고 생각해요. 하지만 역시 불륜으로 낳은 아이라는 사실이 마음에 걸렸는지 애정 표현을 자제하지 않았을까요? 지나치게 싸고돌 필요는 없지만 그래도 미즈카 씨가 조금 더 세심하게 돌봤다면 도모키도 유카를 죽이지 않았으리라 생각해요.

저는 히로키 씨에 대해서 남편이 아는 것 이상은 몰라요. 부부 넷이서 만나기는 했지만 저와 히로키 씨 둘이서만 이야기를 나눈 적은 거의 없었어요. 그래서 히로키 씨의 여자 관계는 당연히 모릅니다.

미즈카 씨가 그런 종류의 불만을 말한 적도 없어요. 하지만 그녀는 자존심이 유난히 강하기 때문에 설령 남편이 바람을 피웠어도 친구에게 털어놓지는 않았을 것 같네요. 게다가 그 사람은 남편이 배신하면 본인도 지지 않고 복수할 타입이거든요. 우물쭈물하며 머리를 싸매고 고민하지는 않았을 거예요. 외모와 달리 행동력이 뛰어난 사람이에요.

도모키를 낳은 것도 그래요. 공교롭게도 미즈카 씨를 닮아 하얀 피부에 호리호리한 아이가 태어나서 다행이었지만 저희 남편을 꼭 닮은 아이가 태어났을 수도 있잖아요. 하지만 미즈카 씨는 그때 일은 그때 가서 생각하자는 식의, 묘하게 배짱 두둑한 면이 있었어요.

그래서 저는 아까도 말했지만 미즈카 씨가 수기에 적은 내용이 와닿지 않아요. 평소 그녀답지 않다고나 할까…….

이대로라면 남편에게 살해당한다고 썼는데 미즈카 씨였다면 절대로 수수방관하지 않았을걸요? 제가 보기에는 아무래도 그 수기가 작성된 내용과 달리 다른 목적을 품고 있는 것 같아요.

그래서, 제 생각을 말해도 될까요? 그래봤자 상상 수준의 단순한 억측일 뿐이지만.

저는 미즈카 씨가 그 수기를 쓰는 것으로 히로키 씨에게 복수했다고 생각해요. 네, 여자의 자존심이죠.

3월 26일 밤, 우리 가족이 집으로 돌아간 후 히로키 씨와 미즈카 씨는 거실에서 대화를 나눴다면서요. 도모키를 어떻게 해야 할지. 히로키 씨의 주장에 따르면 그때 미즈카 씨는 망설이는 히로키 씨에게 도모키를 죽이자고 제안했다던데, 사실 저는 그 부분이 마음에 걸려요.

미즈카 씨가 '자식을 목숨처럼 여기는' 엄마는 아니었지만 제가 보기에는 도모키를 사랑하지 않았던 것은 아니거든요. 엄마가 아무리 아들을 죽인다고 해도 그 아이를 죽이고 자신들만 살아남으려고 한다는 것은 저로서는 있을 수 없는 일이라서……. 분명 미즈카 씨도 그 시점에서 이미 세 가족이 함께 죽을 각오를 했으리라 생각해요.

저는 히로키 씨가 아내와 아들을 죽이려고 애인과 계획을 짰다는 수기의 내용을 믿지 않아요. 하지만 자존심이 강한 미즈카 씨는 히로키 씨가 자신 외에 다른 여자를 만들었다는 사실만으로 참을 수 없었던 것 아닐까요. 게다가 히로키 씨의 자금 사정이 예전보다 좋지 않았다면서요. 히로키 씨가 미즈카 씨의 재산을 노렸다면 그녀의 마음이 식은 것도 당연하다고 생각해요.

히로키 씨가 도모키를 어떻게 할 생각이었는지는 모르지만 그 사람은 설령 무슨 일이 일어나도 결코 도모키와 함께 죽을 사람은 아니라고 생각합니다. 저희 남편은 아들과 함께 뛰어내릴 사람이지만. 그러니까 미즈카 씨는 히로키 씨에게 도모키를 죽이자고 제안했지만 실제로는 빈틈을 노려 히로키 씨까지 끌어들여 동반자살을 하려고 했던 것 아닐까요?

그 수기는 미즈카 씨의 복수심이 담긴 글인 셈이죠. 남편의 본성을 세상에 폭로하겠다는. 히로키 씨는 체면을 중시하는 면이 있잖아요? 세상 사람들에게 이상적인 경영자이자 이상적인 남편이자 이상적인 아버지로 보이고 싶어 했죠. 도모키의 친부가 미조구치 유지라는 사실을 굳이 퍼뜨린 이유도 바람피운 히로키 씨에게 복수하려는 목적이었을 거예요. 섬뜩하지만 미즈카 씨는 그러고도 남을 사람이거든요.

아, 죄송해요! 변호사님 앞에서 저도 모르게 쓸데없는 말을 떠들었네요. 부디 이 말은 히로키 씨에게 비밀로 해주세요.

제가 지금 이야기한 내용들은 저희 남편을 포함해 아직 아무에게도 말한 적 없거든요.

3월 26일 밤의 일이요? 경찰과 검찰이 꼬치꼬치 캐물었죠. 조사받을 때 자세히 설명한 내용이 '진술조서'라는 이름으로 작성됐는데, 변호사님도 아세요?
아, 그렇지. 내가 이렇게 바보 같다니까요! 변호사님이 모르실 리 없는데.
그날은 미유를 1층 침실에 재워 놓고 저녁 8시쯤부터 부부 넷이서 술을 마셨어요. 네, 식당에서요. 별장 식당은 거실과 완전히 분리되어 있거든요. 마치 외국 영화에 나오는 식당 같아서 멋지지만 그 안에 있으면 거실과 침실에서 무슨 일이 일어나는지 알 수가 없어요.
우리 가족이 별장에 도착했을 때 도모키는 평소처럼 거실에서 혼자 놀고 있어서 저는 신경 쓰지 않았어요. 히로키 씨와 미즈카 씨도 걱정이 있는 내색은 하지 않았고 우리도 유카를 떠올리게 하지 않도록 아이들에 대한 화제는 애써 피했죠.
그런데 9시 정각이 됐을 때 정말 뜬금없이 히로키 씨가 침실에서 아르마냑을 가져오겠다며 자리를 비웠어요. 그때는 딱히 이상하지 않았는데 그 뒤로 계속 돌아오지 않더라고요.

미즈카 씨도 처음에는 아무렇지 않은 기색이었는데 시간이 길어지니 점점 걱정이 됐나 봐요. 안절부절못하더니 결국 자리에서 일어나 한참을 돌아오지 않았어요.
당연히 신경이 쓰인 저는 남편에게 말했어요.
"무슨 일이라도 생겼나?"
하지만 남편은 개의치 않으며 술만 마셨어요.
"화장실 간 거 아니야? 괜찮아."
결국 저 혼자 안달이 났죠.
그런데 시간이 꽤 지난 후에야 돌아온 두 사람의 상태가 이상했어요. 히로키 씨는 아무 일도 없었던 사람처럼 아르마냑을 따라줬지만 미즈카 씨는 생각하는 것이 태도로 드러나는 사람이거든요. 그래서 집으로 빨리 돌아가는 편이 좋겠다고 생각했죠.
하지만 히로키 씨가 연신 술을 따라줬고 가뜩이나 눈치가 없는 저희 남편은 술까지 들어가니 꼼짝도 하지 않았어요. 그리고 10시쯤 되어서야 겨우 일어났죠.
그렇게 침실로 갔더니 미유가 침대 한가운데에서 깊게 잠들어 있더라고요. 미유는 금방 잠드는 아이라 도모키가 침실에 들어갔을 때 본 미유는 아마 자다 깨서 멍한 상태였을 거예요. 평소라면 진작에 잠들었을 시간이었거든요. 그래서 우리 미유가 그런 위험한 일을 당할 뻔했다고는 꿈에도 생각하지 못했어요.

네, 당연하죠. 저희도 이것저것 물어봤는데 미유는 전혀 기억하지 못하는 것 같았어요. 그런데 그럴 만도 하죠.
게다가 저는 미유의 머릿속에 이상한 기억이 남지 않아서 오히려 다행이라고 생각해요. 도모키도 죽은 마당에, 저도 할 수만 있다면 기억에서 지우고 싶은걸요.

네, 저는 상관없어요. 사실만 말하면 된다면 언제든 증인으로 나설게요.
한창 경찰 조사를 받던 시기에 언론이 들이닥쳤거든요. 솔직히 도망치고 싶었죠. 정말 노이로제에 걸리기 일보 직전이었요. 하지만 내가 지금 도망치면 남편이 곤란해질 것 같아서……. 지금은 상당히 안정되기도 했고, 히로키 씨가 재판받는데 모르는 척할 수는 없죠.
특히 주간XX가 히로키 씨를 범인으로 단정하는 식으로 일방적인 기사를 쓰고 있잖아요. 히로키 씨의 말은 듣지도 않고. 정말 끔찍한 사람들이에요.
하지만 아까도 말했듯 저는 딱히 히로키 씨의 편을 들 생각은 없어요. 히로키 씨에게 불리한 증언을 할 수도 있는데 그래도 괜찮으시겠어요?
그렇죠. 재판에서 증언하면 또 언론에 쫓기고 기자들이 이러쿵저러쿵 입방아를 찧어대겠죠. 마음은 무겁지만 저희도 단단히 각오했어요. 이렇게 된 이상 법정에서 진실이 밝혀지길 바라는 마음이 더 강해요. 지금처럼 이도 저도 아닌 상태가 계속되면 불안하기만 하고, 현실을 외면해 봤자 아무 일도 해결되지 않잖아요.

사실 무슨 일이 있었는지 저희도 알고 싶고, 그것이 결국 세상을 떠난 도모키를 추모하는 일이기도 하다는 생각이 들어요.

무쓰기 변호사님. 저는 히로키 씨의 재판이 끝나고 이 사건이 마무리되면 이혼하고 결혼 전 성*으로 돌아갈 거예요.

아니요, 그건 아니에요! 정말로 헤어지는 것이 아니라 형식적인 이혼일 뿐이에요. 놀라게 해서 죄송해요.

제 결혼 전 이름은 미타 사키코예요. 일단 이혼해서 저와 미유만 제 친정 쪽 성을 따른 뒤 다시 남편과 재혼해 남편이 성을 '미타'로 바꾸면 번거로운 절차 없이 성을 바꿀 수 있다고 들었는데, 맞나요?

아아, 다행이네요! 사실 저는 미조구치 사키코라는 이름을 진심으로 좋아해요. 하지만 그 사건 때문에 미조구치라는 성이 세상에 너무 많이 알려졌잖아요.

우리는 그나마 낫지만 미유가 문제죠. '미조구치 미유'라는 이름으로 살면 앞으로 어딜 가든 소문이 따라다닐 것 같

---

* 일본은 결혼하면 배우자 한쪽의 성씨를 따른다.

아서요. 지나친 생각일 수도 있지만.

그리고 야마나시에 있으면 호쿠토시든 고후든 고부치사와든 그 사건을 모르는 사람이 없어요. 미조구치부동산이 다루는 거래는 대부분 이 지역 부동산이라서 남편이 이 일을 계속하는 한 지금 상태에서 벗어날 수 없죠. 그래서 저는 이혼을 기회로 삼아 가능하면 도쿄에서 가족 셋이 모여 새롭게 다시 시작하고 싶어요.

저는 고후에서 나고 자랐지만 대학은 도쿄에서 나왔어요. 전문대 가정학부를 졸업했는데, 요리를 좋아하니까 본격적으로 요리 공부를 하고 싶어서 졸업 후에는 한동안 지인에게 소개받은 레스토랑에서 일하면서 직업전문학교에 다녔죠. 부부가 둘이 운영하는 이탈리안 레스토랑이었는데요. 사실 오늘은 그곳에서 다시 일할 수 있을지 의논하려고 도쿄에 왔어요.

제 꿈은 제가 만든 음식을 카운터석에 앉은 손님에게 대접하는 작은 가게를 여는 것이에요. 하지만 자금이 없어서 당장은 어렵다는 사실을 깨닫고 일단 고후에 있는 본가로 돌아와 미조구치부동산에서 아르바이트를 했죠. 그곳에서 남편과 만났어요.

"언젠가는 꼭 당신 꿈을 이뤄줄 거야."

결혼 후에도 남편은 그렇게 말해줬지만 미조구치부동산은 가족끼리 운영하는 개인 기업이거든요. 지금은 시아버지가 사장이지만 미래에는 아주버니가 물려받기로 정해져 있는 데다 아주버니에게도 아들이 있어서 저희 남편이 회사를 맡게 될 가능성은 없어요.

남편은 원래 도쿄에서 회사원 생활을 했는데 도중에 싫증이 나서 야마나시로 돌아왔대요. 그래서 미조구치부동산에 있는 한 먹고사는 데 문제는 없겠지만 지금보다 더 나은 생활을 바랄 수는 없죠. 그렇다고 열심히 일해서 독립할 마음도 없는 것 같고.

게다가 이번 사건으로 회사와 아주버니 가족에게도 피해를 끼쳤잖아요. 시아버지가 사장으로 계실 때면 몰라도 나중에 어떻게 될지 모르죠.

그래서 저는 이번 기회에 남편이 도쿄에서 취직했으면 좋겠어요. 어떤 직업이라도 좋으니 자신의 힘으로 독립했으면 좋겠어요. 둘이서 열심히 일해서 돈을 모으면 언젠가 작은 가게 정도는 열 수 있지 않을까 생각해요.

둘째 아이요? 지금 당장 낳기는 어렵죠. 게다가 일단은 이혼할 계획이니까.

솔직히 말해서 도쿄에서 맞벌이하면서 둘째까지 낳기에는 벅찰 것 같아요. 미유도 아직 어려서 손이 많이 가고요. 아무래도 남편의 직장이 안정되지 않는 한 힘들 것 같아요.

하지만 변호사님. 남편이 도모키의 친부라서, 남편에게 살인자의 피가 흐르기 때문에 무서워서 둘째를 낳지 못하는 것은 아니에요. 도모키가 무슨 짓을 했다고 해도 그것이 남편 잘못은 아니니까요. 그이는 무슨 일이 있어도 결코 사람을 죽일 수 없는 사람이에요. 그 사실만은 아주 잘 알아요.

남편은 호쿠토시 집의 그 넓은 정원에서 아들과 놀아주는 것이 꿈이었나 보더라고요. 그 꿈은 실현되기 어렵겠지만……. 그래서 지금 당장은 어렵지만 언젠가 저는 꼭 남편에게 아들을 낳아주고 싶어요.

세무사 요시다 다쓰히코가
변호인에게 한 진술

이거 참, 오래 기다리셨습니다. 요시다회계사무소 대표 요시다입니다. 자, 앉으세요.

아, 그래요? 모토무라 히로키 씨의 변호인으로서 사실관계를 조사하신다고요? 정말 수고가 많으십니다. 검사와 달리 변호사는 관계자를 소환할 수 없으니까요. 조사 다니시는 것도 힘들겠네요.

그 사건은 우리 회계사무소 고객이었던 분이 피해자라서 저도 관심을 두고 지켜보고 있는데 모토무라 히로키 씨가 기소된 후로는 뉴스에 잘 나오지 않아서요. 주간지 같은 데서는 이런저런 기사가 나오는 것 같지만 저는 쓸데없는 잡지는 최대한 안 읽습니다.

그래서 실제로 재판은 어떻게 진행되고 있습니까?

아, 그렇겠네요. 언론에 보도된 내용만 봐도 상당히 복잡해 보이던데 그리 쉽게 끝날 일은 아닐 테죠.

뭐, 간단한 사건이 어디 있겠냐마는 아무리 생각해도 그 사건은 일반적인 살인사건과는 다르니까요. 가해자와 피해자 모두 가족인 데다 죽은 아들이 사건 전에 자신의 여동생을 죽였다고 하잖아요. 게다가 그 아들은 남편의 친자식이 아니었다니. 그것만으로도 정상이 아닌데 부부 사이에 금전 문제도 있었던 모양이고. 무슨 일이 일어나도 이상하지 않을 정도네요.

고객의 험담을 할 생각은 없지만 역시 그 사람에게 문제가 있었겠죠. 이런 사건이 일어나는 가장 큰 원인은 최근 젊은 사람들이 윤리의식이 부족하기 때문이라고 저는 생각해요. 남자도 여자도 책임감이 너무 없어요. 아들의 친부라는 남자가 어떤 사람인지는 잘은 모르지만 분명 변변치 않은 사람이겠죠?

뭐, 불륜이 칭찬받을 일은 아니지만, 불륜으로 상대 여성이 임신했다고 해도 그게 남자만의 책임은 아니라고 생각해요. 여자분 앞에서 이런 말 하기 불편하지만 임신을 혼자 하는 건 아니지 않습니까. 심지어 여자가 낳겠다고 하면 남자는 말릴 수 없죠.

그런데 아이를 낳은 뒤에도 아무렇지 않게 이웃으로 지낸다니 정상이 아니에요. 제 말이 틀립니까? 옆집 남자가 자기 아들을 안고 있는 모습을 보고도 태연할 수 있다니.

도모키였나? 저는 그 아이가 그렇게 거칠고 공격적인 성격으로 태어난 것도 친부모의 업보라고 생각해요. 천벌을 받은 셈이죠. 자유분방하다 못해 방종하게 행동한다면 언젠가 반드시 부메랑이 되어 돌아오는 법이에요. 우리 모두 명심해야 해요.

모토무라 미즈카 씨의 부모님은 모두 점잖은 분들이셨고 본인도 도무지 그런 여성으로 보이지 않았는데. 아무리 사람은 겉만 봐서는 모른다지만 정말 놀랄 노자네요.

네!? 무슨 말씀을 하시는 겁니까? 제가요?

미즈카 씨와 만나는 사이였냐고요? 무슨 소리를 하는 겁니까! 말도 안 되는 소리 마세요. 도대체 누가 그런 이야기를…….

흐음. 그렇습니까? 미즈카 씨 본인이…….

그런데 그런 이야기를 친구에게 자랑하듯 말했다고요? 뭐든지 사주는 남자 사람 친구라니……. 이거 참, 미치겠군.

아니, 잠깐만요. 여기서 나눌 이야기는 아니니 자리를 옮기죠. 맛있는 커피라도 마시면서 대화를 나누시죠. 그래, P호텔 라운지가 괜찮죠. 거기라면 천천히 이야기할 수 있으니. 변호사님은 시간 괜찮으신가요?

이봐, 시미즈 씨! 나 지금 무쓰기 변호사님과 잠깐 나갔다 올게.

그래, 저녁에 돌아올 거야.

구마자와상점과 미팅? 그러고 보니 그 일정이 있었군. 잊고 있었네……. 일단 5시까지는 돌아올 테니까. 만약 세토 사장이 먼저 오면 서류부터 보고 계시라고 안내해 줘.

자, 변호사님. 가시죠. 여기서 P호텔까지 택시로 오 분에서 육 분밖에 안 걸립니다.

이거 참, 난감하네요.

그렇군요, 에르메스 가방에서 M백화점의 VIP 고객 담당자의 명함이 있었군요. 명함에 '요시다 세무사 담당자'라고 미즈카 씨의 자필로 적혀 있었다고요. 그건 정말 생각지도 못했는데.

그런데 그런 부분까지 조사하다니 역시 변호사님이네요. 변호사는 보는 눈이 달라요. 저의 완벽한 패배입니다.

숨진 모토무라 미즈카 씨에게 그 가방을 준 것은 분명한 사실입니다. 둘째 아이를 낳기 전이니 벌써 꽤 오래된 일이지만.

변호사님도 여자시니 잘 아시겠지만 그런 명품은 고작 핸드백이라고 우습게 볼 게 아니에요. 하도 조르기에 아무 생각 없이 수락했는데 가격을 듣고 깜짝 놀랐다니까요. 일반 가방과는 자릿수부터가 다르니까요.

그 여자의 예쁜 얼굴에 속으면 안 돼요. 머리는 좋고 성격도 나쁘지 않은데 물욕이 어마어마했거든요. 게이샤나 호스

티스도 그렇게 심하지는 않을 겁니다. 입만 열면 이거 갖고 싶다, 저거 갖고 싶다. 끝이 없었어요. 그 가방 말고도 옷이니 시계니 신발이니 잔뜩 사줬어요.

그래요. 전부 M백화점 본점에서. 그 백화점은 아버지 대부터 거래하던 곳이라 거래 장부가 있거든요. 할인도 받을 수 있고 물건을 찾으러 돌아다니는 수고도 덜 수 있어서 가족들이 쇼핑하거나 사무실의 업무용 선물을 구매할 때 거의 그 백화점을 이용합니다.

그래도 VIP 담당 직원을 부른 건 잘못이었어요. 내가 생각해도 경솔했죠. M백화점 같은 곳이 고객의 개인 정보를 유출할 리 없다고 믿었으니까. 완전히 방심하고 있다가 생각지도 못한 사건이 일어났네요.

여자에게 선물한 것뿐이라면 법에 저촉되는 행위는 아니지만 그 여자가 살인사건의 피해자라면 상황이 달라지죠. 동기와 연관이 있을지도 모르니까요. 경찰이 미즈카 씨의 지인 관계를 조사할 수도 있고.

제가 그 사람과 만난 횟수는 많지 않지만 옛날부터 알던 사이라서 수사 과정에 제 이름이 등장할 수도 있겠거니 생각했어요. 이거 귀찮은 일이 생기겠구나 하고 기분 나쁜 예감이 들었는데, 설마 경찰이 아니라 가해자 측 변호인이 찾아올 줄이야. 어휴, 정말 당황스럽네요!

하지만 이렇게 되면 숨기려고 아등바등해봤자 소용없죠.

저도 직업 특성상 재판을 전혀 모르지는 않습니다. 다행히 아직 피고인이 된 적은 없지만 증인으로 참석해 증언한 적도 있고 법원에서 소환장이 날아오면 도망칠 수 없다는 것도 압니다.

그러니까 변호사님. 저도 최대한 협조할 테니 어떻게든 법정까지 가지 않고 경찰에서 조서를 쓰는 정도로 끝나게끔 도와주실 수 없겠습니까.

저는 올해 쉰아홉 살입니다. 아직 할아버지는 아니지만 이 나이 먹고 염문설의 주인공이 되는 것은 너무하지 않습니까. 제게는 아내 말고도 딸과 아들이 있거든요. 둘 다 결혼해서 가정을 꾸렸어요. 아버지가 돼서 세상 사람들에게 손가락질 받을 수는 없지 않습니까. 이것만은 제발 부탁드립니다.

요시다회계사무소는 제 아버지가 세우셨습니다. 처음에는 구 마루빌딩에 사무실이 있었는데 신 마루빌딩으로 재건축하면서 나가게 되면서 자문하고 있는 거래처의 소개로 지금 빌딩으로 옮겼습니다. 10년쯤 전에 아버지가 돌아가시면서 현재 우리 사무소 세무사는 저뿐이지만 직원은 아르바이트까지 여섯 명이죠. 법인 위주로 일하지만 당연히 개인 고객도 많아요.

네, 지금까지는 순조롭습니다. 뭐, 제 능력이라기보다는 아버지 덕분이죠. 요즘은 전문직 벌이가 예전 같지 않은 시대니까요. 변호사 업계도 복잡한 사정이 있겠지만 세무사 업계도 만만치 않거든요.

그렇습니다. 세무사 수는 늘어나는데 우량 고객 수는 오히려 줄어들고 있어서요. 게다가 요즘은 누구나 컴퓨터를 잘하지 않습니까. 회계 프로그램 같은 것들이 보급되고 있으니 이 업계도 10년 후는 그렇다 쳐도 20년, 30년 후에는 어떻게 될지 전혀 예측할 수 없네요.

저는 이미 나이도 먹을 대로 먹었고 아들은 회사원이라서 괜찮지만 지금처럼 계속 사무소를 운영하려면 보통 일이 아니에요. 참 무서운 세상이 됐어요.

그래서, 저와 모토무라 미즈카 씨의 관계 말이죠? 네, 네. 그럼요, 알고 있습니다. 이렇게 됐으니 솔직히 말하자면 꽤 오래전에 알고 지낸 사이입니다.

모토무라 미즈카 씨의 아버지는 마키오카 세이치 씨인데 지금은 돌아가셨지만 생전에 저희 고객이셨거든요. 조금 더 자세히 말하면 마키오카 세이치 씨의 아버지인 마키오카 도요키치 씨가 제 아버지와 대학 시절부터 절친하게 지낸 오래 친구이자 과거 마키오카 증권의 창업자였습니다. 마키오카 증권은 아시다시피 합병되어 U증권이 되었고 경영 구조도 바뀌었지만요. 그래서 마키오카 도요키치 씨가 고인이 된 후에도 세이치 씨가 U증권의 임원이 된 것입니다.

세이치 씨는 아버지의 뒤를 이은 증권맨이었지만 상당히 대담한 인물이었어요. 머리도 좋아서 장차 부사장 정도까지 올라갔을지도 모르지만 그전에 간에 문제가 생겨서. 안타까운 일이죠.

워낙 대단한 애주가였는데 술 때문인지 간염 바이러스 때문인지 모르겠지만 간경화가 결국 간암으로 진행됐어요. 그래서 아직 한창때인 50대에 세상을 떠났습니다.

세이치 씨의 상속인은 아내인 노부코 씨와 외동딸인 미즈카 씨, 두 사람뿐이었습니다. 친 모녀 관계라서 유산 분할로 다투는 일은 없었죠. 토지나 주식 등 평가액이 높아서 상속세가 제법 많았습니다.

제가 상속세 신고를 맡았죠. 우선 상속받기 전에 국가에 납부해야 할 돈을 마련해야 했습니다. 노부코 씨는 전업주부니까 유산을 처분하려고 해도 뭘 어떻게 해야 할지 모르지 않습니까. 그래서 제게 전적으로 의지했죠. 결국 증권류 매각이니 불필요한 부동산 처분을 모두 우리 사무소에서 처리했어요. 그 일을 진행하면서 처음으로 미즈카 씨와 만났습니다.

그 당시 미즈카 씨는 이미 유부녀였습니다. 남편인 히로키 씨는 참견하지 않았어요. 대개 상속 과정에서 상속인의 배우자가 끼어들면서 다툼이 생기는데 당시 히로키 씨의 회사는 순조로웠거든요. 노부코 씨가 쇼토의 집에 계속 사는 것도 아무런 문제가 되지 않았습니다. 저는 오히려 경우 밝은 대범한 남편이라고 생각했어요.

미즈카 씨도 물욕이 강한 편치고는 금전 감각이 부족한 사람이었죠. 이것저것 참견하며 피곤하게 굴지는 않았습니다. 사실 미즈카 씨뿐 아니라 많은 여자가 그런 편이죠. 다른 집안도 아니고 마키오카 집안의 일이니까 직원에게 맡기지 않고 제가 직접 담당한 덕분인지 만사가 순조롭게 정리됐습니다.

그래서 모든 절차가 무사히 끝났고 보수도 제대로 받았죠. 뒤풀이 겸 감사 인사할 자리를 마련하려고 미즈카 씨를 긴자의 'K 도쿄 본점'에 초대해 점심 식사를 함께했습니다. 점심이라고 해도 평범한 런치 정식이 아니었어요. 고급음식점이었기 때문에 일식 코스 요리였죠.

─와아, 좋아라! 나 그런 고급 일식 요리 먹어보고 싶었거든. 남편이랑은 주로 프렌치 레스토랑에 가니까. 진짜 고급 일식이 나오는 음식점은 처음이야!

제가 전화를 하자 미즈카 씨는 무척 좋아했습니다.

─'K 도쿄 본점'은 단골손님만 받지? 요시다 세무사님, 역시 대단하네. 그런데 나랑 세무사님 둘이서만 가면 어떤 관계로 보이려나.

그런 말을 하며 신이 나서 떠들었어요.

아, 글쎄요……. 실은 노부코 씨에게는 연락하지 않았어요.

이유는 딱히 없지만요. 뭐, 여러모로 많이 피곤하실 테고 굳이 긴자까지 나오시게 할 필요는 없다고 생각해서……

다른 속셈이 있었던 것은 아니에요. 물론 노부코 씨와 셋이 먹어도 상관없었습니다. 그리고 사실 그날은 식사만 했고요. 식사가 끝나고 바로 긴자에서 헤어졌습니다. 저는 오후에 일도 해야 하니까.

마키오카 노부코 씨는 나이가 들고서는 군살이 많이 붙었지만 젊었을 때는 미스 캠퍼스에 뽑힐 정도로 미모로 유명했습니다. 미즈카 씨 미모는 어머니에게 물려받은 셈이죠. 이러니저러니 해도 남편과 아이가 있는 일반인 여성이니까……. 순진한 애송이도 아니고, 그런 여성에게 굳이 손을 댈 필요 없죠, 저는.

그러니까 변명할 생각은 없지만, 그 사람과 깊은 사이가 된 이유는 어디까지나 그쪽에서 적극적으로 접근했기 때문이에요.

'K 도쿄 본점'에서 식사를 하고 두세 달 지났을 때였을까요. 미즈카 씨에게서 연락이 왔어요.

갑작스러운 전화였는데 서론도 없이 대뜸 이러더군요.

―세무사님, 나 세무사님과 데이트하고 싶은데 어디 편하게 쉴 수 있는 곳에 데리고 가줄래요?

너무나 직설적인 말에 순간 대답할 수 없었습니다.

"데이트? 으음, 글쎄. 맛있는 가게라면 어디가 좋으려나.

미즈카 씨는 어디 가고 싶은데?"

저는 조금 경계했습니다. 단순한 점심 식사처럼 표현했지만 어떤 식으로든 해석할 수 있도록 말했어요. 그랬더니 매우 담백한 말투로 대답하더군요.

―난 온천이 좋아.

곱게 자라서인지 겁도 없고 남자를 괜히 애태우지도 않았습니다.

―하지만 묵고 오는 건 안 돼. 이래 봐도 가정이 있으니까. 자고 오려면 아이를 맡겨야 하잖아. 엄마가 누구랑 어디에 가냐고 꼬치꼬치 물어서.

당연히 제가 처음이 아니었겠죠. 처음이었다면 그렇게 익숙하게 말할 수 없을 테니. 같은 미인이라도 어머니는 평생 정숙한 분이셨던 것 같은데 미즈카 씨는 승부사로 유명했던 아버지의 피를 물려받은 것 아닐까요. 얌전한 아가씨라고 생각하면 큰 착각이에요.

네, 물론이죠. 미즈카 씨의 제안대로 온천에 가기로 했어요. 여자가 먼저 말을 꺼냈는데 딱 잘라 거절하기도 뭣하죠. 차려진 밥상을 굳이 마다할 필요 없으니까요.

그런데 그 후가 문제였어요.

도쿄에서 당일치기로 갈 수 있는 온천지는 한정되어 있는데, 하코네에 가기로 했죠. 온천을 할 수 있고 맛있는 점심을 먹을 수 있는 료칸이었습니다. 그렇게 그 다음 주에 어떻게든 시간을 내서 예약했는데 미즈카 씨가 그전에 한 번 점심을 먹자고 하더라고요.

그때 겸사겸사 백화점에서 쇼핑도 하고 싶다고 했습니다. 그래서 다음 날 니혼바시에 있는 M백화점 본점의 '특별식당'에서 같이 점심을 먹었어요. 그때까지는 괜찮았는데…….

"세무사님. 나 가방과 지갑이 갖고 싶어. 되도록 같은 색상으로."

식사가 끝나자마자 저를 조르기 시작했습니다.

결국 1층 명품매장에 끌려가서 에르메스 가방과 지갑을 사줬습니다.

가방은 비쌌지만 어쨌든 처음이었으니까 어쩔 수 없다는 마음도 있었죠. 상대가 아무리 일반인 여성이라고 해도 저도 공짜로 즐길 생각은 안 하거든요.

그런데 나중에 생각해 보니까 그때 매장에 거래 장부 담당자를 부른 것이 잘못이었어요. 담당 직원이 있으면 저도 너그럽게 행동할 수밖에 없으니까요. 그 사람은 이런 분위기라면 앞으로도 괜찮겠다고 판단했겠죠.

네, 물론 하코네에 갔습니다. 물건만 잔뜩 받고 내빼면 사기잖아요. 미즈카 씨는 그렇게까지 질 나쁜 사람은 아니었거든요.

게다가 그 사람은 좋은 집안에서 자랐잖아요. 과소비는 심하지만 어디를 가도 여유롭고 무엇을 먹어도 식탐을 부리는 법이 없었어요. 사실 그 조르는 버릇만 없으면 데리고 다니기에 그만한 여자는 없었을 겁니다.

그 후에도 한 달에 한 번 정도는 미즈카 씨와 만났습니다. 그럴 때마다 M백화점에서 점심을 먹고 선물을 요구했어요. 그것도 10만 엔, 20만 엔은 거뜬히 넘는 것들로만요. 아이도 있는 가정주부면서 왜 그런 물건들이 갖고 싶었을까요. 물욕도 그 정도면 병이에요.

로에베 스웨이드 재킷? 아, 그런 것도 있었나. 기억은 잘 안 나지만 그래도 그 정도면 괜찮은 편이네요. 데이트를 거듭할수록 요구 수준도 심해졌습니다. 시계나 액세서리 같은 보석 장식품은 가격이 50만 엔, 백만 엔 하니까요. 감당이 안 되더라고요.

그 사람은 성격도 깔끔하고 아무래도 유부녀잖아요. 어린 여자처럼 떼를 쓸 일도 없고 우리 둘 다 가정을 깨뜨릴 마음은 전혀 없었죠. 그 점은 좋았지만 저도 이제 젊은 나이가 아니니 그렇게 기운이 넘치지도 않고, 자꾸 그렇게 졸라대니 도저히 계속 만날 수가 없었습니다.

그렇게 첫 데이트를 한 지 얼마나 지났을까. 제가 시큰둥한 반응을 보이니 그 사람도 슬슬 정리할 때라고 느낀 것 같았습니다. 연락이 서서히 끊겼어요. 언제 헤어졌는지도 확실하지 않은 상태로 우리 관계도 한 번 끝났죠.

네, 뭐 그렇죠. 그 말씀이 맞습니다. '한 번 끝났다'고 표현한 이유는 실은 그 후에도 한두 번 둘이서만 만난 적이 있어서⋯⋯.

그런데 변호사님도 아시다시피 작년 연말에 미즈카 씨의 어머니인 마키오카 노부코 씨가 돌아가셨지 않습니까. 네, 맞아요. 아직 젊은 나이에 심근경색으로 고인이 되셨죠. 구급차로 병원에 이송됐을 때는 이미 늦었다고 합니다.

그래서 미즈카 씨가 우리 사무소에 상속세 신고를 의뢰했습니다. 뭐, 정확히 말하면 그때 미즈카 씨가 또 제안했죠. 예전에 만난 후로 꽤 시간이 흘렀고 둘째 아이도 낳았으니 그 사람도 완전히 안정됐을 줄 알았는데.

그래도 과거에 겪은 일이 있으니 이번에는 저도 조심했습니다. 온천은 가지 않고 처음부터 도쿄에 있는 호텔에서 만났죠. 밥도 거기서 먹고 M백화점 근처에도 가지 않았어요. 하하하하. 학습 효과가 있던 셈이죠.

게다가 이번에는 상속인도 미즈카 씨 혼자였는데 본인에게 대충 들은 바로는 지난번 상속 이후로 자산에 변동이 없었어요. 쇼토의 집을 처분하지 않아도 증권류나 예금으로 상속세를 납부할 수 있다는 계산이 나와서 특별히 할 일이 없을 정도였죠. 저는 이 의뢰 건에서 한발 물러나서 사무직원에게 행정업무 처리를 맡겼습니다.

그 담당자가 미즈카 씨의 수기에 등장하는 그 사람입니다.

오가사와라 쇼타라는 남자인데 대학을 졸업한 지 이제 3년 된 매우 성실한 직원이죠. 우리 사무소에서 실무 경험을 쌓으면서 세무사 시험을 준비 중이에요.

대체로 그런 간단한 신고는 어느 회계사무소든 젊은 직원이 담당합니다. 미즈카 씨를 특별히 홀대한 것은 아닌데 그 사람은 제가 요령 좋게 빠져나갔다고 생각했는지 불만이 상당했던 모양이에요.

그래서 유감스럽게도 저는 그 후의 일은 전혀 관여하지 않았습니다. 당연하게도 서류는 모두 제 이름으로 제출했지만 로펌과 달리 회계사무소는 세무서를 상대하는 숫자놀음이니까요. 회계사무소 대표라고 해서 개별 고객에 대해 직원에게 일일이 세세한 보고를 받지는 않습니다.

그리고 애초에 세금 신고나 납부면 몰라도 고객이 상속받은 유산을 어떻게 사용할지는 세무사가 참견할 문제가 아니지 않습니까.

그야, 고객이 이상한 투자 제안을 받았고, 그것이 분명히 사기라면 모르는 척 지나칠 수 없으니 조언을 하겠지만, 기본적으로 세무사는 부부간 금전 문제에 끼어들지 않습니다. 그러니까 저는 오가사와라가 히로키 씨 회사의 신용조회까지 했는지 전혀 몰랐습니다.

그래서 정말 죄송하지만 이후 이야기는 오가사와라에게 직접 물어보시겠어요? 오가사와라는 오늘 휴가라서 변호사님이 편하실 때 언제든 사무실로 찾아뵈라고 말해 두겠습니다. 그 친구에게 무엇이든 편하게 물어보세요.

뭐, 오가사와라의 행동이 지나치기는 했지만 친절한 마음으로 미즈카 씨를 도우려고 하다 보니 그만 선을 넘고 말았겠죠. 실제로 고객이 그런 상담을 요청하는 경우가 자주 있어요. 고객 입장에서는 로펌에 가서 상담받기에는 부담스러우니 평소에 편하게 연락하는 회계사무소 직원에게 이야기하죠.

그 사건 직후에 우리 사무소도 경찰 조사에 협조했습니다. 자료를 제출하거나 설명하러 출두해야 해서 오가사와라도 고생이 많았어요. 경찰의 의견으로는 오가사와라가 미즈카 씨에게 남편 회사에 자금을 지원하지 않도록 한 것이 부부 갈등을 초래했다고 하더군요. 그 문제가 꼬리를 물고 결국 살인사건으로 이어졌다고요. 우리로서는 그야말로 마른 하늘에 날벼락이죠. 억울하고 이해할 수 없는 이야기입니다.

그래도 딱히 부정하지는 않았습니다. 발끈할 필요도 없고 저로서는 미즈카 씨와의 일도 있으니까요. 방심할 수 없었어요. 미즈카 씨가 절대 사무소에 전화하지 않도록 당부해 뒀고 저도 조심했기 때문에 저희 사이를 아는 직원은 아무도 없지만, 언제 어떻게 들킬지 모르니까요. 솔직히 전전긍긍했어요.

이거 참, 나쁜 짓도 못 해먹겠네요. 나잇값도 못 하고 멍청한 짓을 했다며 반성했습니다.

아, 미즈카 씨와 어떻게 연락을 주고받았냐고요? 사실 그 사람에게 전용 휴대폰을 하나 줬습니다. 네, 맞아요. 무슨 일이 있어도 서로의 집이나 사무소에 전화하지 않았으니까요.

긴자의 'K 도쿄 본점'에서 처음 식사했을 때 앞으로 어떻게 연락할지 의논했거든요. 그때 미즈카 씨가 말했죠.

"그러면 세무사님과 둘이서만 연락을 주고받을 수 있는 전용 휴대폰이 있으면 좋겠어. 내 휴대폰은 쓰고 싶지 않거든. 세무사님 이름으로 휴대폰 개통해 줄래요?"

그야말로 기다렸다는 기회를 잡는 느낌이었어요.

아, 아뇨, 그런 건 아니에요. 그때는 둘이서 정말 점심만 먹었어요. 아무 일도 없었습니다. 단지 만약을 위해 연락 방법을 정해두려고……. 점심 정도라면 언제든 대접할 테니 마음 내킬 때 전화하라는 의미였죠.

그래서 돌아가는 길에 바로 휴대폰을 샀습니다. 가게에 있던 휴대폰 중 가장 비싼 것으로요. 분홍색이 좋다기에 원하는 색을 사줬죠. 물론 제 이름으로 계약하고 통신비도 제 계좌에서 빠져나갔습니다.

아뇨, 금액은 일일이 확인하지 않았지만 아마 상식적인 범위였겠죠. 뭐, 그 사람에게 이미 준 물건이니 저 외에 다른 사람과 연락할 때 사용했어도 상관없습니다.

아뇨, 아직 해지하지 않았습니다. 그냥 귀찮아서요. 네. 결국 미즈카 씨가 휴대폰을 돌려주지 않았어요.

호오, 그렇습니까? 야마나시 별장과 구니타치의 집에도 그 사람이 평소 사용하던 은색 휴대폰만 있었다고요? 그럼 그 휴대폰은 어떻게 됐을까요? 이상하군요. 뭐, 있건 없건 저는 상관없지만요. 어차피 해지할 거니까요.

통신 기록이요? 제 명의니까 문의는 할 수 있는데, 꼭 필요합니까?

으음, 미즈카 씨의 남자관계요? 저 말고 만나던 남자가 있었냐는 말씀이죠? 하긴, 그 사람이라면 남자가 몇 명이나 있었을지 알 수가 없네요.

알겠습니다. 통신 기록을 조회해 보죠. 이렇게 된 이상 저도 최대한 협조하겠습니다. 경찰이 개입해서 영장이라도 들고 와 일이 커지는 것보다는 낫잖아요.

그런데 다시 말씀드리지만 제발 법정에 불려가는 일 없도록 제발 잘 부탁드립니다. 재판 기록을 읽는 사람은 한정적이니 진술조서만 작성하는 것이라면 괜찮지만, 법정에서 증언하면 기자들이 무슨 말을 떠들어댈지 모르잖아요. 그러면 단순한 불행으로 끝나지 않아요.

그러니 오가사와라와 말씀 나누실 때도 부디 저와 미즈카 씨의 일은 비밀로 해주세요. 부탁드립니다. 고객과 사적으로 만나서는 절대로 안 된다고 평소 직원들에게 교육하고 있거든요.

 음, 변호사님. 끈질기다고 생각하시겠지만 어떻게든 이 이야기가 공개되지 않도록 할 방법은 없을까요? 제발 부탁 드립니다.

사무직원 오가사와라 쇼타가
변호인에게 한 진술

네, 사실은 그렇습니다. 사망한 모토무라 미즈카 씨가 제게 그 휴대폰을 줬습니다.

미즈카 씨가 그렇게 되고 이제 와 대표님에게 돌려줄 수 없어서 차라리 버릴까 생각도 했는데 남의 물건을 함부로 버릴 수는 없잖아요. 어쩔 수 없이 그냥 집에 뒀어요.

아뇨, 절대 멋대로 데이터를 삭제한 적은 없습니다. 지금 모토무라 히로키 씨의 재판이 한창이죠? 제가 멋대로 증거를 인멸한 것처럼 보이면 난처하기도 하고요. 정말 어떻게 해야 할지 고민이었어요.

그건 그렇고 대표님이 그 휴대폰의 통신 기록을 몰래 조사했다니. 솔직히 충격이네요. 제가 미즈카 씨와 사귀었다는 사실을 알고도 모르는 척했던 것이죠? 대표님도 참 의뭉스럽네요.

네. 대표님은 모토무라 히로키 씨의 변호사가 제 이야기를 듣고 싶다고 하니 로펌에 방문하라고만 말씀하셨어요. 그래서 분명 또 그 회사 자금 지원 이야기 때문이겠거니 했는데.

사실 저는 히로키 씨 사건 때문에 지금까지 몇 번이나 경찰과 검찰에 불려갔습니다. 진술조서도 몇 번이나 썼고……. 제 조언 때문에 미즈카 씨가 남편의 자금 지원 요청을 거절했다며 제가 히로키 씨 부부를 이간질한 원흉이라도 되는 것처럼 만들더군요.

대표님은 그런 일로 회계사무소를 비난하다니 골치가 아프다며 분개했어요. 그런데 저는 미즈카 씨와의 관계를 들킬 바에야 업무상 문제로 조사를 받는 편이 그나마 나았으니까요. 히로키 씨 부부의 싸움이 금전 문제 때문이었다고 한다면 그런 것으로 끝내고 싶다는 것이 제 솔직한 심정이었습니다.

그런데 무쓰기 변호사님이 그런 화제를 꺼내시다니……. 정말도 저는 아무런 마음의 준비도 안 되어 있었거든요. 상황이 이 지경이 되다니 저는 앞으로 어떻게 되는 걸까요? 정말, 정말로 끔찍하네요.

변호사님, 저는 미즈카 씨의 휴대폰이 대표님 것이었으리라고는 정말 꿈에도 생각하지 못했습니다.

제 나이요? 지난달에 스물다섯 살이 됐습니다. 네, 아직 미혼입니다.

고향은 이바라키현 히타치시입니다. 저를 포함해서 삼 형제고, 아버지는 회사원입니다. 형과 여동생 모두 이바라키현에서 대학을 나와 그곳에서 취직했지만 저는 도쿄에 있는 대학을 졸업한 뒤 이곳에 남았습니다.

사는 곳이요? 대학 시절에는 기숙사 생활을 했지만 지금은 회사 근처 원룸 맨션에 삽니다. 네, 월세입니다. 도심이라 집세가 꽤 비싸서 생활이 빠듯하네요.

아뇨. 사회학부를 다녔습니다. 하지만 취직을 준비하면서 역시 전문직 자격증을 따야겠다고 생각했습니다. 그래서 요시다회계사무소에서 근무하면서 세무사 시험을 준비하고 있습니다.

그러게요. 합격까지 아직 갈 길이 머네요. 일하면서 시험을 준비하려니 생각보다 훨씬 힘들어요. 당장 일에 쫓겨 공부할 시간이 별로 없습니다. 확실히 실무 감각을 익힐 수 있어서 좋지만 시험에 도움이 되는지는 모르겠고요.

모토무라 미즈카 씨는 회계사무소 일 때문에 알게 됐습니다. 작년 말에 미즈카 씨의 어머니인 마키오카 노부코 씨가 돌아가셨는데 상속세 신고를 제가 담당했습니다.

네, 그렇습니다. 미즈카 씨가 지명한 것이 아니라 대표님의 지시였어요. 특별한 문제가 없는 간단한 사안이었기 때문에 말단인 제가 맡게 되었다고 생각합니다. 그런데 미즈카 씨는 부모 대부터 거래해 온 VIP 고객이더라고요. 그래서 직원 중 제가 선택되어 기뻤습니다.

미즈카 씨의 아버지, 즉 돌아가신 마키오카 노부코 씨의 남편은 몇 년 전에 돌아가셨는데 상당한 자산가였습니다. 그래서 요시다회계사무소 입장에서는 중요한 고객이라고 할까, 특별한 존재였던 것 같았고 대표님은 예전부터 미즈카 씨를 잘 알았던 것 같았습니다.

미즈카 씨도 대표님을 거리낌 없이 대하고 아무렇지 않게 반말을 했어요. 그러면 보통 이상하다고 생각하겠지만 그만한 배경이 있었기 때문에 별로 이상하다고 느끼지 못했습니다. 실제로 대표님은 미즈카 씨의 아버지뻘 되는 나이잖아요. 그래서 설마 두 사람이 불륜 관계일 줄은 상상도 못 했죠.

제가 미즈카 씨와 깊은 관계가 된 계기는, 말하자면 길지만 우연이라면 우연이었네요.

미즈카 씨는 요시다회계사무소의 고객이었기 때문에 처음에는 당연히 사무소에서 미팅을 했습니다. 그런데 미즈카 씨의 둘째 아이가 아직 어렸거든요. 네, 죽은 유카요. 그래서 가사도우미가 집안일을 해줬지만 매일 출근하는 것은 아니라 친정어머니가 돌아가신 후로는 자유롭게 외출하기 어려웠던 것 같습니다.

그래서 올해 초, 설날이 지났을 때 미즈카 씨가 제게 전화를 걸어 말했습니다.

"오가사와라 씨와 급히 상의하고 싶은 게 있는데, 괜찮으면 내일 신주쿠로 와줄 수 있어?"

변호사님도 아시겠지만 미즈카 씨는 구니타치에 살았습니다. 우리 사무소는 니혼바시에 있어서 조금 멀죠. 그래서 그녀가 신주쿠에 볼일이 있어서 나온 김에 신주쿠역 근처에서 점심이라도 먹으면서 이야기를 나누기로 했습니다.

물론 저는 오케이 했습니다. 아까도 말했지만 대표님도 미즈카 씨를 특별 대우했고 솔직히 점심 식사를 얻어먹는다는 사실도 조금 매력적이었습니다.

저는 세무사 시험 준비 때문에 학원에 다니고 있는데 자격증 준비 학원은 강의 외에도 모의고사나 교재비 등 비용이 만만치 않게 들거든요. 집세는 고정 지출되고 애초에 옷에는 돈을 쓰지 않기 때문에 돈을 아끼려면 식비를 절약할 수밖에 없어요. 그래서 솔직히 밥을 사주는 사람이 가장 도움이 됐습니다.

그렇게 다음 날 미즈카 씨와 신주쿠에서 만났습니다. 젊은 여자라면 보통 이탈리안 레스토랑에 가잖아요. 피자나 파스타처럼 배가 차지 않는 메뉴들만 잔뜩 있는. 하지만 미즈카 씨가 데려간 곳은 불고기 식당이었습니다. 그것도 점잔 빼며 먹어야 하는 곳이 아니라 눈치 보지 않고 마음껏 먹을 수 있는 식당이었습니다.

그리고 주부라서 그런지 미즈카 씨는 제가 식사하는 동안 부지런히 맥주를 따라주고 제 몫의 고기까지 맛있게 구워줬습니다. 그러는 사이에 세무사와 고객이라는 벽이 허물어진 기분이 들었습니다. 아, 물론 저는 아직 세무사가 아니지만요.

그래서 식사하면서 이야기를 들었는데, 그녀가 상담하러 온 내용은 바로 남편의 사업에 대한 자금 지원 문제였습니다.

미즈카 씨가 남편에게 살해당하기 직전에 잡지 편집자에게 보낸 수기가 있죠? 네, 맞습니다. 바로 그 이야기를 했습니다. 수기에도 적혀 있듯이 미즈카 씨가 마키오카 노부코 씨에게 상당히 많은 유산을 상속받았습니다. 그래서 남편 히로키 씨가 친정집을 매각하고 그 돈으로 히로키 씨가 경영하는 주식회사 엠시티와 관련된 회사에 투자하라는 권유를 받았다는 내용이었습니다.

하지만 미즈카 씨 입장에서 그곳은 자신이 나고 자란 집이니까요. 애정이 남달랐죠. 어머니가 돌아가셨다고 곧바로 처분할 생각은 없었습니다. 지금이라면 비싸게 받을 수 있다고 빨리 팔자고 재촉해도 선뜻 '그러자'라고 대답할 수 없었을 것입니다. 게다가 그 돈으로 어딘지도 모르는 회사의 주식을 사라고 했으니까요.

상담을 해 주던 저도 "괜찮습니다. 안심하세요"라고 무책임하게 답할 수 없었습니다. 만약 그 회사가 망하면 어떻게 하겠어요. 쏟아부은 돈이 전부 물거품이 되잖아요. 그래서,
"그건 너무 위험해요. 대답하시기 전에 한번 잘 알아보시는 게 좋겠습니다."
라고 조언했습니다.

투자 대상인 회사의 정체가 의심스러운 것은 말할 것도 없고, 애초에 히로키 씨가 그 정도 되는 인수 자금을 자력으로 조달하지 못한다는 것이 조금 이해가 가지 않았죠. 변호사님도 그렇게 생각하지 않으세요?

네, 뭐, 확실히 그건 그럴지도 모르지만……. 하지만 엠시티는 그만큼 잘나가는 회사잖아요. 보통은 은행에서 기꺼이 대출해 주지 않을까 생각했죠. 그런데 대출이 원활하지 않다는 것은 엠시티의 상황이 좋지 않다는 증거 아닐까……. 그때는 정말 그렇게 믿었어요.

제가 히로키 씨의 회사의 재무 상태가 의심스럽다고 설명하자 미즈카 씨도 비로소 보통 일이 아니라고 인식한 듯했습니다. 사장 부인이라고는 해도 미즈카 씨는 정말 회사에 대해 아무것도 몰랐거든요. 자칫하면 엠시티가 망할 수도 있다고 말했더니 안색이 바뀌더라고요.

그리고 집으로 돌아가는 길이었습니다. 저희가 먹은 고깃집은 신주쿠역에서 조금 떨어져 있었는데 제가 원래 길치인데다 술까지 마셨으니까요. 어디로 가는지도 모르고 따라

걸었습니다.

오늘 일을 대표님께 어떻게 보고해야 할까, 그 생각으로 머리가 꽉 차서 미즈카 씨의 뒤만 졸졸 따라갔죠. 그런데 갑자기 큰 건물 안으로 들어가지 뭡니까. 저는 처음에는 역과 붙어 있는 빌딩인 줄 알았어요. 그런데 아무래도 아닌 것 같아서 문득 정신을 차리고 보니 역이 아니라 러브호텔이었습니다. 네, 사실이에요.

미즈카 씨가 언제부터 그럴 마음이었는지는 지금도 모르지만, 어안이 벙벙해 서 있는 저와 달리 그녀는 지극히 당연하다는 얼굴이었습니다.

"안 돼요, 이건 아닙니다."

저는 일단 거절했어요. 일하는 동안 고객과 이런 곳에 오면 아무래도 문제가 되잖아요.

그런데 미즈카 씨는 제 말을 오해한 듯했습니다.

"어머. 여기 당신 취향 아니었어? 하지만 이 근처에 러브호텔은 별로 없는데."

이제 와 도망치거나 거절할 수 없는 분위기였어요.

네, 그렇습니다. 어쩌면 진심으로 제게 끌리는 것 아닐까 하는 느낌도 들어서……. 솔직히 기분 나쁜 상황은 아니잖아요. 그리고 저도 놀라기는 했지만 미즈카 씨가 싫지 않았으니까요. 정말 이런 일도 생기는구나 싶어서 마지막에는 꿈을 꾸는 것 같았습니다.

실제로 미즈카 씨는 다른 여자와 세포부터 다르다고 할까, 마치 다른 존재 같았습니다. 피부도 스무 살쯤 되는 아이들보다 훨씬 좋았거든요.

네, 호텔비는 미즈카 씨가 결제했습니다. 제가 돈이 없다는 사실은 미즈카 씨도 알고 있었으니까요. 그 후에도 계속 그랬습니다.

그래서 저는 미즈카 씨가 저를 정말 사랑했다고 생각해요.

그렇게 업무와 상관없이 일주일에 두 번 정도 그녀와 만났습니다.

장소를 특별히 정해놓고 만나지는 않았지만 대부분 신주쿠였습니다. 시간은 그때그때 달랐어요. 미즈카 씨는 가정이 있어서 밤이나 휴일에는 자유롭지 않았고 낮에도 시간을 길게 내지 못했으니까요.

미즈카 씨의 집에 가사도우미가 오는 날은 화요일과 금요일, 일주일에 두 번뿐이었습니다. 그날 외에는 그때그때 베이비 시터를 고용했는데 시간을 조정하기가 몹시 힘들었죠. 겨우 시간을 쪼개서 만났는데 한 시간도 채 지나지 않아 황급히 돌아간 적도 있었어요.

그 사람은 저보다 열 살 연상이었는데 나이 차이를 느끼지 않게 하는 사람이 아니라 오히려 그 나이에도 매력이 넘치는 사람이었다고 지금도 생각합니다. 모든 행동이 성숙했고 어린 여자들처럼 무신경하지 않았거든요. 저는 대학 시절에 반 동거하던 여자친구도 있었지만 계속 함께 있고 싶다고 생각한 여자는 미즈카 씨가 처음이었습니다.

그 사람이 제 어디를 마음에 들어 했는지 모르겠지만 그렇게 무리하면서까지 만나러 왔다니, 생각해 보면 대단한 일이었죠. 그리고 이것은 제 느낌인데 미즈카 씨는 남편에게 불만이 컸던 것 같습니다. 노골적으로 욕하지는 않았지만 말끝마다 그런 기운을 풍겼습니다.

물론 그녀를 만나는 동안에도 최선을 다해 주식회사 엠시티를 조사했습니다. 그것이 본래 목적이었으니까요. 네. 당연히 미즈카 씨에게도 상세하게 보고했습니다.

네, 뭐, 확실히 그런 의도가 전혀 없지는 않았지만……. 하지만 그 사람의 환심을 사려고 의도적으로 거짓을 보고한 적은 결코 없습니다.

그야, 엠시티의 경영 상태나 우에노라는 인물의 신뢰성에 대해서 다소 과장을 보태 위험성을 강조한 적은 있을지 모르지만……. 그런데 그것에 관해서는 전문가들도 의견이 엇갈리지 않습니까. 투자를 결정하는 것은 결국 기회와 리스크를 어떻게 판단하느냐에 달린 문제잖아요. 저는 순수하게 그녀의 편이고 싶었습니다.

네. 저는 취직한 뒤로는 쭉 여자친구가 없었고 애초에 유부녀를 사귄 것도 미즈카 씨가 처음이었어요. 되돌아보면 만나고 싶을 때 만날 수 없어서 더 불타오른 부분도 없지 않다고 생각합니다. 그래서인지 문자를 꽤 자주 주고받았습니다.

미즈카 씨는 변호사님도 아시다시피 평소에 사용하는 휴대폰 외에 휴대폰이 하나 더 있었지 않습니까. 그 휴대폰은 남편 몰래 사용하는 비밀 휴대폰이라고 하더군요. 그래서 저와 연락할 때는 오로지 비밀 휴대폰을 사용했습니다. 평소에는 문자로 연락하고 시간이 된다고 하면 전화 통화를 했습니다.

하긴, 남편 몰래 휴대폰을 가지고 있다면 상습적으로 바람을 피운 사람이라는 뜻이겠네요. 실제로 그 휴대폰은 요시다 대표님의 것이었고.

지금이야 복잡한 심경이지만 당시의 저는 그런 생각도 들지 않을 정도로 그 사람에게 빠져들었어요. 그 사람과 시간을 보낼 생각만 했고, 만나면 함께 있는 시간이 소중해서 견딜 수 없었죠.

네. 마지막에는 전화 통화가 거의 일과가 됐어요. 아무리 문자를 주고받아도 목소리를 들을 수 없으니 불안하더라고요.

그래서 한번 통화를 시작하면 정신없이 빠져들어서 5분만 통화하려던 것이 10분이 되고, 10분이 15분이 되고······, 끊을 타이밍을 놓치고 말았습니다.

그것이 결국 2월 1일 일어난 유카 사건으로 이어져 우리 관계도 파국을 맞았으니 정말 뭐라고 해야 할지 모르겠습니다.

그날은 제가 미즈카 씨 휴대폰으로 전화를 걸었습니다.

시간은 저녁 6시 30분이 지났을 때…… 아, 잠시만요. 지금 제 휴대폰을 확인해볼게요. 아, 역시 저녁 6시 31분이었네요. 통화 시간은 20분 정도였던 것 같아요. 제법 길었죠.

저녁 6시 30분이면 아이들과 저녁을 다 먹었을 시간이고 남편은 아직 퇴근하지 않았을 시간이었습니다. 가사도우미는 6시면 퇴근하기 때문에 어떤 의미에서든 통화하기 딱 좋았죠. 그래서 주로 그 시간에 전화했어요.

물론 그 시간에 저는 아직 근무하고 있을 때가 많았지만요. 그래서 그날도 잠깐 편의점에 가는 척하고 사무소를 나왔습니다. 큰 회계법인이 아니라 개인 사무소라 그런 부분은 비교적 자유로웠어요.

제가 사무소 근처 골목에서 전화를 걸었더니 미즈카 씨도 마치 제 전화를 기다리고 있던 사람처럼 바로 받았습니다.

미즈카 씨는 평소에 비밀 휴대폰을 진동으로 설정해 놓았는데, 유카는 몰라도 도모키는 벌써 초등학교 2학년이기 때문에 아이들 앞에서 전화를 받을 수 없기 때문이었습니다. 그래서 휴대폰 진동이 울리면 항상 화장실로 뛰어가 변기에 걸터앉아 통화했습니다.

그때도 분명 그랬을 거예요. '수기'에 유카가 욕실에서 익사했을 때 미즈카 씨는 화장실에 있었다고 적혀 있잖아요. 갑자기 배가 아팠다는 것은 거짓말입니다. 사실 저와 통화하고 있었어요.

그런데 아무리 긴 통화였다지만 그 사이에 여덟 살짜리 아들이 두 살짜리 여동생을 죽이다니, 상식적으로 말이 안 되잖아요? 누가 그런 일이 일어날 거라고 예상하겠어요. 물론 실제로 유카가 숨진 이상 아이 엄마에게 책임이 없다고는 할 수 없지만 그건 단순 사고가 아니라 살인사건이었으니까요.

그러니까 저는 그때 설사 우리가 길게 통화하지 않았더라도 언젠가는 그런 사건이 일어났으리라고 생각해요. 막을 수 없는 일이었다고. 하지만 미즈카 씨는 역시 엄마니까 그때 제가 전화를 걸지 않았다면, 자신이 불륜을 저지르지 않았다면 이렇게 되지 않았을 것이라고 너무 한쪽으로만 깊게 생각에 빠졌던 것 아닐까요.

그 심정은 충분히 이해해요. 그 이후로 제가 아무리 문자를 보내도 미즈카 씨는 한 번도 답장을 보내지 않았어요.

그 시기에 저희는 적어도 하루에 대여섯 번은 문자를 주고받았거든요. 그날 밤에도 문자를 보냈는데 답장이 없기에 몹시 걱정돼서 다음 날 아침에도 몇 통 더 보냈어요.

그래서 마침내 점심 전에 미즈카 씨가 제게 전화했는데 그전까지와 전혀 다른 분위기였습니다.

─당신과는 이제 끝이야. 두 번 다시 연락하지 마!

굉장히 차가운 목소리로 통보하고는 일방적으로 끊어 버

렸습니다.

곧바로 다시 걸었는데 받지 않았어요. 그 후로 미즈카 씨의 휴대폰은 계속 전원이 꺼져 있었습니다.

그때 저는 유카가 사망했다는 사실을 몰랐기 때문에 저와의 관계를 남편에게 들켜서 문제가 생긴 줄 알았어요. 몰래 상황을 살피러 구니타치까지 가볼까 생각했을 정도였죠.

그러는 사이에 요시다회계사무소 팩스로 유카의 장례식 안내문이 들어왔습니다. 네, 모토무라 히로키 씨의 이름으로. 장소는 무슨 메모리얼 홀이었어요. 나중에 들은 이야기로는 굉장히 성대한 장례식이었다더군요.

안내문에는 당연히 사인은 적혀 있지 않아서 대표님이 곧바로 미즈카 씨의 집에 전화를 걸었습니다. 그렇게 2월 1일 저녁, 미즈카 씨가 눈을 뗀 사이에 유카가 욕조 물에 빠져 사망했다는 사실을 알았습니다.

네. 정말 충격이 컸어요. 그때 우리의 통화가 원인이라는 것을 금방 깨달았거든요. 통화를 조금 더 빨리 끝냈으면 목숨을 살렸을지도 모른다는 후회가 들었습니다. 그런데 이미 엎질러진 물이잖아요.

아, 장례식이요? 사무소의 VIP 고객이니 당연히 대표님이 조문을 갔습니다. 저는 잠깐이라도 미즈카 씨를 만나고 싶었지만 대표님이 "나 하나면 충분해. 자네는 안 가도 돼"라고 하셔서 고집을 부릴 수도 없었죠. 그래서 울며 겨자 먹기로 포기했습니다.

그래서 그 사람의 사정은 어느 정도 이해할 수 있었지만 마음을 정리하기가 좀처럼 어려웠습니다. 상심한 것은 이해하지만 그렇다고 나와의 관계까지 끊을 필요는 없지 않나 라는 생각도 들었죠.

그래도 한동안은 자신을 억눌렀지만 너무 괴로워서······. 절대 이대로 헤어질 수 없었습니다. 어떻게든 그 사람과 직접 이야기를 해야 직성이 풀릴 것 같았죠.

그래서, 잊히지도 않는군요. 2월 24일 금요일 아침, 저는 큰 결심을 하고 미즈카 씨의 집에 있는 유선전화로 전화를 걸었습니다. 매주 금요일에는 가사도우미가 온다는 사실을 알고 있었기 때문에 기습 작전인 셈이었습니다.

회계사무소 전화로 당당하게 요시다회계사무소의 직함을 들먹인 다음 물었습니다.

"의뢰인의 상속세 신고와 관련해서 시급하게 의논해야 할 건이 있습니다. 샤모님은 집에 계십니까?"

예상한 대로 작전은 통했습니다.

—네, 집에 계세요. 지금 바꿔드릴 테니 잠시만 기다려 주세요.

가사도우미가 곧바로 바꿔줬습니다.

마침내 전화를 받은 미즈카 씨는 상당히 언짢은 기색이었지만 상속세 신고 건이라는 핑계가 효과를 발휘한 듯했습니다.

―그럼 오늘 3시에 거기로 갈게. 그럼 됐지?

뜻밖에도 명쾌하게 대답했습니다.

그렇게 미즈카 씨를 불러내는 데는 성공했지만 그 이후 상황은 더 끔찍했습니다.

약속대로 요시다회계사무소에 온 미즈카 씨는 마치 철가면이라도 쓴 사람처럼 표정이 없었습니다. 그리고 응접실에 단둘이 남자마자 제 얼굴도 보지 않은 채 가방에서 비밀 휴대폰을 꺼내 테이블 위에 내던졌습니다.

"내가 말했잖아. 이제 당신과 만나기 싫다고! 앞으로 용건 있으면 서류를 보내. 도장 찍어서 보내줄 테니. 그리고 이 휴대폰은 요시다 세무사님에게 돌려줘. 이제 필요 없으니까."

그 말만 남기고 눈 깜짝할 사이에 자리를 박차고 나갔습니다.

손톱만큼의 기회도 주지 않았죠. 휴대폰도 놀라웠지만 무엇보다 미즈카 씨가 끝내 저와 한 번도 눈을 마주치지 않았다는 사실에 충격을 받았습니다.

미즈카 씨가 돌아간 후 휴대폰 통화 내역과 문자를 전부 확인했습니다.

타인의 폰을 훔쳐보는 것이니 불법이겠지만 그런 말을 들으니 당연히 신경 쓰이잖아요. 그리고 제가 어떻게 그 휴대폰을 대표님께 돌려드리겠어요. 요시다회계사무소를 그만둘 생각이라면 몰라도.

하지만 휴대폰을 확인한 덕분에 미즈카 씨와 대표님이 불륜 관계였다는 사실과 그녀에게 저와 대표님 외에 또 다른 외도 상대가 있었다는 사실을 알게 됐습니다. 그 외도 상대는 미즈카 씨와 같은 동네인 구니타치에 사는 치과의사였는데 저와 마찬가지로 매우 짧은 기간 만난 것 같더군요.

문자를 보고 놀랐어요. 대표님이 미즈카 씨에게 상당히 많은 돈을 쓰신 것 같더라고요. 마지막에는 대표님이 미즈카 씨를 피하는 분위기였습니다. 어쩌면 대표님은 그녀를 떼어낼 심산으로 제게 미즈카 씨 상속 건을 떠넘긴 것 아닐까 하는 생각도 듭니다.

그 일 이후 미즈카 씨와 한 번도 만나지 않았습니다. 휴대폰도 어쩔 수 없어서 그냥 집에 놔뒀어요. 비싼 경험한 셈 쳤죠.

하지만 미즈카 씨가 별로 밉지 않아요. 지나고 보니 좋은 추억이어서 그 사람과 사귀지 말았어야 했다는 후회는 들지 않네요. 그녀를 좋아하느냐 싫어하느냐 물으면 지금도 좋아해요.

그래서 변호사님, 저는 도대체 어떻게 되는 건가요? 미즈카 씨가 살해된 이유가 혹시 저와 관련 있나요?

미즈카 씨가 그렇게 살해당해서 정말 충격받고 슬펐거든

요. 그 사람은 완벽한 피해자인데 언론에서는 지저분한 이야기를 떠들어대니까요. 물론 히로키 씨도 나름대로 할 말이 있겠지만 미즈카 씨는 결코 나쁜 여자가 아니에요. 오히려 직설적이고 지나치게 순수한 사람이죠.

변호사님, 부디 그 사실만은 믿어주세요. 부탁드립니다."

치과의사 이누이 기미아키가
변호인에게 한 진술

저와 모토무라 미즈카의 관계에 대해서요? 끔찍하군요! 기억하고 싶지도 않습니다. 변호사님이 어떻게 생각하시는지 모르겠지만 저는 피해자예요. 그 여자 때문에 우리 집은 완전 쑥대밭이 됐습니다. 다 그 여자 탓이라고요.

모토무라 미즈카의 휴대폰에 제 문자가 남아 있었다면 그 의도는 명백합니다. 그 여자는 절대 그런 실수를 할 사람이 아니에요. 협박 도구로 쓰려고 일부러 지우지 않았을 겁니다. 보통은 그런 문자는 읽자마자 바로 지우지 않습니까. 남편에게 들키면 안 되니까.

네. 그 명함에 적힌 대로 저는 치과의사입니다. 구니타치 시 이누이치과의 부원장입니다. 부원장이라고 해도 이름뿐이지만요. 저는 올해로 서른아홉인데 장인어른이 이누이치과의 원장이자 현역 치과의사고 아내도 치과의사입니다.

아내와 같은 대학을 나왔어요. 우리 둘 다 치과보존과를 전공했죠. 저는 그 안에서 눈에 띄는 존재였습니다. 그래서 옛날식으로 표현하면 간택됐습니다. 이누이 집안의 데릴사위가 됐거든요. 계산적이라고 생각하실지 모르겠지만 꼭 연애 결혼만 하란 법은 없지 않습니까. 그리고 부모가 치과의사도 아니고 개업할 돈도 없는데 평생 페이닥터로 일하기 싫으면 다른 선택지는 없죠.

어쨌든 장인이 고용주니까 월급은 보통 페이닥터보다 많이 받습니다. 그래봤자 맨션 월세와 애들 교육비로 모조리 사라져서 남는 것도 없지만요. 장인은 처음부터 그 금액을 역산해서 월급을 산정했거든요. 저는 일도 사생활도 아내와 장인의 관리를 받는 인생입니다. 그런 남자한테 자유롭게 쓸 수 있는 돈이 어디 있겠습니까!

게다가 한두 세대 전이라면 몰라도 요즘은 치과의사가 돈을 많이 버는 시대는 아니잖아요. 치과의사 과잉 공급으로 어느 개업의든 간신히 버티는 상황이라고요. 그중에서도 도쿄는 특히 경쟁이 치열하죠. 그런데 그 여자는 단단히 오해하고 있더군요.

치과의사에 국한된 이야기가 아니라 일반적으로 개업의는 병원이 아무리 인기가 많아도 의사 한 명이 하루에 진찰할 수 있는 환자에 한계가 있습니다. 환자 한 명당 수가에 인원수를 곱해 보세요. 하루에 벌 수 있는 최대치가 분명하죠? 그런 의사에게 미인계로 접근해 돈줄로 삼으려는 생각 자체가 잘못된 겁니다.

IT기업이 얼마나 돈을 잘 버는지는 몰라도 남편 하나 속여서 잘 물었으면 됐잖아요. 그 여자 언뜻 보면 청순하고 얌전하게 생겼으니까요. 그런데 결국은 평소 악행이 빌미가 돼서 남편 손에 죽었죠? 변호사님이 남편 측 변호사라서 드리는 말씀은 아니지만 그 남편도 할 말이 많지 않겠어요?

글쎄요. 이런 식으로 말하면 좀 그렇지만 누군가에게 살해당했다면 그럴 만한 이유가 있다고 생각해요. 죽인 사람만 비난할 수 없다고 봐요.

그때가 제 막내아들이 초등학교에 막 입학했을 때니까, 2년 전 5월에 그 여자와 처음 만났네요. 당시 우리 아이들은 셋 다 초등학생이었고 그 무렵부터 저는 학부모회장을 맡았습니다.

지역 의료에 종사하는 사람은 이러니저러니 해도 지역 사회와 긴밀한 관계를 맺는 것이 중요하거든요. 특히 치과의사에게 아이는 중요한 환자죠. 그러니까 그런 면에서 학부모회 활동도 시간 낭비는 아닌 셈이었어요. 그런데 왜 아내가 아니라 제가 맡았냐면 제가 있든 없든 이누이치과는 잘 굴러갔거든요.

부녀가 사이좋게 진료하는 데다 후계자 후보를 셋이나 낳앉으니 남편은 있으나 마나였죠. 다행히 제 임무를 마쳤으니 이제 자유의 몸이 된 셈입니다. 일단 아이가 있기도 하고, 이혼하면 타인의 시선이 곱지 않으니 쫓겨나지는 않았지만요. 아내로서는 남편이 눈앞에서 어슬렁거리는 것보다 학부모회나 치과의사회 활동에 매진하는 것이 마음 편할 겁니다.

그 여자와는 정말로 그때 처음 만났는데 처음 보는 얼굴이고 미인이니 눈에 띄었습니다. 아무래도 주위에 매일같이 보는 아저씨와 아주머니들만 있으니까 시선이 안 갈 수가 없었습니다.

그 여자는 그런 자리에서는 거의 입을 열지 않아서 친해지고 싶어도 마땅한 계기가 없었어요. 그런데 2차로 간 술집에서 우연히 옆자리에 앉게 됐습니다.

그렇게 대화를 나눠 보니 정말 공교롭게도 그 여자의 아들이 우리 막내아들과 같은 반이라지 않겠어요?

그래서 명함을 줬더니 그 여자가 명함을 보고서는 말했어요.

"어머나, 회장님 치과의사시네요? 와 마침 잘됐네요!"

마치 어린 여자처럼 들뜬 기색으로 좋아하더라고요.

아무리 내숭을 떤다지만 꽤 오버한다고 생각했죠. 하지만 예쁜 여자가 그렇게 나오니 저도 의례적인 말 한마디쯤은 해야겠다 싶었죠.

"네, 맞습니다. 만약 치아에 문제가 생기면 언제든 상담해 드릴게요. 이렇게 아름다운 분의 치아를 진료한다니 치과의사로서 보람을 느끼네요."

적은 바로 그 타이밍을 노리고 있었습니다.

"실은 제가 사랑니를 뺄까 고민 중이에요. 평소에 친정이 있는 시부야구 쇼토의 치과에 다니는데 거기 선생님이 사랑니는 필요 없으니까 지금 뽑는 편이 좋다고 권하셨거든요. 그 선생님은 이를 금방 뽑는 것으로 유명하신 분이에요. 그런데 저는 아직 별다른 통증이 없거든요. 그런데도 뽑아야 하나요?"

순진한 얼굴로 묻더군요.

"뭐, 전혀 필요 없는 치아라고 단언할 수는 없지만 사랑니는 평생 나지 않는 사람도 있고, 안쪽에 나서 이 닦을 때도 힘들죠? 충치가 생기기 쉽고 치료도 어려워요. 그래서 충치나 치주 질환이 생기기 전에 뽑는 사람이 많죠. 나이가 들수록 치아 뿌리가 뼈와 붙어 뽑기 힘든 경우도 있고, 젊을수록 회복이 더 빠르기도 하거든요."

저도 치과의사인 이상 진찰도 하지 않고 동업자의 진단에 섣부르게 참견할 수 없었습니다. 그래서 일반론으로 대답했죠.

"어머, 그래요? 그럼 역시 뽑아야 하나? 하지만 발치라는 말을 들으면 괜히 무서워서요. 마취를 한다고 마취 주사도 맞아야 하잖아요. 의사선생님의 실력이 중요하겠죠? 와, 어쩌지."

모토무라 미즈카는 노골적으로 몸을 비틀며 말했지만 그렇다고 우리 치과로 옮기라고 말할 수도 없는 노릇 아닙니까.

"사람에 따라서는 사랑니가 옆으로 자라기도 하거든요. 그러면 좀 성가시지만 발치를 그렇게 무서워할 필요 없습니다. 뭐, 급하지 않다면 조금 더 고민해 보시는 게 어떨까요?"

그렇게 얼버무렸고 그 후로는 대화가 별로 이어지지 않았습니다.

그리고 잠시 후,

"시간이 돼서 저는 이만 먼저 실례할게요."

이제 본격적으로 2차가 시작되는 분위기였지만 그 여자만 먼저 돌아갔습니다.

첫째 아이가 1학년이고 둘째 아이는 아직 어리다고 하니 밤늦게까지 밖에서 시간을 보낼 수는 없었겠죠. 다들 그렇게 생각했는지 아무도 붙잡지 않았습니다. 그래서 저는 당연히 그 여자가 곧바로 집으로 돌아간 줄 알았어요.

그런데 슬슬 2차도 끝나고 노래방에 가려던 참이었습니다. 제 휴대폰이 울렸습니다. 전혀 모르는 번호였는데 휴대폰으로 건 전화였습니다.

치과는 내과나 외과와 달리 생명과 관련된 긴급 상황은 발생하지 않지만 오밤중에 이가 아파 견딜 수 없다는 환자도 종종 있습니다. 그럴 때면 제 휴대폰으로 연락하는 환자도 있어서 복도로 나가 전화를 받았습니다.

—모토무라 미즈카인데요, 아까는 감사했어요.

전화를 건 사람은 그 여자였습니다. 아까 받은 명함을 보고 바로 연락한 겁니다.

—선생님 말씀을 듣고 나니 왜인지 모르겠지만 집에 돌아가는 길에 갑자기 사랑니가 아프기 시작했어요. 통증을 참을 수 없어서 급히 근처에 있는 도토루*에 들어가 상태를 살펴보는데 점점 더 심해져서요……. 움직일 수도 없는데 제발 도와주시면 안 될까요?

전화라서 당연히 얼굴은 보이지 않았지만 정말 간절한 목소리였습니다.

치과의사가 들으면 코웃음 칠 상황이지만 무시할 수도 없잖아요. 그 여자는 제 아들과 같은 반 아이의 엄마고 학부모회 임원이기도 하니까요.

게다가 모든 치과가 진작에 문을 닫았을 저녁 8시가 넘은 시간이었습니다.

"어디 도토루에 계세요?"

—어머나, 와주시려고요?

어쩔 수 없이 물었더니 기다렸다는 듯이 덥석 물더군요.

---

* 일본의 커피 전문 체인점.

장소를 물었더니 지금 있는 술집에서 별로 멀지 않는 곳이었습니다.

한숨이 나왔지만 다른 사람들에게는 급한 일이 생겨서 이만 가야겠다고 양해를 구했습니다. 그리고 곧바로 도토루로 향했죠.

카페 안으로 들어가니 여자가 가장 안쪽 자리에 앉아서 아이스 커피의 빨대를 입에 물고 느긋하게 저를 기다리고 있더군요. 모든 것이 그 여자의 계산대로였죠.

"와, 선생님! 진짜 오셨네요. 고마워요."

저를 보자마자 벌떡 일어나서 안길 듯이 달려왔습니다. 그러더니,

"선생님이 무시하시면 어쩌나 걱정했잖아요. 아까부터 너무 아파서……. 그런데 여기서 진찰받기는 조금 부끄럽네요. 자리를 옮길까요?"

사람들의 눈치도 보지 않고 애교 섞인 목소리로 유혹했습니다.

너무 불안했습니다. 그 여자는 저를 곤란하게 하려고 일부러 그렇게 행동하는 것이었으니까요.

하지만 그 사실을 알아도 일단 입을 다물게 하려면 함께 나갈 수밖에 없잖아요? 점원들이 쳐다보고 있고 그런 곳에서 꾸물거리다가 누구라도 마주치면 난감하니까요.

그래서 도토루 앞에서 택시를 잡아타고 일단 그 자리를

떠났습니다. 네, 그 여자도 같이요. 당연하다는 듯 따라 타더군요. 목적지요? 네, 그야 당연히 러브호텔이었죠.

저도 남자기 때문에 여자가 그렇게까지 확실하게 신호를 보내면 응하지 않을 수 없죠. 모르는 척 집에 보내면 상처받을 테니 오히려 실례 아닙니까.

하지만 그 여자는 남편과 아이가 있는 몸이니 집에 늦게 들어가도 되는지 궁금했습니다. 그랬더니 남편은 외국 출장 중이라더군요.

"회사 사장은 참 팔자 좋은 자리예요. 돈도 마음대로 쓰고 일 핑계 대고 가족을 내버려 둔 채 어디든 원하는 곳을 갈 수 있잖아요."

남편도 출장 가서 노는 것은 아닐 텐데 어쩐지 불만스러운 말투였습니다.

그날은 저녁부터 학부모회 모임이 있어서 친정어머니에게 아이들을 맡겼다고 했습니다. 처음부터 작정하고 나온 셈이었죠. 어쩐지 느긋해 보이더라니.

그래도 역시 친정어머니는 무서운지 11시까지 돌아가지 않으면 혼난다면서 10시 30분이 되자 샤워를 하고 허둥지둥 떠났습니다.

그래서 사랑니는 어떻게 됐냐고요? 아하하하. 변호사님도 참 재미있는 말씀을 하시네요. 하필 핑계를 대도 그런 황당한 핑계를 대고 말이죠. 그걸 그 자리에서 생각해내는 것이 그 여자의 대단한 점이에요.

그 후 그 여자와 한 번 더 만나기는 했지만 사실상 일회성 만남에 불과했다고 할까요, 한 번뿐인 관계였습니다.

그 여자와 두 번째 만난 것은 첫 만남 이후 3주 정도 지났을 때였습니다.

사실은 더 빨리 만나고 싶었지만 서로 일정을 맞추기 힘들었습니다. 그 여자는 가사도우미가 있을 때만 외출할 수 있으니 평일 낮에 시간이 났지만, 저는 아니었기 때문입니다. 영업사원도 아니니 외근을 나갈 수도 없었습니다.

그동안은 문자만 주고받았습니다. 지금 생각해 보면 그것이 그 여자의 수법이었어요. 확실한 증거를 남기려는 수작이었죠.

두 번째 만남 때는 전국에 체인을 운영하는 일반 호텔을 예약했습니다. 1층 카페에서 점심을 먹은 뒤 객실로 올라가기로 했죠.

불륜이기는 하지만 주부 성매매는 아니니까요. 어쨌든 애인인 이상 나름대로 형식은 필요할 테죠. 게다가 일반 호텔이면 러브호텔과 달리 만약 누군가의 눈에 띄더라도 발뺌할 수 있겠다는 속셈도 있었습니다.

그런데 그 여자는 점심을 먹는 동안에도 저는 안중에도 없고 자신의 목만 신경 썼습니다. 그날 백금 줄에 작은 다이

아몬드 팬던트가 달린 목걸이를 하고 나왔는데 그것을 자꾸만 만지작거렸습니다.

제가 말을 걸어도 마음은 다른 곳에 있는 듯 형식적인 대답만 했어요.

그런 식으로 대화가 제대로 이루어지지 않자 저도 점점 마음이 불편해졌습니다. 그게 그 여자의 계략이었죠.

"그 다이아몬드는 몇 캐럿이야?"

몇 캐럿이든 관심은 없었지만 결국 저도 모르게 물었습니다. 혹시 누가 준 선물인가 싶기도 했고요.

"0.5캐럿. 작지만 다이아 등급은 높은 편이야. 그래서 이런 목걸이치고는 나쁘지 않지."

기다렸다는 듯 내뱉는 말에 역시 기분이 상했습니다.

"그런데 실은 나 엄청 갖고 싶은 목걸이가 있거든. 로즈 골드에 총 0.3캐럿짜리 멜레 다이아몬드가 박혀 있는 거. 하트 모양에 캐주얼한 디자인이라 이 목걸이보다는 부담 없이 쓸 수 있는 물건이야. 그런데 명품이라 내 용돈으로는 살 수 없어서……."

저는 시큰둥했지만 그 여자는 전혀 개의치 않았습니다.

남편이 회사 사장인 데다 물욕이 많아 보이지도 않았는데 정말 뜻밖이었습니다. 돈돈거리는 여자만큼 짜증 나는 여자는 없다고 생각하거든요.

그래도 혹시나 싶어 물어봤습니다.

"멜레 다이아몬드는 모래알처럼 작은 다이아몬드 아니야? 그게 그렇게 비싸?"

그랬더니 그 여자가 얼마라고 대답한 줄 아세요? 놀라지 마세요. 무려 50만 엔이었어요.

어떤 명품인지는 몰라도 반지도 아니고 고작 목걸이 하나에 50만 엔이라니. 그런 건 제 아내도 없어요. 그래서 말했죠.

"오, 꽤 비싸구나. 그럼 남편에게 사달라고 해."

일부러 모르는 척 대꾸했어요. 뭐든 처음이 중요하니까요. 그랬더니 뭐라는 줄 알아요?

"그 사람이 사줄 리 없잖아. 나는 구두쇠 같은 남자가 제일 싫어."

이게 말입니까? 남편도 참 고생이겠구나 싶었어요.

설령 진심으로 사주고 싶었다고 해도 제게 50만 엔이나 되는 돈이 어디 있습니까. 제 용돈 액수를 들으면 제법 많다고 생각할지 모르지만 관리해야 할 인맥이 많거든요. 대외활동할 때 꼭 필요한 비용을 제외하면 남는 것도 없어요. 정말 아끼고 아껴서 꼬박꼬박 모은 쌈짓돈으로 호텔비나 겨우 낼 수 있을 정도였습니다.

네, 뭐, 솔직히 말하면 아내도 처음부터 저를 그렇게 쥐잡듯이 잡은 것은 아닙니다. 부끄럽지만 전과가 있거든요. 그때부터 매사에 감시가 심해졌어요. 바람을 못 피우게 하려면 돈줄을 끊어야 가장 효과가 있다는 사실을 아내가 눈치챘습니다.

그런 남자랑 엮여봤자 건질 게 없잖아요. 그 여자도 바보는 아니라서 바로 상황을 파악한 것 같았습니다. 하지만 그 여자의 진짜 실력은 그 이후에 발휘됐습니다.

식사가 끝난 뒤 함께 엘리베이터를 타고 객실로 올랐을 때 그 여자는 잠깐 담배를 피우고 싶으니 제게 먼저 샤워하라고 했습니다. 저는 담배를 피우지 않지만 그 여자는 흡연가거든요.

그래서 혼자서 욕실에 들어가 따뜻한 물로 여유롭게 씻었죠. 내친김에 양치질까지 마치고 나왔는데 방이 텅 비어 있었어요. 그래도 그 여자가 도둑은 아니니 지갑과 카드는 무사했습니다. 한마디로 도망갔다는 뜻입니다.

하지만 그것뿐이었다면 단순한 흑역사였겠지만 그 여자는 그렇게 끝내지 않았습니다.

바로 그 다음다음 날, 이누이치과의 이누이 하루코 치과의사 앞으로 우편물이 도착했습니다. 이누이 하루코는 제 아내인데 봉투에는 사진이 두 장 들어 있었습니다. 편지도, 보낸 사람의 이름도 없었죠. 그 여자의 소행이 틀림없습니다.

그 목걸이 하나 못 건졌다고 그렇게 분했을까요? 아둔한 저는 전혀 눈치채지 못했습니다. 그날 그 여자가 호텔 방에서 제 사진을 찍었다는 사실을.

침대 위에 벗어 놓은 제 옷과 속옷 사진이 한 장, 그리고 욕실로 들어가는 제 등을 클로즈업한 사진이 한 장 들어 있었습니다. 허리에 나란히 있는 점 세 개도 선명하게 찍혔더군요. 나중에 생각하니 그 여자는 저를 꼬이는 데 실패하고서 증거 사진을 찍으려고 일부러 방까지 따라 올라온 것이었습니다.

당연히 화가 나죠. 지금도 분통이 터지지만 그 행동력이라고 할까, 집념은 말이죠. 정말 혀를 내둘렀습니다.

그 뒤로는 그 여자와 완전히 연락을 끊었습니다. 딱 한 번 말을 나눈 적은 있어요. 그 여자의 도모키라는 아들이 두 살 난 여동생을 죽인 사건 있었죠? 물론 그 당시에는 사실이 알려지지 않았으니 단순 사고로 처리됐지만. 그 아이의 장례식을 도쿄에 있는 메모리얼 홀에서 치렀거든요. 어쩔 수 없이 그 장례식에서 만났습니다.

그 사진이 치과에 온 직후 우리 집은 그야말로 난장판이 됐지만 다행히도 보낸 사람이 누군지는 몰랐으니까요. 상대가 막내아들의 같은 반 친구의 엄마라는 사실은 들키지 않았습니다. 아내도 학부모회 활동을 했으니 그 여자와 몇 번 마주쳤을 겁니다. 외도 상대가 모토무라 미즈카였다는 사실을 들켰다면 정말 피를 볼 뻔했습니다.

저도 솔직히 그딴 여자는 얼굴도 보기 싫었지만 학부모회 장인 데다 고인이 아들 친구의 동생이잖아요. 조문 갈 수밖에 없었죠. 교장과 교감에 반 대표 부모까지 함께 영결식에 참석했습니다.

장례식장에서 본 그 부부의 모습이요? 뭐, 그런 자리에서는 모두 점잖게 행동하고 특히 부모는 침울한 것이 마땅하니까요. 평범하다면 평범했지만 어쨌든 두 살 아이의 영결식치고는 몹시 화려했죠. 아이 아빠의 직업 때문인지 모르겠지만 그 수준이면 성대한 것이 아니라 허세가 심하다고 느꼈습니다.

영결식이 시작되기 전에 학교 관계자들과 부모가 간단히 인사를 나눴는데, 그 여자는 내 얼굴을 보고도 안색 하나 변하지 않더군요.

"학부모회장님까지 와 주셨군요. 바쁘신 와중에 감사합니다."

실로 태연했습니다. 뻔뻔하기 그지없었지만 아무래도 그 사건 때문에 꽤나 충격을 받은 것 같기는 했습니다. 두 사람 모두 핼쑥했어요. 특히 남편은 그때 처음 봤지만 마치 유령 같은 몰골이었습니다. 뭐, 그런 사정이 있었는데도 멀쩡했다면 오히려 더 이상할 것 같네요.

죄 없는 아이가 죽었으니 이런 말을 하기 조심스럽지만, 사실 그 여자로서는 모두 자업자득이죠. 애초에 도모키라는 아이 자체가 남편의 아이가 아니잖아요? 엄마가 그렇게 방탕하니 그 자식은 오죽 이상했겠어요. 이상하지 않은 게 오히려 이상하다고요.

저도 깊은 관계가 되기 전에 빠져나와서 불행 중 다행이라고 생각합니다. 솔직히 그 여자가 죽어서 내심 다행이다 싶어요.

그 여자가 살아 있으면 본인의 기분에 따라 또 어떤 공격을 할지 알 수 없으니까요.

네에!? 정말입니까? 제 문자가 재판에서 증거로 채택될 거라고요? 이럴 수가……

이러는 법이 어디 있습니까! 그럼 제 사생활은요? 문자는 개인의 통신 비밀에 해당하지 않습니까?

아니, 이러시면 곤란하죠! 변호사님, 정말 안 된다고요.

무쓰기 변호사님, 제발 부탁드립니다. 제 입장도 헤아려 주세요. 사람이 또 죽어 나가는 꼴을 보셔야겠습니까?

네!? 검찰이요? 그럴 수가……. 곤란합니다. 아니, 이건 정말 생각지도 못한 사태네.

제4장

사건의 본질

변호사 무쓰기 레이의 편지

모토무라 히로키 님

같은 시간, 같은 장소에서 같은 일을 겪은 두 사람이 정반대의 사실을 말하면서 제삼자의 판단을 구한다. 가만히 생각해 보면 재판이란 참 이상합니다.
피해자와 가해자. 진실은 정작 본인들이 가장 잘 알고 있음에도 아무것도 모르는 판사에게 결론을 지어달라고 맡기는 셈입니다. 어느 한 사람이 거짓말을 하고 있다. 진실을 말하는 사람은 과연 누구일까? 판사는 아무것도 모르기에 신중하게 고민하고 숙고하겠죠.
사실은 두 사람 모두 거짓을 말하고 있을지도 모릅니다. 그래도 형사 재판에 무승부는 없습니다. 어느 쪽이 승자가 되든 반드시 판결은 나옵니다.

시작부터 이상한 말을 늘어놓았습니다.

시간이 정말 빠르네요. 히로키 씨의 무죄 판결이 확정된 지 어느덧 세 달이 흘렀습니다. 형사 사건의 변호인이 살인 사건에서 무죄 판결을 이끌어 낼 기회는 흔치 않습니다. 이 사건은 제 변호사 인생에서도 평생 잊지 못할 사건 중 하나가 되겠죠.

당연한 말이지만 결국 재판의 결과를 좌우하는 것은 사건의 본질이지 전술이 아닙니다. 형사 재판이 검사와 변호사가 대립해 다투는 구도로 진행되는 만큼 공격과 방어의 질이 중요하다는 점은 인정하지만 소송은 창작 행위가 아닙니다. 변호인이 피고인에게 유리한 사실을 멋대로 만들어 낼 수는 없습니다.

그렇지만 복잡하고 기이한 사건일수록 피고인의 의지, 판사의 인생관, 검사의 업무 태도만큼 변호인의 전략도 재판을 움직이는 중요한 요소가 됩니다. 히로키 씨와 함께 이 재판에서 싸우면서 저는 많은 것을 배웠습니다.

저는 지금 변호인으로서 반성하고 앞으로의 활동에 대해 스스로 경각심을 일깨우고자 이 재판을 되돌아보려고 합니다.

형사 재판의 심리에서 가장 중요한 과정이 '사실 인정'이라는 것은 설명할 필요도 없겠죠. 사실은 무슨 일이 있었는가? 그 점에 다툼이 없다면 사건은 이미 90퍼센트 정도 해결됐다고 해도 무방합니다.

사실 인정에 문제가 없다면 재판은 간단하게 끝납니다. 남은 쟁점은 법률의 적용과 피고인의 정상 참작 여부지만 대부분 기껏해야 한두 번의 공판 기일 내에 심리가 마무리 됩니다. 그 이후는 판결선고를 기다릴 뿐입니다. 그리고 실제로 과거의 많은 사건이 사실관계에 대해 다투지 않은 채 조기에 종료됐습니다.

하지만 물론 그런 사건만 있는 것은 아닙니다. 피고인이 무죄를 주장하며 범죄를 부인하는 사건은 검사의 주장과 변호인의 주장이 정면으로 대립합니다. 변호인이 가해자의 대변인이라고 하면 검사는 피해자의 대변인이라고 해도 좋습니다. 그리고 치한사건을 예로 들 필요도 없이 피해자의 주장과 가해자의 주장이 완전히 엇갈리는 사건은 흔합니다.

그런데 피해자의 주장에 관해서 말하자면 살인사건은 다른 사건들과 다른 큰 특징이 있습니다. 바로 사건의 핵심인 피해자가 죽었기 때문에 피해자가 직접 증언할 수 없다는 사실입니다. 목격자가 존재하는 케이스를 제외하면 범행 당시 상황을 아는 사람은 범인밖에 없다는 뜻입니다.

죽은 자는 말이 없다. 피해자에게 이렇게나 불리한 상황은 없습니다. 살인사건의 심리가 무겁고 고민스러운 이유는 당연히 사건의 심각성 때문이기도 하지만, 말을 할 수 없는 피해자의 목소리를 헤아리는 것이 어렵다는 사실을 판사를 비롯한 법조인 모두가 통감하기 때문입니다.

그런데 그런 측면에서 봤을 때 이번 사건은 다른 사건에서는 볼 수 없는 독특한 특징이 있습니다. 피해자인 미즈카 씨와 도모키 군이 모두 자신이 살해될 것을 예상하고 고발문이라고 할 수 있는 메일을 미리 작성해 보내 놓았기 때문입니다.

물론 그 두 사람의 고발도 완벽하지는 않습니다. 살해 방법과 살해 일시 모두 현실로 일어난 사건과 크게 다르고, 그들의 주장도 각각 무시할 수 없는 모순이 있습니다. 무엇보다 피해자의 주장이라고 해서 그것이 반드시 진실이라고 할 수 없다는 점은 말할 필요도 없겠죠.

그렇다 하더라도 이번 재판은 고인의 고발이라는 예상치 못한 복병 때문에 본격적인 다툼이 시작된 셈입니다. 피고인이었던 히로키 씨도 변호를 맡았던 저도 이미 세상을 떠난 사람을 상대로 반박하기란 쉽지 않았습니다. 죽은 자는 말이 없다. 이 말이, 죽은 사람에게는 반대 신문을 할 수 없다는 사실도 내포한다는 것을 알게 된 것도 이번에 제가 얻은 귀중한 경험입니다.

예단을 불허하는 상황에서 결과적으로 법원이 변호인 측의 주장을 인용한 것은 당연히 무고를 주장하는 히로키 씨의 집념이 맺은 결실이겠죠. 하지만 그 결과에 이르는 과정에 모토무라 가족을 잘 아는 미조구치 유지 씨와 미조구치 사키코 씨 부부의 진솔한 증언이 있었다는 사실을 잊어서는 안 됩니다. 그런 관점에서 역시 재판은 끝까지 예측할 수 없다는 것을 새삼 깊게 깨달았습니다.

히로키 씨도 잘 아시다시피 이번 재판의 가장 큰 문제점은 범행을 증명할 결정적인 증거가 부족하다는 것이었습니다. 눈으로 확인할 수 있는 사실은 고작 추락사한 시신 두 구뿐이었죠. 피해자들과 다툰 것으로 추정되는 상처가 피고인의 몸에서 발견됐지만 당연히 이것만으로는 살인의 구체적인 정황을 특정할 수 없었습니다.

무엇보다 범죄는 보통 은밀하게 실행됩니다. 범행 현장에 지문이나 영상을 남기는 친절한 범인은 그리 많지 않죠. 물증이 없다고 우물쭈물해서는 수사를 할 수 없습니다.

그래서 이번에 검찰은 직접 증거를 내세우는 대신 증명할 수 있는 간접 사실을 수집해서 피고인이 아내와 아들을 살해할 수밖에 없었을 만한 스토리를 만들어내는 전술을 사용했습니다. 피고인의 범행을 직접 입증하는 것이 아니라 범행을 짐작할 수 있도록 주변 사실들을 수집해 범죄 사실을 증명하고자 한 것입니다.

그러나 이러한 방식은 처음부터 다소 허점이 있었습니다. 검찰은 마치 미즈카 씨의 수기와 도모키 군의 메일에 등 떠밀리듯이 기소했는데, 문제는 검찰의 주장과 입증이 피해자의 고발에 지나치게 의존했다는 점이었습니다.

심리 결과, 핵심 증거였던 미즈카 씨가 작성한 수기의 신빙성이 예상보다 떨어진 점이 검찰 측에게 치명적인 결과를 초래했습니다. 변호인의 승리 뒤에는 검사의 무리한 공소 제기가 있었다는 사실을 부정할 수 없을 것입니다.

이쯤에서 다시 한번 되짚자면 이 재판에서 검찰이 구상한 스토리는 다음과 같았습니다.

① 자신이 경영하는 주식회사 엠시티의 자금 융통으로 고민이 깊던 피고인은 때마침 친정어머니의 유산을 상속한 아내 미즈카에게 자금 지원을 요청하지만, 회사가 도산 위기에 처했다고 오해한 미즈카의 승낙을 얻지 못해 불만을 품는다.

② 그러던 중에 피고인의 아들 도모키가 딸 유카를 욕조에 빠뜨려 죽이는 사건이 발생하는데 피고인과 미즈카는 합의 하에 불의의 사고로 위장해 사건을 은폐한다.

③ 그 후 가족과 방문한 야마나시의 별장에서 도모키가 옆집 미조구치 부부의 딸 미유를 욕조에 빠뜨려 죽이려고 하지만 재빨리 이상을 감지한 피고인이 사건이 일어나기 전에 막아서 다행히 아무 일도 발생하지 않는다.

④ 일련의 사태를 두고 앞날을 비관한 피고인과 미즈카는

도모키의 살해를 계획하고 드라이브를 구실로 도모키를 데리고 나가 사고로 위장해 산속 절벽에서 밀어 떨어뜨리기로 합의한다.

⑤ 사건 당일 아침, 피고인은 상기의 합의에 따라 차로 살해 장소를 물색하러 나가지만 도모키를 산속에서 살해하자니 내키지 않아 결국 목적을 달성하지 못한 채 저녁에 별장으로 돌아온다.

⑥ 별장으로 돌아온 피고인은 맥주를 마시다가 이기적인 아내에 대한 분노와 살인을 저지른 아들에 대한 절망감이 점점 깊어져 감정이 격해지고, 차라리 이 자리에서 두 사람을 사고사로 위장하자고 결심하기에 이른다. 그리고 저항하는 미즈카와 도모키를 어떠한 방법으로 2층 베란다에서 밀어서 약 13미터 아래로 떨어뜨려 사망하게 한다.

이것은 도모키 군의 메일과 미즈카 씨의 수기를 바탕으로 꾸민 스토리인데 피고인의 진술 중 검찰 측 주장과 일치하는 부분도 가미됐습니다.

공소를 제기하려면 검사는 이처럼 범죄가 어떠한 목적으로 어떻게 실행됐는지 예상되는 스토리를 짜야 합니다.

그리고 그 사실들은 당연히 증거에 의해 증명할 수 있어야 합니다. 어떤 사소한 사실도 이 원칙에서 벗어날 수 없습니다. 물론 변호인 측의 반박 증거에 무너져서도 안 됩니다.

이에 대한 변호인의 주장은 다음과 같습니다.

① 도모키의 미래를 고심한 피고인과 미즈카는 드라이브를 핑계로 도모키를 데리고 나가 사고사로 위장해 살해하기로 합의하지만, 그것은 오로지 미즈카의 주도에 의한 결론이었으며 피고인은 마음을 정하지 않았다.

② 사건 당일, 범행 장소를 물색하러 나간 피고인은 내키지 않아 목적을 달성하지 못한 채 별장으로 돌아갔다. 그러고는 도모키를 보러 2층으로 올라갔는데, 피고인이 자신을 죽일 것이라고 오해한 도모키가 베란다 난간을 넘어 절벽 아래로 뛰어내리려고 했다.

③ 그 모습을 보고 달려간 피고인은 난간 너머로 떨어질 뻔한 도모키의 발목을 잡아 끌어올리려고 했다. 하지만 난간이 높은 탓에 여의치 않아 필사적으로 미즈카를 불렀다. 그런데 그때 뒤를 돌아보니 바로 뒤에 미즈카가 서 있었다.

④ 미즈카는 피고인의 지시대로 그 자리에 있던 사다리를 일으켜 세워 피고인이 그 위에 올라서도록 돕다가 갑자기 돌변해 피고인의 등을 밀어 도모키와 피고인을 모두 난간 아래로 떨어뜨리려고 했다.

⑤ 피고인은 미즈카의 공격을 방어하려고 오른손으로 도모키의 발목을 잡고 왼손으로 미즈카의 몸을 사다리 위로 끌어올렸다. 두 사람은 사다리 위에서 몸싸움을 벌였고 균

형을 잃은 미즈카의 몸이 난간 너머 절벽 아래로 추락. 그 충격으로 피고인이 오른손으로 붙잡고 있던 도모키도 함께 떨어졌다.

⑥ 피고인은 도모키를 구하려고 했으며, 이후 미즈카와 몸싸움을 벌인 것은 미즈카의 공격으로부터 몸을 지키기 위한 방어행위에 불과하다. 즉 피고인이 먼저 미즈카를 공격하지 않았으며 피고인의 행위는 정당방위에 해당한다.

변호인 측은 이렇게 정당방위를 주장했습니다. 도모키 군의 발목에 내출혈이 발견된 것도, 미즈카 씨와 히로키 씨의 몸에 상처가 있던 것도 이것으로 설명할 수 있습니다. 그렇지만 본인의 진술 외에 객관적인 증거가 없는 것은 변호인 측도 마찬가지였습니다.

검사에게 밀려 링 밖으로 벗어날 위기에 처했던 변호인이 다시 링 한가운데에 서게 됐다고 표현해도 될까요. 어쨌든 검찰 측과 변호인 측이 서로 한 발자국도 양보하지 않은 채 정면으로 맞붙은 그 순간부터 진짜 싸움이 시작된 셈이었습니다.

자, 그러면 판사는 어떻게 생각했을까요.
형사 재판에서는 이처럼 다양한 해석이 존재해서 판사가 판단하기 어려운 경우, '의심스러울 때는 피고인에게 유리하게 판단한다'라는 대원칙이 적용됩니다. '의심스러울 때는 벌하지 않는다'와 같은 뜻인데, 의심할 여지 없이 피고인의 범행을 확신할 수 없는 한 피고인에게 유죄 판결을 해서는 안 된다는 의미입니다.

매우 타당한 원칙으로 이것 자체에는 거의 이견이 없습니다. 그렇지만 이념과 실천 사이에 괴리가 존재하는 것은 세상 이치이기도 하죠. '말로만' 존재하는 대원칙이지 실상은 다르지 않을까? 하고 의문을 품는 사람도 많지 않을까요?

애초에 어떤 사안이든 판사가 범행을 직접 목격한 것도 아닌데 한 점 의문도 없이 피고인이 범인이라고 확실할 수 없습니다. 판사는 사람이지 신이 아니니까요. 하물며 피고인이 무죄를 외치는 상황이라면 더욱 그렇습니다.

설령 목격자가 증언한다고 해도 그 사람이 잘못 봤거나 착각했을 수도 있고, 피고인에 대한 원한이나 편견 때문에 거짓말을 하지 않았으리라 보장할 수도 없습니다. 누군가에게 매수당했을 수도 있습니다. 피고인의 지문이나 혈액 등 의심할 만한 증거가 있어도 수사관이 그것을 조작하지 않았다는 보장도 없죠. 그뿐 아니라 피고인이 자백하고 유죄를 인정한 경우조차 실은 진범은 따로 존재하고 그 피고인은 가짜일 가능성도 있습니다. 의심하기 시작하면 그야말로 끝이 없죠.

그런데도 판사가 피고인에게 유죄 판결을 내린다면 분명

그 피고인이 '상당히 의심스럽기 때문'일 것입니다. 의심스러우면 벌한다. 만약 그것이 원칙이라면 애초에 누명을 쓴 억울한 사람은 없어야겠죠.

물론 판사 대부분이 "설령 백 명의 진범이 무죄로 석방된다고 해도 한 명의 억울한 사람도 만들지 않는 것이 중요하다"라고 말하겠죠. 그렇다면 천 명의 진범이 무죄로 석방된다면 어떨까요? 만 명이라면? 그렇다면 원칙은 뒷전이 되고 판사 개개인이 마음속에 스스로 납득할 수 있는 기준을 설정하게 되겠죠. 진범을 단 한 명도 놓치지 않으면서 억울한 죄인은 단 한 명도 나오지 않게 하는 것은 신만이 할 수 있는 일이니까요.

그리고 같은 '의심스러움' 속에서도 흰색에 가까운 회색부터 거의 새까만 색에 가까운 회색까지 농도의 차이가 있는 것은 당연합니다. 유죄인지 무죄인지 어느 쪽이라고 판단할 수 없는 모호한 사건은 결국 사건의 주변에 흩뿌려진 무수한 간접 사실이 판사의 판단에 영향을 미칩니다.

이번 사건은 결국 이 간접 사실이 승부를 갈랐습니다.

이번 사건은 히로키 씨의 가정이라는 극히 좁은 공간에서 발생한 사건인데 그 안에는 실로 다양한 살의가, 그것도 진실과 거짓이 뒤섞여 존재했습니다.

그 시작은 도모키 군이 유카 양을 살해한 사건이었습니

다. 이 사건은 몹시 안타까우면서도 많은 의문을 품고 있습니다.

도모키 군은 할머니에게 보낸 메일에서 동기 비슷한 이야기를 했지만 그가 왜 어린 동생에게 살의를 품었는지 사실은 명확하지 않습니다. 도모키 군이 그 후 미유를 죽이려고 한 것으로 보아 도모키 군이 저지른 사건은 무차별적인 유아 살인이라고 생각할 수 있습니다. 이 사건은 부모의 조작으로 대외적으로는 사고로 처리됐지만 이 비극이 이후 벌어진 참사의 시작이 된 것은 틀림없습니다. 도모키 군은 묘하게도 피를 나눈 두 여동생 모두에게 살의를 품었습니다.

다음 살의는 말할 것도 없이 히로키 씨와 미즈카 씨의 도모키 군 살인 계획입니다. 이유 없는 살인을 반복하는 아들의 앞날을 걱정해 대책을 고민한 끝에 내린 고통스러운 결단이었음은 쉽게 짐작할 수 있습니다. 그렇지만 이것은 부모가 어린 아들을 사고사로 위장해 살해한다는, 그야말로 경천동지할 살의였습니다.

이 살인 계획은 다행인지 불행인지 범행 실행 전날, 도모키 군이 예상치 못한 행동으로 베란다에서 추락사했기 때문에 원래 계획대로 실행되지는 않았습니다. 하지만 도모키 군의 추락사와 앞서 말한 부모의 살의 사이에 떼려야 뗄 수 없는 밀접한 인과 관계가 존재한다는 것은 의심의 여지 없는 사실입니다.

부모의 대화를 엿들은 도모키 군이 살해당하기 전에 스스로 죽음을 선택했는지, 아니면 부모 중 한 명에 의해 살해당했는지 진위는 불분명합니다. 바로 그 부분이 재판의 쟁점이었는데 이번 사건에서 진정으로 이상한 점은 이 지경이 된 상황에서도 남편과 아내가 서로 상대방이 자신과 아들을 죽이려고 했다고 주장한다는 것입니다.

미즈카 씨는 수기에서 남편인 히로키 씨가 아내와 아들을 살해할 계획을 세웠다고 말했습니다. 그 동기는 세 가지. 히로키 씨의 여자관계, 미즈카 씨가 상속받은 유산, 도모키 군의 출생의 비밀이었습니다. 히로키 씨는 도모키 군이 자신의 친자식이 아니라는 사실을 알면서도 아무것도 모르는 얼굴로 복수의 기회를 노렸다고 주장했죠.

물론 히로키 씨는 미즈카 씨의 주장을 전면으로 부인했는데, 여자관계는 몰라도 쇼토의 친정집 매각을 둘러싸고 부부 사이에 조금이나마 갈등이 있었던 사실과 도모키 군의 친부가 미조구치 유지 씨라는 사실은 인정할 수밖에 없을 것입니다.

한편 히로키 씨는 이 재판에서 미즈카 씨가 도모키 군을 살해했고 자신을 살해하려다 미수에 그쳤다고 주장했습니다. 동기는 알 수 없습니다. 그러나 미즈카 씨는 별장 2층의 베란다에서 도모키 군의 한쪽 다리를 잡은 채 사다리 위에 선 히로키 씨의 등을 밀어 아들과 남편을 모두 절벽 아래로 떨어뜨리려고 했습니다. 이것이 살의가 아니라면 무엇을 살의라고 할 수 있을까요?

히로키 씨가 주장한 미즈카 씨의 살의와 미즈카 씨가 주장한 히로키 씨의 살의 중 어느 것이 존재하고 어느 것이 존재하지 않는가. 재판의 초점은 그 한 가지로 좁혀졌습니다.

히로키 씨가 무죄 판결을 확실히 쟁취하려면 미즈카 씨가 왜 남편을 살해하려고 했는지 동기를 밝혀야 했습니다. 그와 동시에 판사가 그 동기가 타당하다고 인정할 만한 증거를 찾아내는 것이 변호인인 저의 임무였습니다.

미즈카 씨가 도모키 군뿐 아니라 남편까지 죽이려고 했다면 그녀가 도모키 군의 앞날을 비관했기 때문이라는 동기만으로는 설명이 되지 않습니다. 동기는 알 수 없다고 했지만 역시 배후에 남자관계가 있다고 판단하는 것이 자연스럽습니다.

그런데 제가 처음 히로키 씨를 접견한 시점에는 적어도 사건 당시 미즈카 씨에게 특정 남성이 존재했다고 짐작하게 하는 증거는 없었습니다. 신혼 초에 미조구치 씨와 불륜을 저질러 아이를 낳았을 정도니 그 사람 외에도 남자가 더 있을 것이라는 추측은 누구나 할 수 있지만 증거가 없으면 아무 소용 없습니다.

변호인으로서 행운이었던 점은 사건 직후에는 괜히 엮일

까 봐 모르는 척하던 미조구치 사키코 씨가 시간이 지나면서 마음을 바꿔 스스로 저를 만나러 와준 것이었습니다.

사키코 씨는 관찰력이 뛰어나고 날카로운 사람입니다. 그녀는 수사 단계에서는 진술하지 않았던 수많은 흥미로운 에피소드를 제게 이야기해 줬는데 재판의 향방을 크게 좌지우지할 중요한 사실 두 가지가 여기서 밝혀졌습니다. 하나는 미즈카 씨가 실은 도모키 군의 출생의 비밀을 직접 사키코 씨에게 말했다는 사실, 그리고 미즈카 씨에게 미조구치 씨 외에도 다른 남자가 있었다는 사실이었습니다.

실로 파격적인 전개였습니다. 변호인의 주장이 단순한 망상이 아니라 눈에 보이는 실체로 바뀌었으니까요.

사키코 씨가 남편인 미조구치 씨와 함께 법정에서 증언하면서 그전까지 수기로 인해 형성되었던 미즈카 씨의 이미지가 송두리째 무너졌고 그녀의 배후에 존재하는 남자의 존재가 선명하게 드러났습니다.

그러나 사키코 씨는 미즈카 씨에게 사귀는 남자가 어디의 누구인지 구체적으로 듣지는 못했습니다. 그래도 미즈카 씨가 '할아버지'라고 부를 정도니 어느 정도 지긋한 나이에 경제력이 상당한 인물은 분명했습니다.

'미즈카 씨가 과연 그런 남자 때문에 남편을 죽일 것인가' 라는 의문이 싹텄지만 어쨌든 그 남자가 누구인지 밝혀내는 것이 급선무였습니다. 단서는 미즈카 씨가 그 남자가 사췄다고 자랑한 고가의 명품들이었습니다.

즉시 히로키 씨 어머님의 협조를 받아 구니타치에 있는 집을 조사했는데 미즈카 씨의 옷장 안에 로에베 재킷과 에르메스 가방, 샤넬 시계가 소중히 보관되어 있었습니다. 모두 히로키 씨가 돈을 지불한 적 없는 물건들이었습니다. 즉 미즈카 씨는 어머니에게 용돈을 받아 이 명품들을 샀다고 히로키 씨를 속인 셈입니다.

그리고 결정적인 증거는 그 에르메스 가방 속에서 발견했습니다. 니혼바시의 M백화점 본점 VIP 담당자의 명함이었는데 거기에 '요시다 세무사 담당자'라고 미즈카 씨의 자필 메모가 적혀 있었습니다. 이 선물들을 준 사람은 요시다회계사무소의 대표 요시다 다쓰히코 세무사였습니다.

요시다 세무사는 처음에는 발뺌했지만 확실한 증거가 있다는 사실을 알고 각오했는지 미즈카 씨와의 관계를 인정했습니다.

요시다 세무사는 원래 미즈카 씨의 아버지 마키오카 세이치 씨와 친분이 있었는데 세이치 씨가 사망한 뒤 그의 아내가 상속세 신고를 의뢰하면서 미즈카 씨와 가까워졌습니다.

원체 여자를 좋아하는 것 같았던 요시다 세무사는 곧바로 미모의 유부녀였던 미즈카 씨를 노렸습니다. 그리고 미즈카 씨를 고급음식점으로 초대해 점심 식사를 대접했습니다. 상속세 신고를 무사히 마친 것을 축하하는 자리라고 했으나 어머니 노부코 씨에게는 연락하지 않은 것을 보면 다른 속셈이 있었던 것은 틀림없겠죠.

손바닥도 마주쳐야 소리가 납니다. 마음이 맞은 두 사람은 그 후 사람들의 눈을 피해 데이트하는 사이가 됐는데 그와 동시에 미즈카 씨가 명품을 사달라고 조르기 시작합니다. 미즈카 씨가 연상의 연인에게 요구한 역할은 어디까지나 돈줄이었으니 당연한 일이었습니다. 지나치게 노골적인 요구에 처음에는 마음이 들떴던 요시다 세무사도 차츰 두 손 두 발 다 들었습니다.

보통 그런 상황에서는 한바탕 시끄러울 법도 한데 두 사람은 어른답게 행동했습니다. 그저 즐기는 사이라고 선을 그은 것입니다. 그렇게 한 번 관계를 끝냈지만 재작년 말 어머니 마키오카 노부코 씨가 사망하면서 미즈카 씨는 다시 요시다 세무사에게 상속세 신고를 의뢰했습니다.

하지만 질릴 대로 질린 요시다 세무사는 이번에는 젊은 직원인 오가사와라 쇼타 씨를 담당자로 지정해 이 의뢰 건을 떠넘깁니다. 본인은 한 발짝 물러서서 거리를 두고 지난번 같은 일이 반복되지 않도록 몸을 사렸습니다.

그래서 요시다 세무사는 오가사와라 씨가 어느새 미즈카 씨의 포로가 되었다는 사실도 눈치채지 못했습니다. 미즈카 씨가 사망한 후에는 그녀와의 비밀이 언제 경찰에 탄로 날까 전전긍긍했습니다.

요시다 세무사의 증언은 매우 중요했지만 뭐니 뭐니 해도 가장 큰 수확은 그가 미즈카 씨의 요구로 휴대폰을 구입해 준 사실을 알게 된 것이었습니다. 요시다 세무사는 미즈카 씨에게 분홍색 휴대폰을 사줬는데 그때 그의 이름으로 계약하고 통신비도 그의 계좌에서 인출됐습니다. 그리고 미즈카 씨와 관계가 끝난 후에도 해지하지 않아 그녀가 계속 휴대폰을 사용할 수 있게 했습니다.

요시다 세무사는 제 요청에 따라 미즈카 씨가 가지고 있던 휴대폰의 통신 기록을 조회해 줬습니다. 그 결과는 히로키 씨도 아시는 바와 같습니다.

역시라고 할까요. 문제의 휴대폰은 미즈카 씨가 사망하기 약 한 달 전까지 그녀가 갖고 있었고 새 교제 상대와 연락하는 용도로 이용했습니다. 이렇게 미즈카 씨의 애인으로서 두 남자가 수면에 떠올랐습니다.

첫 번째는 조금 전에도 말한 요시다회계사무소의 사무직원 오가사와라 쇼타 씨입니다.

대학 졸업 후 요시다회계사무소에서 근무하며 세무사 시험에 도전하는 오가사와라 씨는 스물다섯 살입니다. 이바라키현 출신으로 아버지는 회사원. 원룸 맨션에 세 들어 사는 미혼 남자입니다.

그런 오가사와라 씨에게 미즈카 씨를 만족시킬 만한 경제력은 없었습니다. 그래도 미즈카 씨가 접근했다면 아마 미조구치 씨와 마찬가지로 그의 어딘가에 그녀를 끌어당긴 매력이 있었을 것입니다. 오가사와라 씨는 미즈카 씨와 요시다 세무사의 관계를 전혀 몰랐던 것 같습니다.

작년 초 설 연휴가 지나고 신주쿠 러브호텔에서 관계를 맺은 두 사람은 그 후 일주일에 두 번꼴로 만남을 지속했습니다. 과거에 만난 남자들에 비하면 상당히 잦았는데 역시 스물다섯 살인 오가사와라 씨의 젊음이 영향을 미친 듯합니다.

문제는 미즈카 씨가 친정집 매각에 대해 오가사와라 씨에게 상담을 요청했을 때, 오가사와라 씨 본인도 인정했듯이 히로키 씨 회사에 대해서, 또 우에노 씨 회사를 인수하는 문제에 대해 리스크를 지나치게 강조한 데서 비롯됐습니다. 오사가와라 씨는 일을 열심히 하는 모습을 부각시켜 미즈카 씨의 신뢰를 얻음과 동시에 남편의 재무 상황에 대한 불안을 자극해, 자신이 힘이 되어주면서 마음을 얻으려고 했던 것입니다. 그 결과 히로키 씨를 향한 미즈카 씨의 불신은 더욱 커졌지만 사태는 뜻하지 않은 방향으로 굴러갔습니다.

성숙한 연상의 여인에게 푹 빠진 오가사와라 씨는 문자와 전화를 상당히 자주했습니다. 미즈카 씨가 고용한 가사도우미는 일주일에 두 번 왔기 때문에 가사도우미가 오지 않는 날은 어린 유카 양을 두고 외출할 수 없었습니다. 만나고 싶을 때 만나지 못하니 애가 타서 마음이 더욱 깊어졌겠죠. 오가사와라 씨와의 통화는 매일 이어졌고 통화 시간도 20분 정도로 점점 길어졌습니다.

한 남자에게 이렇게까지 끌리다니 미즈카 씨답지 않았습니다. 오가사와라 씨는 미조구치 씨보다 어린 만큼 무모하고 순진했습니다. 결과적으로 그 점이 화근이 됐습니다. 두 사람이 관계한 뒤 약 3주가 지난 2월 1일, 마침내 사건이 터졌습니다.

엄마는 화장실에 가면 오래 걸려요. 도모키 군이 할머니에게 보낸 메일에 적힌 그대로였습니다. 통신 기록에 따르면 오후 6시 31분 18초부터 6시 53분 32초까지 22분 14초. 그 짧고도 긴 시간에 어린 유카 양은 목숨을 잃었습니다.

아무리 아이에게 애정이 크지 않은 미즈카 씨라도 충격이 얼마나 컸을지 상상조차 하기 어렵습니다. 유카 양의 죽음을 계기로 미즈카 씨는 오가사와라 씨를 거부했습니다. 애인과 길게 통화하지 않았다면 유카는 죽지 않았을 것이다······. 후회에 휩싸여 마음이 괴로웠겠죠.

하지만 오가사와라 씨는 미련을 쉽게 버리지 못했습니다. 고민 끝에 계책을 떠올렸고 미즈카 씨를 요시다회계사무소로 불러내는 데 성공합니다. 그런데 그 자리에서 미즈카 씨가 내민 휴대폰이 요시다 세무사의 것이라는 사실, 즉 자신의 상사가 미즈카 씨와 불륜 관계였다는 사실을 알고 깜짝 놀랐습니다.

이후 오가사와라 씨의 연락 공세는 뚝 끊겼습니다. 그는 미즈카 씨가 사망한 뒤에도 휴대폰을 보관한 채 고민하며 지낸 듯합니다. 이렇게 미즈카 씨와 연하의 연인의 은밀한 만남도 결국 어이없이 막을 내렸습니다.

그리고 두 번째 남자는 치과의사 이누이 기미아키입니다.

이누이 선생은 서른아홉 살의 치과의사로 구니타치시에 있는 이누이치과의 부원장입니다. 미즈카 씨가 그의 환자였던 것은 아닙니다. 이누이 선생은 도모키 군의 같은 반 친구의 아버지이자 학부모회장이었습니다. 두 사람은 밤에 열린 학부모회 모임에서 만났습니다.

제 추궁에 마지못해 무거운 입을 연 이누이 선생은 안쓰러울 정도로 초췌했습니다. 미즈카 씨와의 일을 떠올리기만 해도 불쾌해 보였죠. 그의 말에 따르면 비록 극히 짧은 기간이었지만 두 사람의 정사부터 이별까지 일관되게 미즈카 씨가 주도권을 쥐고 있었던 것 같습니다. 다소 책임을 회피하는 눈치기는 했지만 미즈카 씨가 했을 법한 행동들이라 완전히 거짓말이라는 생각은 들지 않았습니다.

이누이 선생은 부원장이지만 원장의 데릴사위라서 실권은 없습니다. 게다가 과거에 바람을 피운 전과가 있기 때문인지 같은 치과의사인 아내가 엄격하게 감시하고 있었습니다. 자유롭게 사용할 수 있는 돈은 거의 없었습니다.

이런 남자가 요시다 세무사의 후임자 노릇을 할 수 있을 리가요. 멋대로 기대를 품었던 미즈카 씨는 남자에게 실망해 분노했습니다. 두 사람의 불륜극은 그녀의 통렬한 앙갚음으로 순식간에 막을 내렸습니다.

그런데 미조구치 씨를 비롯해 미즈카 씨가 선택한 남자들은 하나같이 입을 굳게 다물고, 일방적으로 차여도 흥분하거나 집요하게 따라다니지는 않았습니다. 이누이 선생도 추문만은 반드시 피하고 싶어 하는 것 같았습니다.

당당히 법정에 선 미조구치 씨를 제외한 나머지 남자들은 모두 검사의 소환을 받는 그 순간까지 몸을 사리기에 급급했습니다.

미즈카 씨의 이런 행적이 드러나자 순식간에 변호인 측이 유리해졌습니다.

그러나 변호인의 주장을 뒷받침할 중요한 부분, 즉 미즈카 씨는 무엇 때문에 남편을 죽이려 했는가 하는 의문에 관해서는 여전히 납득할 만한 답을 찾지 못했습니다. 미즈카 씨가 오가사와라 씨와 관계를 끝낸 이유는 유카 양 사망 사건 때문이 아니라 새 애인이 생겼기 때문이라고 볼 수도 있지만 유감스럽게도 결정타가 없었습니다.

그러나 피고인인 히로키 씨가 자신의 애인과 공모해 아내를 살해했을 가능성과 미즈카 씨가 자신의 애인을 위해 남편을 살해했을 가능성은 이제 반반이 아니라 미즈카 씨 쪽으로 크게 기울었습니다. 어쨌든 미즈카 씨의 남성 편력이 완벽하게 입증된 데 반해 히로키 씨의 애인은 미즈카 씨가 수기에서나 주장하는 존재였기 때문입니다. 게다가 남편이 비밀 휴대폰으로 애인과 통화하며 아내와 아들을 죽일 계획을 도모했다는 미즈카 씨의 주장 자체가 도모키 군의 메일이 등장하면서 거의 거짓으로 드러난 셈이었습니다.

이렇게 되면 재판의 초점은 필연적으로 미즈카 씨의 수기 내용 자체가 아니라 그녀가 왜 수기를 썼는지 그 의도를 밝히는 데 집중됩니다. 이것은 재판이 변호인의 계획대로 진행된다는 것을 의미했습니다.

① 미즈카가 잡지 편집자에게 수기를 보낸 진정한 의도는 피고인이 애인과 공모해 아내와 아들을 죽일 계획을 세웠다고 거짓 주장을 해서, 피고인을 살해한 뒤 정당방위를 주장하려는 목적이었던 것으로 추측된다.

② 즉 미즈카의 당초 계획은 도모키를 살해하기 위해 세 가족이 산속에 갔다가 자신과 아들이 피고인에게 공격당했다고 둘러대고 정당방위를 방패 삼아 피고인을 살해할 계획이었던 것으로 추측된다.

③ 미즈카가 수기에서 '피고인이 애인과 비밀 휴대폰으로 통화하며 아내와 아들을 죽일 계획을 세웠다', '피고인은 도

모키의 친부가 미조구치라는 사실을 알았다' 등 허위 사실을 기재한 이유는 피고인에게 살해 동기 및 계획이 있었음을 수사관들에게 인지시키면서 도모키가 저지른 살인 및 살인 미수 사건을 은폐하려는 목적이었다.

④ 이 사건의 본질은, 예상치 못한 전개 때문에 2층 베란다에서 피고인이 도모키의 발목을 붙잡고 버틸 때, 이 현장을 목격한 미즈카가 기회를 잡았다는 듯 사다리 위에 서 있던 피고인의 등을 밀어 두 사람을 베란다에서 떨어뜨리려고 한 것이다.

⑤ 미즈카가 남편과 아들을 살해하려고 한 동기는 여자아이를 죽이는 아들 때문에 절망해 그 원흉인 도모키를 없애는 김에 그동안 불만이 많던 남편도 함께 처리해서 피고인과의 결혼 생활에서 벗어나는 데 있었다고 추측된다.

⑥ 따라서 만약 사건 당시 미즈카가 특정 남자와 불륜 관계였던 사실이 인정되지 않더라도 미즈카가 피고인과 도모키에게 살의를 품고 있었던 사실은 의심의 여지가 없다.

이것은 재판에서 변호인 측이 한 주장인데 최종적으로 판사의 판단도 이와 같았다고 생각합니다. 판결에서 법원은 변호인 측의 주장 사실을 적극적으로 인정하지는 않았지만 그 가능성을 부정할 수 없음을 분명히 인정한 셈입니다.

애초에 검사가 기소한 공소 사실을 심리하는 것이 재판입니다. 그 외 사실은 비록 사건과 밀접하게 연관된 행위일지라도 심리의 대상이 아닙니다. 그리고 심리의 대상이 아닌 이상 법원이 미즈카 씨의 범행이나 범의 여부를 적극적으로 인정할 필요는 없습니다. 미즈카 씨가 히로키 씨를 공격했을 가능성을 부정할 수 없는 이상 히로키 씨의 해명 또한 완고하게 부정할 수 없습니다. 그것이 바로 핵심 포인트였습니다.

이렇게 되면 분위기는 순식간에 변호인 쪽으로 기웁니다. 따라서 법원은 필연적인 결론으로서 변호인 측이 주장하는 각 사실, 즉

① 피고인이 미즈카를 사다리 위로 끌어올린 행위는 어디까지나 미즈카의 공격으로부터 자신과 도모키를 지키려던 방위행위였다.
② 좁은 사다리 위에서 피고인과 몸싸움을 벌이던 미즈카의 몸이 순간 균형을 잃고 절벽 아래로 떨어졌고, 그 충격으로 거꾸로 매달려 있던 도모키의 발목이 피고인의 오른손에서 미끄러져 떨어졌다.

위 주장의 가능성을 부정할 수 없음을 인정했습니다. 그리고 최종적으로,

③ 만일 그렇다면 피고인의 행위는 자신과 도모키의 목숨을 지키려던 방위행위였다고 할 수 있는 바, 정당방위에 해당한다.

라고 결론이 나며 변호인 측 주장을 전부 인정했습니다.

무기징역을 구형했던 검찰 측은 무죄 판결이 났음에도 항소하지 않았습니다. 그들도 다소 무리한 기소였다는 사실을 알고 있었겠죠.

원고와 피고가 대등한 민사 재판과 달리 형사 재판에서 검사는 입증 책임 면에서 변호인보다 훨씬 유리합니다. 검사는 국가권력인 막강한 수사권을 쥔 만큼 변호인과 비교도 되지 않는 양질의 정보를 얻을 수 있고 폭넓은 활동을 할 수 있으니 당연하겠죠.

그 점을 이번 사건에 대입하면 검사는 피고인이 살의를 품고 피해자들을 베란다에서 밀어 살해한 사실을 엄격하게 증명해야 하지만 변호인은 정당방위 성립을 증명할 필요는 없고 단지 정당방위의 가능성이 있는지만 시사하면 충분합니다. 요컨대 변호인이 정당방위를 주장한 이상 검사는 그 정당방위가 성립하지 않는다는 사실을 증명해야 할 책임까지 진다는 뜻입니다.

이는 상당히 어려운 상황입니다. 미즈카 씨의 방탕한 생활과 대담한 언행, 그리고 그녀의 거짓말이 온 세상에 들통 난 이상 그녀를 더는 늑대의 표적이 된 어린 양에 비유할 수 없기 때문입니다. 검찰 측에서 항소해 봤자 승산이 없다고 판단한 것도 당연합니다. 판결선고 당일 법정에서 선고를 기다리던 검사의 얼굴에는 진작에 체념의 빛이 떠올랐습니다.

그리고 제 머릿속에는 판사가 무죄를 선고한 순간 히로키 씨가 지었던 표정도 여전히 또렷하게 새겨져 있습니다. 당신은 안도의 한숨을 내쉬지도, 기쁨의 미소도 짓지 않은 채 차가운 눈빛으로 재판장을 응시했습니다. 마치 싸움은 아직 끝나지 않았다고 말하는 것처럼.

방청석에서는 히로키 씨의 어머님과 누님 부부, 그리고 회사 관계자들과 더불어 미조구치 부부가 긴장된 마음으로 침을 삼키며 판결문 낭독에 귀를 기울이고 있었습니다.

사키코 씨는 둘째 아이를 임신 중이었습니다. 바라고 바라던 아들이라고 합니다. 전혀 예정에 없던 임신이었다고 하는데 산모와 태아 모두 건강하고 했습니다. 무엇보다 무척 행복해 보였습니다.

언론인이 다수 몰려들 것을 알면서도 부부가 함께 모습을 드러냈다는 것은 상처받고, 고민하고, 망설인 끝에 둘이서 당당하게 살아가자는 결론을 냈다는 뜻이겠죠.

변호사라는 직업 특성상 범죄자 가족의 고뇌를 자주 목격합니다만 부모로부터 자식에게 유전되는 '범죄자의 피' 같은 것은 없습니다. 확실히 역사적으로 범죄자의 생물학적 특징이나 범죄자의 가계를 연구하는 학문도 존재했지만 오늘날에는 제대로 논의되지 않습니다. 문제는 오로지 세상의 편견과 당사자들의 의식입니다.

재판이 끝나고 복도에서 대기하던 미조구치 씨는 죄를 벗고 자유의 몸이 되어 법정에서 나온 히로키 씨를 보자마자 그 자리에서 무너져 내려 무릎이 땅에 닿을 정도였습니다. 당신이 달려가서 안아주지 않았다면 분명 무릎을 꿇었겠죠. 미조구치 씨는 당신의 손을 꼭 잡고 타인의 시선도 신경 쓰지 않은 채 펑펑 울었습니다.

그런데 그보다 더 제 마음에 와닿은 장면은 재판장이 판결문을 읽는 동안 소리를 내지 않으려고 필사적으로 오열을 참던 히로키 씨 어머님의 모습이었습니다.

폐정 후 어머님은 히로키 씨보다 변호인인 제게 먼저 다가와 정중하게 감사 인사를 하셨습니다. 옆에서 활짝 웃는 누님과는 대조되게 어머님의 얼굴에는 미소 한 점 없어서 마치 며느리와 두 손자를 떠나보낸 책임을 홀로 지고 계신 듯 보였습니다.

자, 재판 총평은 이 정도로 정리하죠. 히로키 씨의 무죄 판결은 검찰 측이 항소하지 않으면서 무사히 확정됐습니다. 앞으로 무슨 일이 일어나도 히로키 씨가 다시 같은 혐의로

소추되는 일은 없습니다. 이는 헌법에도 규정된 일사부재리라는 형사 재판의 대원칙 때문입니다. 판결이 난 사건에 대해서는 같은 혐의로 처벌할 수 없다는 원칙입니다.

그런데 지금부터 제가 드릴 말씀은 지금까지 한 이야기와 조금 다릅니다. 물론 이것은 이번 재판을 부정하려는 의도가 아니며 히로키 씨의 변호인으로서 공식적인 의견도 아닙니다. 이 재판을 처음부터 끝까지 지켜본 방관자의 감상, 아니 상상이라고나 할까요.

원래라면 이 이야기는 저 혼자 가슴에 담아 두어야 합니다. 제가 이 이야기를 꺼내는 까닭은 무언가를 바꾸고 싶어서는 아닙니다. 그러나 히로키 씨의 진술서를, 그리고 세상을 떠난 미즈카 씨와 도모키 군의 고발문을 다른 누구보다 반복해 정독했을 사람으로서 역시 히로키 씨에게 이것만은 말하지 않을 수 없습니다.

이 재판 내내, 그리고 재판이 끝난 뒤에도 저는 히로키 씨의 가족 안에서 싹튼 몇 가지 살의에 대해 줄곧 생각했습니다. 사실은 누가 누구에게 어떤 살의를 품었을까?

피해자가 된 미즈카 씨와 도모키 군도, 가해자가 된 피고인인 히로키 씨도 저마다 모토무라 가족 안에 생겨난 수많은 살의에 대해 이야기했습니다. 어떤 살의는 본인의 자백으로, 또 어떤 살의는 교묘하게 조작된 의혹으로……. 진실은 어지러운 사실이라는 물결 속에 숨어 어른거리면서 명확한 형태를 드러내지는 않았습니다. 그래도 확실하게 말할 수 있는 단 한 가지 진실, 그것은 사건은 실제로 일어났다는 것입니다.

그리고 사람들의 진술을 몇 번이고 되새기다가 어느 순간 문득 이 재판에서 아무도 주장하지 않았던 또 다른 살의가 머릿속에 떠올랐습니다. 사실의 물결 속에 숨겨져 있던 또 하나의 살의. 아니, 이것은 결코 또 다른 살의가 아니라 이것이야말로 현실에 존재한 유일한 살의였던 것은 아닐까요?

다시 말하지만 이것은 증거를 기반으로 한 추론이 아닙니다. 그저 제 상상이라고 치부하셔도 됩니다. 그리고 당연하게도 저는 다른 누구에게도 이 이야기를 할 생각이 없습니다. 그래서 저는 이 이야기의 주인공을 X 씨라고 부르겠습니다. 제목은 'X에 얽힌 추론 하나'입니다. 독자는 당신 한 명입니다.

변호인이 피고인을 위해 힘쓰는 것과 변호인이 피고인의 무고함을 확신하는 것은 전혀 다른 차원의 문제라고 단호하게 나누어 생각할 수 있을까. 저는 아직도 이 난제에 대한 답을 찾지 못했습니다. 이번 재판에서 제가 무죄 판결을 얻기 위해 최선을 다한 것은 분명한 사실입니다. 그러나 그 이유가 당신의 결백을 백 퍼센트 확신하기 때문이었냐고 묻는다면 그렇다고 대답할 자신이 없습니다.

다만 한 가지 말할 수 있는 사실은 변호인이라는 존재는 피고인의 무고를 확신하지 않아도 검사의 주장과 증거에 문제가 없는지 세심하게 검토하고 피고인의 주장을 법정에서 법적으로 대변하는 제도적 역할을 담당한다는 것이겠죠.

애초에 오늘날 많은 국가의 형사 재판이 '심판'인 판사 앞에서 검사와 변호사가 서로의 주장을 펼치며 입증하는 대립 방식으로 진행하는 이유는 무엇일까요? 그것은 대립하는 양 당사자가 서로 자신에게 유리하게 주장하고 입증함으로써 상대방의 주장과 증거의 허점을 지적하는 심리 형식이, 예컨대 '도야마의 긴상*'처럼 판사가 직접 수사해 옳고 그름을 가리는 방식보다 진실을 발견하기 더 쉽다는 것이 역사적으로 증명됐기 때문입니다.

변호인이 피고인의 이야기에 귀를 기울이지 않고 어차피 유죄 판결을 받을 것이라고 예단하는 행동은 매우 위험합니다. 피고인은 당연히 죄를 면하려고 종종 거짓말을 합니다. 하지만 피고인이 죄를 지었다는 증거를 찾아내고 피고인의 거짓말을 파헤치는 것은 검사의 역할입니다. 피고인의 주장이 사실일 가능성이 조금이라도 있다면 그 사실을 법정에서 주장하고 무죄 판결을 이끌어 내기 위해 노력하는 것이 변호인의 의무입니다.

* 에도시대의 정의로운 판사 도야마 긴시로가 등장하는 일본의 유명 시대극.

비록 그로 인해 사실상 '유죄'인 피고인이 무죄 판결을 받게 되더라도 그것은 결코 그 사건에만 국한된 문제가 아니라, 억울한 누명을 쓸 수도 있는 미래 다른 사건의 피고인들을 원죄冤罪로부터 지키는 것과 연결되기 때문입니다.

X에 얽힌 추론 하나

그것은 작은 위화감에서 시작됐습니다.

그 영감님 말고 다른 남자관계요? 으음, 글쎄요. 그 사람 말고는 들은 적 없어요.

유카가 태어난 후로 히로키 씨 부부는 예전처럼 자주 별장에 오지 않았고 저도 육아와 회사 일로 바빴거든요. 미즈카 씨와 대화할 기회가 눈에 띄게 줄었죠. 사건 전날의 그 술자리가 꽤 오랜만에 얼굴을 보는 자리였어요. 뭐, 미즈카 씨의 행실을 보면 애인이 있어도 전혀 이상하지 않았을 테지만요.

다만 마지막으로 만났을 때는 유카를 보낸 지 얼마 안 돼서 그런지 몹시 초췌해 보였다고 할까, 평소 같지 않게 기운이 없었어요.

미즈카 씨는 진하지는 않아도 늘 화장을 해서 조금도 빈틈없이 꾸몄거든요. 연예인처럼. 그런데 한동안 미용실도 가지 않았는지 그날은 그녀답지 않게 길게 자란 머리카락이 부스스했고 네일아트도 벗겨져 있어서 조금 놀랐어요. 유카를 잃어서 많이 상심했구나 싶었죠.

이것은 사건 전날인 3월 26일, 야마나시 별장에서 미즈카 씨의 모습을 본 미조구치 사키코 씨가 한 말입니다.

어째서인지 재판이 끝난 뒤에도 사키코 씨의 이 말이 제 귀에서 떠나지 않았습니다.

역시 미즈카에게 남자가 있지 않았을까요. 이것이 제가 내린 최종 결론입니다.

증거는 없습니다. 하지만 부디 기억해 주시기 바랍니다. 미즈카는 신혼 때도 미조구치와 관계하던 여자입니다. 미조구치 외에도 다른 남자가 있었다고 보는 편이 논리적이지 않겠습니까.

처음에는 즐기려는 가벼운 마음이었지만 어느새 진심이 되어 그 남자와 함께하려고 방해가 되는 남편과 아들을 처리하려고 했다. 그럴 가능성이 크다고 생각합니다.

X 씨는 제게 이렇게 주장했습니다. 그리고 그것은 이번 재판에서 변호인으로서 제가 한 주장이기도 합니다.

실제로 미즈카 씨의 남자관계가 복잡하다는 사실이 밝혀졌습니다. 미즈카 씨가 수기를 쓴 목적이 정당방위로 가장해 남편을 살해하는 데 있었다면 그 배후에는 반드시 남자가 존재할 것이다. 변호인 측 주장의 근거는 거기에 있었습니다. 오가사와라 씨에게 휴대폰을 건넨 시점에서 미즈카 씨에게 새 애인이 생긴 것이 분명하다. 그렇게 생각하는 것은 지극히 당연했습니다.

그러나 시간이 흐르면 보이는 풍경도 달라지는 법입니다. 사키코 씨의 말을 몇 번이고 되새기는 동안 어느새 제 안에 위화감이 싹텄습니다. 남자 때문에 목숨을 건 모험을 하려는 여자가 머리가 부스스해지도록 손질하지 않고 벗겨진 네일아트를 방치할까요? 그리고 남자의 연락을 기다리느라 항상 신경을 곤두세우고 있을 여자가 과연 오래 알고 지낸 동성 친구의 눈에 기운 없어 보일까요? 위화감은 점점 부풀어 올랐고 마침내 명확한 의문으로 바뀌었습니다.

사키코 씨가 말한 미즈카 씨의 마지막 모습에서 일생일대의 도박을 시도하는 여자의 의욕이라고는 조금도 느껴지지 않았습니다. 그녀에게서 보이는 것은 남자의 그림자가 아니라 오히려 깊은 후회와 슬픔, 그리고 초췌한 얼굴과 기력 없는 몸뿐이었습니다. 이것이 의미하는 바는 도대체 무엇일까요? 저는 역시 미즈카 씨도 유카가 세상을 떠난 후 슬픔에 사무쳐 괴로워했다고 생각했습니다.

가만히 생각해 보면 미즈카 씨는 남자에 미친 여자는 아니었습니다. 그녀의 행동은 언뜻 생각이 없고 충동적인 것처럼 보이지만 사실 언제나 명확한 의도를 담고 있었습니다. 자신을 실망시킨 상대, 자신을 가볍게 여기는 상대에게 는 가차 없이 벌을 내렸죠. 그것이 바로 미즈카라는 여자였습니다.

신혼에 산속 별장에 홀로 남겨두고 도쿄에 가서 일하는 남편. 아내의 유일한 즐거움인 쇼핑의 금액을 10만 엔으로 제한하는 남편. 아내를 가정에 묶어두고 자신은 외국 출장을 다니는 남편. 그리고 장인, 장모가 사망하자마자 그 유산을 당연하다는 듯 쓰려고 하는 남편……. 미즈카 씨를 이기적이고 제멋대로 행동하는 여자라고 비난하기란 쉽습니다. 하지만 그녀의 행동 뒤에는 아내를 사랑하기는 하지만 결코 그 감정에 깊게 휩쓸리지는 않는 남편을 향한 짜증과 울분이 있었습니다.

미즈카 씨의 분노의 화살은 이따금 외도 상대에게 향하기도 했습니다. 그녀의 물욕에 질려 달아난 요시다 세무사에게도, 그녀의 몸만 탐할 뿐 선물 하나 사줄 마음이 없던 이누이 선생에게도 마지막에는 쓰디쓴 결말이 기다리고 있었습니다. 당한 만큼 되갚아 준다. 그런 그녀의 모습은 당당해 보이고 일종의 통쾌함마저 느껴집니다.

인생의 마지막 순간, 미즈카 씨에게 애인이 있었을까? 이것이 제가 품은 첫 번째 의문이었습니다.

두 번째 의문도 마찬가지로 사키코 씨의 말을 듣고 떠올랐습니다.

사키코 씨는 제게 이렇게 진술했습니다.

그런 부분에서 말하자면 항간에 알려진 미즈카 씨의 수기 중에 이해되지 않는 부분이 있어요.
그 수기에서 미즈카 씨는 내일이라도 당장 살해당할 수도 있는데 왜 이웃인 우리에게 도움을 청하지 않는지 이유를 설명했죠? 사실을 모르는 사키코 씨에게 자신의 남편이 도모키를 미워하는 이유를 말할 수 없다고.
그런데 그 말이 몹시 이상해요. 완전히 거짓말이거든요. 왜냐하면 이런 일이 생기기 훨씬 전에 이미 미즈카 씨가 먼저 도모키의 친부가 저희 남편이라는 사실을 제게 폭로했으니까요.

이 진술은 미즈카 씨의 수기 중 다음 부분을 가리킨 발언입니다.

미조구치 씨라면······. 도모키의 친부인 미조구치 씨라면 분명 어떻게든 도와주려고 하겠죠. 그 사람은 정이 많아요. 하지만 지금 그 사람 곁에는 사키코 씨가 있습니다. 역시 그에게 도움을 청할 수는 없었습니다. 아무것도 모르는 사키코 씨에게 히로키가 왜 나와 도모키를 증오하는지, 그 이유를 알리는 것만은 반드시 피해야 하니까요.

아주 오래전에 미즈카 씨가 직접 사실을 말하던 모습을

본 사키코 씨 입장에서는 무슨 뚱딴지같은 소리인가 생각할 만합니다.

그래서 그 수기에 대해 들은 저는 조금 놀랐어요. 어떻게 이렇게 허무맹랑한 이야기를 써놓을 수 있나 싶어서 감탄까지 했죠.

죽은 사람을 두고 이런 말을 하면 실례일지도 모르겠네요. 하지만 그 점을 제외해도 미즈카 씨의 수기는 솔직히 이상해요.

확실히 도모키의 친부는 히로키 씨가 아니라 저희 남편이라고 수기에 자신의 불륜을 고백했지만, 가만히 보면 왠지 착한 아내인 척하는 말투 같잖아요. 평소 그 사람의 언행과 일치하지 않아요.

사키코 씨는 제게 이렇게 진술했습니다.

사키코 씨의 말대로 미즈카 씨는 결코 마음씨 착한 여성이 아니었습니다. 오히려 갑자기 서슴없이 친구의 정수리에 일격을 가하는 사람이었습니다. 좋게 말하면 솔직하고 내숭 없는 성격이지요. 그렇다면 그녀는 도대체 무슨 목적으로 수기 속에 저 글을 넣었을까요?

X 씨의 주장에 따르면 미즈카 씨가 이 수기를 작성했을 때는 남편이 자신을 죽일 것이라고 생각하지 않았습니다. 오히려 수기를 정당방위의 증거로 삼아 남편을 살해할 계획이었습니다. 그러려면 당연히 겁에 질린 척 연기해야 하는데, 두려워하면서도 이웃인 미조구치 씨에게 도움을 요청하

지 않은 것은 부자연스러우니 자신과 미조구치 씨의 관계를 꽤 그럴듯한 변명으로 사용했습니다. 확실히 그 부분만 주목하면 이상하지 않습니다.

그런데 만약 그 평계를 대면 큰 난관에 부딪힐 수밖에 없습니다. 이 수기가 대대적으로 공개되면 사키코 씨가 반박할 것이 분명했기 때문입니다.

그뿐만이 아닙니다. 사키코 씨는 미즈카 씨에게 고액의 명품을 사주는 남자 사람 친구가 있다는 사실도 알고 있었습니다. 바로 미즈카 씨 본인이 말해줬기 때문에 아닌 척 둘러댈 수도 없었습니다. 아무리 착한 아내인 척 연기해 봤자 사키코 씨가 진실을 폭로하면 말짱 도루묵이었습니다.

법정에서는 어떤 사소한 거짓말도 치명상이 될 수 있습니다. 미즈카 씨가 그런 사실도 모르지는 않을 것입니다. 똑똑한 그녀가 굳이 그런 위험을 무릅썼을까요? 저는 동의할 수 없습니다.

이 수기를 정말 미즈카 씨가 쓴 것이 맞을까? 어느 날 문득 제 가슴을 스친 의문이었습니다.

편지나 유언장과 달리 메일에는 자필 서명이 없습니다. 따라서 당사자가 사망하면 정말로 본인이 작성한 것인지 확인하기 어렵습니다.

물론 현실에서 메일을 위조할 수 있는 인물은 한정되어

있습니다. 경찰이 미즈카 씨의 노트북을 압수해 조사한 결과 수기는 틀림없이 미즈카 씨의 노트북으로 작성된 것이 맞다고 밝혀졌습니다. 그리고 수기를 작성하고 메일로 발송한 시간대에 별장에는 도모키 군과 미즈카 씨뿐이었습니다.

미즈카 씨의 노트북에서 미즈카 씨의 이름으로 미즈카 씨의 지인에게 메일을 보내면 당연히 미즈카 씨가 보냈다고 생각하겠죠. 게다가 수기의 내용은 미즈카 씨 본인밖에 모르는 비밀을 폭로한 내용이었습니다. 수기 내용을 그렇게 위조해서 이득을 얻는 사람은 없었을 것입니다.

그러나 곰곰이 생각해 보면 미즈카 씨의 노트북이 그때 반드시 별장 안에 있었다고는 할 수 없습니다. 무선 랜을 이용하면 외부에서도 메일을 보낼 수 있습니다. 예를 들어 만약 X 씨가 차로 범행 장소를 물색하러 나갔을 때 그 노트북을 들고 나갔다면 어떨까요? 그 가능성을 떠올린 저는 순간 눈이 번쩍 뜨였습니다.

컴퓨터를 다루는 데 익숙할 대로 익숙한 X 씨라면 미즈카 씨 몰래 노트북에 손을 대는 일쯤은 식은 죽 먹기였겠죠. 스스로 기계치라고 말할 정도로 문외한인 미즈카 씨라면 노트북 상태가 갑자기 나빠졌어도 직접 고칠 수 없었을 것입니다. X 씨는 그렇게 수리를 핑계로 노트북을 외부로 가지고 나간 뒤 수기를 작성했을 것입니다.

미즈카 씨의 수기는 그녀의 추락사 소식을 들은 후지이

유리코 씨가 곧바로 경찰에 신고하면서 꽤 이른 단계에 모습을 드러냈습니다. 설령 후지이 씨가 미즈카 씨의 사망 뉴스를 보지 못했다고 해도 경찰이 별장을 압수 수색하면 반드시 조만간 발견될 터였습니다. 그렇다면 X 씨는 일부러 경찰의 이목을 끌 목적으로 자신을 고발하는 수기를 미즈카 씨의 이름으로 작성해 메일로 보낸 셈입니다.

그러면 X 씨가 이런 번거로운 일을 꾸민 진정한 목적은 무엇이었을까요? 미즈카 씨의 수기는 X 씨에게 치명적일 텐데요. 실제로 사건 다음 날 바로 경찰이 X 씨를 체포할 수 있었던 이유는 그 수기 때문이었습니다. 그 수기가 없었다면 그 시점에 X 씨의 살의나 범행 동기를 결코 알아내지 못했겠죠.

그런데 공교롭게도 이번에는 도모키 군의 메일이 등장하면서 미즈카 씨의 수기에 중대한 거짓말이 있다는 사실이 밝혀졌습니다. X 씨가 애인과 전화하며 범행 계획을 세웠다고 미즈카 씨는 주장했는데 사실은 바로 그 시간대에 도모키 군이 미유 양을 살해할 뻔한 중대한 사건이 있었다는 사실이 밝혀졌기 때문입니다.

X 씨의 행운은 거기서 그치지 않습니다. 경찰이 총력을 기울여 수색했지만 수기에 등장하는 X 씨의 애인도 비밀 휴대폰도 찾지 못하면서 미즈카 씨 증언의 신빙성이 의심스러워지는 빌미를 제공했습니다.

그리고 미즈카 씨의 방탕한 생활이 드러나며 결정타를 날립니다. 미즈카 씨는 순종적이고 정숙한 아내가 아니었습니다. 배우자를 죽이려고 비밀리에 애인과 연락한 사람은 X 씨가 아니라 미즈카 씨 아니었을까? 그런 의심을 싹트게 하기에 충분했습니다.

이 단계에 이르러서야 비로소 X 씨는 혐의를 벗었습니다. 결과만 놓고 보면 일이 잘 풀린 셈입니다. 만약 도모키 군의 메일이 존재하지 않았다면 X 씨가 아무리 해명해도 도모키 군이 욕실에서 미유를 죽이려고 한 이야기 등은 받아들여지지 않았을 것입니다. 만약 그런 우연을 기대하고 미즈카 씨의 수기를 위조했다면 X 씨의 행동은 치밀하고 계획적인 안배가 아니라 무모한 충동일 뿐이었겠죠.

그래서 여기서 또 다른 의문이 떠올랐습니다. 도모키 군의 메일은 정말 우연히 등장한 것일까? 의심은 마음속에서 급속히 부풀어 올랐습니다.

만약 이 메일도 X 씨가 위조한 것이라면? 입에 담기도 꺼려지는 끔찍한 상상이었습니다. 그렇다면 그 메일은 겨우 여덟 살 난 아들이, 그것도 아무 죄도 없는 순수한 소년이 부부 갈등 때문에 억울하게 사건에 휘말렸다는 것을 의미했기 때문입니다.

물론 도모키 군의 메일도 결코 X 씨에게 유리한 내용은 아닙니다. 어쨌든 부모가 자신을 사고로 위장해 살해하려고 한 사실을 고발한 고발장이기 때문입니다. 그러나 한편으로는 이 메일이 사실 X 씨를 돕는 강력한 지원 사격이었다는 사실을 잊어서는 안 됩니다.

사건 전날 밤에 일어난 일들에 대한 도모키 군의 고백은 결과적으로 미즈카 씨의 거짓말을 증명했습니다. 그뿐만 아니라 메일에는 애초에 부모가 꾀한 도모키 군 살해 계획이 바로 어머니의 주도로 진행됐다는 사실도 적혀 있었습니다. 이 때문에 미즈카 씨 수기의 신빙성은 추락하고 말았습니다. 비록 양날의 검일지라도 도모키 군의 메일이 X 씨보다 미즈카 씨에게 더 큰 피해를 입힌 것은 분명합니다. 무엇보다 부모의 살해 계획 때문에 도모키 군이 스스로 베란다에서 뛰어내리려고 했다는 X 씨의 진술에 신빙성을 부여했습니다.

평소 도모키 군에게 공부를 가르치고 컴퓨터 사용법부터 메일 보내는 방법까지 직접 가르쳤던 X 씨는 도모키 군의 어휘 수준에 맞게 할머니에게 보내는 편지를 손쉽게 위조할 수 있었겠죠. 그리고 뭔가 구실을 만들어 도모키 군의 노트북을 가져가는 것은 미즈카 씨의 노트북을 빼돌리는 것보다 한층 더 수월했을 것입니다.

이렇게 되면 메일의 진위뿐만이 아닙니다. 전부 다 처음부터 다시 생각해야 합니다. 추락 사건은 물론이고 유카 양

익사 사건부터 백지 상태로 돌아가야 합니다.

돌이켜 보면 도모키 군이 유카 양을 살해했다는 객관적인 증거는 아무것도 없습니다. 경찰은 수사 전문가이기 때문에 아무리 사고사로 위장해도 살인의 냄새를 맡을 텐데 현장에 출동한 경찰은 타살에 의문을 품지 않았습니다. 가장 가까운 친족인 모토무라 이쿠코 씨도 마찬가지였습니다. 요컨대 도모키 군의 메일을 제외하면 도모키 군이 유카 양을 살해했다고 말하는 사람은 X 씨뿐입니다.

저는 여기서 유카 양이 사망한 후 미즈카 씨의 언행이 떠올랐습니다. 미즈카 씨가 경찰에게 우연히 발생한 사고였다고 설명한 것은 그렇다 쳐도, 도모키 군의 친부인 미조구치 씨에게도 사실을 털어놓기는커녕 도모키 군의 범행을 암시하지도 않았습니다.

"도모키는 좀 어때?"
"시어머니와 집 보고 있어."
"도모키 괜찮아? 충격받은 거 아니야?"
"괜찮아. 그 아이는 미조구치 씨를 닮아서 대범하니까."
"나를 닮았다면 섬세할 텐데."

유카 양의 영결식이 있던 날, 미즈카 씨와 미조구치 씨 사이에 나눈 대화에서 자신의 아들이 어린 딸을 죽여서 상심한 어머니의 고뇌는 느낄 수 없습니다. 오로지 초췌한 얼굴과 기력 없는 몸, 그리고 주위에서 쏟아지는 고요한 비난 속에 유일하게 마음을 놓을 수 있는 상대를 만난 안도감만 있을 뿐입니다.

평소 도모키 군을 잘 알던 미조구치 부부도 도모키 군의 성향이 비정상적이라는 생각은 조금도 하지 않았습니다. 그들의 눈에 도모키 군은 남자아이치고는 얌전한 지극히 평범한 아이였죠. 도모키 군이 장수풍뎅이를 물에 빠뜨려 죽였다는 일화도 X 씨의 주장을 뒷받침할 증거는 아닙니다. 전부 X 씨가 꾸며낸 이야기였다면 모순은 전혀 없습니다.

사키코 씨는 3월 26일 밤, 미유 양이 침실에 자고 있었는데도 도모키 군을 거실에 홀로 방치한 미즈카 씨의 행동에 의문을 제기했습니다. 유카 양 사건이 일어난 지 얼마 되지 않았는데 어떻게 어머니가 그렇게 태평할 수 있었는지 이해할 수 없다고 했죠. 그런데 그 의문도 도모키 군이 유카 양을 죽이지 않았다고 하면 금세 풀립니다.

사건 당일, 차를 몰고 나간 X 씨가 범행 장소를 물색하지 않고 인적 없는 산속에서 시간을 보냈다는 말은 아마 사실일 것입니다. X 씨는 애초에 범행 장소를 찾을 필요도 없었습니다. X 씨는 집에서 들고나온 미즈카 씨의 노트북과 도모키 군의 노트북으로 오로지 메일만 작성한 것입니다.

물론 이 정도 작업을 단시간에 능숙하게 끝내려면 사전에

면밀한 계획을 세워야 하죠. 분명 세 가족이 별장에 오기 훨씬 전부터 치밀하게 준비했을 것입니다.

다시 한번 말하지만 이것은 끔찍하고 무서운 상상일 뿐입니다. 하지만 만약 제 상상이 맞고 그 수기와 메일도 사실 X 씨가 위조한 것이라면 그 목적은 분명했습니다. 미즈카 씨와 도모키 군을 살해하고 도모키 군에게는 유카 양 살인 및 미유 양 살인 미수의 죄를, 미즈카 씨에게는 남편 살인 미수의 죄를 덮어씌운 뒤 자신은 정당방위로 무죄가 된다. 그것 말고는 없습니다. 그렇게 생각하면 이 모든 것이 이해가 갑니다.

X 씨는 엘리트였습니다. 젊은 나이에 기업가가 된 그는 타고난 능력, 체력, 열정에 성공하는 자의 필수조건인 운까지 갖췄습니다. 아버지를 일찍 여의고 집안 형편이 넉넉하지 않았지만 우수한 성적으로 고등학교를 졸업한 뒤 들어가기 어렵기로 유명한 XX대학 상경학부에 입학했습니다. 사업 세계에서 학력은 크게 중요하지 않다고 해도 X 씨의 화려한 스펙과 단정한 외모, 명석한 두뇌가 그를 대표하는 상징이었던 점은 부정할 수 없습니다.

하지만 세간의 평가는 차치하고 X 씨 본인은 솔직히 자신의 경력을 어떻게 생각하는지 모르겠습니다. 왜냐하면 원래 그의 목표는 의대에 진학해 의사가 되는 것이었기 때문입니다. 아버지의 병사라는 불행만 없었다면 목표를 이루었을 가능성이 큽니다. X 씨는 내심 본인의 의지와 상관없는 진로 변경을 인생의 첫 번째 좌절로 여겼을 수 있습니다.

대학생이 된 X 씨는 전공 공부보다 컴퓨터에 관심을 보였습니다. 친구와 함께 적극적으로 활동하면서 졸업 후에 IT 기업을 창업합니다. 그뿐만이 아닙니다. 장애인을 지원하는 자원봉사에 참여하는 등 다방면으로 활동했습니다.

저는 야마나시의 별장에서 X 씨의 서재를 본 적이 있는데 그곳에는 화학, 물리학, 의학, 심리학, 법학 등 폭넓은 분야의 전문 서적이 즐비했습니다. X 씨의 성공은 타고난 능력에 만족하지 않고 남다른 노력을 거듭해 거머쥔 결과였을 것입니다.

대학 졸업 후 X 씨가 홀로 시작한 사업은 시류를 타고 큰 성공을 거뒀습니다. 막대한 수익을 얻으며 X 씨는 순식간에 엘리트 기업가의 반열에 오릅니다.

X 씨의 사회적 지위와 수입, 그리고 그 외모라면 인기가 많을 수밖에 없습니다. 그러나 그는 자신을 싸게 팔 생각은 추호도 없었습니다. 대학이나 직업을 정할 때와 마찬가지로 배우자를 선택할 때도 그는 몹시 까다로웠습니다. 평범한 여자와 결혼할 생각은 없다. 그런 그가 선택한 여성이 바로 미즈카 씨였습니다.

미즈카 씨는 좋은 집안에서 귀하게 자란 미인인 데다 X

씨의 아내에 걸맞은 센스와 교양을 갖췄습니다. '고급 가구를 특별 주문하는 느낌'. 사키코 씨가 이 결혼을 참 절묘하게 평가하더군요. 그러나 X 씨가 미즈카 씨와의 결혼을 단순히 만족스럽게 여긴 것이 아니라 진심으로 그녀를 사랑했다면 다른 이유가 있었을 것입니다. 그에게 미즈카 씨는 결코 트로피 와이프가 아니었습니다. X 씨는 결혼 후 정말 아내 외에 다른 여성에게는 눈도 돌리지 않았던 것 같기 때문입니다.

미즈카 씨는 그 외모와 이력만으로 논할 수는 없는 사람입니다. 긍정적이든 부정적이든 다른 여자에게는 없는 그녀만의 강렬한 개성. 그것이야말로 X 씨를 사로잡은 그녀의 매력 아닐까요? 마력이라고 해도 좋을지 모릅니다. 실제로 여러 남자가 그녀의 뜻대로 조종당한 사실이 그것에 대해 말해줍니다.

저는 X 씨가 미즈카 씨에게 반했다고 확신합니다. 비록 그것이 미즈카 씨가 원하는 무모하고 맹목적인 사랑이 아니었다고 해도 그가 나름대로 그녀를 사랑했다는 사실을 부정할 수는 없습니다. 경찰이 X 씨의 신변을 조사할 때도 자신만만했던 이유는 진정으로 미즈카 씨 외에 다른 여자가 없었기 때문입니다. 그리고 사랑했기 때문에 그 반동 또한 극단적이었습니다. 이 비극의 근본적인 원인은 바로 거기에 있었습니다.

불행하게도 미즈카 씨는 자유분방하고 행동력 좋은 여성이었습니다. 그녀가 남편 친구인 미조구치 씨의 아이를 임신하면서 비극의 막이 열렸습니다. 그녀가 미조구치 씨의 어디에 끌렸는지는 모르겠습니다. 미조구치 씨가 미즈카 씨의 첫 번째 불륜 상대였는지조차 알 수 없지만 어쨌든 그녀는 X 씨의 아이가 아니라 미조구치 씨의 아이를 낳았습니다.

신혼의 아내를 야마나시 별장에 두고 떠난 남편에 대한 복수였을까, 아니면 아내가 바람피울 리 없다고 자신만만한 남편을 향한 도발이었을까……. 아무튼 미즈카 씨는 X 씨를 싫어하지 않았습니다. 도모키 군을 임신한 후에도 그녀는 남편과 헤어질 생각이 전혀 없었습니다.

X 씨는 아들이 태어나자 무척 기뻐했습니다. 그가 아들에게 얼마나 큰 기대를 걸었고, 자랑스러워했고, 팔불출같이 행동했는지 보여주는 증거는 일일이 나열하기도 힘듭니다. 처음부터 도모키 군의 출생의 비밀을 알고 있었다고는 도저히 생각할 수 없습니다. 이건 장담해도 되겠죠.

몇 년 후, 이번에는 딸이 태어납니다. 경찰은 만약을 위해 유카 양의 DNA 감정도 실시했으니 유카 양이 X 씨의 친딸이라는 사실은 의심의 여지가 없습니다. X 씨는 첫 딸인 유카를 몹시 사랑했습니다.

미즈카 씨는 그 사이에도 요시다 세무사를 비롯한 외간 남자들과 관계를 맺었는데 X 씨의 가정생활에 별다른 영향을 끼치지는 않았습니다. 미즈카 씨는 남자에게 빠지는 사람이 아니었습니다. 밖에서 대담하게 행동하는 것과 달리 가정은 가정대로 확실하게 지키며 능숙하게 처신했습니다.

위태위태하면서도 행복했던 가정이 삐걱거린 계기는 무엇이었을까요? 지금부터 순서대로 검증해 보겠습니다.

아슬아슬한 평온을 유지하던 모토무라 가족을 붕괴시킨 대지진의 전조는 미즈카 씨의 어머니 마키오카 노부코 씨의 갑작스러운 죽음에서 시작됐습니다.

그러나 그 전부터 지반이 흔들리기 시작했다는 것을 무시할 수 없습니다. 창립 이래 급성장을 이어오던 주식회사 엠시티의 실적에 제동이 걸렸고 이대로 지속적인 침체에 빠질까 우려한 X 씨는 새로운 분야에 뛰어들 수밖에 없었습니다. 그 자금을 조달하기 위해 X 씨는 원래 회사 명의였던 야마나시 별장뿐 아니라 X 씨 개인 명의로 되어 있는 구니타치의 집까지 담보로 내놓으며 대출을 받았습니다.

물론 이것은 중소기업 경영자에게 특별한 상황은 아닙니다. 하지만 운이 나쁘게 일이 꼬여 버렸습니다. 때마침 X 씨의 오랜 친구이자 IT 관련 회사를 창업한 후에도 협력관계를 유지해 온 우에노 씨가 어떠한 사정으로 회사를 포기할 수밖에 없는 상황에 처했습니다. 자신이 직접 인수하고 싶었지만 공교롭게도 대출 한도를 모두 사용한 X 씨는 미즈카 씨가 물려받은 쇼토의 친정집을 처분해 그 돈으로 우에노 씨 회사를 인수해야겠다고 생각했습니다.

그런데 뜻밖에도 미즈카 씨가 동의하지 않았습니다. 남편이 자신의 재산을 노린다고 오해한 것입니다. X 씨가 평소 그녀를 회사 경영에 개입시키지 않았고 집에서도 일 이야기를 전혀 하지 않은 것이 화근이 됐습니다. 남편의 경제 상태에 불안을 느낀 미즈카 씨는 때마침 상속세 신고를 담당하던 요시다회계사무소의 오가사와라 씨의 의견을 듣기로 했습니다.

이때 상담 상대가 세상 물정에 밝은 요시다 세무사였다면 아마 상황은 달라졌으리라 생각합니다. 그러나 애석하게도 오가사와라 씨는 아직 어리고 패기가 충만했습니다. 매력적인 연상의 여인에게 든든한 모습을 보여주겠다고 다짐했겠죠. 오가사와라 씨는 미즈카 씨의 이야기를 듣자마자 이렇게 조언했습니다.

"그건 너무 위험해요. 대답하시기 전에 한번 잘 알아보시는 게 좋겠습니다."

주식회사 엠시티의 재무 상황이 우려스럽다는 말을 들은 미즈카 씨는 남편을 불신하는 마음이 점점 더 커졌습니다. 자신을 얕본 상대에게는 가차 없이 복수하는 것이 미즈카 씨의 방식입니다. 그녀는 그날 오가사와라 씨를 유혹하는 데 성공했습니다.

이렇게 미즈카 씨의 애인이 된 오가사와라 씨는 X 씨를 향한 질투심까지 더해 신이 나서 그녀에게 부정적인 정보를 불어넣습니다. 당장이라도 회사가 도산해서 별장과 집을 모두 잃는 것 아닐까? 불안과 초조에 휩싸인 미즈카 씨의 마음은 점차 오가사와라 씨에게 기울었습니다.

실제로 X 씨는 그렇게까지 궁지에 몰리지 않았고 우에노 씨의 회사를 반드시 인수해야 했던 상황은 아닙니다. 그러나 이 사건을 계기로 부부 사이에 심각한 균열이 생긴 것은 의심할 여지가 없습니다. X 씨의 마음속에 남편이 벌어오는 돈으로 우아한 삶을 누리면서 무엇 하나 남편을 돕지 않는 아내에 대한 불만이 싹텄다고 해도 이상하지 않습니다.

처음 덮친 지진파는 모토무라 가족의 근간을 뿌리째 뒤흔들었습니다. 유카 양의 익사 사고가 발생한 것입니다.

이 무렵 미즈카 씨는 오가사와라 씨와 매일 전화로 수다를 떨었습니다. 평소에 아이를 맡아주던 친정어머니가 돌아가셔서 아직 두 살인 유카를 두고 외출할 수 없었기 때문입니다. 마음껏 만날 수 없다는 답답한 마음에 통화는 점점 길어졌습니다.

그리고 2월 1일이었습니다. 평소처럼 아이들과 셋이서 저녁을 먹은 미즈카 씨는 유카를 목욕시키기 위해 욕조에 따뜻한 물을 받고 있는데 바로 그때 주머니에 있던 휴대폰이 울렸습니다.

이 시간에는 주로 오가사와라 씨가 전화를 걸기 때문에 요시다 세무사에게 받은 비밀 휴대폰은 주머니에 숨겨놓았습니다. 유카 양은 몰라도 초등학교 2학년인 도모키 군은 어른들의 대화를 충분히 이해할 수 있는 나이였기 때문에 혹시라도 통화를 들으면 곤란했습니다. 미즈카 씨는 황급히 화장실로 달려갔습니다. 마음이 급했던 것입니다. 그때 욕실 문이 제대로 닫히지 않은 것을 눈치채지 못했습니다.

화장실 문을 잠그고 변기 뚜껑을 내린 뒤 앉으니 그곳은 그 어느 곳보다 안전한 비밀 통신기지로 탈바꿈했습니다. 애인의 목소리를 들으니 온몸의 피가 순식간에 끓어올랐습니다. 그렇게 길게 대화한 것 같지도 않은데 눈 깜짝할 사이에 시간이 흐르고 정신을 차렸을 때는 이미 22분이 지나 있었습니다.

"어머나, 이럴 수가! 시간이 벌써 이렇게 됐네? 이제 유카를 씻겨야 해."

미즈카 씨는 서둘러 전화를 끊었지만 화장실에서 나온 미즈카 씨는 닫았다고 생각했던 욕실 문이 열려 있는 모습을 보고 깜짝 놀랐습니다. 그러고 보니 평소라면 화장실 근처에서 엄마를 기다리고 있을 유카 양이 보이지 않았습니다.

미즈카 씨는 욕실로 뛰어 들어가 욕조 안을 살폈습니다. 그 순간 그녀의 심정은 어땠을까요? 욕조 바닥에는 엎드린 자세로 옷을 입은 채 물에 가라앉아 있는 유카 양이 있었습니다.

엄마가 없는 틈에 문이 열려 있던 욕실로 들어가서 놀다가 욕조에서 몸의 균형을 잃고 물에 빠진 것입니다. 아이는 머리가 크고 무겁습니다. 물에 갑자기 빠진 유카 양은 혼자서 빠져나오지 못했습니다.

이때 도모키 군이 주변에 있었다면 어쩌면 사고를 눈치챘을지도 모릅니다. 하지만 도모키 군은 공교롭게도 2층 자기 방에서 게임에 빠져 있었습니다. 사고가 일어난 지 몇 분 지났을까, 욕조의 물은 잠잠해졌습니다. 따뜻한 물 속에서 건져낸 유카 양의 상태는 문외한이 보기에도 절망적이었을 것입니다.

미즈카 씨는 즉시 119에 신고해 구급차를 불렀습니다. 그리고 회사에 있는 X 씨에게 전화를 걸어 긴급 사태를 알렸습니다. 그때 그녀는 아침부터 설사 증상이 있었다고 변명을 준비해 뒀습니다. 사고 발생 당시 미즈카 씨가 화장실에 있었다는 것 자체는 분명한 사실입니다. 그녀에게는 완전한 거짓말이라기보다 지극히 당연한 자구책이었던 셈입니다. 출동한 구급대원과 경찰관도 현장 상황에 의심을 품지 않았던 것 같습니다. 당연히 과실치사 여부도 염두에 두었을 테지만 범죄 사건으로 보고 본격적으로 수사하려는 분위기는 아니었습니다.

그렇다면 사랑하는 유카 양을 잃은 X 씨는 어땠을까요? 당연히 큰 충격을 받았겠지만 그는 역시 이성적인 사람이었습니다. 미즈카 씨가 부주의했던 점은 어린아이를 키우는 어머니로서 비난받아도 어쩔 수 없지만 X 씨는 적어도 사람들 앞에서 아내를 탓하지는 않았습니다. 오히려 사람들 눈에는 X 씨가 아내를 한없이 감싸는 듯 보였습니다.

이 사건을 계기로 오가사와라 씨와의 관계를 끊은 사실에서 알 수 있듯이 미즈카 씨의 죄책감은 그 어느 때보다 깊었습니다. X 씨도 그녀의 속앓이를 느꼈겠죠. 이 사건에서만은 그는 진실로 모범적인 남편이었다고 저는 생각합니다.

게다가 실제로 X 씨는 비탄에 잠겨 있을 수만은 없었습니다. 이때 그는 유카 양의 장례식이라는 중대한 일을 앞두고 있었기 때문입니다. 경찰을 상대하고 사고 뒤처리를 하는 등 자잘한 일을 정리하면서, 폭넓은 인맥이 생명인 기업가로서 회사 전체를 동원해 장례 준비에 매진했습니다.

저는 유카 양의 경야와 영결식 등 장례식을 담당한 장례식장의 책임자도 만났는데 두 살 아이의 장례식치고는 이례적인 대규모였다고 들었습니다. 친척과 지인은 물론 주식회사 엠시티의 거래처에까지 알려 전직원이 총동원됐는데 X 씨도 모든 사항에 관심을 갖고 각 항목마다 철저히 가격 협상을 하는 등 카리스마 있고 냉정한 기업가로서 능력을 유감없이 발휘했습니다.

장례식은 남겨진 가족에게 슬퍼할 시간을 주지 않기 위한 예식이라고 합니다. X 씨도 장례 준비에 몰두하면서 슬픔을 달래기도 했겠지만 이 또한 혼자 힘으로 입지를 다진 기업가의 냉철한 일면이기도 했습니다.

사실 이 장례식을 둘러싸고 X 씨와 어머니 이쿠코 씨 사이에 드물게 말다툼이 있었습니다. 이쿠코 씨는 X 씨가 계획하는 장례식이 지나치게 화려하다며 우려했습니다.

애초에 아이가 사망한 사고는 부모의 책임이다. 부모가 부주의해서 아이가 세상을 떠났으니 많은 사람에게 폐를 끼쳤다. 그런데 마치 기념식이라도 되는 것처럼 장례를 치르다니 상식적이지 않다. 이런 경우 보통 가족끼리 조용히 상을 치르는 것이 맞다. 이쿠코 씨는 X 씨를 설득했습니다.

하지만 X 씨는 이를 듣고 어머니가 며느리를 비난한다고 받아들인 것 같습니다.

"어머니는 부모의 책임이니 부주의니 하시지만 미즈카는 몸이 안 좋았어요. 어쩔 수 없는 일이었잖아요. 듣는 미즈카의 마음도 생각해 주세요."

X 씨는 얼굴을 붉히며 반박했습니다.

"가장 괴로운 사람은 자식을 잃은 엄마죠. 그리고 장례식은 제가 그렇게 하자고 했습니다. 제 입장도 있으니까요. 뭐라고 참견하지 마세요."

남자라면 마땅히 지금 아내를 감싸야 한다. 그런 마음이었을 수도 있습니다.

결국 이쿠코 씨는 경야와 영결식에 참석하지 않았습니다. 평소 성격이 온화한 그녀로서는 이례적인 강경 대응이었습니다. 도모키 군이 할머니와 집을 지키게 된 것은 이쿠코 씨가 장례식을 거부한 사실을 감추려는 위장 조치였다고 저는 생각합니다.

이리하여 유카 양의 장례식은 성대하게 치러졌고 딸을 잃었지만 의연하게 버티는 부모의 모습은 조문객들의 눈물을 자아냈습니다. 적어도 제삼자의 눈에 X 씨는 아내를 위로하는 자상한 남편 그 자체였습니다. 그리고 사실, 적어도 어느 시점까지는 X 씨도 진심으로 미즈카 씨를 위로했던 것이 분명합니다.

그런데 만약 제가 상상하는 대로 미즈카 씨의 수기와 도모키 군의 메일이 모두 X 씨가 꾸민 것이라면 사건 발생 훨씬 전부터 주도면밀하게 준비했던 것은 확실합니다. 다른 사람의 글을 위조하는 것은 어려운 일이기 때문입니다.

평소 공부를 가르치던 도모키 군을 흉내 내는 것이면 몰라도 미즈카 씨인 척 글을 쓰는 건 아무리 X 씨라고 해도 몹시 신경을 썼을 것입니다. 그녀가 과거에 친구와 나눈 메일도 꼼꼼하게 확인해야 합니다. 과거 누구에게 어디까지 털어놓았는가. 미즈카 씨는 친한 친구라고 할 만한 사람이 없다지만 방심은 금물입니다.

그러나 여기서 잊지 말아야 할 사실은 X 씨가 미즈카 씨의 수기를 위조한 이상 그는 그 시점에 도모키 군의 친부가 미조구치 씨라는 사실을 분명히 알고 있었다는 점입니다. 도모키 군의 메일도 마찬가지입니다. X 씨가 도모키 군을 친아들이라고 생각했다면 도모키 군이 유카 양을 죽였다고 누명을 씌울 수 없었겠죠.

그렇다면 다음 문제는 바로 이것입니다. 수사당국이 닥치는 대로 조사했음에도 X 씨가 도모키 군의 출생의 비밀을 안다는 증거는 끝내 발견되지 않았습니다. 오히려 아들을 아끼고 사랑하는 아버지의 모습만 있을 뿐이었습니다. 이러면 가설이 성립하지 않습니다. 재판에서 검찰 측 주장도 결국은 그 부분에서 발목이 잡혔다고 해도 좋을 것입니다.

그렇다면 언제, 어디서 아들에 대한 애정과 기대가 증오와 살의로 뒤바뀌었을까요? 이리저리 생각하던 저는 어느 순간 문득 유카 양의 장례식에 참석했던 미조구치 씨가 한 말이 떠올랐습니다.

영결식 당일, 장례식장에 조금 일찍 도착한 미조구치 씨는 X 씨와 짧은 대화를 나눴습니다. 마치 파티장처럼 밝은 분위기 속에서 조문객 사이를 누비는 X 씨는 역시 초췌한 기색은 감출 수 없지만 상주 역할에 충실했습니다.

"멀리서 와 줘서 고마워."

"미즈카는 대기실에 있어. 역시 많이 힘든 것 같아."

미조구치 씨에게 말을 건 X 씨의 태도도 특별히 이상하지 않았습니다.

하지만 바로 그 직후였습니다. 이번에는 대기실에서 미즈카 씨와 인사를 나누던 미조구치 씨는,

"미즈카, 잠깐 이쪽으로 와줄래? 학교 관계자분들이 오신 것 같아."

미즈카 씨를 데리러 대기실까지 온 X 씨의 얼굴이 묘하게 굳어 있다는 사실을 눈치챘습니다.

훗날 X 씨 일가가 심각한 비밀을 안고 있었다는 사실을 안 미조구치 씨는 그때 X 씨가 긴장할 만했다며 납득했습니다. 도모키 군의 학교 선생님 앞이라면 앞날에 대한 불안이 한꺼번에 치솟을 수밖에 없었으니까요.

그런데 사실은 도모키 군이 살인자라는 것이 X 씨가 꾸며 낸 이야기였다면 상황은 근본부터 달라집니다. X 씨가 학교 관계자 앞에서 주눅들 이유가 전혀 없기 때문입니다. 만약 이때 X 씨의 모습이 갑자기 달라졌다면 다른 원인이 있었을 것입니다. 이것이 첫 번째 이상 징후였습니다.

영결식이 시작되고 독경이 흐르자 이변은 모두의 눈에 띨

정도로 분명히 드러났습니다. X 씨는 미즈카 씨가 말을 걸어도 아무것도 들리지 않는 사람처럼 그야말로 망연자실한 상태였습니다. 만반의 준비 끝에 회사의 명예를 걸고 불러 모은 조문객들 앞에서 X 씨는 고작 단 한마디로 상주의 마지막 인사를 끝냈습니다. 그는 간신히 버티고 서 있는 듯 보였습니다.

참았던 슬픔이 봇물처럼 터져 주체할 수 없었을 수도 있지만 처음에 보인 여유로운 태도와는 백팔십도 달라진 이 차이는 도대체 무엇 때문이었을까요? X 씨는 자기 절제에 능숙한 사업가입니다. 평소라면 사람들 앞에서 이렇게 흐트러지는 모습은 상상할 수 없습니다. X 씨는 사랑해 마지않는 딸의 불행도 사업상 교류에 이용할 정도로 뼛속까지 사업가입니다.

그렇다면 떠올릴 수 있는 가정은 단 하나. 그 얼마 안 되는 사이에 X 씨의 인생을 뒤흔들 만한 '사건'이 일어났다는 것밖에 없습니다. 그리고 그 '사건'은 바로 X 씨가 도모키 군의 출생의 비밀을 알게 된 것임에는 의심의 여지가 없습니다.

여기까지 생각했을 때 그날 미조구치 씨와 미즈카 씨가 주고받은 대화가 제 귓가에 되살아났습니다.

"도모키는 좀 어때?"

"시어머니와 집 보고 있어."

"도모키 괜찮아? 충격받은 거 아니야?"

"괜찮아. 그 아이는 미조구치 씨를 닮아서 대범하니까."

"나를 닮았다면 섬세할 텐데."

이것은 영결식이 시작되기 전에 대기실에서 주고받은 대화입니다. 표현은 간결했지만 도모키 군의 친부모만이 공유할 수 있는 특별한 감정이었습니다. X 씨는 두 사람의 대화를 듣고 미즈카 씨와 미조구치 씨가 특별한 관계, 나아가 도모키 군의 친부가 자신이 아니라 미조구치 씨라는 사실을 알게 됐을 것입니다.

그런데 문제는 이때 X 씨는 두 사람 곁에 없었다는 사실입니다. 그리고 대기실에는 미즈카 씨와 미조구치 씨 외에도 몇 사람이 더 있었으니 두 사람의 목소리가 대기실 입구까지 울려 퍼질 정도로 크지는 않았을 것입니다. 그러면 비밀 이야기이기도 한 이 대화가 어떻게 X 씨의 귀에 들어갔을까요.

막막한 머릿속에 별안간 떠오른 것은 미조구치 씨의 말이었습니다.

그런데 그 대기실도 어지간한 료칸보다 훨씬 고급스럽더군요. 입이 떡 벌어졌어요.

여덟 평이나 열 평쯤 되는 다다미방이었어요. 멀리서 온 사람들이 옷을 갈아입는 곳으로 보였는데 양옆 벽 전체에 전신거울이 달린 수납장 형태였어요. 방 한가운데 놓인 좌탁 세 개에는 전기 보온 포트와 찻주전자와 찻잔이 있었고 과일과 마른 간식이 가득 쌓여 있었습니다. 검은 기모노를 입은 나이 지긋한 여인이 차를 마시면서 수다를 떨고 있어서 순간 이곳이 신부 대기실인가 싶어졌어요.

양벽을 전신거울로 덮은 이유는 이곳에서 옷을 갈아입는 사람들이 사용하기 위해서입니다. 화장을 할 때는 좌우 문이 열리는 각도에 따라 삼면경 역할도 하죠. 직사각형 모양인 방 입구에서 안쪽을 들여다보면 거울의 각도에 따라 만화경처럼 충분히 실내의 모습을 볼 수 있습니다.

우연히 대기실을 방문한 X 씨의 눈에 과연 대화를 나누는 미즈카 씨와 미조구치 씨의 입이 보이지 않았다고 할 수 있을까요? X 씨는 두 사람의 대화를 들은 것이 아니라 읽은 것 아닐까요? 저는 결론에 도달했습니다.

그 순간 X 씨가 대학 시절 장애인을 돕는 봉사활동을 했다는 사실이 떠올랐습니다. 모든 방면에서 뛰어난 그는 봉사활동을 할 때도 그 능력을 발휘했습니다. 미조구치 씨의 말에 따르면 X 씨는 수어도 완벽하게 익혔다고 합니다. 그렇다면 그가 상대방의 입 모양을 읽는 독화술을 배웠을 가능성도 매우 큽니다.

X 씨는 거울에 비친 아내와 친구의 입 모양을 보고 그들이 무슨 말을 하는지 알아챈 것 아닐까요? 영리한 그는 한순간에 그 대화의 의미를 깨달았을 것입니다. 그렇다면 그때부터 X 씨의 분위기가 갑자기 변한 것도 이해가 갑니다. 이번 복수극은 바로 그 순간 막이 올랐습니다.

저는 즉시 미조구치 씨에게 전화해서 X 씨가 수어와 독화술을 완벽하게 익혔다는 사실을 확인했습니다. X 씨는 우수한 수어 통역사로 유명해서 강연 등에도 불려갈 정도였다고 합니다.

저는 내친김에 장례식장의 이름과 위치도 물어봤습니다. 거울이 부린 마법이라고 거의 확신했지만 제 눈으로 직접 확인해야 했기 때문입니다.

장례식장 책임자가 안내한 문제의 대기실은 미조구치 씨의 설명대로 양옆 벽 전체에 전신거울이 달린 수납장 형태였습니다. 시험 삼아 거울의 각도를 이리저리 바꾸어 봤더니 거울 여러 개가 서로를 반사하며 입구 근처에만 서 있어도 방 안 여러 곳을 다양하게 볼 수 있었습니다.

그날 이 거울이 비춘 모습은 대화를 나누는 두 사람의 입 모양뿐 아니라 오랜만에 편안하게 미소 짓는 미즈카 씨의 얼굴이나 그런 그녀를 위로하는 미조구치 씨의 따뜻한 눈빛이었을지도 모릅니다. X 씨는 그 두 사람이 틀림없는 도모키 군의 친부모라는 사실을 통감했겠죠.
X 씨가 두 사람의 대화를 읽었다고 저는 확신했습니다.

믿었던 아내의 설마했던 불륜. 그리고 사랑하는 아들의 출생의 비밀을 알게 된 X 씨는 거침없이, 그러나 한없이 은밀하게 행동을 시작했습니다. 한편 유카 양을 잃고 여전히 슬픔에서 헤어나오지 못한 미즈카 씨는 남편의 변화도 눈치채지 못할 정도로 마음의 여유가 없었습니다. 미즈카 씨의 소지품을 확인한 X 씨가 요시다 세무사가 미즈카 씨에게 사준 휴대폰의 존재를 발견한 것은 시간문제였습니다.
X 씨는 즉시 미즈카 씨의 문자와 통화 내역을 조사했습니다. 처음에는 미조구치 씨와의 관계만 조사하던 X 씨는 점점 드러나는 예상을 훨씬 뛰어넘는 진실과 맞닥뜨렸습니다. 미즈카 씨의 방탕한 생활은 도가 지나쳤습니다.
그리고 마침내 X 씨는 미즈카 씨의 마지막 애인이 요시다 회계사무소의 오가사와라 씨라는 사실, 그리고 유카의 익사 사고가 발생한 바로 그 시간대에 그들이 긴 통화를 했다는 사실을 알아냈습니다. 유카 양이 죽은 진짜 원인은 어머니의 배탈이 아니라 불륜이었다……. 바로 그 순간 미즈카 씨를 향한 살의가 싹튼 것 아닐까요.

엄마는 화장실에 가면 오래 걸려요.

X 씨는 도모키 군의 메일에 일부러 이 한 문장을 넣었습니다. 이 문장은 미즈카 씨가 자주 화장실에 숨어 긴 전화 통화를 했다는 사실을 알고 있다는 가장 좋은 증거입니다.

이렇게 보면 미즈카 씨의 수기에 X 씨가 비밀 휴대폰으로 애인과 연락을 주고받은 일화를 넣은 것도 X 씨의 교묘한 계략이었습니다. 이 내용이 있으면 경찰은 그 휴대폰을 찾으려고 철저히 수색할 것이기 때문입니다.

자신에게 비밀 휴대폰이 없다는 사실은 X 씨 본인이 가장 잘 압니다. 그는 미즈카 씨의 거짓말을 경찰에게 알리는 동시에 그들이 미즈카 씨의 비밀 휴대폰을 발견하게 하는 '일석이조' 효과를 노린 것입니다.

X 씨는 일주일이나 도쿄를 떠나니까 미즈카 씨가 그동안 적어도 한 번은 애인과 연락하리라 생각했습니다. 그러면 별장에 갈 때 반드시 비밀 휴대폰을 갖고 갈 것이라고 예상했습니다. 그리고 이 휴대폰이 경찰의 눈에 띄기만 하면 자연히 미즈카 씨의 지저분한 남자관계가 밝혀지면서 수기의 신빙성은 단숨에 무너지겠죠. X 씨의 상황 판단력은 매우 뛰어났습니다.

X 씨가 계산하지 못한 점은 X 씨가 모르는 사이에 미즈카 씨가 애인과 관계를 끊었을 뿐 아니라 비밀 휴대폰을 그

에게 넘겼다는 사실이었습니다. 평소 미즈카 씨가 어떤 여자였든 그녀 역시 어머니였습니다. 어린 자식을 죽게 한 어머니의 회한은 남자의 예상을 훨씬 뛰어넘었습니다.

경찰의 필사적인 수색에도 휴대폰이 발견되지 않았다는 사실을 안 X 씨는 분명 초조했을 것입니다. 자신에게 아내를 죽일 동기가 전혀 없음을 강조하려면 자신이 미즈카 씨의 불륜을 조금도 눈치채지 못했다는 태도를 관철해야 했습니다. 자신이 직접 미즈카 씨와 오가사와라 씨의 관계를 암시할 수는 없었습니다.

X 씨는 변호인인 저에게까지 미즈카 씨의 불륜을 주목하게 만들려고 고심한 흔적이 엿보입니다. 아무것도 모르는 척 은근히 저를 유도한 수완은 칭찬할 만합니다. 그는 미즈카 씨와 미조구치 씨의 관계가 완전히 끝났다는 것도 확신했습니다. 미즈카 씨의 휴대폰을 조사했으니까요. 그 확신이 있었기에 제게 미조구치 씨를 만나달라고 요청했습니다.

그렇다면 저와 미조구치 씨를 만나게 한 X 씨의 목적은 무엇이었을까요? 물론 도모키 군을 임신한 과정을 알고 싶었던 적도 있었겠죠. 그러나 가장 큰 목적은 X 씨에게는 정말로 미즈카 씨를 살해할 동기가 없었다는 것, 즉 미즈카 씨와의 부부 사이도 도모키 군과의 부자 사이도 미조구치 씨와의 우정도 모든 것이 완벽할 정도로 좋았다는 사실을 미조구치 씨의 입을 빌려 말함으로써 저를 설득하려고 한 것입니다.

X 씨는 똑똑한 인물입니다. 변호인을 진심으로 움직이게 만들려면 먼저 변호인 스스로 피고인의 무죄를 믿게 해야 한다는 사실을 알고 있었습니다. 그리고 미조구치 씨는 정이 많은 사람입니다. X 씨에게 마음의 빚도 있으니 분명 무죄 판결을 위해 협조하리라 판단했겠죠.

미즈카 씨와 부부 사이가 원만했던 것도, 도모키 군과 부자 관계가 좋았던 것도, 미조구치 씨와의 우정이 굳건했던 것도 얼마 전까지만 해도 진실이었습니다. 미조구치 씨가 사실 그대로 증언하기만 하면 판사의 마음의 추는 피고인에게 유리한 쪽으로 압도적으로 기울 터였습니다.

X 씨가 예상하지 못한 것은 사키코 씨의 증언이었습니다. 아무것도 모르는 줄 알았던 사키코 씨가 실은 도모키 군의 출생의 비밀부터 애인의 존재까지, 미즈카 씨의 중대한 비밀을 본인의 입으로 직접 들어 알고 있었던 것입니다. 아무리 대단한 X 씨라도 여자끼리의 복잡한 내면은 몰랐던 모양입니다. 언뜻 보면 즐겁게 수다를 떠는 듯 보이지만 그 가면 뒤에서는 서로를 탐색하는 긴장감이 팽팽합니다. 남자들은 상상하지 못하는 세계일지 모르겠군요.

그런데 사키코 씨의 증언이 전화위복이 되었습니다. 그 덕분에 미즈카 씨의 복잡한 남자관계, 나아가 미즈카 씨가 숨기고 있던 비밀 휴대폰의 존재가 밝혀진 것입니다. 결과적으로 사키코 씨가 궁지에 몰린 X 씨를 구한 셈입니다.

그렇지만 한편으로는 그 증언 때문에 X 씨의 완전범죄에 금이 갔습니다. 만약 담당 검사나 판사가 미즈카 씨의 수기에 조금이라도 의문을 품었다면 변호인 측은 곤경에 처했을 것입니다.

X 씨는 미즈카 씨의 수기를 작성할 때 상당히 신중하게 내용을 짜 맞췄습니다. 굳이 자신이 미즈카 씨에게 자금 지원을 요구해 갈등을 일으킨 에피소드를 넣은 이유도 언젠가 오가사와라 씨의 증언으로 부부간의 금전 문제가 드러날 것을 계산했기 때문이었겠죠.

먼저 피해자가 자신을 고발하게 해 놓고 그 후 단번에 판을 뒤집는다. 너무나도 대담한 전법에 그저 감탄만 나옵니다. 살을 내주고 뼈를 취한다. X 씨의 작전은 훌륭하게 성공했습니다. X 씨는 사업가로서 갈고 닦은 승부사 기질을 최대한 발휘해 배수의 진을 치고 마지막 승부에 나섰습니다.

X 씨의 가정을 파탄에 이르게 한 대지진은 3월 26일, 일가족이 오랜만에 야마나시 별장에 가면서 시작됐습니다.

준비는 이미 마쳤습니다. 이날을 선택한 이유는 봄방학인 까닭도 있었지만 이쿠코 씨가 도쿄를 떠나 오카야마에 사는 딸을 만나러 가기 때문이기도 했습니다. 이쿠코 씨가 아무리 컴퓨터를 다룰 수 있다고 해도 나이가 지긋하니 손자 외에 메일을 주고받는 친구가 있을 리 없었습니다. 노트북을 들고 가거나 오카야마에서 메일함을 확인할 리도 없었죠.

"어머니도 가끔은 누나 보러 다녀오세요."

X 씨는 분명 이렇게 말하며 어머니에게 신칸센 티켓을 건넸겠죠. 이쿠코 씨가 집을 비우는 것은 이번 계획에 반드시 필요한 조건 중 하나였습니다.

범행 날짜를 3월 27일로 정한 이유는 이날이 평일인 월요일이었기 때문입니다. 범행 당일 별장 근처에 사람이 있으면 곤란하니까요. 물론 이 점도 현지에서 직접 확인해야 했죠. 미조구치 부부는 아침 일찍부터 저녁 늦게까지 집을 비울 테지만 이것도 당일에 확인하고 상황이 여의치 않으면 강행하지 않을 계획이었습니다.

미조구치 부부는 나중에 증인이 되어야 했으니 범행 전날 밤 반드시 그들을 초대해 넷이서 술을 마셔야 했습니다. 전날인 3월 26일이 일요일이라는 점도 중요한 조건이었습니다.

별장에 도착한 X 씨는 곧바로 미조구치 씨에게 전화를 걸어 저녁 식사 후 가족을 데리고 오라고 초대했습니다. 어른들이 술을 마시기 시작할 시간과 미유 양이 잘 시간이 겹쳐야 했기 때문입니다.

미즈카 씨가 청소를 하는 동안 산책하는 척 밖으로 나온 X 씨는 동쪽에 지어진 두 별장 모두 커튼이 쳐져 있는 모습을 보고 가슴을 쓸어내렸습니다. 걸어가면서 확인하니 분양지의 별장들은 모두 비어 있는 것 같았지만 조심해서 나쁠 것은 없었습니다. 여기까지는 거의 완벽했습니다.

저녁 8시, 미조구치 부부가 미유 양을 데리고 방문했습니다. 천진난만한 미유를 볼 때마다 X 씨는 아내를 향한 분노가 점점 거세게 치솟았습니다.

언제나처럼 미유 양을 1층 침실의 침대에 재우고 도모키 군은 거실에서 놀도록 둔 뒤 어른들은 모두 식당으로 자리를 옮겼습니다. 미조구치 부부가 와인과 치즈를 들고 왔는데 그렇지 않아도 처음부터 식당에서 마실 계획이었습니다.

식당과 거실은 완전히 분리된 공간이라 식탁 앞에 앉은 미조구치 부부에게는 거실이 전혀 보이지 않았습니다. 네 사람이 모이는 자리는 오래간만이었고, 온화한 분위기 속에 무난한 대화가 이어졌습니다. X 씨는 그렇게 벽시계가 9시를 가리키기를 기다렸습니다.

9시 정각이 되자 마침내 일인극이 시작됐습니다. X 씨는 갑자기 벌떡 일어났습니다.

"침실에 아르마냑이 있으니 가져올게."

X 씨는 식당을 나갔습니다.

뜬금없는 상황이었고 이후에 좀처럼 돌아오지 않았으니 미조구치 부부의 기억에 확실히 남았습니다. 아르마냑이라는 말을 들은 이상 술을 좋아하는 미조구치 씨가 마시지 않고 돌아갈 리 없습니다. 그것도 당연히 계산해 두었을 것입니다.

식당을 나온 X 씨는 먼저 거실에서 게임을 하던 도모키 군을 밤이 늦었다며 2층 아이 방으로 올려보냈습니다. 도모키 군이 절대로 1층으로 내려오지 않도록 확실한 구실을 내세웠습니다. 그리고 조용히 침실로 간 X 씨는 조용히 문을 닫고 침대에서 새근새근 잠든 미유 양을 흘긋 쳐다본 뒤 미즈카 씨가 오기만을 가만히 기다렸습니다. 지금부터가 승부처입니다.

처음에는 혼자서 미조구치 부부를 상대하던 미즈카 씨도 남편이 계속 돌아오지 않자 점점 불안해졌고, 결국 더는 기다리지 못한 채 침실로 상황을 살피러 갔습니다. 바로 X 씨가 예상한 전개였습니다.

그러면 X 씨는 여기서 어떤 연극을 했을까요? 물론 사실은 알 수 없지만 아마 컨디션이 나쁘다는 핑계를 댔을 것이라고 저는 추측합니다. 예컨대 X 씨가 배를 누르며 소파에 웅크리고 있었다고 가정해 봅시다.

"갑자기 위경련이 나서. 미안한데 잠깐 등 좀 쓸어줄래?"

남편이 그렇게 말하면 미즈카 씨는 따를 수밖에 없습니다.

"고마워. 좀 편해졌어. 그런데 모처럼 미조구치 부부가 와줬는데 미안하잖아. 그 사람들에게는 아무 말도 하지 마. 괜찮아, 그냥 조금 피곤할 뿐이야. 미조구치에게 아르마냑 이야기를 꺼냈으니 꼭 마시게 해줘야지."

위경련에 대해서는 함구하라는 말을 들은 미즈카 씨는 그래도 걱정이 됐겠죠. 눈치 빠른 사키코 씨가 집으로 돌아가 주기를 바라며 '어서 돌아가'라는 분위기를 풍겼을 것입니다.

X 씨는 미조구치 부부에게 식당으로 돌아온 두 사람의 분위기가 심상치 않다는 인상을 심어 줘야 했습니다. 미조구치 부부의 증언이 어떤 증거보다 도모키 군이 쓴 메일의 신빙성을 강화해 주리라는 것을 충분히 알고 있었기 때문입니다.

결과는 X 씨가 예상한 대로였습니다. 프랑스산 고급 브랜디인 아르마냐에 완전히 빠진 미조구치 씨는 물론 사키코 씨도 그날 밤 일을 또렷하게 기억했습니다. X 씨의 작전은 대성공이었습니다.

다음 날 아침, 서재에서 내려온 X 씨는 식사를 마치고는 미즈카 씨에게 말했습니다.

"급한 일이 생겨서 지금 회사에 가 봐야 해."

평소에 집에서 일 이야기를 하지 않는 X 씨이기 때문에 자세히 설명할 필요는 없었습니다.

"되도록 저녁까지는 돌아올게. 오늘 안에 정리해야 하는 일이거든."

일이라고 하면 미즈카 씨는 늘 군말하지 않았습니다. X 씨는 즉시 차를 타고 출발했습니다.

그때 X 씨는 미즈카 씨와 도모키 군의 노트북을 들고나왔는데 도대체 어떤 핑계를 댔을까요? 이것은 상상에 맡길 수밖에 없는데 아마 미즈카 씨가 노트북 전원을 켰더니 부팅이 안 됐을지도 모릅니다. 그러면 기계에 문외한인 미즈카 씨는 손쓸 수 없죠.

"골치 아프게 됐네. 회사에 가는 김에 고쳐올게."

X 씨의 말에 미즈카 씨는 의심 없이 고개를 끄덕였을 것입니다.

도모키 군의 노트북은 더 간단했습니다. 아버지가 가져간다고 하는데 거부할 수 없었을 테니까요.

"아빠가 잠깐 가져갈게."

이 한마디면 충분했을 것입니다.

그렇게 교통수단을 빼앗긴 미즈카 씨와 도모키 군이 외부로 나갈 가능성은 사라졌습니다. 옆집 미조구치 가족은 이미 이른 아침에 고부치사와로 출근했습니다.

집을 나선 X 씨는 주변 별장의 상황을 다시 한번 확인했습니다. 그리고 아무도 없다고 확신한 X 씨는 일단 산속을 이리저리 돌아다녔습니다. 나중에 경찰에 진술해야 하므로 실제로 그 진술과 같은 경로를 이동해야 했습니다. 예상치 못한 장소가 통행금지 상태라면 곤란해지니까요.

어디에서 누구에게 목격될지 모르니 방심은 금물이었습니다. 도중에 편의점에 들러 음료와 과자를 사고 영수증은 지갑에 넣어 뒀습니다. 이렇게 차근차근 준비를 마친 X 씨는 마지막으로 인적이 없는 샛길로 들어가 차를 세웠습니다.

아마 X 씨는 그곳에서 우선 두 사람의 노트북을 확인했을 것입니다. 문제가 될 만한 메일이 있는지 우선 확인해야 했기 때문입니다. 평소 노트북 수리나 컴퓨터 지도 때문에 두 사람의 노트북에 손을 댈 기회는 많았습니다. 혹여 지문이 검출돼도 걱정할 필요는 없었지만 그는 치밀한 사람이니 만약을 위해 얇은 장갑을 준비했을지도 모릅니다.

5시가 넘을 때 즈음 별장에 도착해야 하므로 그전까지 작업을 마무리해야 했습니다. 확인을 마친 그는 곧바로 미즈카 씨의 수기를 작성했습니다. 줄거리는 이미 완성해 뒀지만 분량이 제법 많아서 서둘렀습니다.

한편 도모키 군의 메일은 문제가 없었습니다. 짧은 데다 도모키 군이 메일을 쓰는 스타일은 잘 알았기 때문입니다. 홀로 사시는 연로한 어머니를 걱정한 X 씨는 어머니와 손자가 가깝게 지낼 방법을 고심했습니다. 어쩌면 지금까지 도모키 군이 할머니에게 보낸 수많은 메일 내용도 X 씨가 옆에서 은근히 유도하고 가르쳤던 것은 아닐까요.

그러는 동안에도 X 씨는 소바 가게에서 점심을 먹고 편의점에 가는 등 바쁜 시간을 보냈습니다. 마지막으로 도모키 군의 메일을 발송한 시간이 오후 2시 22분. 미즈카 씨의 수기는 오후 4시 49분. 나중에 경찰 조사를 받을 때 문제가 없도록 별장 바로 근처에서 발송했을 것입니다.

돌아가는 길에는 다시 한번 주변 상황을 확인했습니다. 사람의 비명은 어디까지 전달되는가……. 만에 하나 둘러댈 변명은 생각해 뒀지만 신중을 기하는 편이 좋았습니다.

예정대로 귀가한 뒤 이 복수극도 마침내 절정을 맞이합니다.

"아아, 피곤하다. 맥주 좀 줄래?"

태연한 얼굴로 거실 소파에 앉은 X 씨는 미즈카 씨에게 안주를 부탁합니다. 마음이 내키지 않는 범행 장소 답사 후에 한숨 돌릴 생각이었다. 이번 사건은 어디까지나 돌발 사고였다. 그것을 강조하기 위한 작전이었습니다.

주방으로 들어가는 미즈카 씨의 뒷모습을 지켜본 X 씨는 미즈카 씨의 노트북을 침실로 옮깁니다. 신중한 그는 어쩌면 이렇게 말했을 것입니다.

"한번 켜 봐. 제대로 고쳤지?"

키보드에 미즈카 씨의 지문을 선명하게 남기려고 노트북을 만지게 했을 수도 있습니다. 그리고 도모키 군의 노트북. 사고가 난 시점에 이 컴퓨터는 2층 아이 방 책상 위에 있어야 합니다.

그렇다면 그 후 X 씨는 어떻게 두 사람을 베란다 밑으로 떨어지게 했을까요? 이것도 상상할 수밖에 없는 영역이지만, X 씨가 아이 방에서 놀던 도모키 군에게 서재에서 베란다까지 사다리를 옮기게 한 것이 아닐까 생각합니다. 사다리에 도모키 군의 지문이 남아 있어야 하기 때문입니다.

어떻게 둘러댔는지 모르겠지만 그는 사다리를 난간 앞에 놓고 도모키 군을 그 위에 세웠습니다. 베란다 난간은 상당히 높습니다. 단순히 사다리 위에 서 있기만 한다면 키가 작은 아이는 그다지 위험하지 않았습니다.

도모키 군은 아버지가 시작한 생각지도 못한 놀이에 신이 났을까요. 아니면 본능적으로 불온한 분위기를 감지하고 사다리 위에 꼼짝도 못하고 굳어 있었을까요.

어쨌든 도모키 군이 사다리 위에 서 있던 시간은 길지 않았습니다. X 씨가 두 손으로 도모키 군의 오른쪽 발목을 잡자마자 난간 너머로 힘껏 밀었기 때문입니다.

정말 한순간의 일이었습니다. 오른발 하나만 잡힌 채 거꾸로 매달린 도모키 군은 경악과 공포로 소리도 내지 못했습니다. 도모키 군은 두 팔을 뻗어 발목을 잡은 채 난간 뒤에서 자신을 내려보는 아버지를 올려다보며 무슨 생각을 했을까요. 상상만 해도 가슴이 미어집니다. 그리고 마지막에 아들은 붙잡은 손을 놓는 순간 X 씨의 가슴을 스친 감정은 무엇이었을까요.

하지만 떨어지는 도모키 군을 지켜볼 새도 없이 X 씨는 서둘러 다음 작업에 착수했습니다. 일단 집 안으로 뛰어 들어가 계단 위에서 미즈카 씨를 소리쳐 불렀습니다.

"미즈카, 큰일 났어! 빨리 올라와!"

주방에서 일하던 미즈카 씨의 귀에 과연 쿵 하는 소리가 들렸는지는 모르겠습니다. 미즈카 씨는 요리를 멈추고 서둘러 2층으로 올라갔습니다. 그 사이에 다시 베란다로 나간 X 씨는 스스로 사다리 위에 올라서 미즈카 씨를 손짓으로 불렀습니다.

도대체 무슨 일이 일어났는지는 모르지만 이것저것 물을 상황이 아니었습니다.

미즈카 씨가 X 씨에게 달려간 것과 동시에 X 씨가 미즈카 씨의 청바지를 움켜잡고 그녀를 사다리 위로 끌어올렸습니다.

이쯤 되면 미즈카 씨도 남편의 의도를 눈치챘으리라 생각합니다. 필사적으로 저항했지만 힘으로는 상대가 되지 않았죠. 좁은 사다리 위에서 무작정 X 씨의 목과 손을 할퀴었는데 이 또한 X 씨가 치밀하게 계산한 상황이었습니다. 결국 강한 힘에 밀려나 절벽으로 떨어지기까지 그리 오래 걸리지 않았습니다. 허공에 떨어지는 찰나의 순간 그녀가 무슨 생각을 했건 X 씨는 아무 후회도 없었습니다.

X 씨의 가정은 이렇게 X 씨의 손에 흔적도 없이 무너져 내렸습니다.

옹벽에 충돌한 뒤 바닥으로 굴러떨어진 두 사람이 꿈쩍도 하지 않는 모습을 확인한 X 씨에게 감상에 잠길 시간은 없었습니다.

X 씨는 즉시 차를 타고 절벽 아래로 향했습니다. 위에서 보기에는 두 사람 모두 즉사한 듯했지만 경찰에 신고하기 전에 직접 확인할 생각이었을 테죠. 만에 하나 아직 숨이 붙어 있다면 주변에 굴러다니는 돌로 숨통을 끊을 작정이었을지도 모릅니다. 그러나 현장에 도착해 보니 한눈에 보기에도 그럴 필요가 없었습니다. 그는 크게 숨을 들이마신 뒤 이제야 비로소 주머니에서 휴대폰을 꺼냈습니다.

이후 상황은 적어도 X 씨가 처음 예상한 그대로 흘러갔습니다. 미즈카 씨의 수기도 도모키 군의 메일도 타이밍이 다소 어긋나기는 했지만 세상에 드러났습니다. 그는 중요 참고인으로 조사를 받고 일찌감치 체포됐습니다. 경찰이 아니라 119에 신고한 것도 X 씨의 뛰어난 전술이었겠죠. 어쨌든 자신이 용의자가 되어야 경찰이 휴대폰을 수색할 테니까요.

예상이 빗나간 점은 사망한 미즈카 씨가 그 시점에 사귀던 남자는 없었고 그녀의 비밀 휴대폰도 나오지 않은 것이었습니다. 이것만 어긋나지 않았다면 미즈카 씨의 고발은 일찍이 신빙성이 사라져 X 씨가 기소되는 일도 없었을 것입니다. 예상치 못한 상황 때문에 형사 피고인 신분으로 장기간 구속된 것은 X 씨답지 않은 실수였죠. 그래도 결과적으로 그의 계획은 훌륭하게 성공했습니다.

그런데……. 저도 모르게 한숨이 나옵니다. X 씨를 이렇게까지 잔인한 범행으로 몰아넣은 원동력은 대체 무엇이었을까요?

확실히 X 씨가 발끈할 만한 이유는 있습니다. 미즈카 씨는 참혹한 배신을 저질렀습니다. X 씨가 애정과 기대를 쏟아부은 도모키 군의 친부는 사실 자신이 완전히 마음을 열었던 친구였습니다. 게다가 미즈카 씨의 불륜은 한 번으로 그치지 않았습니다. 그녀는 남편의 자금 지원 요청을 거절했는데 그것도 불륜 상대였던 오가사와라 씨에게 부정적인 정보를 듣고 내린 판단이었습니다. 마지막으로 눈에 넣어도 아프지 않을 유카 양의 사망 사고였습니다. 미즈카 씨가 애인과 전화 통화를 하지 않았다면 그 사고는 일어나지 않았습니다. X 씨의 분노가 폭발한 것도 당연합니다.

하지만 그렇다고 해도……. 생각이 머릿속에서 떠나지 않습니다. X 씨는 도대체 왜 그렇게까지 잔인할 수 있었을까요?

미즈카 씨는 유카 양을 고의로 죽이지 않았습니다. 하물며 도모키 군은 아무 죄도 없습니다. 아무리 친자식이 아니라고 해도 죽일 필요까지는 없었을 텐데요.

X 씨는 도모키 군을 죽이는 것만으로 만족하지 않았습니다. 이 순한 아들에게 유카 양을 죽인 살인자라는 누명까지 씌웠습니다. 그뿐만이 아닙니다. 그는 있지도 않았던 장수풍뎅이 일화와 미유 양 살해 미수 사건을 조작해 도모키 군

이 이상 성향을 타고난 아이라는 주홍글씨를 새겼습니다. 고작 여덟 살밖에 안 된 소년을 향한 이 끝없는 악의와 증오는 도대체 어디서 나왔을까요?

아내와 아들을 죽이는 것만이 X 씨의 목적이었다면 그렇게까지 공들여 계획을 세울 필요는 없었을 텐데요. 그야말로 드라이브를 나갔다가 산속에서 우연히 추락사한 것으로 꾸미면 그만이었습니다. 사고는 단순할수록 의심받지 않습니다. 빠져나갈 방법은 얼마든지 있었습니다.

굳이 자신을 고발하는 메일을 작성해 일단 아내와 아들을 죽인 용의자가 되었다가 극적인 반전을 노린다. X 씨의 계략은 현실 세계의 범죄계획치고는 터무니없이 비현실적이었습니다. 게다가 계획이 성공한다고 해도 자신의 사회적 신용이 통째로 무너질 것은 뻔했습니다.

체면을 중요하게 여기는 X 씨가 굳이 아내의 불륜을 공개하고 자칫 살인범으로 유죄 판결을 받을 위험까지 무릅쓸 정도로 미즈카 씨와 도모키 군을 증오했다는 것만으로는 설명이 되지 않습니다. 분명 그를 밀어붙인 그 이상의 동기가 있었을 것입니다.

저는 이번 사건의 동기는 X 씨의 복수였다고 생각합니다. 그러나 그것은 단지 그의 사랑을 짓밟은 아내나 그의 굴욕과 고뇌의 원흉인 아들에 대한 복수가 아닙니다. 그의 우정을 배신했을 뿐 아니라 그에게 평생 일어설 수 없을 정도의 패배감을 안겨준 남자. 그에게 죽음보다 더한 고통을 느끼게 하고도 본인은 안락한 행복을 누리는 남자……. 모든 원흉인 미조구치 유지 씨야말로 그의 증오와 악의의 대상이었습니다.

미조구치 씨에게 복수할 작정으로 이번 범행을 계획한 것입니다.

미조구치 씨는 사람이 좋았습니다. X 씨가 야마나시에 별장을 두고 오늘날까지 가족끼리 절친하게 지낸 이유도 X 씨가 미조구치 씨에게 호감을 느꼈기 때문입니다.

그런데 어떻게 보면 그가 미조구치 씨에게 느낀 우정은 완벽한 우월감의 방증이기도 했습니다. 미조구치 씨는 사회적 지위나 경제력은 물론이고 지성, 교양, 체력, 외모 어느 것 하나 X 씨의 라이벌이 되지 못했습니다. 야마나시에 별장을 매입하지 않았다면 애초에 두 사람은 친구가 되지 않았겠죠.

물론 우정이 우월감만으로 유지되는 감정은 아닙니다. 미조구치 씨는 X 씨와 달리 타고난 성격이 밝습니다. 그리고 미조구치 씨는 열등감이나 비굴한 아첨과는 관계없는 사람입니다. 평소 사업을 하며 극심한 스트레스를 받는 X 씨에게 그런 미조구치 씨와 만나는 시간은 유일하게 마음이 편안해지는 순간이었습니다.

문제는 X 씨가 모르는 곳에서 상상도 하지 못한 상황이 벌어지고 있었습니다. 바로 미즈카 씨가 미조구치 씨와 불륜을 저지르고 그의 아이를 낳은 것입니다.

X 씨의 상식으로 그것은 하늘이 무너지고 땅이 뒤집혀도 '있을 수 없는 일'이었습니다. 미즈카 씨가 그런 남자에게 관심을 보일 리 없다. X 씨는 확신이 있었습니다. 미조구치 씨에게 미즈카 씨는 그림의 떡은커녕 다른 세계에 피어 있는 꽃이었습니다.

그렇지만 만약 미조구치 씨가 아주 잠깐이라도 미즈카 씨에게 추파를 던진 적이 있었다면 X 씨도 방심하지 않았겠죠. 그러나 어떻게 봐도 미조구치 씨에게서 그런 기색은 느껴지지 않았습니다. X 씨와 미조구치 씨가 모두 미혼일 때는 같이 어울려 놀기도 한 사이니 서로 어떤 여자를 좋아하는지 잘 알았습니다. 여러 면에서 미조구치 씨는 처음부터 X 씨의 라이벌이 아니었습니다.

사실을 안 X 씨는 곧바로 복수를 결심했습니다. 그러나 그 복수는 미조구치 씨를 죽이는 것이 아니었습니다. X 씨의 뛰어난 두뇌와 실행력으로 미조구치 씨를 남몰래 처리하는 것도 불가능하지 않았지만 그럴 생각은 털끝만큼도 없었습니다. 그가 미조구치 씨에게 주고 싶었던 것은 단 하나, 자신이 미조구치 씨에게 받은 것, 바로 죽음보다 더한 고통이었습니다.

그런데 미조구치 씨는 도대체 어떤 상황에서 죽음보다 더한 고통을 느낄까요? X 씨는 깊이 고민했습니다.

도모키 군이 끔찍한 이상 성향의 피가 흐르는 살인범이라는 사실. 그리고 그 도모키 군의 친부가 미조구치 씨라는 사실이 세상에 널리 알려지는 것. X 씨가 그린 복수의 시나리오는 한없이 잔혹하면서 추악하기 짝이 없었습니다.

미조구치 씨도 그 가족도 평생 이 불쾌하고 치욕스러운 굴레에서 벗어날 수 없습니다. 행복한 가정도, 부부 사이의 믿음도, 평온한 생활도, 희망찬 미래도 모든 것이 한순간에 무너집니다. 결코 아물지 않을 마음의 상처……. 그것이야말로 X 씨가 배신자에게 내리는 복수의 시나리오였습니다.

그렇다면 X 씨의 복수는 성공했을까요? 저는 지금이야말로 그에게 묻고 싶습니다.

이번 사건으로 미조구치 씨가 괴로워한 것은 사실입니다. 사랑하는 사키코 씨와 어린 미유 양이 회복하기 어려운 타격을 받은 것도 당연합니다. 미조구치 씨가 어떤 죄를 지었든 그는 충분히 죗값을 치렀습니다. 그런 의미에서 X 씨의 계획은 성공했습니다.

그런데 제 생각에는 미조구치 씨도 사키코 씨도 이미 가장 큰 시련을 극복한 듯합니다. X 씨의 성공적인 계략도 그들 부부의 애정과 신뢰 관계는 무너뜨리지 못한 셈입니다.

미조구치 씨는 오늘도 평소처럼 일하고 있겠죠. 사키코 씨는 지금도 변함없이 남편의 곁에 있습니다. 사랑하는 남편을 위해 곧 건강한 아들을 낳을 예정입니다.

확실히 아이들의 미래는 낙관할 수는 없습니다. 사람은 잔인한 존재입니다. 앞으로 그들이 어떤 괴로운 일을 당할지 모르죠. 그래도 밝고 긍정적인 사키코 씨가 있으니까요. 분명 씩씩한 아이들로 키워낼 것입니다.

결국 X 씨가 한 일은 무엇이었을까요? 저는 그가 어떤 대답을 할지 모르겠습니다.

전 피고인 모토무라 히로키의 편지

무쓰기 레이 변호사님

'X에 얽힌 추론 하나'를 보내주셔서 감사합니다. 아주 재미있게 잘 읽었습니다. 이거 참, 변호사라는 직업은 법률 지식뿐 아니라 상상력과 창의력까지 필요하나 보군요.
 사실 저는 옛날부터 재판에 관심이 많았습니다. 인간이 인간을 심판한다. 그런 일이 정말 가능할까? 타인이 무슨 생각을 하고 무슨 일을 했는지 어떻게 자신 있게 단정할 수 있을까? 그리고 피해자도 아닌 인간이 어째서 신처럼 당당하게 타인을 단죄할 수 있을까? 저처럼 부족한 사람은 감히 이해할 수 없었습니다.
 그래서 한때 과거부터 현재까지 남겨진 재판 기록을 깊이 파고든 적이 있는데 그때 도저히 이해가 가지 않는 점이 있었습니다. 그것은 바로 원고 대리인과 피고 대리인, 검사와 변호사, 그들은 모두 같은 법률가인데 입장이 다르다는 차이로 주장하는 내용이 달라진다는 사실이었습니다.

그런데 이번에 변호사님의 작품을 읽으며 뒤늦게나마 그 해답을 찾은 것 같습니다. 요컨대 재판이란 사실을 탐구하는 세계가 아니라 법률가들이 각자의 시선으로 자신이 상상한 이야기를 풀어내는 창작의 세계였군요.

그런데 변호사님, 설마 진심으로 X 씨가 범인이라고 생각하시는 것은 아니겠지만 독자로서 솔직한 감상을 말씀드리면, 작품 속 X 씨의 내면 묘사가 다소 부족한 것 같습니다. 어쩔 수 없는 일이지만. 그토록 공들인 작품이었기에 결정적인 한 부분이 부족해 더욱 아쉬웠습니다.

그래서 참으로 외람되지만 변호사님의 작품 뒤에 제 개인적인 해석을 덧붙이고 싶습니다. 어떠십니까? 제목은 'X의 독백'으로 정했습니다. 읽어주시면 진심으로 감사하겠습니다.

굳이 다시 말씀드릴 필요는 없지만, 이 'X의 독백'도 'X에 얽힌 추론 하나'처럼 공개할 계획은 없습니다. 세상 사람들 모두가 농담을 이해하는 것은 아니지 않습니까. 괜한 오해를 사고 싶지 않습니다.

다만 만약 변호사님만 괜찮으시다면 미조구치 사키코 씨에게만은 이 두 작품을 보여줘도 괜찮습니다. 사키코 씨는 등장인물 중 한 명이기도 하고 무엇보다 현재 저는 그녀의 출산을 축하하고 싶어도 달리 방법이 없기 때문입니다. 소설을 좋아하는 사키코 씨라면 분명 흥미롭게 읽어주지 않을까요.

뒤늦게 말씀드리지만 저는 이번에 주식회사 엠시티의 모든 주식을 처분하고 모든 직책을 내려놓은 뒤 다시 밑바닥부터 시작하게 되었습니다. 현재 저는 구니타치의 집에서 홀로 서류를 정리하고 짐을 처분하느라 바쁜 나날을 보내고 있습니다.

변호사님도 아시겠지만 주식회사 엠시티는 제 개인회사였습니다. 경영자가 혼자서 이끌어 가는 회사는 계속 헤엄쳐야만 살아남을 수 있는 참치와 같습니다. 경영자가 멈추면 그 회사도 숨이 끊깁니다.

드디어 재판이 끝나 혐의를 벗고 자유의 몸이 된 제가 회사로 복귀했을 때 회사 내부는 이미 썩은 내가 났습니다. 누구의 잘못도 아닙니다. 다 제가 덕이 없어 생긴 결과입니다.

가치를 매기면 마이너스밖에 되지 않는 기업이라도 직원의 고용은 보장해야 합니다. 어쨌든 사업을 승계해 줄 사람이 나타난 것은 불행 중 다행입니다.

이 집에서 언제까지 지낼 수 있을지 모르지만 지금으로서는 제 어머니가 시로카네와 구니타치를 오가며 제 생활을 돌봐주고 계십니다. 언젠가는 어머니가 계신 곳 근처로 돌아가겠지만 당분간은 우리 네 사람이 아직 가족이었을 시절의 기억을 더듬으며 추억 많은 이 집에서 지낼 생각입니다.

무쓰기 변호사님께는 정말 신세를 많이 졌습니다. 진심으로 감사의 말씀을 드립니다.

모토무라 히로키

X의 독백

    행복한 가정이 무너지는 것은 정말 한순간입니다. 아무리 견고해 보여도 사상누각은 단 한 번의 포격으로 순식간에 가루가 됩니다. 저도 그랬습니다.
    그런데 지금에 와서는 '과연 행복한 가정이었나?' 하는 물음에 자신 있게 답할 수 없습니다. 도대체 뭐가 잘못이었을까요?
    저는 미즈카에게 반했습니다. 사랑했다고 말할 마음은 없습니다. 저는 애초에 사랑을 논할 자격이 없을지도 모릅니다. 반했다. 그 이상의 말은 떠오르지 않네요. 저는 그녀 없이는 살 수 없었습니다.
    그런데 미즈카라는 여자는 남편이 백을 가지고 있다면 그 백을 전부 자신에게 바쳐야만 만족하는 사람이었습니다. 제가 일에 쏟는 열정도, 가족을 위한 미래 계획도 그녀에게는 아무 의미 없었습니다. 자신이 현재 느끼는 욕구를 해결해주지 않는 모든 존재는 그녀에게 악이었습니다.

아내의 복잡한 남자관계를 알게 된 지금도 저는 그녀가 저 외에 다른 남자를 사랑했다고 생각하지 않습니다. 오히려 그녀의 남편감으로 어울리는 한 사람은 저뿐이었다고 믿습니다. 아내는 마치 응석을 부리는 집고양이처럼 제가 자신에게 얼마나 헌신하는지 끊임없이 평가했습니다.

조금이라도 불만이 생기면 가차 없이 응징한다. 그것이 미즈카라는 여자였습니다.

도모키가 제 친아들이 아니라는 사실을 알고 있었는가……. 사실은 저도 잘 모르겠습니다.

무사히 남자아이를 낳았다는 소식을 들었을 때 저는 무척 행복했습니다. 갓 태어난 아기가 저를 닮았으리라는 생각은 하지 않았습니다. 처음 도모키를 만났을 때도 아무런 의심도 하지 않았습니다. 그런데도 아들의 얼굴을 들여다보려는 순간 저는 왜 그렇게나 강렬한 불안에 휩싸였을까요.

물론 그 감정은 찰나였고 도모키를 본 순간 정체를 알 수 없는 불안은 금세 하늘을 날 것 같은 기쁨으로 바뀌었습니다.

"신생아는 원래 다 원숭이처럼 생겼어. 그래서 아이를 처음 봤을 때 아내에게 무슨 말을 해야 할지 심각하게 고민했다니까."

아이를 가진 친구가 그런 말을 한 적이 있는데 도모키의 얼굴은 단정하다시피 했고 막연하게 생각했던 것보다 훨씬 예뻤습니다.

세상에 나온 지 사흘이 지나자 도모키는 점점 귀여워졌습니다. 얼굴도 정돈된 데다 색도 하얗게 변한 것 같고, 그러고 보니 이목구비가 미즈카를 닮은 것 같았습니다. 저는 문득 도모키의 혈액형이 궁금했습니다.

"이 아이는 혈액형이 뭐야?"

새근새근 잠든 도모키를 들여다보며 미즈카에 물었습니다.

"몰라."

무심한 대답이 돌아왔습니다.

"의사가 그런 건 안 가르쳐주나?"

"응, 선생님이 별말 안 하던데……. 아기는 혈액형 검사를 안 하는 게 아닐까? 궁금하면 검사해 볼까?"

미즈카는 조금도 당황하지 않았습니다. 아무런 걱정도 없는 모습에 솔직히 저는 왜인지 안심이 됐습니다.

결국 도모키의 혈액형은 미즈카와 같은 B형이었습니다. 저는 O형이니 태어날 아이는 B형 아니면 O형이었던 셈입니다. 결과적으로 아무런 문제도 없었지만, 사실 검사 결과를 듣기 전에 이미 제 마음속에서 불안은 사라져 있었습니다.

도모키가 자라면서 엄마를 닮았다는 사실은 주변 사람들 때문에 알게 됐습니다. 아이가 엄마를 닮은 것은 이상한 일이 아닙니다. 아버지를 닮지 않았다고 이상하게 여기는 사람은 적어도 제 주위에는 없었습니다.

그리고 몇 년 후, 둘째 아이가 태어났습니다. 이번에는 딸이었습니다. 유카는 아주 어렸을 때부터 누가 봐도 저를 꼭 닮은 아이였습니다.

"도모키는 엄마를 닮고, 유카는 아빠를 닮았네."

아이들 앞에서 당당하게 말할 수 있어서 얼마나 행복했는지 모릅니다.

저는 유카를 매우 사랑했지만 그 이유가 딸이었기 때문은 아닙니다. 유카의 존재가 제게 무한한 평안함과 여유를 가져다주기 때문이었습니다.

도모키가 사리 분별할 나이가 되자 저는 제 방식으로 아들을 교육하는 데 몰두했습니다. 그저 그런 학원이나 가정교사에게 맡길 생각은 추호도 없었습니다. 저는 도모키에게 글자를 가르치고 책을 사 주고 함께 게임을 하고 컴퓨터 사용법을 가르쳤습니다. 아들이 대학에 입학할 때까지 제가 가진 모든 지식을 그 아이에게 쏟아부을 생각이었습니다.

도모키가 학교에서 좋은 성적을 받고 게임과 컴퓨터에 관심을 보이면 보일수록, 즉 도모키가 저와 같은 길을 바라보고 제게 점점 다가올수록 이 아이가 제 아들이라는 사실을 실감했습니다. 그렇게 생각했습니다.

그 환상이 언제까지 지속됐는지는 모르겠습니다. 우리의

부모 자식 놀이는 순식간에 종말을 맞이했기 때문입니다.

잊히지도 않는 유카의 영결식 날이었습니다. 저는 장례식장 대기실에서 우연히 미즈카와 미조구치의 대화를 '목격'했습니다.

대학 시절 장애인을 지원하는 봉사활동에 참여했던 저는 청각장애인과 소통하기 위해 독화술을 배웠습니다. 이왕 동아리 활동을 한다면 의미 없이 시간을 보내는 것이 아니라 무언가 특수한 기술을 익히는 것이 좋겠다고 생각했습니다. 미래를 고려한 선택이었지만 설마 그것이 이런 식으로 도움이 되리라고는 꿈에도 생각하지 못했습니다.

대기실 거울에 비친 두 사람의 입술은 기가 막힐 정도로 무방비해서 설령 초보자라도 그 움직임을 쉽게 읽을 수 있을 정도였습니다. 그리고 입술에서 흘러나온 두 사람의 말 역시 슬프도록 천진하고 조심성이 없었습니다. 그것은 틀림없는 도모키의 아버지와 어머니의 대화였습니다.

도모키는 미조구치의 아들이다. 저는 태어나서 처음으로 땅이 와르르 무너져 내리는 기분을 느꼈습니다.

도모키는 내 자식이 아니다. 하지만 그 순간 제게 그 사실보다 더 충격적이었던 것은 좌식 의자 등받이에 몸을 기대고 앉은 미즈카의 얼굴이 마치 남자의 품에 안긴 듯 편안하고 온화해 보인다는 사실이었습니다. 저는 그전에도 그 후에도 미즈카의 그런 모습을 본 적이 없습니다. 아버지와 어머니만이 공유하는 아이를 생각하는 마음. 그리고 아이를 함께 낳은 남자와 여자만이 공유할 수 있는 서로를 향한 유대감. 제가 도모키를 이 세상에서 말살해 버리기로 결심하게 한 계기는 미즈카의 그 표정이었을지도 모릅니다.

생각해 보면 장모님이 갑자기 돌아가신 후 모든 것이 나쁜 방향으로 흘러갔습니다.

"당신 회사, 사실은 망하기 직전이지? 숨겨도 소용없어. 요시다회계사무소에서 알아봐 줬거든. 친정집은 안 팔 거야. 회사가 어렵다고 내 재산에 손댈 생각 마!"

자금 지원을 요청한 제게 미즈카는 쌀쌀맞게 대답했습니다.

평소 그녀라면 비록 제 부탁을 거절해도 이렇게 노골적으로 정색하지 않을 텐데. 미즈카가 이렇게 흥분한 모습은 처음이었습니다.

재판을 마친 지금은 아내는 사실상 아무것도 몰랐고 오가사와라가 불을 지폈다는 사실을 아니 당시 상황이 이해가 갑니다. 그러나 그때 저는 너무 화가 난 나머지 이성을 잃었습니다. 무지한 그녀에게 차분하게 설명할 마음이 들지 않았습니다. 그로 인해 미즈카는 오가사와라에게 더 깊이 빠져들게 되었던 것 같습니다. 이 악순환이 없었다면 유카의 사고도 일어나지 않았을지 모릅니다.

이상한 이야기지만 유카의 죽음은 비록 일시적이나마 우리를 위기에서 구했습니다. 그때까지만 해도 얼굴만 마주치면 신경질적으로 소리를 지르던 미즈카가 기력을 완전히 잃고 비탄에 빠진 모습을 보면 제 초조한 마음도 가라앉았습니다. 어머니를 비롯한 친척들의 차가운 시선을 느끼면 아내를 감싸야 한다는 생각도 들었습니다.

물론 유카가 세상을 떠나 슬펐습니다. 아이를 잃는 것은 인생에서 가장 큰 불행입니다.

그러나 한 번이라도 결혼해 본 사람은 공감할 겁니다. 아무리 힘든 시련일지라도 부부간의 갈등으로 겪는 고통에 비하면 덜 괴롭다는 사실을요. 부부가 함께 힘을 합쳐 고난을 극복하면 되니까 훨씬 낫습니다. 저도 그랬습니다. 그래서 대기실에서 미즈카와 미조구치의 대화를 목격하기 전까지 저는 슬픔의 구렁텅이에서 허우적대면서도 마음은 비교적 평온했습니다.

도모키는 미조구치의 아들이다. 그 사실은 마치 예상하지 못한 사고 같았습니다.

확실히 지난 8년 동안 마음속 한구석으로는 막연하게나마 언젠가 이런 날이 올까 봐 두려웠을지도 모릅니다. 미즈카가 결코 제게 온전히 마음을 주지 않았다는 사실을 알고 있었으니까요. 그러나 저를 위협하는 무언의 적, 눈에 보이지 않는 라이벌은 아무리 못해도 미조구치 같은 남자는 아니었을 겁니다.

미즈카는 왜 미조구치의 아이를 낳았을까? 그 후로도 이 의문은 한순간도 제 머릿속을 떠나지 않았습니다. 답이 나오지 않는 질문만큼 괴로운 것은 없습니다.

어렸을 적부터 공부든 그 무엇이든 저는 항상 위만 바라보고 열심히 달려온 사람입니다. 열등감의 표출이라고 해도 상관없습니다. 아무리 인성이 좋아도 미조구치처럼 노력하지 않는 사람은 절대 인정할 수 없습니다.

하지만 미즈카는 달랐습니다. 대학도 간신히 졸업하고 수어나 점자도 외우지 못하는 남자. 젊을 때부터 관리하지 않은 몸을 드러내고 다니더니 지금은 불룩한 배를 벨트로 조여 감춘 남자. 연줄로 들어간 회사조차 제대로 근무하지 않고 뛰쳐나와 아버지와 형의 부하 노릇에 만족하는 남자. 싸구려 술과 해진 폴로 셔츠와 똥차가 어울리는 남자. 미즈카는 제 아이 대신 그런 남자의 아이를 낳았습니다.

제 마음속에서 무언가가 소리를 내며 무너졌습니다. 그것은 아마도 제가 반한 미즈카라는 여자의 환영이자 제 자존심이었을 것입니다.

DNA 감정을 하는 방법은 어이가 없을 정도로 간단했습니다. 실명을 말할 필요도 없고 누구와 얼굴을 마주할 일도 없이 부모와 아이의 구강 내 점막을 면봉으로 문지르기만

하면 끝이었습니다. 이렇게 고작 일주일이면 결과를 받을 수 있는데 이 세상 아버지들은 왜 시도하지 않을까요.

물론 결과는 보지 않아도 알았습니다. 저는 확인을 하고 싶었을 뿐입니다. 그래도 솔직히 말하면 미련한 저는 그때까지 실낱같은 희망을 버리지 못했던 것입니다. 속은 사람은 내가 아니라 멍청하고 경박한 미조구치이기를 마음속으로 간절히 바랐습니다. 하지만 이루어질 리 없는 소원이었습니다. 모래시계 속 모래의 마지막 한 알이 떨어진 그 순간, 저는 마음을 정했습니다.

저는 완벽한 복수를 위해 움직였습니다. 그 첫걸음으로 반드시 해야 할 일은 적의 움직임을 철저하게 파악하는 것이었습니다. 아내가 누구와 무엇을 하는가. 저는 미즈카가 장을 보러 나가거나 목욕이나 부엌일 등을 하는 틈을 타 그녀의 주변을 살피는 일부터 시작했습니다.

탐정사무소에 조사를 의뢰하는 것은 훗날을 생각하면 위험부담이 컸습니다. 어쨌든 제가 계획하는 것은 범죄, 그것도 살인이었습니다. 계획이 성공하더라도 경찰에 몰래 신고라도 하면 모든 것이 물거품이 됩니다. 게다가 조사원에게 협박을 받을 수도 있겠죠. 모든 사람에게 지금까지처럼 '아무것도 모르는 남편'을 철두철미하게 계속 연기하는 것. 그것이 제 작전이었습니다.

그리고 탐색을 시작한 지 나흘째 되는 날이었습니다. 큰 수확을 얻었습니다. 미즈카가 목욕하는 사이에 침실 화장대의 상자형 의자의 뚜껑을 열었을 때, 그 속에 쌓인 화장품 상자 밑에 조용히 숨어 있는 처음 보는 분홍색 휴대폰을 발견했습니다. 말할 것도 없이 그것은 이번 재판에서 극적인 역할을 해준 '비밀 휴대폰'이었습니다.

그 후 전개는 'X에 얽힌 추론 하나'에 자세히 적혀 있으므로 굳이 다시 설명할 필요는 없겠습니다. 저는 주도면밀하게 계획을 세우고 차근차근 준비했습니다. 직업이 장사꾼이니 평소에도 포커페이스에는 자신이 있었습니다. 유일한 실패라면 계획에 너무 열중한 나머지 아내의 심경 변화를 놓친 것일까요.

미즈카가 요시다회계사무소의 오가사와라와 바람을 피웠다는 사실, 그리고 그 오가사와라와 통화하는 바람에 유카가 익사했다는 사실을 알게 된 저는 아내를 죽이는 일에 더는 아무런 죄책감도 느끼지 않았습니다. 제 마음속에서 미즈카는 이미 죽은 사람이나 다름없는 존재였습니다.

제 계획은 놀라울 정도로 순조롭게 진행됐습니다. 미즈카는 원래 둔한 여자가 아니기 때문에 평소와 다르게 행동하는 저를 경계하지 않을까 걱정했지만 그것 역시 기우였습니다. 지금 생각하면 그녀는 그만큼 피폐했던 것 같습니다. 미즈카도 역시 어머니였습니다.

모든 것이 끝난 지금에 와서도 저는 미즈카를 죽인 것을 조금도 후회하지 않습니다. 다만 도모키에게는 정말 몹쓸 짓을 했습니다. 돌이켜보면 그 아이는 아주 어릴 적부터 항상 어른의 눈치를 봤습니다. 자신은 이곳에 태어나지 말았어야 했다는 것을 본능으로 느꼈던 것 아닐까요. 주저 없이 제게 안겨 오던 유카와 달리 도모키가 제게 응석을 부린 기억은 없습니다.

사실 도모키는 어머니가 불륜을 저지르고 있다는 사실도, 아버지가 그 뒤를 캐고 있었다는 사실도, 그리고 언젠가 아버지가 자신과 어머니에게 복수할 것이라는 사실도 모두 알고 있었던 것 아닐까, 지금에서야 그런 생각이 듭니다. 도모키는 그 모든 사실을 가만히 가슴속에 간직한 채 어머니에게도, 좋아하는 할머니에게도 말하지 않았습니다.

입 속에 면봉을 넣든 소중한 노트북을 빼앗든 도모키는 이유도 묻지 않고 아버지가 하는 대로 가만히 있었습니다. 제 손에 죽는 그 순간조차 다르지 않았습니다. 그 아이는 처음부터 끝까지 단 한마디도 하지 않고 절벽 아래로 떨어졌습니다.

잊을 수 없는 판결선고 당일, 제 친구이자 도모키의 친부인 미조구치가 방청석에서 꼼짝도 하지 않은 채 귀를 기울이고 판결을 듣고 있었습니다. 그는 바로 자신의 아들을 죽인 범인에게 무죄 선고가 내려지는 소리를 듣고 안도의 눈물을 흘렸습니다.

"잘됐어, 다행이야!"

법원 복도에서 무릎을 꿇으려던 그를 급히 일으켜 세웠더니 제 손을 움켜쥔 채 남의 시선도 신경 쓰지 않고 통곡했습니다.

미조구치는 좋은 사람입니다. 미워할 수 없는 사람이기에 오히려 그를 미워할 수밖에 없었습니다. 한마디로 저는 이 착하기만 하고 소심하며 행실이 가벼운 남자를 완전히 철저하게 박살 내려고 이번 범행을 수행한 것입니다.

하지만 제 싸움은 아무래도 혼자만의 공허한 몸부림으로 끝난 것 같습니다. 자신의 아들이 타고난 살인자였던 것도, 그 아들과 어머니가 비참한 최후를 맞이한 것도, 그 사실이 전국에 알려진 것도 미조구치의 인생을 바꾸지 못했습니다. 그가 아무리 괴로워할지언정 그의 행복에 금이 가지는 않았습니다.

미조구치는 오늘도 아무 일도 없던 것처럼 먹고, 마시고, 일하고, 가족들과 화목하게 지내겠죠. 그리고 사키코 씨는 그런 미조구치를 진심으로 사랑합니다.

그들에게 그런 끔찍한 짓을 해 놓고 이런 말을 할 입장은 아니지만 저는 사키코 씨를 좋아했습니다. 오해할까 봐 말해 두지만 이성으로서 그녀에게 끌렸다는 의미는 아닙니다. 사키코 씨는 정이 많은 사람입니다. 저는 사키코 씨를 아내로 삼고 싶었던 것이 아니라 제 아내가 그녀 같은 사람이기를 바랐습니다.

그리고 아마 미즈카 역시 미조구치에게 저와 같은 감정을 느꼈던 것 아닐까요.

제 어리석은 복수극은 제 어머니도 불행하게 만든 듯합니다. 어머니는 아직도 유카의 죽음보다, 미즈카의 죽음보다, 도모키의 죽음을 더 슬퍼하시는 것 같습니다. 도모키가 자신의 피를 이은 손자가 아니라는 사실은 어머니의 마음을 조금도 위로하지 못합니다.

무엇보다 그분은 제 어머니입니다. 누가 말하지 않아도 어머니는 내심 제가 도모키를 죽였다는 사실을 알고 계실 겁니다.

사키코 씨는 이제 곧 미조구치의 둘째 아이를 낳습니다. 그러나 제게 남은 것은 아무것도 없습니다.

저는 패자입니다.

종장

결말

도쿄게이자이신문 2012년 3월 28일(수요일) 조간

전(前) 피고인 남성, 아내와 아들 7주기에 자살.
6년 전 사건과 관련 있나

3월 27일 오후 1시 30분경, 도쿄도 미나토구의 맨션에 사는 모토무라 히로키 씨(50세, 무직)가 자신의 집에서 목을 매 숨진 것을, 히로키 씨를 만나러 온 어머니가 발견해 경찰에 신고했다.

히로키 씨는 회사를 경영하던 6년 전에 아내 미즈카 씨(당시 35세)와 아들 도모키 군(당시 8세)을 야마나시현 별장 2층 베란다에서 추락사로 잃은 뒤 가족 살인 혐의로 체포 및 기소됐지만 무죄 판결을 받았다. 그 후 히로키 씨는 모든 사회 활동에서 물러나 이따금 지인의 일을 도와주면서 본가 근처의 맨션에서 홀로 살았다.

27일은 사망한 아내와 아들의 7주기였는데, 어머니 앞으로 유서를 남긴 것으로 보아 자살로 추정되나 XX 경찰서는 무죄 판결을 받은 사건과의 관련성 등 극단적인 선택을 한 동기를 더욱 자세히 조사하고 있다.

옮긴이의 말
패자가 묻는 법의 대원칙

　야마나시현 호쿠토시 산속의 한 별장에서 추락 사망 사건이 발생합니다. 피해자는 별장 주인인 모토무라 히로키의 아내 모토무라 미즈카와 그의 아들 모토무라 도모키. 두 사람은 절벽 위에 세워진 별장 2층 베란다에서 떨어져 숨졌는데, 사건 발생 당시 히로키는 1층에 있다가 충돌음을 듣고 아내와 아들을 발견했다고 진술합니다. 그리고 다음 날, 히로키는 아내와 아들을 죽인 살인 혐의로 경찰에 체포됩니다. 아내 미즈카가 사망하기 직전 한 잡지 편집자에게 보낸 '수기'가 발견되는데, 그 수기에 남편이 자신과 아들을 죽이려고 한다는 고발이 담겨 있기 때문이었습니다. 그리고 얼마 지나지 않아 아들 도모키가 사망 전 할머니에게 보낸 메일이 공개됩니다. 이번에는 엄마와 아빠가 자신을 죽이려고 한다는 고발이 담겨 있었습니다. 그리고 체포된 남편 히로키는 아내가 자신과 아들을 죽이려고 했다고 주장합니다.
　한 명의 산 자와 두 명의 죽은 자. 세 사람의 주장이 엇갈리는 가운데 무죄를 주장하는 히로키는 형사 재판의 피고인 신분으로 재판에 서게 되고, 피고인의 변호인인 무쓰기 레이 변호사는 사건을 둘러싼 증인들의 진술을 수집하며 진실을 파헤칩니다. 그리고 드러나는 사건의 본질.
　과연 거짓말은 하는 사람은 누구일까요?
　그리고 사건의 진상은 무엇일까요?

　도쿄대학교 법학부를 졸업해 30년 이상 변호사 활동을 하다가 예순 살에 은퇴하고 미스터리 작가의 길로 들어선 독특한 이력을 지닌 미키 아키코. 본격 미스터리에 이야미스를 가미한 『귀축의 집』으로 제3회 '바라노마치 미스터리 문학 신인상'을 수상하며 데뷔한 그녀는 변호사 시절 쌓은 풍부한 경험을 활용해 치밀한 본격 미스터리로 독자에게 즐거움을 선사하는 이야기꾼입니다. 그런 작가가 이번에는 법정 미스터리와 본격 미스터리를 절묘하게 조합한 『패자의 고백』를 선보였습니다.
　『패자의 고백』은 별장 추락 사망 사건을 둘러싼 형사 재판을 중심으로 진행되는데, 재판 장면은 단 한 번도 등장하지 않지만 변호사 출신 작가의 내공을 느낄 수 있는 법정 미스터리이자 와이더닛을 진득하게 풀어가는 본격 미스터리입니다. 각각 별개로 두어도 흥미로운 장르들을 적절하고 치밀하게 조합해 하나의 작품으로 만들어냈다니, 재미가 없을 수 없는 조합에 작품을 내내 지배하는 묵직하고 음습한 살의마저 흥미롭게 느껴집니다.

이 작품은 피해자의 고발문과 피고인의 진술서와 사건관계자들의 증언들로 진행된다는 점에서 구성이 독특합니다. 보통 소설은 지문과 대화문으로 진행되는데『패자의 고백』은 등장인물의 주장과 증언으로만 구성되어 있죠. 이러한 구성은 작가의 데뷔작『귀축의 집』에서도 찾아볼 수 있습니다. 이 작품 역시 지문과 대화문은 없고, 처음부터 끝까지 탐정 사카키바라가 사건관계자를 만나 인터뷰하는 진술 내용으로만 구성되어 있습니다. 그러나 두 작품 모두 긴장감을 놓치지 않고 흥미진진하게 독자를 끌어들이면서도 작가의 메시지를 뚜렷하게 전달합니다. 게다가 작품 곳곳에 미묘하게 뿌려놓은 위화감들을 깔끔하게 회수해 정리하며 반전을 선사하는 마무리까지. 작가의 치밀하고 집요한 필력에 혀를 내두르게 됩니다.

은퇴 후 늦은 나이에 집필 활동을 시작한 작가지만, 데뷔 이후 꾸준히 본격 미스터리 작품을 발표하고 있습니다. 그중『기사라기 일족』과『나선의 밑바닥』은 제13회, 제14회 본격미스터리대상 후보작에 올랐고,『미네르바의 보복』은 제69회 일본추리작가협회상 장편 및 연작단편집부문 후보작에 올랐습니다. 참고로 『미네르바의 보복』은 『패자의 고백』에서 탐정 역할을 하는 변호사 무쓰기 레이의 두 번째 이야기이기도 합니다. 미키 아키코는 고령에 데뷔한 작가가 현역 시절 쌓은 풍부한 경험과 인생의 지혜를 무기로 활약하는 성공적인 사례라고 감히 말하고 싶습니다. 작가가 들려주는 다양한 이야기를 부디 오래도록 만나고 싶을 따름입니다.

2025 여름
문지원

패자의 고백

1판 1쇄 인쇄 2025년 8월 8일
1판 1쇄 발행 2025년 8월 25일

지은이 미키 아키코 **옮긴이** 문지원
발행인 송호준 **편집장** 민현주 **총괄이사** 황인용
표지 디자인 소요 이경란 **본문 디자인** 송재원
마케팅 소금 **제작** 송승욱 **제작처** 블루엔
발행처 블루홀식스 **출판등록** 2016년 4월 5일 제 2016-000100호
주소 경기도 파주시 회동길 483-1 **전화** 031-955-9777 **팩스** 031-955-9779
이메일 blueholesix@naver.com

ISBN 979-11-93149-55-3 03830

· 저자와 출판사의 서면 허락 없이 내용의 일부를 무단 인용하거나 발췌하는 것을 금합니다.
· 책값은 뒤표지에 있습니다. 잘못된 책은 구입하신 곳에서 교환해 드립니다.